백야 외

백야 외

Белые ночи

표도르 도스또예프스끼 중단편집
석영중 외 옮김

BELYE NOCHI
by FEDOR DOSTOEVSKII (1848)

일러두기

1. 번역 대본은 F. M. Dostoevskii, *Sobranie sochinenii v dvenadtsati tomakh* (Moskva: Pravda, 1982)와 F. M. Dostoevskii, *Polnoe sobranie sochinenii v tridtsati tomakh*(Leningrad: Nauka, 1972~1990)를 주로 사용하였습니다. 다만 판본에 차이가 없는 한 옮긴이가 번역 대본을 임의로 선택하였습니다.
2. 러시아어의 로마자 표기와 우리말 표기는 〈열린책들〉에서 정한 표기안을 따르되, 관행적으로 굳어진 일부 용어만 예외로 하였습니다.

이 책은 실로 꿰매어 제본하는 정통적인 사철 방식으로 만들어졌습니다.
사철 방식으로 제본된 책은 오랫동안 보관해도 손상되지 않습니다.

남의 아내와 침대 밑 남편 조유선 옮김	7
약한 마음 홍지인 옮김	77
뽈준꼬프 이명현 옮김	147
정직한 도둑 김숙영 옮김	177
크리스마스 트리와 결혼식 허효영 옮김	207
백야 석영중 옮김	221
꼬마 영웅 김숙영 옮김	311
역자 해설 몽상과 현실과 문학의 삼중주·석영중	369
도스또예프스끼 연보	381

남의 아내와 침대 밑 남편
유별난 사건

조유선 옮김

1

「저, 실례합니다. 선생님, 말씀 좀 여쭈어도 괜찮을지……」

길 가던 사람은 순간 멈칫하고 서서, 다소 놀란 듯이 너구리털 외투를 입고 있는 신사를 쳐다보았다. 저녁 일곱 시에 이 신사는 길 한복판에서 아무런 거리낌 없이 그에게 이렇게 접근하였다. 알다시피, 뻬쩨르부르그의 거리에서 한 신사가 생면부지의 낯선 이에게 갑자기 말을 건다면 상대가 놀라는 것은 당연한 일이다. 따라서 길 가던 사람은 멈칫하고 서서 적잖이 놀랐던 것이다.

「놀라게 해서 죄송합니다.」 너구리털 외투를 입은 신사가 말했다. 「그런데, 저, 저는 정말이지, 뭐라고 해야 할지 잘 모르겠습니다만…… 아마도 당신은 저를 이해하시리라 생각됩니다. 보시다시피 저는 지금 머릿속이 혼란스러운 상태입니다.」

이때야 비로소 짧은 털외투를 입은 젊은 청년은 너구리털 외투의 신사가 몹시 혼란한 상태에 놓여 있음을 눈치 챘다. 그의 주름진 얼굴은 상당히 창백하였고, 목소리는 떨리고, 머릿속이 정말 뒤죽박죽이 된 듯 말도 제대로 하지 못하였다. 그는 누군가에게 어떤 부탁을 해야만 한다는 사실, 아마도 자기보다 신분도 계급도 낮은 사람에게 굽실거리며 부탁해야 한다는 사정으로 인해 대단한 노력을 기울여야 했다. 게다가 사실 그 요구란 것은 이렇듯 품위 있는 외투를 입은, 이렇듯 훌륭하고 값비싼, 온갖 장식을 다 붙인 짙은 초록색 외투를 입은 신사 체면상 지극히 무례하고 점잖지 못하며 이상한 것일 수밖에 없었다. 이 모든 것들로 인해 너구리털 외투의 신사는 당혹스러웠다. 이 때문에 머릿속이 혼란해진 신사는 흥분을 가라앉히고 스스로 초래한 불유쾌한 이 상황을 얼버무리려고 마음먹었다.

「용서하십시오. 저는 지금 제정신이 아닙니다. 물론 당신은 저를 잘 모르실 겁니다……. 불안하게 해서 정말 죄송합니다. 그런데 생각을 바꾸었습니다.」

그리고 그는 모자를 들어 정중하게 인사하고는 앞으로 내달았다.

「이해해 주시기 바랍니다.」

왜소한 몸집의 사나이는 짧은 털외투의 청년을 어리둥절한 상태로 남겨 둔 채 어둠 속으로 사라져 버렸다.

〈뭐, 저런 괴물이 다 있어!〉 짧은 모피 외투의 청년은 생각했다. 놀란 다음 으레 그렇듯이 잠시 어리둥절한 상태에 있다가 그는 마침내 정신을 가다듬었다. 자신이 해야 할 일을 떠올린 그는 몇 층인지 알 수 없는 한 고층 건물의 입구를 응시한 채 어슬렁어슬렁 걷기 시작했다. 이윽고 안개가 깔리기 시작하자 젊은이는 은근히 반가워했다. 왜냐하면 안개 속에서 거니는 것은 아무래도 사람들 눈에 덜 띄게 될 것이고, 혹시 눈에 띈다 하더라도 낙 없이 손님을 찾아다니는 마부의 눈에나 띄게 되기 때문이다.

「저, 실례합니다.」

길 가던 사람은 다시 멈칫하고 섰다. 너구리털 외투를 입은 조금 전의 그 신사가 앞에 서 있었다.

「죄송합니다만, 저, 다시……」 그는 말을 시작했다. 「그런데, 당신, 당신은 관대한 분이 틀림없으십니다! 저를 사회적 의미를 가지고 상식적으로 파악하지 말아 주십시오. 그런데 이거 자꾸 엉뚱한 소리를 해서 죄송합니다만, 인간적으로 헤아려 주시기 바랍니다……. 지금 당신 앞에 서 있는 이 사람은 아무래도 간절한 부탁을 드려야만 할 것 같군요.」

「글쎄, 제가 할 수 있다면…… 대체 무슨 부탁입니까?」

「당신은 아마 제가 돈이라도 구걸하려고 하는 줄 생각하셨을 겁니다.」 수수께끼의 신사는 입을 비죽거리면서, 창백한 얼굴로 히스테릭한 웃음을 지으며 말했다.

「무슨 그런 말씀을……」

「아니, 저는 다 알고 있습니다. 제가 귀찮으시죠! 죄송합니다. 제 자신을 주체할 수가 없군요. 제가 지금 정상이 아니며, 거의 발광 상태에 있다고 여기시고 오해는 말아 주시기 바랍니다.」

「도대체 무슨 일입니까? 용건을 말해 주세요!」 젊은이는 기운을 북돋워 주는 듯하면서도 한편으로는 참기 어렵다는 듯이 머리를 끄덕거리며 대답하였다.

「결국 여기까지 왔군요! 당신은 그렇게 젊으시면서, 마치 내가 게으른 어린애라도 되는 듯이 다그치시는군요. 내가 완전히 정신이 나갔다고 생각됩니까! 솔직히 말해 보세요. 네?」

젊은이는 당황하여 입을 다물고 말았다.

「솔직히 말해서 어떤 부인을 보신 적이 없느냐는 것이 제 질문의 전부입니다.」 너구리털 외투의 신사는 단호하게 말했다.
「부인이라고요?」
「그렇습니다. 한 부인 말이오.」
「보았지요……. 그런데 지나간 부인이 한둘이 아니라서…….」
「과연 정확하군요.」 수수께끼의 신사는 쓸쓸한 미소를 띠며 대답했다. 「제가 질문을 제대로 하지 못했군요. 이거 죄송합니다. 제가 묻고자 한 것은 여우털 외투를 입고 검은색 베일을 늘어뜨린, 그리고 어두운 색 벨벳 모자를 쓴 부인을 보았냐는 겁니다.」
「아니오. 그런 사람은 보지 못했는데…… 아니, 어쩌면 보고서도 눈치 채지 못했는지도 모르겠습니다.」
「아! 그러시다면 실례했습니다!」
젊은이는 무언가 묻고 싶었으나, 너구리털 외투의 신사는 또다시 사라져 버렸다. 참을성 있게 듣고 있던 상대는 역시 어리둥절해 하며 그 자리에 남았다.
〈저런, 빌어먹을!〉 짧은 모피 외투의 젊은이는 몹시 혼란스러운 상태에서 이렇게 생각하였다. 그는 수달피로 된 깃을 세우고 언짢은 표정으로 고층 건물 입구를 조심스레 흘겨보면서 왔다 갔다 하였다. 화가 치밀어 올랐다. 〈왜 그녀가 나오지 않을까?〉 그는 생각했다. 〈이제 곧 여덟 시인데!〉
「어휴, 제기랄, 정말 이거야!」
「죄송합니다!」
「제가 그렇게 말한 점 사과드립니다. 당신이 갑자기 달려와서…… 사실 상당히 놀랐습니다.」 길 가던 사람은 얼굴을 찌푸리며 미안해 하였다.
「제발 부탁이니 군더더기는 빼고 어서 말씀해 주십시오. 전 아직도 도대체 당신이 무엇을 원하는지 모르고 있습니다.」

「서두르시는군요? 자, 이제 정말로 당신에게 모든 걸 솔직히 얘기하겠습니다. 쓸데없는 말은 일체 생략하고…… 아! 어떻게 이런 일이 있을 수 있을까! 상황이란 것은 때때로 성격이 전혀 다른 사람들을 결합시키곤 하지요……. 그런데 제가 보기에 젊은 양반께서는 참기 어려워하는 것 같군요. 사실상, 저, 어떻게 말해야 할지를…… 저는 한 부인을 찾고 있습니다. 이제 모든 걸 털어놓기로 결심했으니까요. 저는 그녀가 어디로 갔는지를 알아야 합니다. 그녀가 누군가 하면, 내 생각엔 그녀의 이름이 무엇인지 젊은 양반께서 아실 필요는 없다고 여겨집니다.」

「됐습니다. 알았으니 계속하세요.」

「계속하라고요! 아니 저한테 그런 어조로 말하다니! 아니 죄송합니다. 어쩌면 제가 당신을 젊은 양반이라 불러서 기분을 상하게 했는지도 모르겠군요. 사실 저는 별다른 이유 없이……. 요컨대, 당신이 제게 관대한 친절을 베풀어 주실 의향이 있으시다면, 한 부인, 실은, 아주 정숙한 부인이며 훌륭한 가문 출신인 이 부인은 제가 아는 사람의 부인인데, 저는 그 사람의 부탁을 받은 셈입니다……. 아시겠지만, 저는 가족이 없는 홀몸입니다…….」

「그래서요?」

「젊은 양반, 저와 한번 처지를 바꾸어 생각해 보십시오. 아, 또 이런 실수를 하다니! 아직껏 당신을 젊은 양반이라 부르고 있군요. 용서하십시오. 지금은 단 일 분도 아까운 때이다 보니…… 이 부인에 대해 한번 생각해 보세요……. 그런데 이 건물에 누가 살고 있는지 말씀해 주시겠습니까?」

「그러지요…… 여기에는 여러 명이 살고 있습니다.」

「그렇군요. 참으로 옳으신 말씀입니다.」 너구리털 외투를 입은 신사는 체면을 유지하려는 듯 가볍게 웃으며 맞장구쳤다. 「제가 다소 엉뚱한 소리를 하고 있다는 건 저도 느끼지만…… 아니, 그렇다고 당신 말투는 그게 뭡니까! 아시다시피, 제 자신이 엉뚱한 얘기를 하고 있음을 이렇게 솔직히 인정하고 있지 않습니까? 당신이 콧대가 높으신 분이라 하더라도 제가 얼마나 자존심을 굽히고 있는지 보고 있지 않습니까? 저는 한 부인, 즉, 품행은 방정하나 내용은 가벼운, 아! 실례했습니다. 마치 문학에 관한 이야기를 하듯이 이거 또 엉뚱한 소리를 하고 있군요……. 뭐, 흔히들 폴 드 콕[1]은 내용이 가볍다고들 하니까요! 하긴 이 모든 것이 폴 드 콕 때문이기도 하지요…….」

젊은이는 측은한 표정으로 너구리털 외투의 신사를 쳐다보았다. 그는 아무래도 자기가 잘못했다고 느끼는지 입을 다문 채 의미 없는 미소를 지으며, 아무 까닭 없이 손을 떨며 외투 깃을 잡아당겼다.

「이곳에 누가 사는지를 물으셨습니까?」

「그렇습니다. 여러 사람이 산다고 말씀하셨지요.」

「이곳엔 소피아 오스따피예브나도 살고 있는 걸로 알고 있습니다.」 젊은이는 다소 동정의 표정까지 띠며 이렇게 소곤거렸다.

「바로 그래요. 알고 계시군요. 젊은 양반께서는 뭔가를 알고 계시군요.」

---

[1] 프랑스의 낭만주의자. 도스또예프스끼는 그의 작품을 기지와 우아함을 지닌, 그리고 경박한 표현으로 독자들의 관심을 끄는 문학 형제로 여겼다.

「단언하건대, 저는 아무것도 모릅니다. 단지 당신의 혼란스러운 상태로 미루어 짐작한 것뿐입니다.」

「저는 이곳에 그 부인이 드나든다는 사실을 때마침 하녀에게서 알았습니다. 그런데 당신의 생각은 빗나갔습니다. 그녀는 소피아 오스따피예브나에게 오는 건 아니랍니다……. 두 사람은 서로 모르니까요…….」

「모른다고요? 그렇다면 미안합니다.」

「이런 얘기가 도무지 흥미 없으신 모양이구려, 젊은 양반.」 괴상한 신사는 상당히 비꼬는 투로 말했다.

「이것 보세요.」 젊은이는 관심을 보였다. 「저는 당신이 왜 그러시는지 잘 모르겠지만, 혹 부인께서 배신이라도 한 것 아닙니까? 바로 말씀해 주세요.」

젊은이는 틀림없다는 듯이 희미하게 웃었다.

「적어도 우리는 서로를 이해하고 있는 것 같습니다.」 그는 이렇게 덧붙이며 가벼운 절이라도 하고 싶은 듯 몸을 살랑거렸다.

「핵심을 정확히 찔렀군요! 솔직히 고백하건대, 사실입니다……. 그러나 누구에겐들 그런 일이 없겠어요! 당신의 염려에 진심으로 감사드립니다. 젊은 사람들 간에는 서로 통하는 게 있는 법이죠……. 난 비록 젊지는 않지만 혼자 사는 것이 습관이 돼서, 독신자들 사이에는 잘 알려져 있지요.」

「잘 알려져 있죠, 잘 알려져 있다마다요. 그런데 제가 어떻게 도와드려야 하죠?」

「자, 바로 이겁니다. 동의하시겠지만, 소피아 오스따피예브나를 찾아가서…… 하긴 그 부인이 어디로 들어갔는지 저도 확실히는 알지 못하지만…… 그녀가 이 건물 안에 있다는 사실은 틀림없습니다. 당신이 여기서 왔다 갔다 하는 걸 보면서, 저는 저쪽 건너편에서 어슬렁거렸던 겁니다. 이런 생각으로 그녀를 기다리는 중입니다. 이 건물 안에 있다는 것을 알고 있으니 말입니다. 그녀를 만나 그런 일이 얼마나 점잖지 못하며, 추악한 행위인지를 설명하고 싶을 따름입니다. 이해하시겠지요……」

「음! 그랬군요!」

「제 자신을 위해 이러는 게 아닙니다. 그렇게 생각지는 말아 주세요. 그녀는 다름 아닌 유부녀란 말입니다. 그 남편은 저기 보즈네센스끼 다리 위에 서 있답니다. 그는 현장을 포착하고 싶어하나, 아직 결심이 서지 않은 상태지요. 대부분의 남편들이 그렇듯이 그는 아직도 자기 눈을 의심하고 있으니……(이 대목에서 너구리털 외투의 신사는 웃으려 했다). 저로 말하자면, 바로 그의 친구입니다. 동의하시겠지만, 저란 사람은 어느 정도 존경을 받고 있습니다. 저는 당신이 생각하고 있는 그런 부류의 인간이 아니랍니다.」

「여부가 있겠습니까. 알지요, 알다마다요!」

「바로 그래서 그녀를 포착하려는 겁니다. 그걸 부탁받았으니까요. 참으로 불행한 남편이지요. 그런데 그 젊은 부인이란 사람, 대단히 교활하단 말이에요. 베개 밑에 폴 드 콕을 영원히 숨길 정도예요. 확신하건대, 그녀는 눈에 띄지 않고 어떻게든 빠져나올 겁니다. 솔직히 말해 그녀가 이곳에 드나든다는 사실은 하녀가 얘기해 주었습니다. 그 얘기를 듣자마자 마치 미친 사람처럼 이렇게 헤매고 있답니다. 꼭 잡고야 말 겁니다. 사실 저는 이전부터 알고 있었습니다. 마침 당신이 여기서 거닐고 있길래, 부탁드리고 싶어진 거지요. 당신, 당신이, 뭐라고 해야 할지……」

「자, 알았으니, 이제 어떻게 했으면 합니까?」

「그렇군요……. 저는 당신에 관해 알 입장이 못 됩니다. 당신이 누구인지, 어떤 분인지를 궁금해 할 수도 없고…… 아무튼 서로 인사나 하는 게 어떻습니까? 좋은 기회인 듯싶은데…….」

신사는 몸을 떨면서 젊은이의 손을 꽉 잡고 흔들어 댔다.

「이건 맨 처음에 했어야 하는데……」 그는 덧붙였다. 「이미 그런 예의는 잊어버린 지 오랩니다.」

이렇게 말하고 나자 너구리털 외투의 신사는 그 자리에 서 있을 수가 없었다. 그는 불안해 하며 사방을 이리저리 둘러보았다. 마치 물에 빠진 사람처럼, 계속해서 이리저리 왔다 갔다 하며 젊은이를 붙잡았다.

「저, 사실은……」 그는 계속 지껄여 댔다. 「당신을 친구처럼 대했으면 합니다. 제멋대로 생각해서 죄송합니다만……. 부탁드리고 싶은 것은 다름이 아니라, 저쪽 편에서 뒷문이 있는 골목 쪽까지 다른 사람처럼 걸으시면서 살펴봐 달라는 겁니다. 저 혼자서는 아무래도 놓칠 것 같아서, 놓치고 싶지 않다 말입니다. 그러니까 그녀를 보는 대로 소리쳐 주세요……. 아니, 내가 정말 미쳤나 봅니다! 이제야 알겠군요. 나의 제안이 얼마나 어리석었으며 무례했는가를!」

「원 별말씀을! 괜찮습니다!」

「저를 용서하지 마십시오. 저는 머릿속이 뒤죽박죽이며 점점 정신을 잃어 가고 있습니다. 이런 일은 여태껏 한 번도 없었는데……. 마치 법정에 서 있는 기분입니다! 고백이라도 해야겠군요. 선량한 사람이 되어 속마음을 죄다 털어놓겠습니다, 젊은 양반. 실은 당신을 정부(情夫)라고까지 생각했습니다!」

「말하자면, 간단히 말해 당신은 내가 여기서 무얼 하고 있는지 알고 싶은 거지요?」

「이것 보세요, 선량하신 분, 저는 결코 당신을 그 사람이라고는 생각하지 않습니다. 이런 생각으로 당신을 더럽힐 생각은 추호도 없습니다. 그러나…… 그러나 제게 맹세해 주시겠습니까? 당신이 정부가 아니란 것을……」

「허, 참! 좋습니다. 솔직히 맹세하면 나는 정부요. 그러나 당신 아내의 정부는 아니지요. 만약 내가 그렇다면, 지금쯤 이곳이 아니라 그녀와 함께 있어야 할 것 아닙니까!」

「아내라고요? 누가 내 아내라고 했습니까, 젊은 양반? 나는 홀몸이오. 아니, 말하자면 내 자신이 정부인 셈이지……」

「당신이 말하지 않았습니까, 남편이 있다고요…… 서기, 다리 위에…….」

「네, 물론입니다. 그렇고말고요. 제가 쓸데없는 말을 하고 있군요. 그러나 다른 연결 고리가 있지요. 동의하시겠지만, 젊은 양반, 다소 경박한 사람들이 있습니다. 그러니까…….」

「네! 그럼요! 좋습니다. 좋아요!」

「요컨대, 나는 절대 남편이 아니라…….」

「믿다마다요. 그런데 솔직히 말한다면, 지금 저는 당신에 대한 신뢰를 상실했습니다. 제 스스로를 진정시켜야 하겠기에, 뭐 그래서 당신과 솔직히 대화하려는 거지요. 당신은 저를 혼란에 빠뜨렸고, 제 일을 방해하고 있습니다. 부인이 나오면 소리쳐 부를 테니 제발 좀 비켜 주십시오. 저도 누군가를 기다리고 있단 말입니다.」

「이해해 주십시오. 이해를…… 비키겠습니다. 당신의 불타는 정열에 존경을 표할 뿐입니다. 그런 열정을 이해합니다. 젊은 양반, 오! 정말이지, 충분히 이해하고도 남지요!」

「좋습니다. 좋다니까요…….」

「그럼, 안녕히…… 그렇기는 하지만, 젊은 양반, 죄송합니다. 또다시 이렇게…… 어떻게 말해야 좋을지 모르겠군요……. 저, 한번 더 당신이 정부가 아니라는 맹세를 해줄 수 있겠습니까?」

「아! 맙소사, 이거 해도 너무하는군!」

「또 한 가지, 이게 마지막입니다. 당신은 그 남편의 성(姓)을…… 말하자면 당신의 상대인 그 부인의 성을 아십니까?」

「여부가 있겠습니까. 그러나 당신 부인의 성하고는 다르오. 자, 이제 다 끝났소!」

「아니, 어떻게 당신이 제 성을 알고 계시죠?」

「이것 보세요. 이제 그만 비켜 주세요. 시간만 낭비할 뿐 그동안 그녀가 수백 번은 더 나갈 수 있었을 텐데……. 대체 왜 그러십니까? 그래, 당신 부인은 여우털 목도리를 둘렀지만, 제가 아는 부인은 바둑판 무늬 망토에 하늘색 벨벳 모자를 쓰고 있다니까요? 자, 뭐가 또 필요합니까? 더 할 말이 남았습니까?」 추근대던 신사는 당장에 소리치며 되돌아왔다.

「뭐, 하늘색 벨벳 모자라고요! 그녀도 바둑판 무늬 망토와 하늘색 모자를 가지고 있단 말입니다!」

「에이, 제기랄! 도대체 이런 일이 있을 수나 있는지…… 아니, 왜 내가 이런 일에! 내 애인은 이런 곳에 오지도 않아요!」

「그러면 그녀, 당신의 그녀는 어디에 있습니까?」

「알고 싶으세요, 도대체 왜?」

「사실 전 그 모든 것을······.」
「어유, 맙소사! 정말이지 일말의 염치도 없으시군요! 그러니까, 제 애인은 이 건물 3층에 위치한, 창문이 길가로 난 친척 집에 와 있습니다. 설마 그 사람들의 이름을 일일이 알고 싶으신 것은 아닐 테지요?」
「오, 하느님! 제가 아는 사람도 3층에 있단 말입니다. 역시 길가로 창문이 나 있지요. 그는 장군입니다.」
「장군이라고요?」
「그렇습니다. 장군이지요. 원한다면 이름을 말할 수도 있습니다. 에, 뽈로비쩐 장군이라 하지요.」
「아, 그렇습니까, 아니, 제가 아는 사람은 아니군요! (에이, 빌어먹을! 젠장!)」
「틀립니까?」
「틀립니다.」
두 사람은 입을 다문 채 어쩔 줄 몰라 하며 쳐다보기만 했다.
「왜 그렇게 쳐다보고 계십니까?」 젊은이는 멍한 상태에서 정신을 차리고는 언짢다는 듯이 소리쳤다.
신사는 우왕좌왕하기 시작했다.
「저, 저는 솔직히 말해······.」
「아니, 괜찮습니다. 괜찮다니까요. 자, 이제 우리 좀 더 이성적으로 얘기해 봅시다. 두 사람 다 관련되는 일이니까요. 설명해 주시겠습니까······ 이곳에 누가 살고 있습니까?」
「누구, 내가 아는 사람 말입니까?」
「그래요. 그 사람이 누구인지를······.」
「바로 그거예요. 그것 보라니까요! 당신의 눈을 보면 다 알 수 있지요. 제 짐작이 맞았죠!」

「나 원, 제기랄! 아니오, 아니라니까, 이런 빌어먹을! 당신, 혹시 눈이 먼 것 아니오? 난 지금 당신 앞에 서 있지 않소. 그녀와 함께 있는 게 아니지 않소! 어유! 숨 막혀! 하지만 좋습니다. 당신이 그런 말을 하든 말든 내겐 마찬가지니까!」

젊은이는 미친 듯 발뒤꿈치로 두어 번 돌고 나서 손을 마구 흔들어 댔다.

「저어, 아무것도, 진정하십시오. 이제 정말이지 선량한 인간으로 돌아와 모든 걸 털어놓겠습니다. 처음 아내는 이곳에 혼자 왔습니다. 그녀는 장군의 친척이니까요. 따라서 전 아무것도 눈치 채지 못했습니다. 그런데 어제 각하를 만났는데, 벌써 삼 주 전에 다른 곳으로 이사했다는 겁니다. 아, 그녀는 제 아내가 아니라, 다른 사람의 아내입니다. 저기 보즈네센스끼 다리 위에 서 있는 자의 아내입니다. 그녀는 이미 사흘째 이 집에 사는 장군을 방문했다고 말하더군요…… 그러나 하녀의 얘기로는 각하께서 이 집을 보비니찐이라는 젊은 사람에게 세놓았다는 것입니다.」

「에이, 빌어먹을! 젠장!」

「이것 보십시오, 선생님, 정말이지 무서워 죽겠습니다!」

「체, 제기랄! 도대체 당신이 떨리고 무서운 것이 나랑 무슨 상관이오? 앗! 저기 누가 보이는데요, 저어기……」

「어디요? 어딥니까? 당신은 소리만 질러 주세요, 이반 안드레비치라고요. 곧장 달려갈 테니……」

「좋아요, 좋습니다. 에이, 빌어먹을! 제기랄! 이반 안드레비치!」

「여깁니다. 아니, 뭐요? 뭡니까? 어디죠?」 이반 안드레비치는 소리쳤다. 그는 숨을 헐떡거리면서 달려왔다. 「아니, 저는 단지…… 그녀의 이름을 알고 싶어서…….」

「글라프…….」

「글라피라입니까?」

「아니오, 전혀 글라피라가 아니라…… 미안하지만 이름을 말할 수가 없군요.」

이 대목에서 존경할 만한 이 사람의 얼굴은 새하얗게 질렸다.

「네, 물론 글라피라가 아니겠지요. 그건 제 자신도 잘 알고 있습니다. 물론 제 애인도 글라피라가 아닙니다. 그건 그렇고 과연 누구와 함께 있을까요?」

「어디에 말입니까?」

「저기요! 아, 빌어먹을, 제기랄!(젊은이는 화를 참지 못해 제자리에 서 있을 수 없었다.)」

「저, 이것 봐요! 어떻게 그녀가 글라피라라는 것을 알았습니까?」

「이런, 제기랄! 해도 너무하는군! 또다시 해보자는 겁니까! 당신이 말하지 않았소, 글라피라가 아니라고!」

「이봐요, 선생! 어떻게 그런 말투를!」

「흥, 빌어먹을, 내 말투가 어때서요! 그녀가 당신의 아내라도 됩니까?」

「아니라니까요. 전 결혼하지 않았다고…… 그런데 저 같으면 불행한 처지에 놓여 있는 존경할 만한 사람에게, 뭐 제가 존경받을 만큼 다 갖추었다고 보기는 어렵지만, 그래도 최소한 교육받은 사람에게 말끝마다 〈제기랄〉이라고는 하지 않을 텐데요. 당신은 계속해서 그러는군요. 빌어먹을! 제기랄!」

「아, 그래요, 제기랄! 그래서요?」

「당신은 앞뒤를 분간하지 못할 정도로 흥분해 있군요. 그러니 제가 참지요. 맙소사, 아니 저게 누군가?」

「어디요?」

소음과 깔깔대는 웃음소리가 들리더니 예쁘게 치장을 한 두 여자가 내려왔다. 두 남자는 그리로 달려갔다.

「어머나! 당신들 뭐예요?」

「왜들 달려온 거지요?」

「아니잖아!」

「그렇다면 사람을 잘못 본 거군요! 이봐요, 마부!」

「어디로 모실까요, 마드모아젤?」

「뽀끄로프로 가요. 이리 타, 안누쉬까, 내가 바래다 줄게.」

「그럼, 난 저쪽으로 탈게, 갑시다! 빨리 가주세요……」

마차는 떠나가 버렸다.

「어디서 나왔을까?」

「오, 하느님! 한번 가보지 않겠습니까?」

「어디로요?」

「보비니쩐의 집 말입니다.」

「안 돼요, 그건 안 될 일이에요.」

「왜 안 됩니까?」

「물론 나도 가보았으면 하지만, 그러면 그녀는 분명 딴소리를 할 거고 고개를 돌릴 테지요……. 그녀를 잘 알고 있어요! 그녀는 누구와 같이 있는 현장을 포착하려고 일부러 왔다느니 어쩌느니 하면서 나를 윽박지를 거요!」

「어쩌면, 정말 그녀가 여기에 있는지도 모르죠! 그런데 당신은 왜 장군에게 가지 않는지 모르겠군요…….」

「이사했다고 말하지 않았습니까!」

「마찬가지예요, 아시겠어요? 그녀가 들어가지 않았습니까, 그러니까 당신도, 마치 장군이 이사한 사실을 모르는 것처럼, 아내를 따라온 것처럼 들르면 되는 일 아닙니까! 그냥 한번 해보는 겁니다.」

「그러고 나서는요?」

「뭐, 그런 다음 보비니찐의 집에 누가 있는지 알게 되는 거죠. 어유, 제기랄, 정말 아무 생각이 없는 양반이로군!」

「아니, 내가 현장을 덮치는 거랑 당신이랑 무슨 상관입니까? 안 그렇습니까!」

「뭐, 뭐라고요? 또다시 조금 전의 넋두리를 반복하는 겁니까? 어유, 맙소사, 이럴 수가! 정말이지 우습기 짝이 없고 아무런 분별도 못하는 양반이구먼!」

「도대체 왜 당신은 그렇게도 흥미 있어 하지요? 무엇을 알고 싶어서……」

「무엇을 알고 싶어한다고요? 무엇을 말입니까? 나, 원, 빌어먹을! 지금 문제는 당신이 아니지! 나 혼자 가겠으니, 저리 비켜 주세요. 저리로 가서 잘 살피고나 계시라니까요!」

「이것 보세요. 보아하니 자신의 본분을 거의 망각하고 있군요!」 너구리털 외투의 신사는 절망하여 소리쳤다.

「뭐라고요? 대관절 뭐라고 했습니까? 내가 망각하고 있다고요?」 젊은이는 이를 악물고 미친 듯이 너구리털 외투의 신사에게 바짝 다가가 말했다. 「아니, 뭐요? 누구 앞에서 뭘 망각했다고요?」 주먹을 불끈 쥐며 그는 소리 질렀다.

「그게 아니라, 이것 보십시오, 죄송하게 되었습니다.」

「도대체 당신이 누구길래, 누구 앞에서 망각이니 어쩌니 하는 거요! 당신은 성이 뭐요?」

「모르겠는데요, 젊은 양반, 갑자기 제 성은 왜? 밝힐 수 없습니다. 당신과 함께 가는 게 좋겠습니다. 갑시다. 전 남지 않을 겁니다. 모든 준비가 되었으니까요. 그런데 믿어 주세요. 사실 저란 인간은 좀 더 정중히 대접받을 만한 가치가 있단 말입니다! 정신 바짝 차리셔야 합니다. 설령 무슨 일로 혼란스럽더라도, 짐작은 가는 바입니다만, 결코 냉정을 잃어서는 안 됩니다. 당신은 아직 대단히 젊으니까요!」

「당신이 늙은 것이 나와 무슨 상관입니까? 그게 무슨 벼슬이라도 된답니까! 저리 비켜 주세요. 왜 여기서 난리입니까?」

「내가 왜 늙었다는 거요? 내가 무슨 늙은이라고요? 물론 사회적 지위로 보면야 그렇겠지만, 아니 내가 무슨 난리를 피웠다고…….」

「사실이 그렇지 않습니까. 자, 이제는 좀 비켜 주십시오…….」

「싫습니다. 함께 가겠다니까요! 절 막지는 못할 겁니다. 저도 관련된 일이니, 우리 함께…….」

「정 그러시다면, 자 조용, 조용히 하세요, 입 좀 닫으세요!」

두 사람은 입구를 지나, 계단을 따라 3층으로 올라갔다. 그곳은 몹시 깜깜하였다.

「잠깐만요! 성냥 가지고 있습니까?」

「성냥요? 어떤 성냥 말입니까?」

「담배 안 피우십니까?」

「아! 알았습니다. 있어요, 있고말고요. 자, 여기 있습니다. 에, 잠깐만…….」 너구리털 외투의 신사는 부스럭거리기 시작했다.

「어유, 이런 골칫덩어리…… 제기랄! 이게 문인 것 같은데…….」

「이게 — 이게 — 이게 — 이게 — 이게…….」

「이게 — 이게 — 이게…… 왜 떠드는 겁니까? 쉬 — 잇!」

「이것 보세요. 마지못해 참고 있는데…… 당신, 정말이지 불손하기 짝이 없군요!」

갑자기 성냥불이 확 켜졌다.

「아, 역시 여기 있군, 여기 이름이 써 있군요. 과연 보비니쩐이군요. 자, 보세요. 보비니쩐이지 않습니까?」

「그래, 그렇군요!」

「쉬잇! 뭐, 불이 꺼졌소?」

「꺼졌군요.」

「문을 두드려야 하지 않을까요?」

「암, 그래야 하고말고요!」 너구리털 외투의 신사가 맞장구쳤다.

「두드리세요!」

「아니, 내가 왜? 당신이 먼저 두드려요.」

「이런 겁쟁이!」

「당신이야말로 겁쟁이구려!」

「저리 비 — 비켜 — 주세요!」

「당신 같은 사람에게 비밀을 털어놓다니, 후회막급이오. 하필 당신에게…….」

「내가? 뭐, 내가 어때서요?」

「당신은 내가 지금 어지러운 상태에 있는 걸 이용하고 있군요! 내가 그런 상태인 것을 알고서…….」

「무슨 말 같지도 않은 소리를! 우습기 짝이 없군. 자, 이젠 다 끝났소!」

「대체 당신은 여기 왜 온 겁니까?」

「그런 당신은 왜 오셨소?」

「참으로 훌륭한 행실이야!」 너구리털 외투의 신사는 참다 못해 주의를 주었다.

「아니, 왜 행실까지 들먹이십니까? 당신은 어떻길래?」

「바로 그것이 좋지 못한 행실이오!」

「뭐가 어째요?」

「그래, 당신 눈에는, 마누라에게 모욕당한 남편은 하나같이 바보로 보인단 말이죠!」

「그럼, 당신이 남편이란 말입니까? 남편은 저기 보즈네센스끼 다리 위에 있다면서요? 당신의 정체는 무엇이죠? 왜 이렇게도 귀찮게 따라다니는 겁니까?」

「내가 보기엔, 바로 당신이 정부인 것 같군요?」

「이보세요. 만약 당신이 그런 식으로 계속한다면, 나로서는 당신이 멍청이라고 떠들 수밖에 없군요! 그래, 누굴 아신다고요?」

「요컨대 당신은 내가 남편이라고 말하고 싶은 거지요!」 너구리털 외투의 신사는 마치 뜨거운 물이라도 뒤집어쓴 듯 뒷걸음치며 말했다.

「쉿! 조용히! 들리세요……?」

「아, 그녀다.」

「아닙니다.」

「어유, 이렇게 어두울 수가!」

주위는 조용해졌다. 보비니쩐의 집에서 말소리가 커다랗게 들려왔다.

「이것 보세요. 대체 우리가 왜 다투고 있는 겁니까?」 너구리털 외투를 입은 신사가 소곤거렸다.

「그래, 당신이, 제기랄, 먼저 화내지 않았소!」
「아니, 당신이 나를 그렇게 만들지 않았습니까!」
「잠자코 있어요!」
「아시겠지만, 당신은 아직 상당히 젊습니다……」
「자 — 암 — 자코 있으라니까요!」
「물론 그런 상황에 처한 남편이 멍청하다는 생각에는 같은 의견입니다.」
「당신, 제발 입 좀 닥치지 못하겠소? 오!」
「하지만, 가엾은 남편의 분노에 찬 추적은 무엇 때문이었겠습니까?」
「그녀의 목소리요!」
그러나 말소리는 그 순간 그쳐 버렸다.
「그녀입니까?」
「그녀요! 그녀야! 그녀라니까! 그런데 당신, 당신이 왜 그렇게 흥분하십니까? 당신의 불행이 아니라면서요!」
「이것 보세요, 이것 보십시오!」 너구리털 외투의 신사는 창백한 얼굴로 훌쩍거리면서 중얼거렸다. 「물론 지금 저는 어지러운 상태이긴 하지만…… 당신은 저의 비참한 모습을 보고도 남았을 겁니다. 지금은, 물론 밤이지만, 내일이면…… 그러나 내일은 정말 만날 일이 없을 겁니다. 뭐, 그렇다고 만나는 것을 두려워하지는 않습니다. 그런데 이건 제 일이 아니라, 저기 보즈네센스끼 다리 위에 서 있는 그 사람의 일이지요. 진짜 그 사람의 일입니다! 이 여자는 바로 그의 아내, 즉 남의 아내란 말입니다! 참으로 불행한 사람 같으니! 정말입니다. 저는 그와 잘 아는 사이니, 모든 걸 얘기하겠습니다. 아시다시피, 그는 친구입니다. 그렇지 않다면야 이렇게 속을 태우지도 않았을 테지요. 보시다시피 말입니다……. 그 친구에게 이미 여러 번 물어보았지요. 도대체 결혼은 왜 하느냐고요? 사회적 지위도 있겠다, 재산도 있겠다, 거기다 존경까지 받는 형편이면서 왜 그 모든 것을 한 여자의 변덕스러운 애교와 바꾸려 하는지! 제 말이 틀렸습니까? 그러나 그는 가정의 행복…… 운운하면서 결혼하겠다고 하더군요. 이 따위가 무슨 가정의 행복입니까! 글쎄, 처음에는 자기 스스로가 여러 남편들을 기만하고 다니더니, 아, 지금은 술만 마시고 있지 뭡니까……. 자꾸 늘어놓아 죄송합니다만, 꼭 필요하다고 생각되기에……. 저렇게 술만 들이키고 있으니 정말 불행한 사람입니다. 바로 그렇습니다!」 이 대목에서 너구리털 외투의 신사는 통곡이라도 하듯이 흐느껴 울었다.

「제기랄, 하나같이 똑같군! 바보투성이로군! 대체 당신은 뭐 하는 작자요?」

젊은이는 광분하여 이를 부드득 갈았다.

「아니, 지금쯤은 이해하시리라 생각했는데…… 저는 당신을 솔직한 마음으로 대했건만…… 어떻게 제게 그런 어투를!」

「아니, 이거 정말 죄송합니다. 댁의 성이 무엇입니까?」

「필요 없어요. 성은 알아 무엇 하시겠소?」

「아!」

「성은 얘기할 필요도 없고…….」

「혹, 샤브린을 아십니까?」 젊은이는 재빨리 물었다.

「샤브린이라니!」

「네. 샤브린 말입니다! 아!(여기서 짧은 털외투의 젊은이는 너구리털 외투를 입은 신사의 화를 돋우려고 작정했다) 이제야 뭐가 뭔지를 아시겠습니까?」

「아직도 모르겠습니다. 샤브린이라니요! 절대 샤브린이 아닙니다. 그는 존경받을 만한 인물이지요! 질투로 인한 당신의 불손한 행위는 이 자리에서 용서해 주겠습니다.」 어리둥절해 하며 너구리털 외투의 신사는 대답하였다.

「그는 비겁한 사기꾼에 나랏돈까지 빼돌린 나쁜 놈이죠! 이제 곧 법정에 서게 될 겁니다!」

「실례합니다.」 너구리털 외투의 신사는 하얗게 질렸다. 「당신은 그를 모르고 있군요. 제가 보기엔, 전혀 모르는 것 같습니다.」

「사실상 그와 안면은 없습니다. 그러나 그와 아주 가까운 자들을 잘 알고 있지요.」

「이것 보세요. 대체 어떤 사람들을 아십니까? 아시다시피, 저는 지금 머릿속이 혼란스러운 상태라서…….」

「일간이! 질투의 화신! 제 아내도 간수하지 못하는 바보! 원한다면 그가 어떤 작자인지 얘기해 드리지요!」

「실례합니다만, 젊은 양반, 뭔가 상당히 오해하고 계시는 것 같군요…….」

「앗!」

「아!」

보비니쩐의 집에서 무슨 소리가 나자 그들은 살며시 문을 열었다. 누군가의 목소리가 들려왔다.

「앗, 그녀가 아닙니다. 아니에요! 만약 그녀의 목소리라면 제가 당연히 알지요. 이제 그녀가 아니란 것이 분명해졌군요!」 이렇게 말하는 너구리털 외투의 신사는 얼굴이 새하얗게 질려 있었다.

「조용히 좀 하세요!」

젊은이는 벽에 바짝 다가갔다.

「이것 보십시오. 저는 이만 실례하겠습니다. 그녀가 아니라 정말 기쁘군요.」

「뭐, 정 그렇다면야! 자, 그만 비키세요. 비켜 주십시오!」

「아니, 당신은 거기 왜 서 있습니까?」

「아, 그런 당신은요?」

문이 열렸다. 참다못한 너구리털 외투의 신사가 허둥지둥 계단을 내려갔다.

한 남자와 여자가 젊은이 곁을 지나치자 그의 심장은 얼어붙는 듯하였다. 귀에 익은 여자 목소리에 이어 전혀 모르는 남자의 쉰 목소리가 들렸다.

「괜찮습니다. 썰매를 준비하라고 지시하겠습니다.」 쉰 목소리의 남자가 말했다.

「아! 네, 좋습니다. 그렇게 해주세요……」

「바로 저기에 있군요. 잠깐만 기다리십시오.」

부인은 혼자 남았다.

「글라피라! 너의 맹세는 대체 어디에?」 짧은 털외투의 젊은이가 소리치며 부인의 손을 붙잡았다.

「아니, 이게 누구야? 당신, 뜨보로고프 아니에요? 오, 하느님! 이런 데서 뭘 하고 있는 거죠?」

「방금 함께 있던 자는 대체 누구요?」

「그는 제 남편이에요. 가주세요. 저리 가주세요. 그이가 뽈로비쩐의 집에서 곧 나올 텐데……. 비키세요. 제발, 어서요.」

「뽈로비쩐은 이미 3주 전에 이사하지 않았소! 다 알고 있단 말이야!」

「어머나!」 부인이 입구로 달려가자 젊은이는 그녀를 붙잡

앉다.

「누구한테서 들었죠?」 부인이 물었다.

「바로 당신의 남편, 이반 안드레비치가 말해 주었지. 그는 지금, 바로 당신 앞에 있지요……」

이반 안드레비치는 정말로 입구에 서 있었다.

「아니, 당신이잖아?」 너구리털 외투의 신사가 소리질렀다.

「아! 당신이었군요 C'est vous?」 글라피라 뻬뜨로브나는 반가움에 겨워 그에게 몸을 던지며 소리쳤다. 「맙소사! 제게 무슨 일이 있었는지 아세요? 사실은 뽈로비찐 댁에 갔는데……. 한번 생각해 보세요. 그 댁이 지금은 이즈마일로프스끼 다리 쪽에 있잖아요. 언젠가 말했죠. 기억하세요? 오늘 그곳에서부터 썰매를 타고 왔는데 그만 부서져 버렸지 뭐예요. 여기서 백 보 가량 떨어진 곳에 쓰러진 나를 마부가 이리로 옮겨 주었지요. 의식을 잃고 말았던 거죠. 다행히도 그때 신사 뜨보로고프께서……」

「어떻게 했단 말이오?」

므슈 뜨보로고프는 돌덩이처럼 굳어져 있었다.

「므슈 뜨보로고프는 나를 발견하고는 데려다 주겠다고 하셨어요. 그러나 지금은 당신이 여기 있으니, 그 사람에게 진심으로 감사하다는 말을 해야겠군요. 저, 이반 일리치 씨……」

부인은 굳어져 있는 이반 일리치에게 악수를 청하듯 손을 내밀었는데, 손을 잡는다기보다는 꼬집듯이 꽉 눌렀다.

「므슈 뜨보로고프, 오 나의 친구여! 우리는 스꼬르루쁘프 댁 무도회에서 서로 만났지요. 가만 있자, 내가 당신에게 말했던 것 같은데? 기억하고 있죠, 꼬꼬?」

「아, 물론이죠! 기억하고 말고요!」 꼬꼬라는 소리에 너구리털 외투의 신사는 맞장구쳤다. 「만나서 대단히 반갑습니다. 대단히 반가워요.」

그런 다음 그는 뜨보로고프의 손을 뜨겁게 잡았다.

「누가 있습니까? 무슨 일입니까? 제가 기다리고······.」 쉰 목소리가 들렸다.

사람들 앞에 키가 훤칠한 신사가 나타났다. 그는 손잡이 안경을 꺼내 너구리털 외투의 신사를 찬찬히 살폈다.

「아, 므슈 보비니쩐?」 부인은 호들갑을 떨기 시작했다. 「어디서 오시는 길이세요? 마침 만났군요! 글쎄, 제가 지금 막 말에서 떨어졌지 않겠어요······. 아참, 이쪽은 제 남편이에요! 장Jean! 이분은 까르뽀프 댁 무도회에서 만난 므슈 보비니쩐······.」

「아! 대단히, 대단히, 대단히 반갑습니다! 제가 지금 마차를 불러오겠습니다.」

「그래요, 장, 불러오세요. 얼마나 놀랐는지 지금도 떨리는군요. 기분도 좋지 않은 게······ 오늘 밤 가장 무도회에서 봐요.」 그녀는 뜨보로고프에게 속삭였다. 「안녕히, 안녕히 계세요, 보비니쩐 씨! 아마 내일 까르뽀프 댁 무도회에서 뵙게 되겠지요······.」

「아니오. 실례지만, 내일은 가지 않을 겁니다. 지금 생각엔, 저, 내일은 어쩌면······.」 보비니쩐은 입 안에서 무슨 말인가 중얼대더니 장화 신은 발을 질질 끌며 썰매를 타고 가버렸다.

마차가 다가왔다. 부인이 마차에 올랐으나 너구리털 외투의 신사는 타지 않았다. 그는 움직일 기력조차 없는지 얼빠진 모습으로 짧은 모피 외투의 신사를 쳐다보았다. 젊은이는 맥빠진 웃음만 지을 뿐이었다.

「뭐라고 해야 할지 모르겠습니다……」

「죄송합니다. 알게 되어 대단히 반가울 따름입니다.」 젊은이는 호기심을 드러내는 동시에 다소 겁에 질린 표정으로 대답했다.

「대단히, 대단히 즐거웠습니다……」

「그런데 당신 덧신 한 짝이 벗겨진 것 같군요……」

「내가요? 아, 그렇군요! 고맙습니다. 고맙소. 그렇지 않아도 고무로 만든 걸 하나 사려던 참인데……」

「고무로 만든 것은 땀이 배어 불편할 겁니다.」 젊은이는 상당히 걱정하듯이 말했다.

「장! 아직 멀었어요?」

「정말 땀이 배는군요. 지금, 지금 가요, 내 사랑. 참 재미있는 대화로군요! 정말 말씀대로 땀이 배는군요……. 그런데, 죄송합니다. 저……」

「천만에요.」

「당신을, 당신을 알게 되어 대단히, 대단히 기쁩니다……」

너구리털 외투의 신사는 마차에 올랐다. 마차가 움직이기 시작했다. 젊은이는 허탈한 표정으로 마차를 바라보며 계속 그 자리에 서 있었다.

2

그다음 날 저녁, 이탈리아 오페라 극장에서 무슨 공연이 있었다. 이반 안드레비치는 마치 폭탄과 같은 기세로 공연장에 들어섰다. 음악에 대한 그의 이같이 폭발하는 듯한 열정을 사람들은 여태껏 본 적이 없었다. 기껏해야 그들은 이반 안드레비치가 이탈리아 오페라 극장에 나타나면, 한두 시간쯤 눈을 붙이는 것을 상당히 즐긴다는 사실을 긍정적으로 볼 정도였다. 더군다나 그는 그렇게 단잠을 즐기는 것이 상쾌하고 달콤하기까지 하다며 떠들고 다녔다. 「글쎄, 프리마 돈나가 꼭 하얀 고양이 새끼 같은 울음소리로 자장가를 불러 대니······.」 그는 이렇게 친구들에게 여러 번 이야기하곤 했다. 그러나 그가 이런 얘기를 하고 다닌 것도 지난 시즌까지였다. 아, 그런데 지금은 그게 아니지 않은가! 요즈음 이반 안드레비치는 집에서 밤마다 잠을 제대로 이루지 못하고 있다. 하지만 지금은 어떻게 된 영문인지 초만원을 이룬 극장 안으로 폭탄처럼 뛰어든 것이다. 좌석 안내원도 처음엔 경멸의 눈초리로 쳐다보다가, 만약의 경우 이 작자가 옆구리에 칼이라도 숨겼을지 모른다는 생각으로 그의 옆 호주머니를 곁눈질했다. 여기서 잠시 그 당시의 오페라 광들이 두 파로 나뉘어져 각각 자기 편을 지지했다는 사실을 알아 둘 필요가 있다. 한쪽은 X-지스트라 했고 다른 한쪽은 X-니스트라 했는데, 이 두 파는 지독한 음악 애호가들로 이루어져 있었다.[2] 따라서 좌석 안내원들은 공연 중에 두 프리마 돈나에게 집중된 모든 고상하고 아름다운 것에 대한 사랑이 그 자리에서 결정적으로 표출되면 어떡하나 우려하고 있었다. 바로 이런 이유로 백발의 노인, 아니 완전 백발이라기보다는 대략 쉰

---

2 이것은 1843~1844년 그리고 1847~1848년, 뻬쩨르부르그 이탈리아 오페라 극장의 두 프리마 돈나(테레사 드 지울리 보르시와 에르미니 프레찌올리니)에 대한 이야기이다.

살쯤 된, 대머리에 중후한 외모의 신사가 극장에서 팔팔한 열정을 드러내는 것을 본 좌석 안내원은 자기도 모르게 덴마크 왕자 햄릿의 장중한 구절을 떠올렸다. 〈하물며 늙은이도 이처럼 타락할진대, 젊은이야 어떠하리……?〉[3] 그래서, 이미 얘기했듯이, 그는 칼자루라도 보게 되지 않을까 하는 생각에 연미복 호주머니를 힐끔힐끔 쳐다보았다. 그러나 거기엔 종이 조각 하나밖에 없었다. 극장 안으로 쏜살같이 들어온 이반 안드레비치는 2층 좌석들을 순식간에 훑어보았다. 그런데, 아니, 저럴 수가! 그는 심장이 멎을 뻔하였다. 그녀가 이곳에 있지 않은가! 바로 위층에 있는 게 아닌가! 그곳에는 뽈로비찐 장군 부처와 그 처제, 그리고 몹시 민첩한 장군의 젊은 부관도 함께 있었다. 또 문관 복장 차림의 한 사나이도 있었는데…… 이반 안드레비치는 그를 온 신경을 집중하여 쏘아보았다. 오! 세상에 이럴 수가! 문관 복장의 사나이는 비겁하게 부관 뒤에 숨어 보이지 않았다.

그녀가 여기 있다. 그런데도 그녀는 절대로 이곳에 오지 않을 거라고 말하지 않았던가! 얼마 전부터 글라피라 뻬뜨로브나의 행동 하나하나에 나타나기 시작한 이 같은 표리부동은 이반 안드레비치를 실망시키고 말았다. 그리고 바로 이 문관 복장 차림의 젊은이는 마침내 그를 절망에 빠뜨리고야 말았다. 그는 너무 놀라 털썩 의자에 주저앉았다. 그가 왜 그러느냐고? 사정은 매우 간단하다…….

그런데 이반 안드레비치의 좌석이 우연찮게도 베누아르(무대 옆 특별석) 옆이었고, 게다가 망할 놈의 2층 좌석은 그

---

[3] 셰익스피어의 『햄릿』(뿔레보이의 러시아 어 번역판)에서 인용한 부분.

가 앉은 자리 바로 위에 있었기 때문에, 그는 자신의 머리 위에서 무슨 일이 일어나는지 도무지 알 수가 없었다. 불쾌하기 짝이 없는 일이었다. 따라서 그는 뜨거운 주전자처럼 부글부글 끓어오르고 울화가 치밀었다. 1막이 다 지나도록 그는 전혀 아무것도 들을 수 없었다. 흔히들 음악이 좋다고 말하는데, 그것은 음악적 감동이 모든 종류의 감정을 담아 낼 수 있기 때문이다. 마음이 즐거운 이는 음악 속에서 기쁨을 찾고, 괴로운 이는 슬픔을 발견하기에……. 그런데 이반 안드레비치의 귓가에는 폭풍소리만이 들릴 뿐이었다. 이것도 부족한지 사방에서 들리는 함성은 그의 심장을 터지게 할 정도였다. 이윽고 막이 끝났다. 그러나 막이 내려진 바로 그 순간, 우리의 주인공에게 도저히 글로는 표현할 길 없는 사건이 발생하였다.

공연장에서 윗좌석으로부터 팸플릿 같은 것이 흩날리며 떨어지는 경우는 이때쯤이다. 연극이 지루하여 관객들이 하품을 하고 있는 때라면 이것은 아주 흥미진진한 사건이다. 얇다란 종이들이 맨 윗좌석으로부터 내려오는 경우 관객들은 특히 흥미를 갖게 되고, 지그재그를 그리면서 공중 여행을 끝낸 종이가 맨 아랫자리에 이르러, 아무 영문도 모르는 누군가의 머리 위에 난데없이 내려앉는 광경을 지켜보며 유쾌해 한다. 정말이지, 그 머리 임자가 당황해 하는 모습 또한 흥미거리이다(왜냐하면, 그런 상황에서는 누구든지 당황하기 마련이니까). 필자 또한 좌석 난간에 놓여 있는 부인들의 오페라 글라스를 항상 두려워한다. 그것을 보고 있자면, 나로서는 당장에 그것이 아무 영문도 모르는 누군가의 머리 위에 떨어질 것만 같은 불안감을 떨칠 수가 없다. 그러나 여기서 그 따위 비극적 주석을 달 필요는 없을 것 같다. 그런 이야기는 사기나, 부정 부패 그리고 바퀴벌레 따위의 예방을 위해 힘쓰는 신문의 문예란에나 보내는 게 낫겠다. 혹, 여러분 댁에 바퀴벌레가 있다면, 비단 러시아뿐 아니라 온 세상의 모든 바퀴벌레, 이를테면 쁘루싸크 벌레들의 철천지 원수인 저명한 쁘린치프 씨를 소개하는 바이다.

그러나 지금까지 어떤 데에도 실린 적이 없는 그런 사건이 이반 안드레비치에게 일어났다. 이미 말한 대로, 상당히 벗겨진 그의 머리 위에 무엇인가가 떨어졌는데 그것은 프로그램 팸플릿이 아니었다. 솔직히 말해, 필자는 그의 머리 위에 떨어진 것을 밝히기가 곤란하다. 질투심에 끓어오르는 이반 안드레비치의 벗겨진 머리 위로 떨어진 것은 비도덕적인 물건, 말하자면 향수 냄새가 코를 찌르는 연애 편지였기 때문에, 이것을 밝히는 것이 어쩐지 쑥스러울 따름이다. 이렇듯 예기치 않게 일어난, 게다가 점잖지 못한 경우에 부딪쳐 전혀 준비가 되어 있지 않던 이반 안드레비치는 흡사 머리 위에 쥐새끼나 어떤 다른 짐승이라도 떨어진 듯이 몸을 오싹거렸다.

편지가 사랑의 내용을 담고 있으리라는 데는 추호도 의심의 여지가 없었다. 그것은 소설에서 보듯이 향수 젖은 종이에다 쓴 것이며, 비겁하게도 부인용 장갑 속에 숨길 수 있도록 꼬깃꼬깃 접혀 있었다. 이 편지는 아마도 어느 부인이 누구에게 전해 주려는 그 순간 우연히 떨어진 듯했다. 이를테면, 팸플릿을 빌려 달라는 요청이 있고, 이미 팸플릿 속에 교묘히 끼워져 있던 편지가 상대방의 손으로 넘어가려는 순간, 부관이 실수로 이를 건드린다. 이 순간 편지는 자신의 실수를 정중히 사과하는 부관의 떨리는 손에서 빠져나가고, 참다못해 손을 내뻗은 문관 복장의 사나이는 편지 대신에 팸플릿만을 받아 쥐게 된다. 그것을 손에 든 그는 어쩔 줄 몰라 당황해 하는 것이다. 이 얼마나 불쾌하고 괴상한 사건이겠는가! 그야 말할 나위도 없지만, 이반 안드레비치에게 있어서는 훨씬 더 불쾌하기 짝이 없었다.

「운명이야Prédestiné!」손에 편지를 꽉 쥔 채 식은땀을 줄줄 흘리며 그는 소곤거렸다. 〈이건 운명인 게야! 총알이 스스로 죄인을 찾는다더니! 아니야, 그게 아니야! 내게 무슨 잘못이 있단 말인가? 아, 그렇지, 이런 경우에는 다른 속담이 있지, 엎친 데 덮친 격이라나 뭐라나……〉 이런 생각이 그의 머리를 스쳤다.

그러나 이런 뜻밖의 사건으로 멍해진 그의 머리에서 뭐 그리 신통한 생각이 떠오르겠는가? 이반 안드레비치는 살아 있지도, 그렇다고 죽었다고 할 수도 없는 상태로 돌처럼 굳어 있었다. 사실 이때 극장 안은 앙코르를 청하는 환호 소리로 시끌벅적했으나, 그는 모든 이들이 이 사건을 알아 버렸다고 확신했다. 그는 마치 많은 사람들이 모인 우아한 모임에서 자기가 무슨 뜻밖의 기분 나쁜 소동이라도 일으킨 듯이 얼굴을 붉히며, 고개도 들지 못한 채 어쩔 줄 몰라하며 앉아 있었다. 마침내 그는 고개를 들기로 마음먹었다.

「참 잘 부르는군요!」그는 자기 왼쪽에 앉은 한 멋쟁이에게 말했다.

흥분의 절정에 이르러서 마구 손뼉을 치면서 유별나게 발을 동동 구르고 있던 멋쟁이는 무관심한 표정으로 이반 안드레비치를 흘긋 쳐다보았다. 그러고는 당장에 소리가 잘 들리도록 두 손을 입에다 대고 가수의 이름을 소리쳐 불렀다. 지금껏 한 번도 이렇게 큰 소리를 들어 본 적이 없는 이반 안드레비치는 환희에 차 있었다. 〈아무것도 눈치채지 못한 것이 분명해!〉 이렇게 생각한 그는 뒤를 돌아다보았다. 그런데 그의 뒷자석에 앉은 한 뚱뚱한 신사가 뒤를 돌아보며 오페라 글라스로 주위를 살피고 있었다. 〈이자도 괜찮겠군!〉 이반 안드레비치는 생각했다. 그렇다면 앞에 앉은 자들은 말할 것도 없이 아무것도 보지 못한 상황이었다. 그는 기쁜 마음으로 쑥스러워하며 옆의 특별석을 곁눈질했는데, 이번에는 심한 불쾌감으로 몸을 오싹거렸다. 거기엔 아름다운 부인이 앉아 있었는데, 그녀는 의자에 등을 기대고 손수건으로 입을 가린 채 미친 듯이 깔깔대고 있었다. 「오, 저 여자가 나를 보았단 말인가!」 이반 안드레비치는 혼잣말을 하며, 다른 사람들의 발을 밟으면서 입구로 달려갔다. 여기서 필자는 독자 여러분에게 이반 안드레비치와 본인 중에 누가 옳은지 판단해 주기를 요구하는 바이다. 이 순간 과연 그의 생각이 옳았을까? 알다시피, 큰 극장은 4층까지가 칸막이식 좌석이고 5층은 일반석으로 되어 있다. 그런데 하필이면 이 편지가 왜 바로 위층에서 떨어졌다고만 가정하는 것일까? 다른 층일 수도 있지 않은가, 예를 들면 5층에도 부인들이 있으니, 가능하지 않은가? 그러나 열정이란 배타적인 것이며, 더욱이 질투란 세상에서 가장 배타적인 열정이다.

이반 안드레비치는 홀 밖으로 뛰어나와, 불빛 아래에 서서 편지를 읽었다.

〈오늘, 공연이 끝난 뒤에, G거리 * * 골목에 있는 건물 3층, 계단 오른쪽 집으로 와주세요. 문은 1층 입구 쪽에 있습니다.

제발 실수 없이 와주세요.〉

이반 안드레비치가 필적을 알아볼 수는 없었지만 이는 의심의 여지가 없는 밀회의 지정이었다. 〈현장을 포착해 나쁜 짓을 초장에 막아야겠다.〉 이런 생각이 이반 안드레비치의 머리에 맨 먼저 떠올랐다. 그 자리에서 당장 정체를 폭로해 버릴까 하는 생각도 들었다. 그렇게 하려면 어떻게 하는 것이 좋을까? 이반 안드레비치는 2층으로 달려 올라갔으나, 이성을 찾고 다시 되돌아왔다. 사실 그는 어디로 가야 할지를 몰랐다. 하는 수 없이 그는 반대편으로 달려가 열려 있는 칸막이 좌석의 문을 통해 맞은편을 바라보았다. 그렇다, 과연 그렇다! 5층까지의 수직선상의 모든 좌석에는 젊은 부인들과 젊은 청년들이 잔뜩 앉아 있었다. 5층이나 되는 많은 좌석들 가운데 어디서 편지가 떨어졌는지를 알 수 없었다. 따라서 이반 안드레비치는 마치 모두가 그에 대해 어떤 음모를 꾸미고 있다는 생각으로 그들을 노려보았다. 눈에 보이는 어떠한 것도 그의 생각을 변화시킬 수는 없었다. 2막 내내 그는 복도를 이리저리 돌아다녔고 어디에서도 마음을 진정시킬 수 없었다. 그는 매표 창구로 달려가 4층 좌석표를 산 모든 사람들의 명단을 알아내려고 했으나 창구는 이미 문이 닫힌 상태였다. 마침내 열광적인 찬사와 박수 갈채가 울려 퍼졌다. 공연이 다 끝난 것이다. 환호가 시작되자 두 파의 리더인 듯한 두 사람의 목소리가 꼭대기 층으로부터 특히 크게 울려 퍼졌다. 그러나 이것은 이반 안드레비치와 전혀 상관없는 일이었다. 그의 머릿속에는 앞으로 행할 행동 계획이 번득이고 있었다. 그는 짧은 모피 외투를 입고 G 거리로 달려갔다. 거기서 그는 현장을 덮쳐 정체를 폭로하는 데, 어제보다는 더

힘있게 행동하리라 결심했다. 그는 금세 건물을 찾아 입구로 들어섰다. 바로 그때 외투를 걸친 멋쟁이 차림의 한 사나이가 난데없이 그의 소매를 스치며, 앞질러 3층으로 뛰어올라갔다. 이반 안드레비치는 비록 이 사람의 얼굴을 확인하지는 못했지만, 아까 극장에서 본 멋쟁이라는 생각이 들었다. 그는 심장이 멎는 듯했다. 멋쟁이는 이미 그를 한 층이나 앞질러 있었다. 이윽고 그는 3층에서 문이 열리는 소리를 들었는데, 마치 누군가가 그를 기다리고나 있는 듯 벨소리도 울리지 않았는데 문이 열렸다. 집 안으로 들어서는 젊은이의 모습이 어렴풋이 보였다. 문이 채 닫히기 전에 이반 안드레비치는 3층으로 따라 올라갔다. 문 앞에 서서 그는 자신의 행동에 대해 이성적으로 생각하려고 애썼다. 그리고 다소 겁먹은 상태로 무엇인가 단호한 결심을 한 듯했다. 그러나 바로 이 순간, 요란한 소리를 내며 한 대의 마차가 입구에 도착했다. 시끌벅적한 소리와 함께 문이 열리고, 누군가가 기침을 하고 끙끙대면서 무거운 발걸음으로 위로 올라오는 소리가 들렸다. 이반 안드레비치는 더 이상 서 있지 못하고, 문을 확 열고는, 모욕당한 남편의 위엄을 있는 대로 갖춘 채 집 안으로 들어섰다. 그 앞에 흥분한 하녀가 달려왔고 이어서 또 한 사람이 나타났다. 그러나 아무도 이반 안드레비치를 막지 못했다. 폭탄 같은 기세로 뛰어든 그는 깜깜한 두 개의 방을 지나, 젊고 아름다운 부인이 서 있는 침실에 다다랐다. 그녀는 공포에 질려, 몸을 바들바들 떨면서 그를 쳐다보았다. 자기 주위에 무슨 일이 일어나고 있는지 전혀 모르는 표정이었다. 이 순간, 옆방에서 무거운 발걸음 소리가 침실을 향해 들려왔다. 이 소리는 계단을 올라오던 아까 그 발걸음소리였다.

「맙소사! 내 남편이에요!」 손바닥을 마주치며 소리치는 부인의 얼굴은 입고 있던 가운보다도 더 하얗게 질렸다.

이반 안드레비치는 이곳에 잘못 들어왔음을 느꼈다. 그는 유치하고 어리석기 짝이 없는 실수를 저질렀으며, 사전에 충분히 고려하지 않았음을 깨달았다. 그러나 이미 늦었다. 문이 열리고, 단지 그의 무거운 발걸음으로 미루어 보건대 몸이 무거울 것 같은 남편이 방 안으로 들어왔다……. 이 순간, 이반 안드레비치가 무슨 생각을 하고 있었는지는 모를 일이다! 게다가 남편 앞에 정면으로 나서서 실수로 곤경에 빠졌으며, 본의 아니게 무례한 행동을 저질렀음을 고백하고 사과한 뒤 사라졌으면 될 것을, 왜 그러지 않았는지도 모를 일이다. 물론 그것은 대단한 명예도 아니요, 그렇다고 영광도 아니겠지만, 적어도 솔직하고 떳떳한 모습으로 나갈 수는 있었을 것이다. 그러나 그렇게 하지 않았다. 이반 안드레비치는 마치 자기가 돈 후안이나 로벨라스라도 되는 것처럼 다시금 어린애같이 행동하고 말았다. 처음에 그는 침대 옆 커튼에 몸을 숨겼으나, 점점 자신을 상실한 듯한 느낌이 들어 바닥에 엎드렸다. 그런 다음 그는 아무 생각도 없이 침대 밑으로 기어들었다. 이성보다도 놀라움이 더 크게 작용한 것이었다. 이반 안드레비치는 자신이 모욕당한 남편, 혹은 적어도 그렇다고 스스로 느끼고 있었기에 다른 여자의 남편과 얼굴을 맞대려고 하지 않았다. 아마도 그는 자기가 나타남으로써 그 사람에게 모욕감을 주는 것이 염려스러웠던 모양이다. 아무튼 그는 자기도 모르는 사이에 침대 밑에 숨게 되었다. 그러나 무엇보다도 놀라운 것은 부인이 아무런 반항도 하지 않았다는 점이다. 낯선 중년의 신사가 침실에 들어와 숨을 곳을 찾는데도 그녀는 외마디 소리도 지르지 않았다. 아마도 너무 놀란 나머지 입이 떨어지지 않았음이 분명했다.

남편은 기침을 하고 끙끙대면서 들어왔다. 상당히 나이가 들어 보이는 그는 말끝을 늘이며 웅얼웅얼 아내에게 인사하고는 장작이라도 한 더미 지고 온 사람처럼 의자에 털썩 주저앉았다. 탁한 기침소리가 계속해서 들려왔다. 성난 호랑이에서 새끼 양으로 변한 이반 안드레비치는 고양이 앞에 선 생앙쥐처럼 겁에 질려 숨을 죽이고 있었다. 그는 모욕당한 남편들이 반드시 물어뜯지는 않는다는 것을 알고 있었지만, 놀라움에 숨도 제대로 쉴 수가 없었다. 그러나 생각이 미치지 못했는지, 아니면 다른 어떤 발작이라도 있었는지 그의 머릿속에는 그런 생각이 떠오르지 않았다. 그는 침대 밑에서 자세를 좀 편하게 해보려고 조심스럽게 살며시 더듬기 시작했다. 그런데 이게 무슨 일인가! 더듬던 그의 손이 어떤 물건에 닿았는데, 너무나 놀랍게도 이번에는 물건이 그의 손을 가볍게 쥐는 것이 아닌가! 침대 밑에는 또 다른 사람이 있었던 것이다…….

「누구요?」 이반 안드레비치가 소곤거렸다.

「아니, 내가 누구인지 지금 말해 달라는 거요?」 정체 불명의 낯선 이가 나직이 말했다. 「당신도 곤경에 빠진 이상 입 닫고 누워 있기나 하시오!」

「하지만……」

「잠자코 있어요!」

도움이 되지 않는 이 사람(침대 밑은 한 사람이 있을 공간이었기에)은 이반 안드레비치의 손을 꽉 잡았는데, 그는 어떻게나 아팠는지 하마터면 소리를 지를 뻔하였다.

「이것 보십시오⋯⋯.」
「쉿!」
「그렇게 붙잡지 좀 마시오. 정 그러면 소리 질러 버릴 거요.」
「그렇다면, 어디 질러 보시오! 해봐요!」

이반 안드레비치는 부끄러워 얼굴을 붉혔다. 낯선 이는 냉혹했으며 화가 나 있었다. 아마도 이 사람은 이런 운명의 박해를 경험한 일이 한두 번이 아니며, 구속된 상태에 놓였던 적이 한두 번이 아닌 것 같았다. 그러나 이반 안드레비치는 처음 당하는 일이었고, 좁아서 숨이 막힐 지경이었다. 피가 거꾸로 솟는 듯했다. 그러나 그냥 엎드려 있을 뿐 어쩔 도리가 없었다. 이반 안드레비치는 단념한 채 입을 다물었다.

「나는 말이지, 내 사랑.」 남편이 말을 꺼냈다. 「내 사랑, 나는 오늘 빠벨 이바노비치 집에 다녀왔소. 우리는 모여 앉아 카드 놀이를 했는데, 글쎄 그게, 콜록 — 콜록 — 콜록!(그는 기침하기 시작했다) 그게⋯⋯ 콜록! 글쎄 등이⋯⋯ 콜록! 아 그것이⋯⋯ 콜록! 콜록! 콜록!」

늙은이는 기침을 멈출 수가 없었다.

「등이⋯⋯.」 그는 눈물을 글썽이며 마침내 한마디 했다. 「등이 아팠거든⋯⋯. 게다가 그 저주받을 놈의 치질이! 설 수도 앉을 수도 없고⋯⋯ 앉을 수도 없었지! 콜록 — 콜록 — 콜록!」

다시 시작된 늙은이의 기침은 기침하는 사람보다도 더 오래갈 것처럼 그치지 않았다. 늙은이는 사이사이에 무엇인가 중얼거렸으나 도무지 알아들을 수 없었다.

「이것 보시오, 제발 좀 비켜 주시오!」 불행한 이반 안드레비치가 나직이 말했다.

「어디로 가라고 큰 소리요? 자리가 없단 말이오.」

「그렇지만, 보시다시피 이 상태로는 견딜 수가 없고, 이런 황당한 상황은 나로선 난생 처음이오.」

「나 역시 당신같이 기분 나쁜 이웃은 처음이오.」

「아니, 이 젊은 양반이······.」

「잠자코 있어요!」

「잠자코 있으라고요? 보아하니 젊은이, 당신은 무례하기 짝이 없군요······. 내 눈이 잘못되지 않은 한, 당신은 아직 어린 것 같군요. 당신보다는 내 나이가 많을 거요.」

「닥쳐요!」

「이것 보시오! 대체 누구랑 얘기하고 있는지 모르는 것 아니오!」

「침대 밑에 엎드려 있는 신사와 얘기 중이오······.」

「그런데 내가 여기 들어온 것은 전혀 뜻밖의 일입니다만······ 실수한 거지요. 허나 당신의 경우는 비도덕적인 행동의 결과인 듯하군요.」

「정말 실수하고 계시는군요.」

「이보시오! 내 나이가 당신보다 많다고 이미 말하지 않았소!」

「이것 보십시오! 지금 우리는 같은 처지에 놓여 있다는 사실을 아셔야죠. 제발 부탁이니 제 얼굴 좀 건드리지 말아 주세요!」

「이것 보십시오! 나는 뭐가 뭔지 모르겠군요. 그런데 미안하지만, 도무지 꼼짝할 수가 없단 말이오.」

「대체 당신은 왜 그렇게 뚱뚱합니까?」

「이럴 수가! 여태껏 이런 모욕적인 상황은 처음이오!」

「그렇겠지요. 이보다 몸을 더 낮출 수는 없을 테니.」

「이것 보세요, 이것 보십시오! 나는 당신이 누군지도 모르고 왜 이런 일이 벌어졌는지도 알 수가 없소. 그런데 내가 여기 들어오게 된 것은 단지 실수일 뿐 당신이 생각하고 있는 그런 것은 절대 아니오······.」

「당신이 나를 밀지만 않는다면, 당신에 대해 절대 아무것도 생각하지 않겠소. 그러니 자, 입 좀 다무시오!」

「이것 보세요! 만약에 당신이 조금도 비켜 주지 않는다면, 나는 기절하고 말 거요. 당신 때문에 죽게 될지도 모르오. 단언하건대······ 나는 존경받는 인물이자 한 집안의 가장이란 말입니다. 그런 내가 이런 상황에 처해 있다니!」

「당신 스스로가 이런 위치를 택하지 않았습니까? 정 그러시다면, 조금 비켜 드리지요! 자, 이리로, 더 이상은 안 돼요!」

「참으로 훌륭한 젊은이로군! 이것 보십시오! 내가 당신을 오해한 것 같군요.」 이반 안드레비치는 자리를 양보받은 고마움에 들떠 저려 오는 손발을 비비면서 말했다. 「나는 당신 역시 비좁은 상황에 있다는 것을 이해합니다. 하지만 어쩔 수 없지 않습니까? 당신이 나를 불쾌하게 여기고 있다는 사실을 알고 있어요. 부탁하건대 나에 대한 생각을 바꾸어 주십시오. 나는 본의 아니게 이곳으로 들어왔으며, 맹세코 당신이 생각하고 있는 그런 사람이 아니랍니다······. 너무나도 두렵군요.」

「제발 잠자코 있지 못하겠습니까? 우리가 말하는 소리라도 들리는 날에는 상황이 더욱 악화되리라는 것을 모르시겠어요? 쉬잇······. 남자가 말하는군요.」

정말이지 늙은이의 기침은 멎은 듯했다.

「저런, 여보,」 그는 심하게 울먹이는 쉰 목소리로 말했다.

「콜록……! 콜록! 아, 내 팔자야! 글쎄 말이지, 페도세이 이바노비치가 천엽초를 끓여서 마셔 보라고 권하지 뭐야, 듣고 있소, 당신?」

「듣고 있어요, 여보.」

「그러니까 시험 삼아 한번 마셔 보라는 거야. 그래서 나는 의사의 치료를 받고 있다고 했지. 그랬더니 그가 〈알렉산드르 제미야노비치, 천엽초가 훨씬 나아요〉라고 말하지 뭐요. 비결을 알려 준다고 했는데…… 콜록! 콜록! 이런, 빌어먹을! 당신은 어떻게 생각해? 콜록콜록! 오, 주여! 콜록 — 콜록! 천엽초가 정말 효과 있을까……? 콜록 — 콜록 — 콜록! 아! 콜록…….」

「제 생각에는 한번 마셔 보는 것도 나쁘지 않을 것 같군요.」 아내가 대답했다.

「그래, 맞아, 나쁘지 않을 거야! 그 사람이 그러는데 어찌면 내가 폐병인지도 모른다는 거야. 콜록콜록! 그래서 나는 통풍이거나 위궤양일 거라고 말했지. 콜록콜록! 그랬더니 계속 폐병일 거라는 거야. 당신은, 콜록콜록! 당신은 어떻게 생각해, 정말 폐병일까?」

「오. 맙소사! 무슨 그런 말씀을 하시는 거예요?」

「그래, 폐병인 게 틀림없어! 당신 이제 옷을 갈아입고 잠자리에 들 시간이군, 콜록콜록! 그런데 말이지, 콜록! 난 지금 감기에 걸린 것 같아.」

「아아!」 이반 안드레비치가 움직이려 했다. 「제발 부탁이니 조금만 비켜 주세요!」

「정말로 당신이 하는 일에는 놀랄 수밖에 없군요. 도대체 잠시도 가만히 있지를 못하니…….」

「지독히 화를 내고 있군요, 젊은이. 그렇게 나를 헐뜯고 싶은 거요? 눈에 보이는 걸요. 당신, 혹시 저 부인의 정부가 아니오?」

「닥쳐요!」

「못 닥치겠소! 당신이 뭔데 명령이오! 그래, 정부가 틀림없지요? 만약에 들킨다 하더라도, 나는 아무 잘못이 없는 게지, 난 아무것도 모르니 말이야.」

「그래도 입을 못 닥치겠다면 당신이 재산을 탕진한 내 삼촌인데, 나를 유인했다고 떠들어 댈 거요. 그땐 적어도 내가 정부라고는 아무도 생각하지 못할 거요.」 젊은이는 이를 갈면서 말했다.

「이것 보십시오! 나를 놀리는 겁니까? 정말 참을 수 없게 만드는군요.」

「쉿! 그렇지 않으면 강제로라도 입 닥치게 만들겠소! 당신은 불행 덩어리요! 말해 보슈, 이런 데는 왜 들어왔소? 당신이 없었다면, 내일 아침까지 편히 누워 있다가 나갈 수 있었을 텐데.」

「아니, 난 이런 곳에서 아침까지 있을 수 없소. 난 분별 있는 사람이란 말이오. 게다가 내게는 연줄도 있고 하니……. 어떻게 생각하시오? 저 사람이 오늘 밤 여기서 잘 것 같소?」

「누구 말이오?」

「저 노인 말이에요…….」

「물론이지요. 자고말고요. 모든 남편들이 당신 같은 줄 아십니까? 다들 집에서 잔답니다.」

「이것 보시오, 이봐요!」 이반 안드레비치는 소스라치게 놀라 소리쳤다. 「장담하건대 나 역시 집에서 잔다고요, 이번이

처음이라지 않소! 맙소사, 당신이 날 이해해 주리라고 여겼는데, 이럴 수가! 젊은이 당신은 대체 어떤 사람이오? 그러지 말고, 제발 부탁이니 우리 깨끗한 우정의 표시로 터놓고 얘기합시다. 당신은 어떤 분이시오?」

「조심하시오! 계속 이런 식이면 주먹이 날아갈지도 모르니…….」

「저, 부탁합니다. 제발 부탁이니 이 불쾌한 사건을 죄다 설명할 기회를 주십시오…….」

「아무런 설명도 듣고 싶지 않소, 알고 싶지도 않아요. 조용히 해요, 안 그러면…….」

「그러나 나로선 할 수 없이…….」

침대 밑에서는 가벼운 언쟁이 벌어졌으며, 이반 안드레비치는 결국 입을 다물었다.

「여보! 무슨 고양이 같은 게 소곤거리는 것 같지 않아?」

「갑자기 웬 고양이요? 대체 무슨 생각을 하고 계셔요?」

아내는 남편이 무슨 이야기를 하고 있는지 정말 모르는 듯했다. 그녀는 얼마나 놀랐는지 아직도 정신을 차릴 수가 없었다. 그러나 곧 몸을 떨면서 귀를 곤두세웠다.

「무슨 고양이 말씀이세요?」

「고양이 말이오, 여보. 얼마 전엔가 집에 들어와 보니, 그 바시까란 놈이 내 서재에 앉아 슈 — 슈 — 슈! 소리 내고 있지 뭐요. 그래서 내가 〈이놈, 바시까?〉라고 했더니 그놈이 또다시 슈 — 슈 — 슈! 하지 않겠소. 그러고 나니 온 사방에서 슈 — 슈 소리가 나는 것 같았소. 내 생각엔, 오, 하느님! 그놈이 내게 죽을 때가 되지 않았느냐고 묻는 것 같았소.」

「어쩜 그다지도 어리석은 말씀을 하시다니! 제발 좀 부끄러운 줄 아세요.」

「아니, 괜찮소. 화내지 말아요, 여보. 내가 죽는다는 소리에 당신 기분이 상한 것 같구려. 화내지 말아요. 그냥 한번 해본 소리요. 이제 당신은 옷 갈아입고 잠자리에 들어요. 당신이 잠들 때까지 여기 앉아 있을 테니.」

「제발이지, 그만 됐어요. 앞으로는 절대……..」

「자, 화내지 말고, 화내지 말아요! 맞아, 여기에 쥐가 있는 것 같군.」

「대체 고양이니, 쥐니 그만 좀 하세요! 정말이지 왜 그러시는지 모르겠군요.」

「음, 아니오, 아무것도…… 콜록! 나는 아무것도, 콜록 — 콜록 — 콜록 — 콜록! 아, 젠장! 콜록!」

「들었소? 당신이 자꾸 소리를 내니 저 양반이 들었잖소!」 젊은이는 나직이 말했다.

「내가 지금 어떤 상태인지 알기나 합니까! 코피가 흐른단 말이에요.」

「흐르면 그만이지, 조용히 해요! 저 사람이 나갈 때까지 기다릴 수밖에 도리가 없지 않소.」

「젊은 양반, 내 입장이 한번 되어 보시오. 누구와 함께 누워 있는지도 모르고 있으니 한심하지 않소.」

「그걸 안다고 해서 뭐 나아질 것 있습니까? 나도 당신의 성을 모르잖아요. 그럼 당신의 성은 어떻게 됩니까?」

「아니, 성은 왜…… 나는 다만 우리가 이러는 것이 얼마나 무의미한지를 설명하려는 것뿐이오…….」

「쉿…… 또 뭐라 하는군요.」

「정말 소리가 나는데, 여보.」

「아니에요, 당신 귀에 든 솜뭉치가 잘못 된 게 분명해요.」

「아, 솜뭉치 때문이란 말이지. 그런데 우리 위층에 말이지…… 콜록콜록! 위층에, 콜록 — 콜록 — 콜록!」

「위층이라니! 이런 제기랄! 나는 여기가 맨 위층인 줄 알았는데, 그렇다면 2층이란 말인가?」 젊은이가 소곤거렸다.

「젊은 양반! 무슨 말을 하고 있는 거요? 도대체 맨 위층이 아니란 사실에 왜 그리 관심이 있으시오? 그런데 나 역시 여기가 맨 위층인 줄 알았는데, 원 세상에 위에 또 있단 말이오?」 이반 안드레비치가 전율을 일으키며 말했다.

「정말이지 누군가 있는 게 틀림없소.」 간신히 기침을 그친 노인이 말했다.

「쉿! 내가 뭐랬어요!」 젊은이는 이반 안드레비치의 두 손을 꽉 누른 채 소곤거렸다. 「이봐요! 왜 힘으로 남의 손을 누르는 기요. 놓아주시오.」

「쉬이…….」

가벼운 싸움이 계속되다가 또다시 침묵이 흘렀다.

「그렇게 해서 한 미인을 만났는데…….」 노인이 말하기 시작했다.

「어떤 미인인데요?」 아내가 말을 가로막았다.

「저, 그게 말이지……. 왜 내가 전에 말하지 않았소, 계단에서 아름다운 부인을 만났다고, 아니면, 내가 말하는 것을 잊어버렸나? 기억력이 워낙 약해서 말이야. 고춧잎을…… 콜록!」

「뭐라고요?」

「고춧잎을 끓여 마셔야 한다는 거야. 먹으면 좋다고들 하던데…… 콜록 — 콜록 — 콜록! 좋아진다고들 해!」

「당신이 저 사람의 말을 막은 거요.」 젊은이는 다시 이를 부드득 갈면서 말했다.

「오늘 어떤 미인을 만났다고요?」 아내가 물었다.

「응?」

「미인을 만났어요?」

「아니, 누가?」

「당신이 만났다면서요?」

「내가? 언제? 참, 그렇지!」

「어이쿠! 저 송장 같은 늙은이!」 젊은이는 마음속으로 건망증이 심한 늙은이를 몰아치면서 소곤거렸다.

「이것 봐요! 무서워 죽겠소. 주여! 대체 이게 무슨 일이오? 어제하고 마찬가지야, 어제하고 꼭 같단 말이오!」

「쉿!」

「아, 그렇지! 생각났소! 아주 교활한 여자야! 눈웃음을 치질 않나…… 하늘색 모자를 쓰고 있지…….」

「하늘색 모자라고! 에구, 에구!」

「저건 그녀야! 그녀에게는 하늘색 모자가 있단 말이오. 이럴 수가!」 이반 안드레비치는 소리쳤다.

「그녀라니? 그녀가 누구요?」 젊은이는 이반 안드레비치의 손을 꽉 쥐면서 소곤거렸다.

「쉿! 그가 말하고 있잖소.」 이번에는 이반 안드레비치가 주의를 주었다.

「아, 제기랄! 빌어먹을!」

「뭐, 그렇지만 하늘색 모자를 쓴 사람이 어디 하나밖에 없을라고!」

「게다가 얼마나 사기 성향이 농후한 여자인지! 그 여자는 이곳에 아는 사람이 있는 모양이야. 올 때마다 항상 눈웃음을 치며 다니지, 그런데 그 아는 사람이란 작자에게도 또 아는 사람들이 찾아온단 말이야…….」 노인이 계속해서 얘기하였다.

「어유! 정말 따분한 얘기로군요! 대체, 그게 뭐 그리 흥미 있으세요?」 부인이 말을 가로막았다.

「음, 좋아, 알았소, 알았어요! 화내지 말아요! 당신이 원치 않는다면 더 얘기하지 않겠소. 오늘 당신 좀 이상한 것 같구려…….」 늙은이는 말을 질질 늘이며 대답했다.

「도대체 여기는 어떻게 해서 들어왔습니까?」 젊은이가 말을 꺼냈다.

「자, 봐요, 봐요! 이제 그것이 흥미로운 모양이지요, 여태 들으려고도 하지 않더니!」

「뭐, 나는 들어도 그만, 안 들어도 그만이오! 그만 됐으니, 얘기하지 마시오! 아, 제기랄! 이게 무슨 일이람!」

「젊은이, 화내지 말아요. 나도 내가 무슨 말을 하고 있는지 모르겠소. 단지 나는 당신이 이 일에 끼어든 데에는 무슨 목적이 있었을 거란 점을 말하고 싶은 것뿐이오……. 그런데 젊은이, 당신은 대체 누구요? 내가 모르는 사람이 분명한데, 대관절 당신은 뭐하는 사람입니까? 맙소사, 내가 무슨 말을 하고 있는 거야!」

「음! 괜찮아요, 말씀하세요!」 젊은이는 무언가 생각하는 듯한 모습으로 말을 가로막았다.

「그렇다면 죄다 말하지요, 모두 말입니다. 아마 당신은 내가 화가 나서 얘기하지 않을 거라고 생각할지 모르지만, 아닙니다! 맹세하지요! 나는 단지 머릿속이 혼란스러울 뿐 그 이상은 아무것도 이상할 게 없는 사람입니다. 그런데 제발,

당신이 어떻게 여기 오게 되었는지 먼저 말씀해 주시겠어요? 어떤 경우죠? 나는 절대 화내지 않겠습니다. 맹세코, 화내지 않겠어요. 자, 악수나 합시다. 여기는 먼지가 하도 많아서, 손이 좀 더러워지기는 했지만, 그러나 이런 고결한 감정을 위해서라면 상관없을 거요.」

「저런, 손 따위는 집어치워요! 움직일 데라고는 조금도 없는데, 무슨 놈의 악수요!」

「아니, 이것 보시오! 당신 나를 마치 낡아 빠진 헌신짝 취급하는구려. 나에게 좀 정중한 자세를 취할 수 없소? 조금이라도 그래야 당신에게 모두 얘기할 것 아니오! 우리는 서로를 좋아하게 될 거요. 게다가 나는 당신을 우리 집 식사에 초대할 용의도 있소. 솔직히 말하면, 우리는 이렇게 함께 누워 있을 처지가 못 됩니다. 젊은이 당신은 착각하고 있어요! 당신은 잘 모르겠지만……」 이반 안드레비치는 애원하는 목소리로, 완전히 절망한 듯 발작을 일으키며 말했다.

「언제 당신은 그녀를 만났습니까?」 젊은이는 지나치게 흥분하며 중얼거렸다. 「그녀는 아마 지금쯤 나를 기다리고 있을 거요……. 난 여기서 나가야만 합니다!」

「그녀라니? 그녀가 누구요? 오, 하느님! 젊은이, 당신 지금 누구 얘기를 하고 있는 거요? 여기를 위층으로 착각하는 거 아니오……. 맙소사! 이럴 수가! 내가 왜 이런 벌을 받는 거지?」

이반 안드레비치는 절망의 표시로 돌아누우려 했다.

「대체 그녀가 누군지 알아서 뭐하겠다는 거요? 이런, 제기랄! 어쨌든 나는 나가야겠소!」

「이것 보세요! 당신은 어떻게 된 사람이오? 아니, 나는, 나는 어떻게 해야 하오?」 절망으로 인해 발작을 일으킨 이반 안드레비치는 소곤거리며, 옆 사람의 연미복 소매를 붙들었다.

「왜 내게 야단이오! 혼자 남으면 될 거 아니오. 그걸 원치 않는다면, 내가 말하리다. 당신이 내 삼촌인데, 여자 때문에 재산을 다 날려 버렸다고 말이오. 그렇게 되면 저 늙은이는 차마 내가 자기 아내의 정부라고는 생각하지 못할 테지.」

「그러나, 젊은 양반, 그건 불가능하오. 내가 삼촌이라는 건 아무래도 자연스럽지가 않소. 누가 그런 말을 믿겠소. 삼척동자도 안 믿을 거요.」 이반 안드레비치는 절망스러운 표정으로 말했다.

「자, 이제 그만 중얼거리고 조용히 누워 있기나 하슈! 오늘 밤을 여기서 보내고 나면, 내일은 어떻게든지 나갈 수 있을 거요. 아무도 당신을 발견하지 못할 거요. 한 명이 나가게 되면, 정말이지 다른 누가 또 있으리라고는 생각하지 않을 겁니다. 한 다스나 들어 있으리라고 누가 생각하겠소! 하긴 당신 혼자서도 한 다스의 가치는 있지요. 좀 비켜 주시오, 안 그러면 나가 버리겠소!」

「나를 지독히도 못살게 구는구려, 젊은 양반······ 만약 내가 기침이라도 한다면 어떻게 하겠소? 그런 경우도 미리 생각해 두어야지!」

「쉿!」

「이게 또 무슨 소리지? 위층에서 나는 소리를 또 들은 것만 같은데······」 잠시 동안 졸고 있던 늙은이가 말했다.

「위층에서요?」

「이봐요, 젊은이, 위층이라지 않소!」

「그래요, 듣고 있어요!」

「맙소사. 젊은이, 난 가야겠소.」

「그렇다면 난 나가지 않을 거요! 나야 마찬가지니까! 기왕지사 이렇게 된 이상 나는 마찬가지요! 내가 무슨 생각을 하고 있는지 아시겠소? 당신이 배반당한 남편이 아닌가 그런 생각을 하고 있어요. 내 생각이 맞을걸!」

「원, 세상에, 이런 무례한! 정말 그렇게 여기는 겁니까? 그런데 왜 하필이면 나를 남편이라고…… 난 아직 결혼하지도 않았단 말이오.」

「결혼하지 않았다고요? 말도 안 되는 소리요!」

「아마 내 자신이 정부인지도 모르오!」

「훌륭한 정부로군요!」

「이것 보세요, 이것 보십시오! 자, 좋습니다. 모두 다 말씀드리지요. 나의 절망을 끌어안아 주세요. 내가 아니오, 난 결혼하지 않았소. 나 역시 당신처럼 혼자 몸이오. 이것은 내 어릴 적 친구의…… 그런데 나는 정부요……. 그는 내게 이런 말을 했어요. 〈난 불행한 인간이야, 술잔이나 들이키며 자기 아내를 의심하고 있으니 말이야.〉 그래서 나는 이성적으로 말했지요. 〈무엇 때문에 자네는 아내를 의심하는 건가?〉 그런데 당신은 지금 내 말을 듣고 있지 않군요. 들으세요, 들어야 해요! 〈질투란 우스운 거야, 질투란 죄악이야〉라고 말했지요. 그랬더니 그는 〈아니야, 난 불행한 인간이야! 난 고배를 마셨어……. 의심하고 있단 말이야〉라고 하더군요. 그래서 나는 〈자네는 나의 친구, 어린 시절의 정다운 친구야. 우리는 함께 뒹굴며 인생의 즐거움을 경험하지 않았나〉라고 말했어요. 제기랄, 내가 무슨 말을 하고 있는 거야. 젊은이, 당신은 계속 웃고 있군요. 나를 미친 사람 취급하고 있군요.」

「그래요, 당신은 지금 미쳐 있어요!」

「그렇지, 그래, 난 예감하고 있었지. 미친 사람 운운할 때 당신이 그렇게 말하리라는 것을……. 비웃어요, 맘대로 비웃어요, 젊은 양반! 나도 인기 있을 때는 화려하게 놀아도 보았고, 여자들을 꼬시기도 했지. 아! 뇌막염이 재발한 것 같소!」

「이게 무슨 소리지, 여보, 누가 재채기를 한 것 아니오? 당신이 그랬소?」늙은이는 웅얼거렸다.

「오, 맙소사!」아내가 말했다.

〈쉿!〉소리가 침대 밑에서 들렸다.

「이건 틀림없이 위층에서 무언가 두들기는 소리예요.」아내는 놀라서 이렇게 둘러댔다. 실제로 침대 밑에서 시끄러운 소리가 났기 때문이었다.

「그래, 위층이야!」남편이 말했다. 「위층이로군! 내가 말하지 않았소, 어떤 멋쟁이가, 콜록콜록! 콧수염을 기른 멋쟁이가, 콜록콜록! 아, 젠장, 등이! 아까 그 멋쟁이와 만났어!」

「콧수염이라고! 하느님, 맙소사! 맞아, 그건 틀림없이 당신이야!」이반 안드레비치가 소곤거렸다.

「어이쿠, 골치야! 어찌 이런 인간이 다 있을까! 보다시피 난 당신과 함께 누워 있지 않소! 그런데 어떻게 저 사람이 날 보았겠소? 그리고 제발 내 얼굴 좀 건드리지 마시오!」

「어유, 난 당장에 기절할 것 같소.」이때 위층으로부터 정말로 큰 소리가 들려왔다.

「무슨 소리일까요?」젊은이가 속삭였다.

「이것 보시오! 무섭고 떨리는구려! 좀 도와주시오.」

「쉿!」

「여보, 정말이지 소리가 너무나 크군, 난리가 난 모양이야.

그것도 바로 당신 침대 위에서 소리가 나는데. 사람을 보내 물어봐야겠어.」

「무슨, 그런! 왜 그리 쓸데없는 생각을 다 하세요!」

「아니, 그만두겠소. 당신 말이 옳아, 그런데 오늘 당신 왜 그렇게 화가 나 있소!」

「오, 세상에! 가서 주무세요.」

「리자! 당신은 날 전혀 사랑하지 않는구려!」

「아니, 사랑해요! 제발, 전 너무 지쳤어요.」

「그래, 그래! 나가리다.」

「아, 아니에요! 가지 마세요. 아니요, 가세요, 가라니까요!」 아내가 소리쳤다.

「뭐가 정말인지 모르겠구먼! 가라는 거요, 말라는 거요! 콜록콜록! 이제 정말 가서 자야겠어…… 콜록콜록! 빠나피진의 딸들이 말이지…… 콜록콜록! 딸들이…… 콜록! 뉘른베르크 인형을 가진 걸 보았어…… 콜록콜록…….」

「이제 또 인형 타령이시군요!」

「콜록콜록! 예쁜 인형이었는데, 콜록콜록!」

「작별 인사를 하는군요.」 젊은이가 말했다. 「그가 나가면, 당장 우리도 나갑시다. 듣고 있소? 기뻐해요!」

「오, 주여, 주여!」

「당신한테는 좋은 교훈이었겠소…….」

「젊은 양반! 무슨 교훈 말이오? 나도 느끼고는 있지만…… 당신은 아직 머리에 피도 마르지 않았으면서, 나에게 무슨 놈의 훈계를 한단 말이오.」

「그래도 훈계를 할 테니, 들어요!」

「젠장, 재채기가 다 나오려는군!」

「쉿! 무슨 짓을 하려는 거요!」

「나더러 어떻게 하란 말이오. 여기는 쥐 냄새가 너무 심해 더 견딜 수가 없어요. 부탁이니, 내 호주머니에서 손수건 좀 꺼내 주시오. 난 꼼짝도 못하겠소……. 오, 맙소사! 내가 무슨 죄를 지었다고?」

「자, 손수건 여기 있소! 당신이 왜 벌을 받아야 하는지 내가 말해 주겠소. 그건 바로 당신의 질투 때문이오. 근거도 없는 일에 미친 사람처럼 뛰어다니지 않나, 남의 집에 뛰어들어서 문란하게 행동하지를 않나…….」

「젊은 양반! 난 그렇게 행동하지 않았소.」

「닥쳐요!」

「젊은이, 당신은 내게서 도덕적인 면을 찾지 못했군요. 그러나 나는 당신보다 훨씬 더 도덕적인 사람이오.」

「닥치라니까요!」

「오, 하느님, 맙소사!」

「당신은 소란을 일으키고, 공포에 떨며 몸둘 바를 모르는 젊은 부인을 놀라게 하였소. 아마 부인은 병이 날지도 모를 일이오. 게다가 무엇보다도 안정이 필요하고, 치질로 고생하고 있는 저 존경받을 만한 늙은이를 귀찮게 만들지 않았소. 이 모든 것이 무엇 때문에 일어났는지 알고 있소? 그것은 당신을 미친 사람처럼 뛰어다니게 만든, 황당무계한 망상 때문이오. 아시겠어요, 당신이 지금 얼마나 추잡스러운 상황에 놓여 있는지를 아시겠어요? 느낄 수 있습니까?」

「이봐요, 좋습니다! 느끼고는 있지만, 그런데 당신은 내게 그렇게 말할 하등의 권리도 없으면서…….」

「입 닥치시오! 무슨 놈의 권리 타령이오? 이런 일이 비극적인 결과를 가져온다는 사실을 알고는 있소? 아내를 사랑하는 저 노인이 당신이 침대 밑에서 기어 나오는 꼴을 보기라도 한다면, 미치고 말 거라는 것을 알기나 해요? 아니, 그런 일은 없을 거요. 당신은 비극을 연출할 정도의 인물은 아니지! 당신이 기어 나가는 꼴을 보면 누구라도 폭소를 터뜨릴 거요. 불빛 밑에서 당신을 한번 보고 싶어요. 굉장히 우스울 것 같지만.」

「당신은 뭐 다를 것 같소? 당신도 우습기는 마찬가지요! 나도 그런 당신을 보고 싶구려!」

「보이는 게 없소!」

「당신에게는 반드시 부도덕의 낙인이 찍힐 거요, 젊은이!」

「아! 지금 도덕 따위를 들먹이는 겁니까! 대체 내가 왜 여기 있는지 알기나 해요? 실수요, 여기를 3층으로 착각했단 말이오. 제기랄, 왜 그런 실수를! 저 여자는 누군가를 기다리고 있었던 것이 분명해요. 물론, 당신은 아니지요. 둔탁한 발소리가 들리자 부인은 몹시 놀라 어쩔 줄 몰라 했어요. 그래서 나는 침대 밑으로 기어든 거요. 다른 방도가 없었어요. 그런데 지금 내가 왜 당신한테 이런 변명을 늘어놓고 있을까? 당신은 우습고 질투심이 많은 사람이오! 그런데 내가 왜 여기서 안 나가는지 알아요? 아마도 내가 나가는 것을 두려워한다고 생각하고 있죠? 천만에요, 나는 벌써 나갈 수도 있었소. 내가 이러고 있는 것은 단지 당신에 대한 연민 때문이라오. 내가 없이 당신은 누굴 믿고 남아 있겠소? 그럴 경우 당신은 할 말을 잊은 채, 저 사람들 앞에 나무 그루터기처럼 멍청히 서 있게 될 거요……」

「말도 안 되는 소리! 그루터기라니? 하필이면 어디서 그런 것을 생각해 냈소? 그렇게도 비교할 것이 없소, 젊은이? 할 말을 잊은 채 서 있는다고요? 천만의 말씀, 난 당황하지 않을 거요.」

「오, 이런! 개새끼처럼 잘도 짖어 대는군!」

「쉿! 아니, 정말이지……. 내가 이러는 건 당신이 계속 지껄여 대기 때문이오. 당신 때문에 강아지가 깨어날 거요. 그 땐 정말 큰일이오.」

그렇다. 여태껏 한구석에 놓인 쿠션 위에서 자고 있던 주인 여자의 강아지가 갑자기 잠을 깼다. 그러고는 낯선 이들의 냄새를 맡자마자, 짖어 대며 침대 밑으로 달려들었다.

「오, 맙소사! 이런 멍청한 개새끼! 저놈이 우리 정체를 다 드러내는구나. 우리를 폭로시키고야 마는구나! 이 무슨 날벼락이람!」 이반 안드레비치가 소곤거렸다.

「음, 그래, 당신이 하도 빌빌 떨고 있으니 그렇게 된 거요.」

「아미, 아미, 이리 와ici!, 이리 오렴, 이리로.」 주인 여자가 소리쳤다.

그러나 강아지는 그 말을 듣지 않고, 바로 이반 안드레비치에게로 달려갔다.

「여보, 아미쉬까가 왜 저렇게 짖고 있지?」 늙은이가 말했다.

「아마, 저기에 쥐가 있거나, 아니면 바시까란 놈이 있을 거요. 맞아, 기침소리가 들리지 않소……. 바시까가 오늘 감기에 걸린 것 같았소.」

「가만히 누워 있어요!」 젊은이가 소곤거렸다. 「움직이지 말아요! 아마도 저쪽으로 갈 거요.」

「이것 보세요, 이것 보십시오! 내 손 좀 붙잡지 마시오! 왜 그렇게 잡고 계시오?」

「쉿! 닥쳐요!」

「이해해 주시오, 젊은이, 요놈의 강아지가 내 코를 물고 있지 않소! 내 코가 없어지기를 바라는 거요!」

싸움이 계속되었다. 그리고 이반 안드레비치는 자신의 손을 빼냈다. 강아지가 마구 짖어 대더니, 갑자기 짖는 소리가 비명소리로 변했다.

「어머나!」 부인이 소리 질렀다.

「순악질 같으니! 무슨 짓이오!」 젊은이가 소곤거렸다. 「둘 다 망하자는 거요! 도대체 강아지는 왜 붙들고 난리요? 제기랄, 목까지 조르고 있잖아! 조르지 마시오, 놓아줘요! 이런 악질! 당신은 여자의 마음을 도통 모르는 거요! 일을 그르치게 되면, 저 여자가 우릴 가만두지 않을 거요.」

그러나 이반 안드레비치의 귀에는 이미 아무것도 들리지 않았다. 그가 강아지를 붙잡는 데 성공했으며, 자기 방어적인 발작 상태에서 목을 조르고 말았다. 강아지는 순간 비명을 지르더니 그 자리에서 숨을 거두었다.

「이젠 망했구나!」 젊은이가 중얼거렸다.

「아미쉬까, 아미쉬까!」 부인이 소리쳤다. 「이런 세상에, 저 사람들이 우리 아미쉬까에게 무슨 짓을 한 거야! 아미쉬까, 아미쉬까! 여기ici! 오, 이런 악당들! 야만인들! 맙소사, 아이 어지러워!」

「무슨 일이오? 뭐라고 했소?」 늙은이는 의자에서 벌떡 일어나며 소리쳤다. 「왜 그래, 당신? 아미쉬까는 여기 있잖아! 아미쉬까, 아미쉬까, 아미쉬까!」 늙은이는 손뼉을 치고, 입술을 부딪쳐 소리내면서, 침대 밑으로 들어간 아미쉬까를 불렀다. 「아미쉬까! 이리ici! 여기로ici! 설마, 바시까란 놈이 아미쉬까를 물었을라고! 바시까놈을 때려 줘야겠어, 여보, 이미 한 달 가량 매를 대지 않았으니. 어떻게 생각해요? 내일 쁘라스꼬비야 자하리예브나와 의논해 보겠소. 아니, 이럴 수가, 여보! 무슨 일이오? 왜 그렇게 창백하오, 아! 아! 거기 누구, 누구 없소!」

늙은이가 방 안을 뛰기 시작했다.

「나쁜 놈들! 악당 같으니!」 쿠션에 몸을 던지며 부인은 소리 질렀다.

「누구? 누구? 누구 말이오?」 노인이 소리쳤다.

「저기 사람이 있어요. 낯선 이들이! 저기, 침대 밑에요! 오, 맙소사! 아미쉬까! 아미쉬까! 저들이 네게 무슨 짓을 한 거니?」

「아니, 원 세상에! 무슨 사람들이 있단 말이오! 오 맙소사! 아미쉬까…… 안 되겠군, 얘들아, 누구 이리 좀 와라! 거기 누가 있소? 누구요?」 노인은 촛불을 들고 침대 밑을 들여다보며 소리쳤다. 「누구요? 얘들아, 누구 이리 좀 와라!」

이반 안드레비치는 숨이 끊어진 아미쉬까의 시체 옆에서 초주검이 되어 누워 있었다. 그러나 젊은이는 노인의 일거수일투족을 살피고 있었다. 그런데 노인이 갑자기 반대편 벽 쪽으로 고개를 숙였다. 이 순간, 젊은이는 노인이 침대 다른 편을 들여다보며 불청객을 찾고 있는 사이에 침대 밑에서 빠져나와 줄행랑쳤다.

「맙소사!」 젊은이를 본 부인이 자그마한 목소리로 말했다. 「대체 당신은 누구요? 나는 당신이 그 사람…….」

「악당은 저 안에 남아 있습니다.」 젊은이는 소곤거렸다. 「그가 아미쉬까를 죽인 범인입니다!」

「뭐요!」 부인이 외쳤다.

그러나 젊은이는 이미 자취를 감추었다.

「아니! 여기 누가 있잖아. 누군가의 신발이 보이는데!」 남편은 이반 안드레비치의 발을 붙들고 소리쳤다.

「살인자! 살인자! 오, 아미! 아미!」 부인이 소리쳤다.

「이리 나와요! 나오란 말이오! 나오시오!」 노인은 카펫 위에서 두 발을 동동 구르며 외쳐 댔다. 「당신은 누구요? 뭐 하는 사람인지 말해 보시오. 이런! 정말 이상한 사람이로군!」

「그래요, 강도가 틀림없어요!」

「제발, 제발!」 기어 나오면서 이반 안드레비치가 소리쳤다. 「각하, 하인을 부르지 말아 주십시오! 각하, 제발 부탁입니다. 전혀 그러실 필요가 없습니다. 저를 쫓아내지는 못할 겁니다! 저는 그런 인간이 아닙니다! 저로 말하자면…… 각하, 이것은 실수로 일어난 일입니다! 지금 모든 걸 설명해 드리겠습니다, 각하.」 이반 안드레비치는 흐느껴 울면서 이야기를 계속했다. 「이 모든 것은 아내, 그러니까 제 아내가 아니라 다른 사람의 아내 말입니다. 저는 결혼하지 않은 몸이라서, 그래서…… 제 친구, 어린 시절 친구의 아내 때문입니다…….」

「무슨 놈의 어린 시절 친구야! 당신 도둑이지! 물건을 훔치러 온 게야……. 어린 시절 친구는 무슨…….」 노인은 발을 구르면서 소리쳤다.

「아닙니다, 각하, 도둑이 아니에요. 저는 정말로 어린 시절 친구……. 저는 다만 착각을 일으켜, 입구를 잘못 찾은 겁니다.」

「그래, 이 양반아, 내가 보았는데도 그럴 건가! 당신이 올라가는 것을 보았어.」

「각하! 저는 그런 인간이 아닙니다. 잘못 생각하고 계십니다. 단언하건대, 지독한 망상을 하고 계십니다. 각하. 저를 살펴보시면 어느 모로 보나 제가 도둑이 아니란 것을 아시게 될 겁니다, 각하! 제발, 각하!」이반 안드레비치는 두 손을 모아 부인 쪽을 향해 외쳐 대었다. 「부인, 저를 헤아려 주세요……. 아미쉬까는 제가 죽였습니다……. 그러나 저는 죄가 없습니다. 맹세코, 죄가 없습니다……. 이 모든 것은 아내 때문입니다. 저는 참으로 불행한 인간이랍니다, 쓴 잔을 들이킨 불행한 인간!」

「그만 됐어요. 당신이 고배를 마신 것이 나와 무슨 상관이오! 한두 잔 마신 게 아닌 것 같은데, 보아하니, 마시게도 생겼구려! 그런데 여긴 어떻게 들어왔소?」흥분으로 온몸을 부르르 떨며 노인은 소리쳤다. 그러나 그는 여러 가지로 미루어 보건대 실제로 이반 안드레비치가 도둑이 아니란 확신을 하게 되었다. 「여기 어떻게 들어왔느냐고 묻지 않았소! 꼭 도선생같이……」

「각하, 전 도둑이 아닙니다. 저는 단지 입구를 잘못 찾은 것뿐입니다. 정말 아닙니다! 이 모든 것은 제 질투심이 낳은 결과입니다. 모두 다 얘기하겠습니다. 각하, 솔직하게, 친아버지라 생각하고 털어놓겠습니다. 사실이지 그렇게 여겨도 될 정도의 연세이시군요.」

「내 나이가 어떻다고?」

「각하! 제가 각하를 화나게 했는지도 모르겠군요. 정말이지, 저렇게 젊은 부인이…… 당신의 연세하고는…… 보기에 참 좋습니다. 각하, 정말이지 잘 어울리는 한 쌍입니다……. 한창

좋으실 때입니다……. 그런데 하인을 부르지 마십시오……. 제발이지, 부르지 말아 주세요……. 그들의 웃음거리가 될 뿐이지요……. 저는 그들을 잘 알고 있습니다……. 말하자면, 굳이 말씀드리고 싶지는 않지만, 저는 하인들을 잘 알고 있다는 말입니다. 저희 집에도 하인이 있는데, 각하, 항상 비웃고만 있으니…… 바보 같은 놈들! 공작 나리…… 제가 틀리지 않은 한, 각하께서는 공작이신 것 같은데…….」

「아니오, 난 공작이 아니오. 이것 보시오, 나로 말하자면…… 자, 부탁이니, 내게 공작이라는 칭호를 붙이지 말아 주오. 그래, 당신은 여기 어떻게 오게 되었소? 어떻게 왔느냔 말이오?」

「공작 나리, 아니 각하…… 죄송합니다, 당신이 공작일 거라고 생각했기에. 제가 너무 익숙해 있어서…… 제가 착각한 겁니다, 있을 수 있는 일이지요. 사실이지 당신은 꼬로뜨꼬우호프 공작과 꼭 닮으셨습니다. 그분을 제 친척인 뿌지레프 씨 댁에서 만난 일이 있는데…… 보세요, 저 역시 공작과 아는 사이랍니다. 제 친척집에서 만난 일이 있답니다. 이제 당신은 아까 저를 생각하신 것처럼 그렇게 생각진 않으실 테지요. 저는 도둑이 아닙니다. 각하, 하인을 부르지 마십시오. 뭐, 부를 테면 부르십시오, 까짓 것 무슨 상관입니까?」

「그런데 여긴 어떻게 들어왔나요? 대체 당신은 누구예요?」 부인이 소리쳤다.

「그래, 당신은 뭐하는 자요?」 남편이 따라 외쳤다. 「여보, 글쎄 난 우리 바시까가 침대 밑에서 재채기하는 줄로만 알았지 뭐요! 그런데 바로 이자였구먼! 아니, 이 사람, 순 바람둥이 같으니……! 당신 누구요? 어서 말하지 못하겠소!」

그러고 나서 늙은이는 다시 카펫 위에서 발을 동동 굴렀다.

「말씀드릴 수가 없습니다. 각하. 저는 각하의 말씀이 끝나기를 기다리고 있습니다만…… 기지에 넘친 당신의 유머를 귀 기울여 듣고 있습니다. 저로 말씀드리자면, 각하, 이것은 한 편의 우스운 이야기입니다. 전부 다 말씀드리겠습니다. 굳이 제가 말씀드리지 않더라도 아시게 되겠지만, 말하자면 제가 말씀드리고 싶은 것은 하인을 부르지 말아 달라는 것입니다, 각하! 제발이지 저를 관대하게 대해 주십시오……. 제가 침대 밑에 있었던 것은 사실이지 별로 대수로운 일이 아닙니다……. 그 따위 일로 저의 위신을 떨어뜨리고 싶지 않습니다. 이것은 세상에서 가장 희극적인 이야기라 할 수 있습니다, 각하!」 이반 안드레비치는 애원하는 듯한 모습으로 부인을 쳐다보며 소리 질렀다. 「특히 각하께서는 우스우실 겁니다. 당신께서는 보고 계시는 겁니다. 제 자신이 스스로를 비하시키고 있는 거지요. 물론 제가 아미쉬까를 죽였습니다. 그러나…… 맙소사, 내가 지금 무슨 소리를 하고 있는지 나도 모르겠군요!」

「글쎄, 그런데 어떻게, 대체 어떻게 해서 여기 들어왔소?」

「어두운 밤을 이용했습니다, 각하, 어두운 밤을 틈 타서…… 죽을 죄를 졌습니다! 용서해 주십시오, 각하! 머리를 조아려 사죄드립니다! 저는 모욕당한 남편일 뿐, 더 이상 아무것도 아닙니다! 각하, 제가 정부라고는 생각하지 말아 주십시오. 저는 결코 부인의 정부가 아닙니다! 감히 느낀 대로 말한다면, 부인께서는 몹시 정숙한 분이십니다. 깨끗한 몸이시고 결백하십니다!」

「뭐? 뭐가 어째? 도대체 무슨 소릴 하는 거요?」 노인은 다시 발을 구르며 소리쳤다. 「당신 정신 나간 것 아니오? 내 아내에 대해 감히 어떻게 그런 말을 할 수 있단 말이오?」

「이자는 악한이에요, 아미쉬까를 죽인 살인자란 말이에요! 게다가 저런 소리마저 늘어놓다니!」 아내는 눈물을 흘리며 소리쳤다.

「각하, 각하! 제가 그만 쓸데없는 소리를 하고 말았습니다.」 이반 안드레비치는 겁에 질린 채 외쳤다. 「실언을 했을 뿐 그 이상은 아닙니다! 이해해 주십시오, 저는 지금 제정신이 아니라…… 제발이지 제정신이 아니라는 걸 이해해 주세요……. 그렇게만 해주신다면, 맹세하건대, 그것은 제게 커다란 은혜를 베풀어 주시는 겁니다. 제 손이라도 내밀고 싶지만, 감히 그렇게는 못하겠군요……. 저는 혼자 있었던 게 아니라, 조카와 함께…… 즉, 제가 말씀드리고 싶은 것은 저를 정부라고 생각해서는 안 된다는 사실입니다……. 맙소사! 또 이런 쓸데없는 소리를…… 화내지 말아 주세요, 각하.」 이반 안드레비치는 아내에게 소리쳤다. 「부인께서는 사랑이 무엇인지 이해하실 줄로 압니다. 그것은 미묘한 감정이지요……. 아니, 내가 왜 이러지? 또 헛소리를 하다니! 그러니까 제가 하고 싶은 말은 제가 늙은이, 아니 늙은이가 아니라 중년의 남자라는 사실, 즉 당신의 정부가 될 수 없는 나이라는 것입니다. 리차드슨이나 로벨라스 정도라야 정부라고 할 수 있겠지요……. 또 이런 헛소리를! 그렇지만 각하께서는 아실 겁니다, 저는 학식이 있는 사람이며 문학도 아는 그런 사람입니다. 웃고 계시는군요, 각하! 기쁘군요, 각하의 웃음을 자아내게 했으니 정말 기쁩니다. 오, 정말이지 기쁘기 짝이 없군요!」

「원 세상에! 어떻게 이런 우스운 사람이 다 있을까?」 부인은 깔깔 웃어 대며 소리쳤다.

「그래, 우스운 사람이군, 게다가 먼지투성이잖아. 여보, 이 사람 도둑은 아닌 듯싶군, 그런데 대체 여기 어떻게 들어왔을까?」 아내의 웃는 모습에 기분이 좋아진 노인이 말했다.

「정말 이상한 일입니다. 정말이지 이상한 노릇입니다, 각하, 마치 소설에 나오는 이야기 같군요! 어떻게요? 수도에서 깜깜한 한밤중에 웬 사나이가 침대 밑에 들어가 있다니 말입니다! 우습고도 이상할 따름입니다! 어떤 면에서는 리날도 리날디니와 비슷한 것도 같군요. 그러나 이것은 아무것도 아닙니다, 아무런 문제도 되지 않습니다, 각하. 모두 다 말씀드리겠습니다······. 각하께는 새 삽살개를 가져다 드리겠습니다······. 아주 놀랄 만한 삽살개를요! 그러니까 다리가 길고 털이 짧아 한 발자국도 제대로 옮기지 못하는 그런 개 말입니다. 걸으려고 하다가는 자기 털에 감겨 넘어지고야 말지요. 그 녀석은 설탕만 먹고 산답니다. 각하, 그 개를 갖다 드리겠습니다. 반드시 드리겠습니다.」

「하하하하하! 어휴, 히스테리를 일으킬 지경이에요! 정말 우습기 짝이 없군요!」 부인은 우스워서 소파 위를 데굴데굴 굴렀다.

「그래, 그렇군! 하하하! 콜록콜록콜록! 우습군, 먼지를 뒤집어쓴 꼴이, 콜록콜록콜록!」

「각하, 각하, 전 지금 행복하기 그지없습니다! 손이라도 내밀고 싶지만, 감히 그러지는 못하겠습니다, 각하. 제가 오해했던 것 같습니다. 그러나 이젠 눈을 제대로 떴습니다. 아내가 깨끗하고 결백하다는 것을 믿습니다. 괜히 아내를 의심했던 겁니다.」

「아내, 이 사람의 아내!」 부인은 너무 우스운 나머지 눈에 눈물을 글썽이며 소리쳤다.

「결혼을 했다니! 그럴 수가! 이건 전혀 생각지도 못한 일인데!」 노인이 덧붙여 말했다.

「각하. 아내가 있습니다. 모든 잘못은 그녀에게 있지요, 아니, 사실은 제 잘못입니다. 전 그녀를 의심했습니다. 이곳에서 밀회가 있다는 사실을 알았던 거지요. 이곳, 즉 이 집 위층에서 말입니다. 편지를 가로채 알게 되었지만, 그만 몇 층인지를 착각하여 침대 밑으로 기어 들어가게 된 것입니다……」

「헤헤헤헤!」

「하하하하!」

「하하하하!」 마침내 이반 안드레비치도 웃음을 터뜨렸다. 「오, 너무나 행복한지고! 우리 모두가 같은 의견이고 이렇게 행복해 하는 것을 보니 정말 감동적입니다! 제 아내는 아무런 잘못이 없습니다! 거의 확신하는 바입니다. 틀림없이 그럴 겁니다, 각하!」

「하, 하, 하, 콜록, 콜록! 여보, 당신은 그 여자가 누구인지 알겠소?」 늙은이는 터지는 웃음을 겨우 참으며 마침내 말했다.

「누구예요? 하, 하, 하! 그 여자가 누구예요?」

「늘 윙크를 하는 바로 그 미인이야. 멋쟁이와 같이 거닐던 그 여자 말이야. 바로 그 여자지! 그 여자가 바로 이 사람의 아내인 것이 틀림없단 말이야!」

「아닙니다, 각하. 그녀가 제 아내가 아니라고 장담합니다. 절대 제 아내가 아니에요.」

「어머나! 그런데 이러고 계실 수가 없을 텐데요.」 부인은 웃음을 그치고 말했다. 「빨리 윗층으로 달려가 보세요. 어쩌면 두 사람이 같이 있는 장면을 포착하게 될지도 모르니까?」

「정말 그렇습니다, 각하. 달려가 보겠어요. 그러나 어차피 저는 두 사람을 포착할 수가 없을 거예요. 그녀는 아내가 아니란 걸 그전부터 확신하고 있습니다. 그녀는 지금 집에 있어요! 그런데 저는! 질투가 너무 심합니다…… 그런데 각하, 각하께서는 제가 윗층으로 올라가면 현장을 포착할 수 있다고 생각하시나요?」

「하하하!」

「히히히! 콜록콜록!」

「가보세요, 가보시라니까요! 그리고 돌아가실 때 들러서 얘기해 주세요. 아니, 그러지 말고 내일 아침에 오는 게 좋겠군요. 그리고 부인을 데리고 오세요. 서로 알고 지냈으면 해요.」 부인이 소리쳤다.

「안녕히 계십시오, 각하, 안녕히 계십시오! 꼭 데리고 오겠습니다. 서로 알게 되어 무척이나 반갑습니다. 모든 일이 끝나고 뜻밖에 좋은 결과를 낳아 행복하기 그지없습니다.」

「그리고 삽살개도 잊지 마세요! 무엇보다 반드시 그걸 가져와야 해요!」

「가져오겠습니다, 각하, 반드시 가져오겠습니다.」 이미 인사를 마치고 방을 나갔던 이반 안드레비치는 다시 방 안으로 달려 들어와 대답했다. 「틀림없이 가져오고말고요. 아주 귀여운 놈으로 말입니다! 사탕으로 만든 것같이 달콤한 놈이에요. 걸으면 제 몸의 털에 걸려 넘어지는 그런 녀석 말입니다. 정말입니다. 제가 아내에게 〈여보, 이 녀석은 줄곧 넘어지잖아〉라고 말하면, 아내는 〈그래요, 귀여워 죽겠어요〉 한답니다. 설탕으로 만든 것처럼, 각하, 정말이지 설탕으로 만든 것처럼 이쁜 녀석이에요! 안녕히 계십시오, 각하, 알게 되어서 대단히, 대단히 반갑습니다. 이렇게 기쁠 수가!」 이반 안드레비치는 인사를 하고 밖으로 나왔다.

「어이, 이봐요! 멈춰요, 다시 돌아와 주겠소!」 나가는 이반 안드레비치에게 늙은이가 외쳤다.

이반 안드레비치는 세 번째로 돌아왔다.

「바시까란 놈을 아직 찾지 못했소. 당신, 혹시 침대 밑에서 보지 못했소?」

「아니오, 보지 못했습니다, 각하. 그렇지만 알게 되어 무척 기쁩니다. 대단한 영광입니다……」

「지금 그 녀석은 감기가 들어 재채기만 하고 있지. 하루 종일 재채기만 하는군! 매를 들어야겠어!」

「그렇습니다, 각하, 그래야 합니다. 가축의 버릇은 벌로 고쳐야 합니다.」

「뭐라고?」

「제 말은 가축에게 복종심을 심어 주기 위해서는 적당한 벌이 필요하다는 것입니다.」

「아……! 음, 알았네, 잘 가게, 잠깐 그놈 생각을 했을 뿐이네.」

거리로 나온 이반 안드레비치는 마치 어떤 충격이라도 기다리는 사람처럼 한참 동안 그런 상태로 서 있었다. 그는 모자를 벗고 이마에서 흘러내리는 식은땀을 닦았다. 그러고는 눈을 가늘게 뜬 채 무엇인가 생각하더니 집으로 향했다.

집에 도착한 이반 안드레비치는 무척 놀라고야 말았다. 그 동안 글라피라 뻬뜨로브나는 이미 오래전에 극장에서 돌아와 아픈 이 때문에 의사를 불러 치료를 받았다. 그리고 지금은 침대에 누워 이반 안드레비치가 돌아오기만을 기다리고 있는 것이었다. 이반 안드레비치는 먼저 자신의 이마를 탁 쳤다. 그러고 나서 목욕 준비를 시켰다. 목욕을 마친 그는 마침내 아내에게 다가가기로 마음먹었다.

「어디서 시간을 보내다 이제 왔어요? 당신 얼굴 좀 보세요, 형편없군요! 어디서 이렇게 되었어요? 아내는 이렇게 다 죽어 가는데, 아무리 찾아도 안 보이더군요. 어디 있었어요? 나를 잡으러 다녔죠? 있지도 않는 밀회의 현장을 포착하고 싶었던 거죠? 부끄럽기 짝이 없군요. 도대체 남편이란 사람이! 사람들이 곧 손가락질하고 말 거예요!」

「여보!」 이반 안드레비치가 대답했다.

그러나 여기서 그는 말을 중단하지 않을 수 없었다. 손수건을 꺼내려고 주머니에 손을 넣은 그는 아무런 생각도 나지 않았고, 아무런 말도 할 수 없었다……. 그런데 주머니에서 손수건과 함께 죽은 아미쉬까의 시체가 나오자 놀라움과 두려움, 그리고 공포가 그를 덮쳤다. 이반 안드레비치는 침대 밑에서 밖으로 기어 나왔어야 했던 절망의 순간에 말할 수 없는 공포에 쫓긴 나머지, 자기가 저지른 일의 증거를 숨기고 마땅히 받아야 할 벌을 피하려는 막연한 희망에서 아미쉬까를 주머니에 넣고 만 것이었다.

「죽은 강아지잖아! 이럴 수가! 이런 걸 도대체 어디서…… 어떻게 된 영문이에요? 어디에 있었어요, 당신? 어서 말하세요, 어디 있었죠?」

「여보!」 이반 안드레비치는 아미쉬까보다 훨씬 더 창백한 얼굴로 대답했다. 「여보…….」

그러나 이쯤에서 우리는 우리의 주인공을 다음 기회가 올

때까지 내버려 두기로 한다. 왜냐하면 여기서 아주 독특하고도 새로운 사건이 시작되기 때문이다. 언젠가 우리는 이러한 운명의 재난과 압박에 대해 철저히 얘기할 것이다. 그런데 독자들도 알다시피 질투야말로 용서할 수 없는 열정이다. 더군다나 그것은 불행인 것이다!

약한 마음

홍지인 옮김

같은 지붕 밑, 같은 층, 같은 호에 아르까지 이바노비치 네페제비치와 바샤 슙꼬프라는 젊은 두 친구가 살고 있었다. 여기서 작가는 물론 왜 한 주인공의 이름은 제대로, 다른 한 주인공의 이름은 애칭으로 적었는지 독자에게 설명할 필요가 있을 것이다.[1] 예를 들어 이러한 표현 방법이 격식에서 벗어나며 어느 정도 친근한 것이라고 생각되지 않기 위해서라도 말이다. 그러나 이를 위해서는 등장 인물들의 지위와 나이, 신분, 직업, 그리고 심지어는 등장 인물들의 성격까지도 사전에 설명하고 묘사해야만 할 것이다. 이런 식으로 하는 작가가 많기 때문에, 이 소설의 작가는 그들과 동류가 되고 싶지 않기 때문에(즉, 아마도 소위 자존심 때문에) 곧바로 사건에 들어가기로 결심했다. 이렇게 서두를 마친 후 그는 시작한다.

새해 전날 저녁 여섯 시, 슙꼬프는 집으로 돌아왔다. 침대

---

[1] 러시아 인명은 이름과 부칭, 성으로 이루어져 있는데, 보통 이름뿐 아니라 부칭까지 부르는 경우는 이름만 부르는 것에 비해 존대의 의미를 지닌다. 여기에서 아르까지 이바노비치 네페제비치의 경우 이름, 부칭, 성을 다 밝힌 데 비해 바샤 슙꼬프는 부칭을 생략했을 뿐 아니라 바샤 역시 바실리라는 이름의 애칭이다.

에 누워 있던 아르까지 이바노비치는 잠에서 깨어 실눈을 뜨고 친구를 바라보았다. 그는 슙꼬프가 가장 좋은 양복에 가장 깨끗한 셔츠를 입고 있다는 것을 알아차렸다. 이것은 말할 것도 없이 그를 놀라게 했다. 〈바샤는 저렇게 차려입고 어딜 가려는 걸까? 그래, 집에서 저녁을 먹지 않으려나 보다!〉 그러는 사이 슙꼬프는 촛불을 켰고, 아르까지 이바노비치는 친구가 기습적으로 자신을 깨우리라는 것을 곧 짐작했다. 실제로 바샤는 두어 번 기침을 하고, 두어 번 방 안을 오가더니 마침내 벽난로 근처 구석에 처박아 두던 파이프를 전혀 뜻밖에도 소매 속에서 꺼냈다. 아르까지 이바노비치는 속으로 웃음을 참았다.

「바샤, 장난은 그만둬!」 그가 말했다.

「아르까샤, 너 깨어 있었구나?」

「그래, 이미 깨어 있었던 것 같아.」

「오, 아르까샤! 잘 있었니, 내 사랑! 오, 형제여! 나의 형제여! 내가 너한테 무슨 말을 하려고 하는지 너는 모를 거야!」

「맹세코 모르지. 이리로 좀 와봐.」

바샤는 아르까지 이바노비치의 속셈은 전혀 눈치 채지 못하고, 마치 이 말을 기다리고 있었다는 듯 즉시 다가갔다. 아르까지는 재빨리 바샤의 팔을 잡아채 쓰러뜨리고서 이른바 고문을 시작했는데, 이 고문은 쾌활한 성격의 아르까지 이바노비치에게 더할 나위 없는 만족을 주었다.

그는 소리쳤다. 「걸려들었다! 걸려들었어!」

「아르까샤, 아르까샤, 왜 그래? 제발 놔줘, 내 양복이 망가진단 말이야!」

「그렇게 버둥대 봤자 소용없어. 웬 정장이지? 이 바보야,

누가 겁도 없이 나한테 오래? 말해 봐, 어디 가려는 거야? 누구네 집에서 저녁 초대 받았어?」

「아르까샤, 제발 놔줘!」

「누가 초대했는데?」

「그래, 바로 그것에 관해 말하려던 참이었어.」

「그럼 말해 봐.」

「먼저 네가 놓아주면.」

「싫어, 말하기 전엔 안 놔줘!」

「아르까샤, 아르까샤! 이런 자세로는 얘기할 수 없다는 걸, 절대로 얘기할 수 없다는 걸 모르겠니? 이렇게는 할 수 없는 얘기야!」 적의 강한 손아귀로부터 빠져나오려고 안간힘을 쓰며 힘이 약한 바샤는 소리쳤다.

「어떤 얘기라고?」

「그래, 이런 자세로 얘기를 하면 그 가치를 잃게 되는 얘기야. 도저히 할 수 없어. 그냥 우스갯소리가 되고 말 거야. 그렇지만 사실은 우스운 게 아니라 중대한 얘기지.」

「뭐, 중대하다고! 잘도 둘러대는군! 웃을 수 있는 그런 얘기를 해줘, 그런 얘기를. 중대한 얘기는 싫어. 무슨 친구가 이래? 이러고도 친구라고 할 수 있어! 응?」

「아르까샤, 제발. 난 정말 얘기할 수 없어!」

「그렇다면 나도 듣고 싶지 않아.」

바샤는 침대 위에 엎드린 채 가능한 한 자신의 말에 위엄을 부여하려고 갖은 힘을 다 주어 말문을 열었다. 「아르까샤! 아르까샤, 좋아, 말할게. 있잖아…….」

「그래 뭐!」

「있잖아, 나 청혼했어!」

아르까지 이바노비치는 축하의 말도 하지 못한 채 잠자코 바샤를 양팔로 들어 그를 방 안 이 구석에서 저 구석으로 매우 다정스레 안고 다니기 시작했는데, 마치 그 모습이 어린아이를 달래는 것 같았다. 사실 바샤는 여위기는 했지만 전혀 작은 몸집이 아니었고, 오히려 제법 큰 키였다.

「이봐, 내가 새신랑인 너를 업고 다닐 거야.」그가 말했다. 그러나 갑자기 자기 팔에 안겨 누워 있는 바샤를 바라보더니 움직이지 않고, 갑자기 입도 다문 채 곧 생각에 잠기고 상상에 빠졌다. 아마도 이제 장난기가 사라진 듯했다. 그는 바샤를 방 한가운데에 세워 놓고서 더할 수 없이 우정 어린 몸짓으로 그의 뺨에 키스했다.

「바샤, 화나진 않았겠지?」

「아르까샤, 저……」

「응, 새해 복 많이 받아.」

「그래, 나는 괜찮아. 그런데 너는 왜 그렇게 미친 듯이 구니? 내가 전에도 몇 번이나 말했잖아. 아르까샤, 제발 그렇게 흥분하지 마. 진정하라고!」

「정말 화난 건 아니지?」

「그럼, 난 괜찮아. 내가 언제 누구한테 화낸 적 있니? 네가 나를 괴롭힌 건 사실이지만……」

「괴롭혔다고? 어떻게?」

「나는 친구인 너에게 내 마음을 다 털어놓고 내 행복에 대해 얘기하러 왔는데……」

「그래? 무슨 행복? 너 말 안 한 게 있었구나?」

「아니, 내가 결혼하게 된다는 것 말이야!」바샤는 언성을 높여 대답했다. 사실 그는 조금 화가 났던 모양이다.

아르까샤가 소리쳤다. 「네가! 네가 결혼한다고! 그게 정말이야? 아니야, 아니야…… 어떻게 그런 일이? 바샤, 내 아가 바샤야, 그만해 둬! 그런데 그게 정말이냐?」 그러고는 아르까지 이바노비치는 바샤에게 다시 달려들어 그를 껴안았다.

바샤가 말했다. 「음, 음, 왜 이렇게 되었는지 알잖아? 너는 정말 착하고 좋은 친구라는 걸 알아. 나는 기쁨과 환희를 안고서 너한테 왔는데, 갑자기 침대 위에 엎드린 채 품위를 잃고 이 모든 것을 밝혀야만 할 처지가 된 거야……. 아르까샤, 이해하겠지?」 바샤는 반쯤 미소 지으면서 이야기를 계속했다. 「이 모든 것이 너무 우스꽝스럽게 되어 버린 거야. 이런 상황에서 얘기하고 싶지 않았는데. 나는 그 일을 우습게 만들 수가 없었어……. 그런데 너는 또 〈이름이 뭐니?〉라고 묻겠지. 맹세코 나는 대답하지 않을 테니 죽이려거든 어서 죽여.」

아르까지 이바노비치는 정말로 절망에 싸여 절규했다. 「바샤, 그러길래 왜 잠자코 있었니! 나한테 진작 다 말했으면 내가 그렇게 야단스럽게 굴지는 않았을 것 아니야.」

「아니야, 됐어. 이제 됐어! 나는 그저……. 그래, 너도 알잖아, 왜 이렇게 됐는지는……, 다 내가 착해서야. 마음먹었던 대로 너한테 얘기하고 기뻐할 수 없었기 때문에, 제대로 잘 말하고 모든 걸 찬찬히 너한테 말할 수 없었기 때문에 속상했던 거야……. 그래 맞아, 아르까샤 내가 얼마나 너를 사랑하는데. 네가 없었더라면 아마 나는 결혼할 생각도 못했을 거고 그래, 아예 세상에서 살아 나가지 못했을 거야!」

극도로 감상적이 된 아르까지 이바노비치는 바샤의 말을 들으면서 웃기도 하고 울기도 했다. 바샤도 마찬가지였다. 두 사람은 다시 얼싸안고 조금 전의 일은 잊어버렸다.

「어떻게, 도대체 어떻게 된 일이니? 바샤, 나한테 다 이야기해 봐! 나를 용서해 주렴, 나는 정말 충격 받았어. 그래 꼭 번개 맞은 것 같아, 맹세코! 아니야, 그럴 리 없어. 아니야, 네가 꾸며 낸 거야. 확실히 네가 꾸며 낸 거야, 거짓말하는 거야!」 아르까지 이바노비치는 소리치며, 심지어는 진짜 의혹에 차서 바샤의 얼굴을 노려보았다. 그러나 바샤의 얼굴에서 가능한 한 빨리 결혼하겠다는 의지를 읽고서 그는 침대에 몸을 던지더니 기쁨에 겨워 벽이 흔들릴 정도로 침대 위에서 재주를 넘었다.

그는 마침내 침대에 앉더니 소리쳤다. 「바샤, 이리 와서 앉아 봐!」

「아르까샤, 난 그 일이 어떻게 시작되었는지, 어디서부터 말해야 할지 모르겠어.」

두 사람은 기쁨으로 인한 흥분에 젖어 서로를 바라보았다.

「바샤, 어떤 여잔데?」

「아르쩨미예바!」 바샤는 행복으로 인해 가늘게 떨리는 목소리로 발음했다.

「정말?」

「그래, 내가 전에 귀가 아프도록 매일 얘기하다 나중에는 갑자기 그녀에 관해 말하지 않았지, 너는 아무것도 눈치 채지 못했어. 아, 아르까샤, 너에게 숨기는 게 무슨 소용이 있었을까? 그래, 나는 두려웠어, 말하기가 두려웠던 거야. 모든 게 뒤죽박죽되고, 나는 사랑에 빠졌다고 생각했으니까! 어쩌면, 어쩌면! 어떻게 된 거냐 하면 바로 이런 얘기야.」 바샤는 이야기를 시작했지만, 그의 이야기는 흥분으로 인해 계속 중단되었다. 「그녀에게는 약혼자가 있었어, 벌써 1년쯤 전부터. 그런데 갑자기 그자가 어디론가 파견되어 떠나게 되었어. 나도 알고 있는 자였지. 그러니까…… 그래, 상관없어! 그런데 그는 전혀 편지를 보내 오지 않았어. 감감 무소식이었지. 그녀는 기다리고 기다렸지. 이유는 뻔한 거지. 기다린들 무슨 소용 있겠어? 그런데 갑자기 그가 넉 달 전에 결혼을 해서 돌아온 거야. 그리고 그녀 앞에 나타나지도 않았지. 잔인하게도! 비열하게도! 아무도 그녀를 도와주지 않았어. 그녀는 울고 또 울었어. 나는 가엾은 그녀를 사랑하게 되었지……. 그래, 나는 이미 오래전에, 아니 줄곧 그녀를 사랑하고 있었던 거야! 그래서 위로하려고 자주 들렀어……. 하지만 나도 사실 이 모든 일이 어떻게 일어났는지 모르겠어. 그녀가 나를 사랑하게 되었어. 일주일 전 더 이상 견디지 못한 나는 울음을 터뜨렸고, 흐느껴 울면서 그녀에게 모두 말해 버렸어……. 그래! 한마디로 말해서, 그녀를 사랑하고 있다고! 〈바실리 뻬뜨로비치, 저도 당신을 사랑할 준비가 되어 있어요. 그래요, 저는 불쌍한 여자예요, 저를 비웃지는 마세요. 저는 아무도 감히 사랑할 수 없지요.〉 이봐, 이해할 수 있어? 이해하겠지? 나와 그녀는 이미 결혼을 약속했어. 나는 생각하고 생각하고 또 생각하고 생각했어. 나는 말했지. 〈어머니께 어떻게 말씀드리지?〉 그녀는 말했어. 〈어렵겠어요. 조금만 기다려 주세요.〉 그녀는 두려워하고 있었어. 〈지금은 아직 저를 당신에게 내주려 하지 않으실 거예요.〉 그녀는 울었지. 그런데 오늘 내가 그녀와 상의도 없이 그녀의 어머니에게 덜컥 말해 버렸어. 리잔까는 어머니 앞에 무릎을 꿇었고, 나 역시…… 그런데 어머니는 우리를 축복하셨어. 아르까샤, 아르까샤! 내 사랑하는 친구야! 우리 앞으로 함께 살자. 아무렴! 나는 너와 절대로 헤어질 수 없어.」

「바샤, 이런 세상에, 너를 아무리 쳐다보아도 믿어지지가 않아. 어쨌든 정말 믿어지지 않아. 맞아, 난 왠지 모르게 자꾸…… 들어 봐, 어떻게 네가 결혼을 할 수 있지? 왜 내가 모르고 있었을까, 응? 그래, 바샤, 이미 너에게 고백한 거지만 나는 결혼하려고 생각한 적이 있어. 그렇지만 네가 결혼한다니, 뭐 상관없어! 그래 부디 행복해라, 행복해!」

흥분한 상태로 방 안을 서성이며 바샤가 말했다. 「아르까샤, 난 지금 기분이 참 좋아, 머리도 아주 가볍고……. 그렇지 않니, 그렇지 않니? 너도 그렇지? 물론 우리는 가난하게 살 테지만 그래도 행복할 거야. 이건 허황된 생각이 아냐. 우리의 행복은 소설에나 나오는 그런 행복이 아니야. 우리는 정말 행복해질 거야!」

「바샤, 바샤, 내 말 좀 들어 봐!」

「무슨 말?」 바샤는 아르까지 이바노비치 앞에 멈춰 서서 물었다.

「갑자기 어떤 생각이 떠올랐는데 왠지 너한테 말하기가 두렵구나! 미안하지만, 내 궁금증을 풀어 줘. 너 어떻게 살려고 그러니? 보다시피 나는 미친 듯이 기뻐하고 있어. 네가 결혼한다니 미칠 듯이 기뻐서 자제할 수 없을 정도야. 하지만 너 무슨 수로 살아갈 거니? 응?」

바샤가 매우 놀라 네페제비치를 바라보며 말했다. 「오, 맙소사, 맙소사! 무슨 인간이 그러냐, 아르까샤? 너 어쩌면 그럴 수가 있어? 그 노부인도 내가 모든 걸 털어놓았을 때 단 2분도 생각하지 않고 승낙하셨어. 그들이 어떻게 사는지 알기나 해? 세 사람이 1년에 5백 루블을 가지고 살아. 가장이 죽은 후의 연금이지. 그녀와 노부인, 남동생이 함께 살지. 그 남동생의 학비도 그 돈에서 내. 그래, 그들은 그렇게 산다고! 그에 비하면 나나 너는 자본가인 셈이지! 아마 나는 곧 7백 루블을 벌게 될 테니까.」

「이봐, 바샤, 나를 용서해 줘. 나는 정말이지 이 말이 네 기분을 상하지 않게 하길 바래……. 그래, 어떻게 7백 루블이 되지? 3백 루블밖에는…….」

「3백 루블! 그럼 율리안 마스따꼬비치는? 너 잊은 건 아니겠지?」

「율리안 마스따꼬비치라고! 이봐, 그건 확실하지 않은 일이잖아? 1루블 1루블이 배반하지 않는 친구 같은 확실한 봉급 3백 루블과는 달라. 율리안 마스따꼬비치는, 그래 물론 그는 매우 위대한 사람이기까지 하지. 나는 그를 존경하고, 그를 이해하고, 그의 지위가 거저 얻어진 게 아니라는 걸 알아. 나도 그를 좋아해. 그가 너를 좋아하고 너에게 일거리를 주었으니까. 하지만 바샤, 너도 인정해야해……. 더 들어 봐. 나는 결코 헛소리를 하는 게 아니야. 뻬쩨르부르그 전체에서 네 글씨체같이 훌륭한 글씨체를 찾을 수 없다는 것은 나도 인정해. 그 점에 관해서라면 나는 네 앞에 무릎 꿇을 준비가 되어 있어.」 다소 들뜬 기분에 젖은 네페제비치는 말을 맺으려 했다. 「하지만 갑자기! 너를 마음에 안 들어 하거나 네가 갑자기 필요 없어지거나, 갑자기 그가 다른 사람을 고용하게 된다면……. 이러한 가능성이 전혀 없는 걸까! 율리안 마스따꼬비친지 뭔지 하는 사람이 갑자기 사라져 버릴 수도 있어, 바샤…….」

「들어 봐, 아르까샤. 정말 그렇다면 지금 우리 머리 위로 천장이 내려앉을지도 모르잖아…….」

「음, 물론, 물론…… 나는 그래도 상관없어.」

「아니야, 내 말 좀 들어 봐, 내 말을 끝까지 들어 봐. 이것 봐. 그가 어떻게 나를 저버릴 수 있겠어……. 아니, 내 말을 끝까지 좀 들어 봐, 들어 보라고. 나는 모든 걸 근면하게 완수하고 있고 그는 정말 친절한 사람이야. 아르까샤, 오늘만 해도 글쎄 그가 내게 은화로 50루블을 줬어!」

「정말이야, 바샤? 새해 보너스로 준 거야?」

「보너스라니! 그냥 자기 호주머니에서 내준 거야. 그가 말했지. 〈자네 벌써 다섯 달 동안이나 돈을 못 받았지. 원한다면 받게나.〉 그는 말했지. 〈자네에게 고맙네, 고마워. 만족스러워…….〉 정말이야! 〈자네가 날 위해 무료로 일해 주는 건 아니지 않는가?〉 정말이야! 바로 그렇게 말했어. 난 눈물이 쏟아졌어, 아르까샤. 오 하느님!」

「이봐, 바샤, 그런데 너 그 서류 다 정서했니?」

「아니…… 아직 다 못했어.」

「바샤! 내 수호 천사! 너 여태 뭐했니?」

「괜찮아, 아르까지. 아직 이틀이나 남았어, 난 다 할 수 있어…….」

「어쩌자고 안 했어?」

「저런, 저런! 네가 그렇게 비탄에 빠진 모습으로 쳐다보면 내 온 내장이 뒤집히고 가슴이 죄어 온단 말이야! 왜 그래? 넌 항상 나를 이렇게 절망시키지! 그렇다면 난 이렇게 울부짖을 수밖에. 아 — 아 — 아! 그래, 따지라고. 나는 상관없어. 나는 끝마칠 수 있어, 기필코 끝내겠어…….」

아르까지는 벌떡 일어나 소리쳤다. 「만일 끝내지 못하면 어떻게 하지? 그가 오늘 너한테 보너스까지 줬다며! 너는 이제 결혼도 할 거고……. 이런 — 이런 — 이런!」

슙꼬프는 소리쳤다. 「괜찮아, 괜찮아. 지금 당장 앉아서 시작할게, 당장 시작하겠어. 걱정 마!」

「바샤, 어떻게 이 일을 게을리할 수가 있었지?」

「아, 아르까샤! 내가 앉아 있을 수 있었겠니? 내가 그럴 수 있었겠어? 그래 나는 사무실에서도 거의 앉아 있지 못했어. 나는 마음을 가라앉힐 수가 없었어……. 아, 아! 이제 오늘 밤 내내 앉아 있고, 내일 밤도 새우고, 또 내일 모레 밤도 새우면……. 다 끝낼 수 있다고!」

「많이 남았니?」

「방해하지 마, 제발 방해하지 말고 조용히 있어…….」

아르까지 이바노비치는 발끝으로 걸어가서 침대에 앉았다. 그 후 갑자기 일어서고 싶었지만, 흥분 때문에 앉아 있기가 어려웠지만, 방해가 될지도 모른다는 생각에 가만히 앉아 있기로 마음을 다잡았다. 새로운 소식이 그를 완전히 당황하게 만들었고, 그것이 불러일으킨 최초의 환희가 아직 그의 내부에서 사라지지 않은 것이 확실했다. 그가 슙꼬프를 쳐다보자 슙꼬프 역시 그를 쳐다보며 미소 지었고, 그를 손가락으로 위협하는 시늉을 하더니 이내 지독하게 눈썹을(마치 여기에 모든 힘과 작업의 성패가 놓여 있는 듯이) 찡그리고 종이에 눈을 고정시켰다.

바샤 역시 아직 흥분을 가라앉히지 못한 듯 펜을 계속 바꾸어 쥐며 의자 위에서 빙글빙글 돌더니 다시 쓰기 시작했지만 그의 손은 떨리면서 움직이기를 거부하는 것이었다.

「아르까샤, 나는 그들한테 너에 대해 말했어.」 그는 이제 막 생각난 듯 갑자기 소리쳤다.

「그래? 나도 방금 전에 물어보고 싶었어, 하지만!」 아르까지가 소리쳤다.

「하지만, 아, 그렇군, 이걸 다 끝낸 뒤 말해 줄게! 그래. 다 내 잘못이야, 완전히 정신이 나가 버렸다고. 네 페이지를 정서하기 전까지는 아무 말도 안 하겠다고 마음먹었는데. 너와 그 사람들에 대한 생각이 난 거야. 있잖아, 계속 너와 그들에 대한 생각이 떠올라서 쓸 수가 없어……」 바샤는 빙그레 웃었다.

침묵이 흘렀다.

「휴! 뭐 이런 조잡한 펜이 다 있담!」 슙꼬프는 펜을 책상 위로 집어던지고는 짜증을 내면서 소리쳤다.

「바샤! 들어 봐! 한마디만……」

「그래! 빨리 말해 봐, 마지막이야.」

「많이 남았어?」

「이그, 이봐! 많이, 끔찍이도 많이 남았어.」 세상에 이보다 더 끔찍하고 괴로운 질문이란 없다는 듯 바샤는 얼굴을 몹시 찡그렸다.

「있잖아, 내게 좋은 생각이 있어……」

「뭔데?」

「응 아냐, 아니야, 쓰기나 해.」

「뭔데? 뭔데?」

「이제 일곱 시야, 바샤!」 이때 네페제비치는 빙그레 웃더니 바샤에게 교활하게 윙크했다. 그러나 그럼에도 불구하고 네페제비치는 바샤가 이걸 어떻게 받아들일지 몰라 얼마간 겁을 집어먹고 있었다.

「그런데, 왜?」 바샤는 쓰는 것을 완전히 팽개치고, 심지어 기대로 인해 창백해져서 네페제비치의 눈을 똑바로 쳐다보면서 말했다.

「뭔지 알겠니?」

「뭔데?」

「뭔지 알겠어? 너는 흥분한 데다 일도 별로 못했어……. 잠깐만, 잠깐, 잠깐만, 잠깐만…… 말하자면, 말하자면…… 들어 봐!」 네페제비치는 기쁜 나머지 침대에서 벌떡 일어났다. 그는 바샤가 말을 하려는 것도 가로막으면서 말을 하기 시작했다.

「무엇보다도 진정해야 해. 정신을 가다듬고, 그렇지 않니?」

「아르까샤! 아르까샤! 나는 밤새 앉아 있을 거야, 꼭 밤을 새우겠어!」 의자에서 벌떡 일어나 바샤가 소리쳤다.

「응, 그래, 그래! 넌 아침까지 좀 자야 해…….」

「잘 순 없어, 자면 안 돼…….」

「그래, 그럴 순 없어, 그러면 안 돼. 물론 다섯 시에 자고, 그때 자면 돼. 내가 여덟 시에 깨워 줄게. 내일은 공휴일이야, 넌 하루 종일 앉아서 빨리 쓰면 돼…… 그러고 나서 밤에도……그런데 많이 남았니?」

「응, 이만큼, 이만큼!」 바샤는 기쁨과 기대로 떨면서 서류 뭉치를 보여 주었다.

「이만큼!」

「이봐, 별로 안 남았잖아……」

「저, 여기 또 있어.」 바샤는 가느냐 마느냐의 결정이 마치 네페제비치에게 달린 듯 조마조마한 마음으로 그를 바라보며 말했다.

「얼마큼?」

「두...... 장......」

「그래? 그럼, 들어 보렴! 이거라면 다 할 수 있겠는데, 정말 다 할 수 있겠어!」

「아르까샤!」

「바샤! 좀 들어 봐! 지금은 새해 전날이라 모두들 가족끼리 모여 있을 거야, 너와 나만 집도 없고 가족도 없이...... 오! 바샤!」

네페제비치는 바샤를 거칠게 껴안고 사자 같은 품속에 그를 꽉 죄었다.

「아르까지, 결심했어!」

「바샤, 나도 지금 막 그것에 관해 말하려고 했어. 바샤, 이 바보야! 들어 봐! 들어 봐! 정말......」

너무 기뻐서 말을 할 수가 없었던 아르까지는 입을 벌린 채 멍하니 있었다. 바샤는 그의 어깨를 잡고 눈을 동그랗게 뜨고 그를 쳐다보면서 마치 자기가 그를 대신해서 다 말해 주려는 듯 입술을 움직였다.

「음!」 그는 마침내 말문을 열었다.

「오늘 그들에게 나를 소개시켜 줘!」

「아르까지! 그리로 차 마시러 가자! 내 말 알아듣겠니? 알아듣겠어? 새해가 될 때까지 앉아 있지 말고 일찍 나오면 돼.」 바샤가 진짜 영감에 젖어 소리쳤다.

「더도 덜도 말고 딱 두 시간만!」

「그리고 그 다음은 일을 다 마칠 때까지의 이별이지!」

「바샤!」

「아르까지!」

3분 만에 아르까지는 정장을 차려입었다. 바샤는 단지 옷을 약간 털어 내기만 하면 되었는데, 왜냐하면 그는 양복을 갈아입지 않고 있었기 때문이다. 그렇게 정신없이 그는 일감 앞에 앉아 있었던 것이다.

그들은 황급히 거리로 나왔고 서로 기쁨에 겨워 정신이 없었다. 길은 뻬뜨로그라드 섬에서 꼴롬나로 향했다. 아르까지 이바노비치는 민첩하고 기운 차게 발걸음을 내디뎌서 걸음 걸이만 보더라도 그가 바샤의 행복 때문에 얼마나 기뻐하는 지 알 수 있을 정도였다. 바샤는 그보다는 더 작은 걸음으로 종종걸음 쳤지만 보기 흉하지는 않았다. 아니 오히려 아르까지 이바노비치는 이보다 더 멋진 상태에 있는 바샤를 여태 본 적이 없었다. 그는 이 순간 심지어 바샤를 어쩐지 더 존경하게 되었고, 아르까지 이바노비치의 선량한 마음속에 애정 어린 연민의 고통을 항상 깊이 일으키는 바샤의 신체적 결함 (이 신체적 결함에 관해서 독자는 여태껏 모르고 있었겠지만, 바샤는 약간 곱사등이었다)이 지금 그에게 더 더욱 깊은 감동을 일으키는 것이었다. 이 감동은 특히 이 순간 아르까지가 그의 친구에게 품은 감정이며, 짐작하시다시피, 바샤는 모든 면에 있어 이러한 감동을 받을 만한 충분한 자격이 있었다. 아르까지 이바노비치는 너무 행복해서 울고 싶어질 정도였다. 그러나 그는 자제했다.

「어디, 어디로 가는 거야, 바샤? 이쪽으로 가는 게 더 가까워!」 보즈네센스끼 거리로 돌려고 기회를 엿보는 바샤를 보며 그가 소리쳤다.

「가만히 있어, 아르까샤. 조용히 잠자코 있어……」

「아니야, 이쪽이 더 가까워, 바샤.」

「아르까샤! 왜 그러는지 아니?」 기쁨으로 멎을 듯한 목소리로 바샤가 비밀스레 말을 꺼냈다.

「왜 그러는지 아냐고? 나, 리쟌까에게 선물을 하고 싶어······」

「어떤 선물?」

「여기야, 길 모퉁이에 있는 마담 레루의 기적 같은 상점!」

「아, 그래!」

「모자, 이봐, 모자 말이야. 오늘 나는 사랑스러운 모자를 봤어. 아까 물어봤어. 말하자면, 스타일은 마농레스코 식이지. 기적 그 자체야! 리본은 체리빛에다, 만일 비싸지 않다면······ 아르까샤, 그래 좀 비싸면 어때!」

「바샤, 내 생각에, 너는 이 세상의 모든 시인들보다 더 고상해, 바샤! 가보자!」

그들은 달리기 시작했고 2분 후에는 상점 안에 들어가 있었다. 머리를 틀어 올린 김은 눈의 프랑스 여자가 그들을 맞았다. 그녀는 자신의 손님들을 본 순간 그들처럼, 아니, 만일 이렇게 말할 수 있다면, 그들보다 더 행복하고 유쾌하게 꾸밀 줄 알고 있었다.

한편 바샤는 넘치는 기쁨으로 마담 레루에게 입맞춤할 준비가 되어 있었다.

「아르까샤!」 상점의 거대한 탁자 위에 진열된 아름답고 위대한 모든 것들에 눈길을 던지며 그가 가만히 속삭였다. 「기적 같아! 이건 뭐지? 이건? 예를 들어, 여기 이건 캔디야, 보이니?」 저쪽 끝의 예쁜 모자 하나를 가리키며 바샤는 속삭였다. 그러나 그가 사려는 것은 그것이 결코 아님이 확실했다. 왜냐하면 그는 이미 저 멀리를 바라보며 다른 것, 맞은편 끝에 놓인 앞서 말했던 바로 그 모자에 눈을 고정시키고 있었기 때문이다. 그가 그 모자를 쳐다보는 모습을 보노라면 마치 누군가가 그 모자를 집어 훔쳐 가거나 또는 모자 스스로 바샤의 손길을 피하기 위해 자신의 자리로부터 공중으로 날아가 버리려는 것이 아닐까 생각될 정도였다.

「이거야. 내 생각엔 이게 제일 멋진 것 같아.」아르까지 이바노비치는 한 모자를 가리키며 말했다.

「오, 아르까샤! 그건 너에게 영광을 줄 정도야. 나는 정말 너의 취향을 각별히 존경하기 시작했어. 네가 고른 모자는 매력적이야. 하지만 여기 좀 봐!」바샤는 아르까지 앞에서 자신의 감정을 교활하게 꾸며 대며 말했다.

「이봐, 어디에 더 나은 거라도 있는 거야?」

「이리로 와보라니까!」

「이거?」미심쩍은 듯 아르까지는 말했다.

그러나 이때 바샤는 더 이상 자제하지 못하고 모자가 걸려 있던 나무 걸이로부터 그것을 잡아 뺐다. 모자도 오랜 기다림 후에 나타난 이런 좋은 구매자를 보고 기뻐서 갑자기 스스로 날아오르는 것같이 보였다. 그리고 그 모자의 리본, 가장자리 장식, 레이스 모두가 사각이는 소리를 내는 바로 그 순간 아르까지 이바노비치의 튼튼한 가슴으로부터 환희의 외침이 터져 나왔다. 평소 자신의 탁월하고 고상한 취향을 숨기고 겸손의 의미에서 침묵을 지키던 마담 레루까지도 동의하는 듯한 커다란 미소로 바샤를 칭찬했다. 마치 마담 레루의 모든 것이, 그 눈길과 제스처, 그 미소 속에 있는 모든 것이 한꺼번에 다음과 같이 말하는 것 같았다. 〈그래요! 잘 맞혔어요. 당신은 당신을 기다리던 행운을 얻을 자격이 있어요.〉

「이렇게 외따로 떨어져 애교를 부리고 있었구나, 애교를 부리고 있었어! 일부러 숨어 있었던 거야, 이 사기꾼, 내 사랑!」 바샤는 이 사랑스러운 모자에 자신의 온 사랑을 쏟아 부으며 소리쳤다. 그리고 그는 모자에, 정확히 말해 모자를 둘러싼 공기에 입맞춤했다. 귀한 보물을 건드리기가 두려웠기 때문이다.

「참된 공적과 미덕도 이렇게 자신을 감춘단다.」 환희에 찬 아르까지는 아침에 한 풍자 신문에서 읽었던 구절을 유머스럽게 덧붙였다. 「자, 바샤, 어때?」

「훌륭해, 아르까샤! 내 장담컨대, 너 오늘 재치도 있고, 여자들 사이에서 소위 센세이션을 일으키겠다. 마담 레루, 마담 레루!」

「무얼 도와드릴까요?」

「사랑스러운 마담 레루!」 마담 레루는 아르까지 이바노비치를 쳐다보며 너그러이 미소 지었다.

「지금 이 순간 내가 얼마나 열렬히 당신을 사랑하는지 믿지 못할 거예요······ 당신에게 키스하게 해주세요······.」 바샤는 이렇게 말한 뒤 상점 주인에게 키스했다.

이 같은 건달로 인해 자신의 격을 낮추지 않도록 품위를 지켜야 하는 것은 사실이다. 그러나 바샤의 기쁨을 받아 준 마담 레루의 천부적인 친절함과 우아함을 이에 덧붙여 가져야 한다고 나는 단언한다. 마담 레루는 실례한다는 말과 함께 바샤로부터 벗어났다. 현명하게도 그녀는 이 상황에서 당황하지 않고 우아하게 처신할 줄 알았다. 어떻게 바샤에게 화를 내겠는가?

「마담 레루, 가격이 얼마죠?」

「그건 은화로 5루블이에요.」 다시 미소로 표정을 가다듬은 그녀가 대답했다.

「그럼 이건요, 마담 레루?」 아르까지 이바노비치는 자기가 골랐던 모자를 가리키면서 물었다.

「그건 은화로 8루블이에요.」

「그렇다면 잠깐만요! 그렇다면 잠깐만요! 실례지만, 마담 레루, 저, 어떤 것이 더 멋지고 우아하고 사랑스럽죠? 이들 중 어떤 게 당신을 더 닮았나요?」

「비싸기는 하지만 당신이 고른 것이, 〈그게 더 애교 있어 보여요 C'est plus coquet〉.」

「음, 그렇다면 그걸로 하자!」

마담 레루는 아주 얇은 종잇장을 집어서 모자를 싼 뒤 핀으로 꽂아 고정시켰는데, 모자를 싼 이 종이는 이전, 즉 모자가 없었을 때보다 더 가벼워진 것 같았다. 바샤는 이 모든 것을 조심스럽게, 거의 숨도 멈춘 채 들고서는 마담 레루와 인사를 나누고, 그녀에게 무언가 매우 정중한 말을 하고 상점을 나섰다.

「나는 풍류가야, 아르까샤. 나는 타고난 멋쟁이야!」 바샤는 들릴 듯 말 듯 작은 소리로 히스테릭하게 계속해서 정신없이 웃으며, 이 보석처럼 귀중한 모자를 망가뜨리려는 음모를 가졌다고 의심되는 모든 행인들을 피해 달리면서 외쳤다.

「들어 봐, 아르까지, 들어 봐! 아르까지, 나는 정말 행복해, 나는 정말 행복해…….」 잠시 후 바샤가 말문을 열었는데, 그의 목소리 속에는 근엄하고 더할 나위 없이 애정 어린 무언가가 울리고 있었다.

「바센까! 나 역시 행복해, 내 사랑!」

「아니야, 아르까샤. 아니야. 나에 대한 너의 사랑이 한이 없다는 건 나도 알아. 하지만 내가 이 순간 느끼는 것의 1백 분의 1도 너는 느낄 수 없어. 내 가슴은 너무도 벅차! 아르까샤! 나는 이 행복을 누릴 자격이 없는데! 나는 이 사실을 듣고, 또 느껴. 무슨 자격으로 내가……」 소리 죽인 흐느낌으로 가득 찬 목소리로 그가 말했다. 「무슨 자격으로 내가 이런…… 말해 줘! 생각해 봐. 수없이 많은 사람들의 수없이 많은 눈물, 수없이 많은 고통, 휴일이라고는 없는 희망도 즐거움도 없는 생활들! 그런데 나는! 그런 아가씨가 나를 사랑하다니, 나를…… 그래, 네가 이제 직접 그녀를 보게 되면, 너도 그 고결한 영혼의 진가를 인정하게 될 거야. 나는 낮은 신분 출신이지만, 지금 나에겐 관등과 일정한 수입, 즉 봉급이 있어. 나는 신체적 결함을 가지고 태어난 약간 곱사등이야. 생각해 봐, 그녀는 나를, 지금 이대로의 나를 사랑하게 된 거야. 오늘 율리안 마스따꼬비치는 너무도 친절하고, 자상하고, 정중했어. 그는 가끔 나와 이야기를 나누기도 하지. 〈그래, 바샤!〉 그래, 정말 바샤라고 불렀어, 〈이번 휴일에는 무얼 하며 지낼 건가, 응?〉 그는 미소를 지었어. 〈그럭저럭이오〉 하고 내가 말했지. 〈각하, 할 일이 있습니다.〉 여기서 나는 용기를 내서 말했지. 〈그리고 좀 즐기려고 합니다, 아마도요, 각하〉 정말, 이렇게 말했어. 그때 그는 나에게 돈을 주었고, 그러고 나서 내게 또 두 마디 더 했지. 나는 울음을 터뜨렸고, 정말, 눈물이 흘렀지. 그런데 그도 아마 감동했나 봐, 내 어깨를 두드리며 말했어. 〈지금 같은 기분만 가지게, 바샤. 항상 지금 같은 기분만 가져…….〉」

바샤는 잠시 말을 멈추었다. 아르까지 이바노비치도 돌아서서 주먹으로 눈물을 훔쳤다.

바샤는 계속 말했다. 「아직, 아직……. 나 아직 한번도 너한테 이런 얘길 한 적이 없었어, 아르까지…… 아르까지! 너의 우정 때문에 내가 얼마나 행복한지 몰라. 난 너 없인 살 수 없을 거야. 아니, 아니, 아무 말도 하지 마, 아르까샤! 네 손을 잡을 수 있게, 너에게 감…… 사…… 할…… 수 있게 해줘!」 바샤는 또다시 말을 잇지 못했다.

아르까지 이바노비치는 바샤의 목에 곧바로 달려들고 싶었지만, 그들은 거리를 가로질러 건너던 참이었고 그들의 귀 뒤로 호루라기소리가 울리고 있었기 때문에 당황하고 흥분한 이 두 사람은 보도까지 전속력으로 한달음에 내달았다. 아르까지 이바노비치는 이것이 오히려 기뻤다. 그는 단지 이 순간만은 예외적으로 바샤가 감정을 토로하는 것을 용서했다. 사실 이것은 그를 부끄럽게 했기 때문이다. 그는 여태껏 바샤를 위해 한 일이 거의 없다고 느꼈다! 이런 사소한 일로 바샤가 고마워하기 시작하면 그는 부끄러워 몸둘 바를 모르는 것이다! 그러나 아직 기나긴 인생이 앞에 놓여 있음을 생각하면 아르까지 이바노비치의 마음은 한결 가벼워지는 것이었다…….

두 모녀는 기다리기를 완전히 포기하고 있었다! 그 증거로 그들은 이미 차를 마시고 있었다! 아, 사실, 가끔은 늙은 사람이 젊은이보다 더 통찰력이 있을 수도 있다. 하긴 젊은이도 젊은이 나름이겠지만. 사실 리쟌까는 바샤가 오지 않을 거라고 너무 지나치게 확신하고 있었다.「오지 않을 거예요, 엄마. 예감에, 오지 않을 것 같아요.」그러나 엄마는 계속해서 말했다. 자기 예감은 정반대이며 그는 틀림없이 올 거라고. 오늘은 근무하지 않을 테니 이제 곧 달려올 거라고. 그는 지금 바쁜 업무가 없을 거라고. 그리고 새해 전야가 아니냐고! 문을 열면서도 리쟌까는 전혀 기대하지 않고 있었다. 그녀는 자신의 눈을 믿지 못했다. 숨을 헐떡이며 서 있는 그들과 마주치자 그녀는 마치 잡힌 작은 새처럼 갑자기 가슴이 뛰고, 체리처럼(정말 그녀는 체리와 너무도 닮았다) 온통 새빨갛게 되었다. 오 하느님! 이 얼마나 뜻밖의 선물인가! 리쟌까의 입술로부터 너무도 기쁜 탄성이 흘러나왔다.「나쁜 사람! 사기꾼! 내 사랑!」그녀는 바샤의 목을 부둥켜안으며 외쳤다……. 그러나 그녀의 놀라움, 뜻밖의 부끄러움을 상상해 보라. 마치 그 뒤에 숨기라도 하듯, 바샤의 바로 뒤에는 다소 당황한 아르까지 이바노비치가 서 있었던 것이다. 그가 여자들과 함께 있는 것에 서툴다는 것을 실토해야겠다. 그는 사실 매우 난처해 하기 때문에 심지어 한번은 이런 일이…… 그러나 이 이야기는 다음으로 미루자. 어쨌든 그의 입장이 되어 보자. 여기 우스운 것이라고는 전혀 없다. 그는 덧신을 신고, 외투를 입고 귀덮개가 있는 모자를 쓴 채 현관에 서 있었다. 아르까지는 모자를 벗기 위해 허둥대고 있었는데, 이 모자는 온통 노란 털실로 짠 추악한 목도리로 보기 흉하게 겹겹이 감겨져 있었고, 게다가 더 큰 효과, 즉 보온을 위해 뒤에서부터 묶여져 있었다. 더 빨리 풀어 벗어야만 그래서 좀 더 나은 모습에서 소개되어야만 했다. 왜냐하면 좀 더 나은 모습으로 자신이 소개되는 것을 바라지 않는 사람이란 없기 때문이다. 그러나 이 때 답답해서 참을 수 없게 된 바샤는, 원래는 몹시 상냥하고 친절한 바샤였지만, 마침내 결국은 참을성 없고 무자비해지고 말았다! 그는 소리쳤다.「이쪽은 리쟌까, 이쪽은 아르까지야! 누구냐고? 내 가장 친한 친구지. 그를 안아 주고, 그에게 키스해 줘요, 리쟌까. 우선 키스해요, 나중에 더 잘 알게 되면, 스스로 열렬하게 키스하게 될 테니……」 그래서? 나는 묻고 싶다. 그런데 아르까지 이바노비치는 무엇을 할 수 있었겠는가? 그는 아직도 목도리를 반밖에 풀지 못하고 있었다! 사실 나는 가끔은 바샤의 지나친 열광이 부끄러워질 때가 있다. 그것은 물론 착한 마음을 의미하지만, 그래도…… 어쩐지 거북하고 좋지 않은 것이다!

마침내 그들은 안으로 들어갔다. 노부인은 아르까지 이바노비치와 알게 되어 말할 수 없이 기뻐했다. 그녀는 그에 관한 얘기를 너무도 많이 들어 왔고, 그녀는…… 그러나 그녀는 말을 맺지 못했다. 방 안에 울려 퍼진 기쁨의 환성이 그녀의 말을 멈추게 했다. 오, 하느님! 리쟌까는 예기치 않은 선물 앞에서 망연히 팔짱을 낀 채 이렇게 미소 짓고 있었다……. 오, 하느님, 마담 레루의 상점에 이보다 더 나은 모자가 있을 수 있을까요!

오, 맙소사, 도대체 어디서 더 나은 모자를 찾을 수 있단 말인가? 이것은 이미 손에서 떠난 일이다! 어디서 더 멋진 것을 찾을 수 있단 말인가? 나는 진지하게 말하고 있는 것이다! 사랑에 빠진 자들의 이 같은 배은망덕은 마침내 나를 다소 화나게, 심지어 조금은 슬퍼지게 했다. 자, 여러분 스스로 생각해 보십시오, 이 모자보다 더 멋진 것이 있을 수 있겠는가를. 자, 주목해 보십시오……. 그러나, 아니, 아니다. 나의 호소는 쓸데없는 것이었다. 그들은 이미 나에게 전적으로 동의하고 있었다. 이것은 순간적인 오해, 안개, 감정의 열병이었다. 나는 그들을 용서할 용의가 있다……. 그러나 어쨌든 좀 생각해 보자. 여러분은 이미 용서하셨겠지만, 나는 여전히 이 모자에 관해 말하려 한다. 실크 레이스로 된 가볍고 넓은 회색 리본이 모자를 두르고 있고, 뒤로는 넓고 긴 리본이 두 개 있었다. 이 리본은 목덜미보다 다소 낮게 드리워질 것이다……. 모자 전체가 약간만 목에 닿도록 쓰면 되는 것이다. 자, 보십시오. 하지만 그 다음이 내가 여러분께 묻고 싶은 점입니다. 나에게 보이는 것이 당신들에게는 안 보입니까? 여러분들께는 모든 게 마찬가지인가 보군요! 당신들은 다른 면만 넋을 잃고 보는군요…… 당신들이 보고 있는 건 칠흑같이 검은 눈에 진주같이 굵은 눈물이 순식간에 맺혀, 마담 레루의 예술 작품을 구성하는 실크 레이스보다도 빨리 이 공기 중으로 사라져 간 사실이다. 나는 다시 화가 난다. 이 두 눈물 방울은 모자에 대한 것이 결코 아니었기 때문이다! 아니다! 내 생각에 이러한 물건은 담담히 선물할 필요가 있다. 그럴 때만이 그것을 진실되게 평가할 수 있는 것이다! 고백컨대, 이건 다 모자를 위해서 하는 말이다.

바샤는 리잔까와, 노부인은 아르까지 이바노비치와 함께 자리에 앉았다. 이야기가 시작됐고, 아르까지 이바노비치도 완전히 자신을 되찾았다. 나는 기꺼이 그를 정당하게 인정한다. 비록 그로부터는 그것을 기대하기 어렵지만. 바샤에 관해 두어 마디 한 후 그는 바샤의 은인 율리안 마스따꼬비치로 화제를 돌리는 데 성공했다. 너무도 현명하게, 너무도 현명하게 이야기를 끌어 나갔기 때문에 대화는 실제로 한 시간 동안이나 계속되었다. 바샤와 직접 또는 간접적으로 관계되는 율리안 마스따꼬비치의 몇몇 특징들을 아르까지 이바노비치가 어떠한 솜씨와 어떠한 재치를 가지고서 언급했는지를 봐야만 한다. 때문에 노부인은 정말로 그에게 매혹되었다. 노부인 스스로 이를 인정했는데, 그녀는 일부러 바샤를 한쪽으로 불러서, 그의 친구는 훌륭하고 사랑스러운 젊은이이며, 특히 매우 진지하고 믿음직한 사람이라고 말했을 정도다. 바샤는 너무나 기뻐서 웃음이 터져 나오려는 것을 가까스로 참았다. 그는 이때 믿음직한 아르까샤가 15분 동안 자신을 침대 위에서 괴롭혔던 사실을 상기했다! 그러고 나서 노부인은 바샤에게 눈짓을 하며 조용히, 그리고 조심스럽게 다른 방으로 자신을 따라오라고 말했다. 리쟌까에 관한 한 그녀가 다소 어리석게 행동하고 있음을 인정해야 한다. 그녀는 물론 기쁜 나머지 리쟌까를 배신하고, 그녀가 바샤의 새해 선물로 준비한 것을 몰래 보여 줄 생각을 한 것이다. 그것은 유리 구슬과 금실로 수놓은 매우 멋진 그림이 있는 지갑이었다. 한쪽 편에는 사슴이, 매우 빨리 달리는 사슴이 실물처럼 매우 생생하게 그려져 있었다. 다른 쪽 편에는 어떤 유명한 장군의 초상화가 그려져 있었는데, 역시 매우 훌륭하여 거의 기성품 같았다. 바샤의 기쁨에 관해서는 말하지 않겠다. 그러는 사이 거실에서도 시간은 그냥 흘러가지 않았다. 리쟌까가 아르까지 이바노비치에게 다가갔다. 그녀는 그의 손을 잡고서 무언가에 대해 그에게 감사를 표했고, 아르까지 이바노비치는 이 모든 게 더없이 소중한 바샤 때문임을 마침내 알아차렸다. 리쟌까는 심지어 매우 깊이 감동했다. 아르까지 이바노비치가 그녀의 약혼자의 진실한 친구라는 것, 그를 매우 사랑하고, 잘 돌봐 주며, 모든 일에 있어 고마운 충고로 그를 돕는다는 것을 그녀는 들어 왔기 때문에, 사실 그녀, 리쟌까는 그에게 충분히 감사할 수도, 감사하는 마음을 억제할 수도 없어서 결국 아르까지 이바노비치가 바샤를 사랑하는 반만이라도 자신을 사랑해 주기를 그에게 부탁하게 되었다. 그러고 나서 그녀는 바샤가 자신의 건강을 해치고 있지나 않은지 이것저것 캐묻기 시작했다. 흥분하기 쉬운 그의 성격적 특성, 대인 관계에 대한 그의 어설픈 지식과 관련된 몇몇 걱정들을 표명했다. 또 그녀는 머지않아 자신이 그를 감시하며, 그의 운명을 보호하고 위로하게 될 것이라고 말했고, 마침내는 아르까지 이바노비치가 자기들을 내버리지 말고 함께 살기를 바란다고 말했다.

「우리 세 사람은 일심동체가 되는 거죠!」 그녀는 매우 천진난만한 기쁨에 빠져 외쳤다.

그러나 가야만 했다. 물론 그들은 만류했지만, 바샤는 머물 수 없다고 단호하게 말했다. 아르까지 이바노비치도 이를 거들었다. 물론 모녀는 그 이유를 물었고, 내일 모레 아침까지 제출해야 하는, 율리안 마스따꼬비치가 바샤에게 위탁한 급하고 필수적이며 끔찍한 일을 아직 못 끝냈을 뿐 아니라 거의 방치 상태에 두었다는 사실이 곧 밝혀졌다. 이 이야기를 듣자마자 노부인은 경악했고, 리쟌까는 당황하고 놀라서 바샤를 당장 쫓아내려고까지 했다. 그러나 이 때문에 작별의 키스를 잊어버릴 수는 없었다. 짧고 화급한 키스였지만 뜨겁고 강렬했다. 마침내 헤어졌고, 두 친구는 집으로 출발했다.

거리로 나오자마자 두 사람은 곧 서로 앞을 다투어 자신의 인상을 고백하기 시작했다. 아르까지 이바노비치는 리쟌까에게 반한 것이다! 행운아인 바샤 말고 도대체 누구에게 이것을 더 잘 고백할 수 있겠는가? 그래서 그는 그렇게 했다. 그는 부끄럽게 생각하지 않고 즉시 바샤에게 모든 것을 자백했다. 바샤는 몹시 웃더니, 매우 기뻐하고, 심지어는 이것을 절대 쓸데없는 것이 아니라 그들은 이제 더욱더 굳건한 친구가 된 것이라고 말하기까지 했다. 아르까지 이바노비치가 말했다. 「너는 내 생각을 알아맞혔어, 바샤. 그래! 나는 너를 사랑하듯 그녀를 사랑해. 그녀는 너의 천사인 동시에 나의 천사가 되는 거야. 따라서 너와 그녀의 행복은 내게도 흘러와 나를 따뜻하게 해줄 거야. 그녀는 내 안주인이기도 한 거지, 바샤. 그녀의 손안에 내 행복도 있는 거야. 너를 보살피는 것처럼 나 역시 보살피도록 해줘. 그래, 너에 대한 우정은 그녀에 대한 우정이기도 해. 이제 내게 있어 너와 그녀는 분리될 수 없지. 다만 내게 〈너〉가 하나 대신 둘이 되는 거야……」 아르까지는 벅찬 감정으로 인해 말을 멈췄다. 바샤 역시 아르까지의 말을 듣고 영혼의 밑바닥까지 뒤흔들렸다. 문제는 그가 아르까지로부터 이러한 말이 나오리라고 결코 기대하지 않았다는 데 있었다. 아르까지 이바노비치는 전혀 말할 줄도 모르는 데다가 공상하는 것 또한 전혀 좋아하지 않았기 때문이다. 그는 이제 막, 가장 유쾌하고 가장 신선하며 가장 찬란한 공상을 시작하게 된 것이다! 그는 다시 말을 시작했다. 「어떻게 너희 두 사람을 보호하고 위로해야 할까? 첫째로, 바샤, 나는 너의 아이들을 한 명도 빠짐없이 세례시켜 주겠어. 둘째로, 바샤, 미래를 보살펴 주겠어. 가구도 사야 하고 집도 빌려야 해. 그녀와, 너, 나, 각자 방이 필요하니까. 바샤, 나는 내일부터 집들마다 붙여 놓은 공고들을 보러 다닐 거야. 셋…… 아니, 방은 두 개면 될 거야. 바샤, 오늘 내가 공연한 말을 한 것 같아, 돈은 충분할 거야. 무엇 때문에! 나는 그녀의 눈을 보자마자 걱정 없다고 느꼈어. 그녀를 위해서라면! 아아, 어떻게 일한다지! 바샤, 일단 25루블로 집을 빌려 보자. 집만 빌리면, 다 되는 거야! 좋은 방들이 있는…… 그런 집에서는 사람들도 유쾌해지고 공상들도 찬란할 테니! 둘째로,[2] 리쟌까가 우리 공동의 회계사가 되는 거야. 1꼬뻬이까라도 낭비해서는 안 돼! 이제 나는 술집 같은 데는 가지 않겠어! 그래 너는 나를 이제 어떻게 대우해 줄 거지? 아니, 괜찮아! 우리는 부지런히 일할 거니까, 보너스며 수당이 생길 거야! 황소가 땅을 갈듯 열심히 일하는 거야! 자, 상상해 봐.」 아르까지 이바노비치의 목소리는 만족감으로 인해 작아졌다. 「갑자기 예기치 않게 이 1루블짜리 은화들이 모두 각각 30루블 혹은 25루블의 가치가 나가게 된다면! 그렇다면 보너스가 없어도 모자며, 숄이며, 양말이며, 뭐든지 다 살 수 있을 텐데! 그녀는 틀림없이 내게 숄을 떠줄 거야, 이것 좀 봐, 내 숄이 얼마나 흉측한지. 노란색에다, 또 얼마나 더럽냐고, 이게 오늘 나를 골탕먹였어! 하지만 바샤, 너는 멋져. 어디 보자, 그런데 나는 벙거지를 쓴 것 같아⋯⋯. 하지만 이건 전혀 문제가 되지 않아! 알겠니, 내가 모든 은화를 인수하는 거야! 나는 너에게 선물할 의무가 있지, 이것은 나의 명예와 자존심에 관련된 문제야! 내 보너스는 없어지지 않을 거야. 하인들에게도 줄까? 십중팔구 그들은 당장 그걸 써버리겠지. 나는 너희에게 은수저와 훌륭한 칼, 은으로 된 칼보다 더 멋진 칼을 사주고, 그리고 나를 위해서는 면도기를 사겠어. 들러리가 될 테니까! 단지 너는 내 감시 아래서 오늘, 그리고 내일만 견디면 돼. 나는 밤새 몽둥이를 들고 서서, 일하도록 들볶을 거야. 끝내! 끝내! 이바, 어서! 그리고 다시 저녁이 오고, 그리고 우리는 둘 다 행복해지는 거야. 가정의 품으로 출

---

[2] 아르까지는 너무 흥분한 나머지 〈셋째로〉라는 말 대신에 〈둘째로〉라고 잘못 말하고 있다.

발! 저녁 동안 있다 오는 거지. 응, 좋아! 휴, 젠장! 내가 너를 도울 수 없다는 게 얼마나 화나는지 몰라. 도울 수 있다면 당장 펜을 쥐고 너를 위해 내내 정서했을 텐데……. 왜 우리는 필체가 다를까?」 바샤가 대답했다. 「글쎄 말이야! 서둘러야 해. 내 생각엔 지금 곧 열한 시가 될 거야. 서둘러야 해…… 일을 해야지!」 시종일관 미소를 짓고 있던 바샤는 이렇게 말하고 나서, 우정을 토로하려는 그 어떤 환희에 찬 언급도 떨쳐 버리려고 애썼다. 한마디로 말해 더할 수 없이 생기발랄해 있던 바샤가 갑자기 누그러지더니 입을 다물고 단숨에 거리를 달렸다. 아마도 어떤 괴로운 생각이 갑자기 그의 뜨겁게 달아오른 머리를 차갑게 식힌 것 같았다.

아르까지 이바노비치는 심지어 불안해지기 시작했다. 바샤는 마치 다른 사람이 된 듯 아르까지가 던진 질문들에 가끔은 외마디 소리로, 종종 주제와는 관계 없는 얘기로 대꾸했다. 「왜 그래, 바샤?」 마침내 거의 그를 따라잡은 아르까지가 소리쳤다. 「정말 그렇게 걱정이 돼?」

「아, 이봐, 그만 좀 지껄이라고!」 바샤는 심지어 화가 난 듯 대답했다.

「바샤, 조바심 낼 것 없어, 괜찮을 거야. 그래 바샤, 나는 이제껏 더 짧은 기간에도 네가 더 많이 정서하는 걸 봐 왔어……. 뭐가 걱정이니! 너에게는 재능이 있어! 최악의 경우 속력을 내면 돼. 펜글씨 교본을 베껴 내듯 하라는 것도 아니잖아. 시간에 늦지 않게 할 거야! 네가 지금 흥분해 있어서 일이 더 어려워지는 거란 말이야…….」 바샤는 대답하지 않았다. 아니면 입 속으로 뭐라고 중얼거렸는지도 모른다. 두 사람은 몹시 불안해 하며 집까지 내달았다.

바샤는 즉시 서류 앞에 앉았다. 아르까지 이바노비치는 얌전히 조용해져서 슬그머니 옷을 갈아입고 침대에 누웠으나 바샤로부터 눈을 떼지는 않았다. 어떤 공포 같은 것을 그에게서 발견할 수 있었다. 「바샤가 왜 저러지?」 바샤의 점점 창백해져 가는 얼굴과 벌겋게 타오르는 눈, 동작 하나하나마다 보이는 불안 등을 주시하며 그는 혼잣말을 했다. 「손도 떨리고 있어……. 휴, 맞아! 왜 나는 단 두 시간만이라도 눈을 붙이라고 충고하지 않았을까. 흥분을 가라앉히는 데 도움이 될 수도 있을 텐데…….」 바샤는 한 페이지를 끝내자마자, 갑자기 고개를 들고 아르까지를 바라보더니 곧 눈을 내리깔고 다시 펜을 쥐었다.

갑자기 아르까지 이바노비치가 말을 꺼냈다. 「이봐, 바샤. 조금 자는 게 더 낫지 않겠니? 생각해 봐, 너는 완전히 열병에 걸린 것 같아…….」

바샤는 화가 난 듯, 심지어 독기까지 품고 아르까지를 쳐다보면서 대답하지 않았다.

「이봐, 바샤, 너는 도대체 네 자신을 어떤 지경으로 몰아가려는 거니?」

바샤는 즉시 생각을 바꿨다.

「차 좀 마실까, 아르까샤?」 그가 말했다.

「뭐라고, 왜?」

「기운 좀 차리려고. 난 자고 싶지는 않아, 그래 절대 안 잘 거야! 나는 계속 정서할 거야. 지금 차를 마시면서 좀 쉬면 힘든 순간은 넘길 수 있을 거야.」

「기운 내, 바샤, 훌륭해! 바로 그거야. 나 역시 그렇게 말했어야 하는데. 왜 그 생각이 내 머리에는 떠오르지 않았는지 몰라. 그런데 이를 어쩌지? 마브라는 일어나지 않을 텐데. 그래, 절대 일어나지 않을 텐데……」

「정말……」

「아니, 괜찮아! 내가 사모바르를 준비할게. 우선 무얼 한다지?」 침대에서 맨발로 뛰어내리며 아르까지 이바노비치가 외쳤다.

아르까지 이바노비치는 부엌으로 달려가 사모바르와 씨름하기 시작했다. 바샤는 잠시 정서했다. 잠시 후 아르까지 이바노비치는 옷을 입고서, 바샤가 밤을 새울 수 있게 완전히 기운을 차릴 수 있도록 먹을 빵을 사러 달려갔다. 15분 후 사모바르는 탁자 위에 놓여졌다. 그들은 차를 마시기 시작했지만 이야기는 활기를 띠지 못했다. 바샤는 내내 넋이 나간 듯이 앉아 있었다.

「있잖아……. 내일 새해 인사하러 다녀야 하는데…….」 이윽고 그는 마음을 고쳐 먹은 듯 말했다.

「아니야, 넌 전혀 그럴 필요 없어.」

「아니야, 가지 않으면 안 돼.」 바샤가 말했다.

「그럼 내가 너 대신 방명록에 서명하러 다닐게……. 그럼 되겠지? 너는 내일 일을 하도록 해. 아까 내가 말했듯, 오늘 다섯 시까지 일을 하고, 그리고 좀 자두는 거야. 내일은 어떻게 해야 하냐고? 내가 여덟 시 정각에 깨워 줄게…….」

「나 대신 서명하는 일이 잘될까?」 바샤는 반은 동의하면서 말했다.

「그럼, 모두들 다 그렇게 하고 있는걸!」

「그래, 하지만 좀…….」

「뭐가 또 문제야?」

「다른 사람들 집은 괜찮겠지만, 율리안 마스따꼬비치 그분은 내 은인이잖아. 그리고 다른 사람의 필적이라는 걸 알아챌지도 몰라.」

「알아채? 오, 너 어쩌면 그런 생각을, 바샤! 어떻게 그가 알아챌 수가 있겠니? 너도 알다시피 나는 네 서명을 완전히 똑같이 하잖아, 꼬리까지 똑같이 그리고. 됐어, 괜찮아! 누가 알아채겠니?」

바샤는 대답하지 않고 서둘러 자기 잔을 비웠다……. 그리고 그는 의심스러운 듯 고개를 내저었다.

「바샤, 내 사랑! 아, 우리는 잘해 낼 수 있을 거야! 바샤, 도대체 왜 그래? 너는 나를 당황하게만 하는구나! 난 이제 눕지도 잠들지도 않을게. 바샤, 보여 줘, 많이 남았니?」

아르까지 이바노비치를 쳐다보는 바샤의 시선은 그의 심장이 뒤집히도록, 혀가 굳어지도록 만들었다.

「바샤, 왜 그래? 무슨 일이야? 왜 그렇게 쳐다봐?」

「아르까지, 나는, 그래, 율리안 마스따꼬비치에게 새해 인사를 드리러 가겠어.」

「음, 그래, 가렴!」 괴로운 기대 속에서 눈을 동그랗게 뜨고 있는 바샤를 바라보며 아르까지가 말했다.

「바샤, 내 말 좀 들어 봐. 속력을 좀 내봐. 나는 너한테 해로운 걸 충고하지 않아, 정말 그렇단 말이야! 율리안 마스따꼬비치도 네 필체의 정확성이 가장 마음에 든다고 몇 번이나 말했잖니! 스꼴로쁠레힌 같은 사람이나 정확하며 동시에 아름다운 필체, 펜글씨 교본 같은 필체를 좋아하지. 그는 서류를 집에 가지고 가서는 아이들에게 베껴 쓰게 한다지 뭐니. 펜글씨 교본을 사면 될걸, 바보같이! 율리안 마스따꼬비치가 요구하고 강조하는 것은 단 한 가지야. 정확하게, 정확하고 또 정확하게! 너는 그러면 어떻게 해야 하지? 그래, 바샤, 나는 이제 너에게 어떻게 말해야 좋을지 모르겠어. 나는 두렵기까지 해……. 너의 번민이 나까지도 절망적으로 만들어.」

「괜찮아, 괜찮아.」 바샤는 이렇게 말하면서 기진맥진해서 의자 위에 쓰러졌다. 아르까지는 깜짝 놀랐다.

「물 좀 줄까? 바샤! 바샤!」

그의 손을 쥐며 바샤는 말했다. 「됐어, 됐어. 나는 괜찮아. 아르까지, 나는 그냥 왠지 모르게 슬퍼져. 나 자신조차 왜 그런지 말을 못하겠어. 이봐, 다른 더 좋은 이야기를 해줘. 내게 상기시키지 마…….」

「진정해, 제발 진정해, 바샤. 너는 끝낼 수 있을 거야, 맹세코, 끝낼 거야! 혹시 다 못한다고 해도 뭐 큰일이야 나겠니? 범죄 행위는 아니잖아!」

「아르까지.」 너무나 의미심장하게 자신의 친구를 바라보며 바샤가 말했다. 아르까지는 완전히 놀라 버렸다. 이토록 불안해 하는 바샤를 이제껏 본 적이 없었기 때문이다. 「만일 내가 전처럼 혼자였더라면…… 아니! 이런 말을 해서는 안 돼. 나는 다만 친구인 너를 믿고 말하고 싶은 거야……. 그런데, 내가 왜 널 불안하게 하겠니? 나 좀 봐, 아르까지, 어떤 사람에게는 큰일이 주어지고, 또 어떤 사람들은 아주 작은 일을 하지, 나처럼. 하지만 만일 너에게 감사함이나 고마움을 요구한다면, 그리고 네가 이 요구를 이행하지 못한다면?」

「바샤, 나는 네 말을 전혀 이해하지 못하겠어!」

「나는 이제껏 한번도 은혜를 배반한 일이 없었어.」 바샤는 마치 자기 자신과 상의하기라도 하듯 조용히 말을 계속했다.

「그러나 만일 내가 느끼는 바를 모두 말할 수 있는 상황에 놓이지 못한다면, 그렇게 된다면 마치…… 아르까지, 그래, 그렇게 된다면 마치 내가 정말로 배은망덕한 놈이라고 사람들은 생각할지도 몰라. 이것이 나를 죽도록 괴롭혀.」

「뭐라고, 무슨 소리야! 기한 내에 정서하는 일, 여기에 너의 모든 양심이 달려 있다고 생각하는 거니? 생각해 봐, 바샤, 네가 무슨 말을 하고 있는지! 과연 여기에 너의 고마워하는 마음이 모두 달리기라도 했다는 거니?」

바샤는 갑자기 입을 다물더니, 눈을 크게 뜨고 아르까지를 쳐다보았는데, 마치 그의 예기치 않은 논거가 모든 의심을 없애 주었다는 표정이었다. 그는 심지어 미소를 짓기까지 했으나, 곧 다시 이전의 골몰한 표정으로 되돌아갔다. 이 미소를 모든 공포의 종결로, 다시 나타난 긴장된 표정을 무언가 더 나은 일을 위한 결심으로 이해한 아르까지는 한없이 기뻐하고 있었다.

「그럼, 아르까샤, 깨어 있어 줘. 나를 지켜봐 줘, 혹시라도 내가 잠들면 큰일이니까. 이제 나는 일을 시작할 테니…… 아르까샤?」 바샤는 말했다.

「뭐?」

「아니야, 그냥. 난 괜찮아…… 난…….」 바샤는 말없이 앉아 있었고, 아르까지는 드러누웠다. 아무도 꼴롬나 사람들에 관해 말하지 않았다. 아마도 두 사람 다 이런 시기에 즐겼다는 것에 어느 정도 죄책감을 느꼈을 것이다. 내내 바샤를 걱정하면서 아르까지 이바노비치는 곧 잠이 들었다. 그는 정각 아침 여덟 시에 깨어 스스로도 놀랐다. 창백하고 지친 바샤는 펜을 쥔 채 의자 위에서 자고 있었다. 부엌에서는 마브라가 사모바르를 준비하고 있었다.

「바샤, 바샤! 너 언제 누웠니?」 아르까지는 놀라서 외쳤다.

「아! 내가 이렇게 잠들어 버리다니!」 그가 말했다. 그러고는 즉시 서류로 뛰어갔다.

「괜찮군. 모든 게 제대로 있어. 잉크 한 방울도, 촛농 한 방울도 떨어지지 않았어.」

「내 생각엔 여섯 시쯤 잠이 든 것 같아. 밤에 어찌나 춥던지! 차나 좀 마시자, 그리고 나는 다시……」 바샤가 말했다.

「기운이 좀 나니?」

「그래 그래, 괜찮아. 이제 괜찮아!」

「새해 복 많이 받아, 바샤.」

「너도 복 많이 받아, 사랑스러운 아르까지.」

그들은 서로 껴안았다. 바샤는 턱을 덜덜 떨었고, 눈에는 눈물이 고였다. 아르까지 이바노비치는 침묵했다. 그는 괴로워졌다. 그들은 서둘러 차를 마셨다…….

「아르까지! 내가 직접 율리안 마스따꼬비치에게 찾아가기로 결심했어…….」

「정말 그는 눈치 채지 못할 텐데…….」

「그렇지만, 아르까지, 내 양심에 거리껴서…….」

「그래, 사실 너는 그를 위해서 일하는 것이고, 그를 위해서 이토록 괴로워하니까……. 당연해! 그럼 나는 있잖아, 나는 거기 가볼게…….」

「어디?」 바샤가 물었다.

「아르쩨미예바에게, 너와 나의 새해 인사를 하러.」

「오, 내 사랑스러운 벗! 좋아! 그럼 나는 여기 남을게. 네 생각이 정말 좋을 것 같아. 나는 여기서 일하면서 시간을 헛되이 보내지 않을게! 잠시만 기다려, 내가 곧 편지를 쓸 테니.」

「그래 쓰렴, 써, 서둘러. 나는 세수 좀 하고 면도도 하고 옷을 갈아입어야지. 그래, 바샤, 우리는 만족스럽게, 행복하게 될 거야! 나를 안아 줘, 바샤!」

「아, 만일, 이봐!」

「여기 관리 슙꼬프 씨가 살고 있나요?」 계단에서 어린아이의 목소리가 울려 퍼졌다.

「여깁니다요, 여깁니다요.」 손님을 들여보내며 마브라가 말했다.

「거기 누구요? 누구, 누구요?」 의자에서 벌떡 일어나 현관 쪽으로 달려가면서 바샤가 외쳤다. 「뻬쩬까, 너니?」

「안녕하세요, 여러분들께 새해 인사를 드릴 수 있게 되어 영광이에요. 제 누나가 당신께 인사 전하래요, 제 어머니도요. 그리고 누나는 당신께 키스도 전해 달라고 부탁헸어요……」 열 살쯤 되어 보이는 검은 고수머리의 귀여운 소년이 말했다.

바샤는 사절(使節)을 공중으로 안아 들어 올리더니, 리쟌까의 입술과 끔찍이도 닮은 그의 입술에 달콤하고 기나긴, 기쁨에 넘친 키스를 했다. 「키스해, 아르까지!」 뻬쨔를 그에게 넘겨주며 바샤가 말했다. 뻬쨔는 바닥에 발도 닿지 않은 채 즉시 아르까지 이바노비치의 힘 있고 강렬한 포옹 속에 내맡겨졌다.

「차 좀 마실래?」

「대단히 고맙지만, 집에서 이미 마시고 왔어요! 오늘 식구들은 일찍 일어났어요. 우리는 아침 예배를 드리러 갔었죠. 누나는 두 시간 동안 내 머리를 빗겨 주고, 기름을 발라 주고 얼굴을 씻어 주고 내 바지를 기워 주었죠. 어제 길거리에서 사쉬까와 놀다가 바지를 찢었거든요. 우리는 눈싸움을 했는데…….」

「저런, 저런, 저런!」

「그래요, 모두들 나를 당신께 가보라고 했어요. 그리고 머릿기름을 발라 주고, 그리고 키스를 한 다음 말했어요. 〈바샤한테 가서 새해 인사를 전해라, 그리고 그들이 잘 있는지, 잘 들 주무셨는지 물어라.〉 그리고……, 그리고 또 무언가 물어보라고 했는데, 맞아! 〈그리고 어제 당신들께서 말씀하셨던 그 일은 끝마쳤는지…….〉 그리고…… 그래, 여기 메모한 게 있어요(소년은 주머니에서 꺼낸 종이를 읽으면서 말했다). 그래요! 아직도 걱정하시는지 물으랬어요.」

「끝낼 거야! 끝낼 거야! 리쟌까에게 이렇게 전해 줘. 반드시 끝내겠다고, 맹세코!」

「그리고 또…… 아! 또 잊어버렸어요. 누나가 카드와 선물을 보냈는데, 잊어버리고 있었어요!」

「아니 저런! 아 내 사랑! 어디…… 어디? 여기, 응?! 이봐, 아르까지, 내게 카드를 보내 왔어. 오, 내 사랑, 내 사랑! 어제 나는 내게 보내려는 카드를 봤어. 그런데 그땐 다 쓰지 않았는데, 이봐, 이렇게 씌어 있잖아, 당신께 내 머리카락 묶음을 보낼 테니 영원히 간직하세요. 이봐, 아르까지, 이것 좀 봐!」 환희로 정신을 잃은 바샤가 세상에서 제일 검고 짙은 머리카락을 아르까지 이바노비치에게 보여 주었다. 그러고 나서 거기에 열렬히 키스하고는 심장에서 가장 가까운 주머니에 그것을 감추었다.

「바샤! 내가 이 머리카락을 넣을 수 있는 메달을 맞춰 줄게!」 아르까지 이바노비치가 결연하게 말했다.

「우리는 뜨거운 송아지 고기를 먹게 될 거예요. 그리고 내일은 골수 요리를요. 엄마는 비스킷을 만들려고 하세요……. 수수죽은 안 나올 거예요.」 소년은 생각 끝에 이와 같이 자신의 잡담을 결론지었다.

「오, 얼마나 훌륭한 소년인지! 바샤, 너는 정말 죽도록 행복한 놈이야!」 아르까지 이바노비치가 소리쳤다.

소년은 차를 다 마시고 메모와 1천 번의 키스를 받은 뒤 이전처럼 행복하고 발랄하게 돌아 나갔다.

「오, 바샤.」 기쁨에 넘친 아르까지 이바노비치가 말을 꺼냈다. 「이것 좀 봐, 얼마나 멋진지, 이것 좀 봐! 모든 것이 최고로 잘되어 나가고 있어, 상심하지 마, 겁내지 마! 앞으로 전진해! 끝마치라고, 바샤, 끝마쳐! 두 시에 집으로 올게. 그들에게, 그리고 율리안 마스따꼬비치에게 갔다 올게…….」

「그래, 안녕, 아르까지. 잘 갔다 와……. 아, 만일! 그래, 좋아, 어서 가, 좋아. 아르까지, 나, 율리안 마스따꼬비치에게 가지 않기로 결심했어.」 바샤가 말했다.

「안녕!」

「잠깐만, 아르까지, 잠깐만. 그들에게 말해 줘……. 그래, 네가 하고 싶은 말을 모두 다. 그녀에게 키스해 줘……. 그리고 얘기를 나눠, 여보게, 내내 얘기를 하다 와…….」

「그래, 그래, 이제 알겠어! 이 행복이 너를 당황하게 한 거야! 이건 의외야. 너는 어제부터 제정신이 아니었어. 너는 아직 어제의 감동에서 헤어나지 못하고 있어, 그래, 이제 끝났어! 사랑스러운 바샤 정신 차려! 안녕, 갔다 올게!」

마침내 두 친구는 헤어졌다. 아침 내내 아르까지 이바노비치는 넋이 나간 채 바샤에 관한 생각만 했다. 그는 바샤의 쉽게 흥분하는 여린 성격을 알고 있었다. 〈그래, 이 행복 때문에 바샤가 당황한 거야, 틀림없어!(그는 혼자 스스로에게 말하는 것이었다) 세상에! 그는 나에게도 괴로움을 불러일으켰어. 정말 대단한 열병이야! 오, 그를 구해야만 해! 구해야 해.〉 실로 사소한 문제가 자신의 마음속에서 이미 재앙으로까지 확장되어 있다는 사실을 알지 못한 채 아르까지는 말했다. 열한 시가 되어서야 그는 얼룩진 종이 위에 빽빽히 씌어진 존경할 만한 이름들의 긴 꼬리에 자신의 이름을 덧붙이기 위해 율리안 마스따꼬비치 저택의 수위실에 도착했다. 그러나 자신 앞에 바샤의 자필 서명이 아른거렸을 때 그의 놀라움은 어떠했을까! 이것은 그를 무척 놀라게 했다. 어떻게 된 거지? 그는 생각했다. 조금 전까지만 해도 희망으로 설레던 아르까지 이바노비치는 낙담했다. 틀림없이 재앙이 닥칠 것이다. 그러나 어디에서? 어떤?

어두운 생각에 싸여 그는 꼴롬나로 향했다. 처음에 그는 넋이 나가 있었으나 리쟌까와 잠시 이야기를 나눈 후에는 바샤로 인해 완전히 상심하고, 눈에는 눈물이 가득 고여 그곳을 떠나왔다. 서둘러 집으로 출발한 아르까지 이바노비치는 네바 강가에서 슙꼬프와 바로 코 앞에서 마주쳤다. 슙꼬프 역시 달리고 있었다.

「너 도대체 어딜 가는 거니?」 아르까지 이바노비치가 소리쳤다.

「아르까지, 그냥. 산책 좀 하려고.」

「참지 못하고 꼴롬나로 가려는 거지? 아, 바샤, 바샤! 그런데 왜 율리안 마스따꼬비치에게 갔었어?」

바샤는 대답하지 않았다. 그러나 잠시 후 손을 내저으면서 말했다.

「아르까지! 나는 도대체 어떻게 해야 할지를 모르겠어! 나는……」

「됐어, 바샤, 됐어! 이게 어떻게 된 일인지 나는 알고 있어. 염려 마! 너는 어제부터 흥분한 채 불안해 하고 있어! 생각해 봐. 자, 왜 이걸 견뎌 내지 못하지! 모두들 너를 사랑하고, 걱정하고, 네 일은 진척되고 있어. 너는 그걸 끝마칠 수 있어, 나는 알아. 그런데 너는 무언가 상상하면서 두려워하고 있어……」

「아니야, 아무것도 아니야……」

「명심해, 바샤, 명심해. 이 모든 게 너한테 달려 있어. 명심해. 넌 처음 관직을 얻었을 때는 행복과 고마움에 두 배나 열심히 일을 하더니 지난 일주일 동안에는 일만 악화시켰어. 지금도 마찬가지야……」

「그래, 맞아, 아르까지. 하지만 지금은 달라, 지금은 전혀 그렇지 않아……」

「그래, 어떻게 다르지, 말도 안 돼! 그리고 아마도 네 일이라는 것, 그것은 전혀 시급한 일도 아닐 거야, 그런데 너는 자신을 망치고 있어.」

「아니야, 아니야. 나는 그저…… 자, 가자!」

「어디, 집으로? 그들한테 가는 게 아니라?」

「아니야, 내가 무슨 낯으로 가겠니? 나, 생각을 바꿨어. 너 없이 혼자 앉아 있을 수가 없었어. 이제 네가 이렇게 내 곁에 있으니 나는 차분히 앉아서 일할 수 있어. 가자!」

그들은 걷기 시작했고 잠시 동안 침묵이 흘렀다. 바샤는 서둘렀다.

「왜 그들에 관해 묻지 않지?」 아르까지 이바노비치가 말했다.

「아, 그래! 정말. 아르까셴까, 어때?」

「바샤, 정말 너답지 않아!」

「괜찮아, 괜찮아. 나한테 모든 걸 이야기해 봐, 아르까샤!」 바샤는 더 이상의 해명을 피하려는 듯 애원하는 목소리로 말했다. 아르까지 이바노비치는 심호흡을 했다. 그는 바샤를 쳐다보면서 어찌할 바를 모르고 있었다.

꼴롬나 사람들에 관한 이야기는 그에게 생기를 불어넣었다. 그는 심지어 이야기에 열중하기까지 했다. 그들은 식사를 했다. 노부인이 아르까지 이바노비치의 주머니에 비스킷을 가득 넣어 준 덕분에 그들은 그걸 먹으면서 유쾌해졌다. 식사 후 바샤는 밤을 새워 일하기 위해 잠시 눈을 붙이기로 했다. 그는 실제로 누웠다. 아르까지 이바노비치는 아까 아침에 거절할 수 없는 누군가로부터 차 마시러 오라는 초대를 받았다. 그들은 어쩔 수 없이 헤어지게 되었다. 아르까지는 될 수 있는 대로 빨리, 가능하다면 여덟 시에라도 돌아오기로 약속했다. 세 시간 동안의 헤어짐이 그에게는 삼 년 같았다. 마침내 그는 바샤에게로 달려왔다. 방으로 들어가면서 그는 방 안이 완전히 어둡다는 걸 알아챘다. 바샤는 집에 없었다. 그는 마브라에게 물었다. 마브라는 그가 잠은 전혀 자지 않고 내내 정서하다가 갑자기 방 안을 서성이더니 지금으로부터 한 시간 전, 30분 후에 돌아오겠다고 말한 다음 뛰어나가더라고 말했다. 「〈아르까지가 오면 나는 산책 나갔다고 전해요, 할멈〉이라고 세 번 아니 네 번이나 분부했어요.」 마브라가 말을 맺었다.

〈아르쩨미예바에게 갔겠구나!〉 아르까지 이바노비치는 이렇게 생각하고 고개를 내저었다.

1분 후 그는 희망으로 인해 기운을 차리고 벌떡 일어났다. 그는 생각했다. 〈그래, 바샤는 일을 다 끝낸 거야, 바로 그거야. 그러고는 참지 못하고 그리로 달려간 거지. 하지만 그게 아닐지도 몰라! 나를 기다리다가 그냥…… 일이 어찌 되었나 보는 게 좋겠군!〉

그는 촛불을 켜고 바샤의 책상으로 달려갔다. 일은 진척되어 있었고, 곧 끝낼 수 있을 것 같았다. 아르까지 이바노비치는 더 살펴보고 싶었지만 그때 갑자기 바샤가 들어왔다…….

「아! 너 여기 있니?」 바샤가 놀라서 몸을 떨며 소리쳤다.

아르까지 이바노비치는 잠자코 있었다. 그는 바샤에게 물어보기가 두려웠다. 바샤 역시 눈을 내리깔고 잠자코 서류를 정리하기 시작했다. 마침내 그들의 눈길이 마주쳤다. 바샤의 시선이 너무나도 애절하고 간절하고 슬펐기 때문에 그 눈길에 부딪힌 아르까지는 전율을 느낄 정도였다. 그의 심장은 덜덜 떨렸고 터질 것만 같았…….

「바샤, 어떻게 된 거야? 어떻게 된 거야?」 아르까지 이바노비치는 그에게 달려가서 그를 꼭 안은 채 외쳤다. 「우리 함께 얘기 좀 하자. 나는 너를, 너의 괴로움을 이해하지 못하겠어. 너 좀 어떠니, 내 가엾은 순교자야? 어때? 나한테 숨기지 말고 말해 봐. 하지만 아마도 이건 단지……」

바샤는 그에게 바짝 달라붙은 채 아무 말도 하지 못했다. 아르까지는 숨이 막힐 것 같았다.

「괜찮아, 바샤, 괜찮아! 그래, 끝마치지 못한다 해도, 그럼 좀 어때? 나는 너를 이해하지 못하겠어. 나한테 네 괴로움을 털어놔. 너도 알잖니, 나는 너를 위해…… 아, 맙소사, 맙소사!」 방 안을 서성이면서 마치 지체없이 바샤를 위한 약을 찾기라도 하는 듯, 자신의 손에 닿지 않는 모든 것을 붙잡으려고 애쓰면서 그가 말했다. 「내가 내일 너 대신 율리안 마스따꼬비치에게로 가서 하루만 더 여유를 달라고 사정해 볼게. 단지 이 일이 너를 그렇게 괴롭히는 것이라면 내가 그에게 모든 것을 설명할게……」

「오, 하느님!」 바샤는 소리치더니 얼굴이 백지장처럼 새하얘졌다. 그는 간신히 버티고 서 있었다.

「바샤, 바샤!」

바샤는 정신을 차렸다. 그의 입술은 떨리고 있었다. 그는 무언가 말을 하고 싶었지만, 다만 말없이 아르까지의 손을 불안하게 쥐고 있었다……. 그의 손은 차가웠다. 아르까지는 슬프고 괴로운 심정으로 바샤 앞에 서 있었다. 바샤는 다시 눈을 들어 그를 바라보았다.

「바샤, 신이 지켜 주실 거야, 바샤! 너는 내 마음을 갈가리 찢었어, 내 사랑하는 친구야.」

바샤의 눈에서 구슬 같은 눈물이 흘러내렸다. 그는 아르까지의 가슴에 몸을 던졌다.

「아르까지, 나는 너를 속였어! 나는 너를 속였어. 용서해 줘 나를, 용서해 줘! 나는 너의 우정을 기만했어……」

「무슨 일이야, 무슨 일이야, 바샤? 도대체 뭐지?」 아르까지는 완전히 공포에 휩싸여 물었다.

「있잖아!」 그리고 바샤는 뜻밖에도 그가 정서했던 것들과 유사한 두꺼운 서류 뭉치 여섯 권을 서랍에서 꺼내 책상 위로 내던졌다.

「이게 뭐야?」

「내가 모레까지 다 써놓아야만 하는 것들이야. 나는 4분의 1도 못했어! 묻지 마, 묻지 마…… 어떻게 이렇게 되었느냐고!」 바샤는 자신을 그토록 괴롭혔던 것이 무엇인지 스스로 말하기 시작했다. 「아르까지! 나 자신도 무슨 일이 일어났는지 모르겠어! 나는 마치 어떤 꿈으로부터 빠져나온 것 같아. 나는 3주를 모두 허비했어. 나는 내내…… 나는…… 그녀에게 다녔지……. 나는 가슴이 아팠고, 괴로웠어……. 무언지 모를 것 때문에…… 나는 정서할 수가 없었어. 나는 일에 관해 생각할 수도 없었어. 이제서야, 내게 행복이 찾아 들고 나서야, 나는 제정신을 차렸어.」

아르까지 이바노비치가 단호하게 말을 시작했다. 「바샤! 내가 너를 구해 줄게! 들어 봐, 내 말을 들어 봐. 내일 내가 율리안 마스따꼬비치에게 가겠어……. 고개만 젓지 말고 내 말 좀 들어 봐! 그동안 있었던 일 전부를 그에게 얘기할게. 내가 그렇게 하도록 해줘……. 내가 그에게 설명하도록…… 내가 모두 해결하러 가겠어! 네가 얼마나 비탄에 빠져 있는지, 네가 얼마나 괴로워하고 있는지 그에게 말하겠어.」

「지금 너도 나를 괴롭히고 있다는 걸 알고 있니?」 놀라움으로 인해 냉정해진 바샤가 말했다.

아르까지 이바노비치는 창백해졌으나 다시 생각을 고쳐먹고 곧 크게 웃으며 말했다.

「겨우 그거야, 겨우? 말도 안 돼, 바샤, 말도 안 돼! 부끄럽지도 않아? 자, 좀 들어 봐! 내가 너를 괴롭히고 있다는 건 나도 알아. 이봐, 나는 너를 이해하고 있어. 나는 네 안에서 무슨 일이 일어나는지 알고 있어. 고맙게도 우리는 이미 5년이나 함께 살고 있으니까. 너는 선량하고 몹시도 상냥하지만 마음이 여려. 용서할 수 없을 만큼 여려. 리자베따 미하일로브나도 이 점을 이미 눈치 챘어. 뿐만 아니라 너는 몽상가인데, 이 점 역시 좋지 않아. 이봐, 넌 미쳐 버릴 수도 있단 말이야! 내 말 좀 들어 봐, 나는 정말 네가 무얼 원하는지 알고 있어! 너는, 예를 들면 네가 결혼한다는 소식에 율리안 마스따꼬비치가 기쁨으로 정신을 잃고 무도회라도 열었으면 하고 바라는 거지……. 그렇지만, 잠시만, 잠시만 기다려 봐! 너, 얼굴을 찌푸리는구나. 내 말이 율리안 마스따꼬비치에 대한 모욕처럼 들려서 그러지! 그래 그를 가만히 두지. 나 역시 너 못지않게 그를 존경하니까! 하지만 너는 나를 논박할 수도, 내가 이렇게 생각하는 것을 인정하지 않을 수도 없을 거야. 심지어 너는 네가 결혼할 때 지구상에 행복하지 않은 사람이 단 한 명도 없기를 바라고 있지. 그래, 너는 예를 들어 너의 가장 친한 친구인 나한테 갑자기 10만 루블의 거액이 생기기를 바라고 있어. 너도 인정할 거야. 이 세상의 모든 적들이 서로 화해하고, 기쁨으로 인해 길거리에서 그들이 모두 얼싸안고, 그리고 여기 네 아파트로 손님이 되어 방문하기를 바라고 있지. 오 내 친구! 사랑스러운 친구야! 나는 농담으로 말하는 게 아니야, 사실이 그렇단 말이야. 너는 이미 오래전부터 이런 네 기분을 여러 형태로 내게 암시했어. 넌 네가 행복하니까 다른 사람들도 모두 행복했으면 하고 바랐던 거야. 혼자만 행복하다는 생각에 너는 괴롭고 힘들었던 거지! 지금 이 행복을 누릴 만한 자격이 있다는 걸 증명하고 싶어서, 그래, 양심에 거리낌을 없애기 위해서 너는 무언가 공훈을 세우고 싶었겠지! 열성과 능력을 보여야만 한다고 생각되는 것을 위해 자신을 괴롭힐 준비까지 되어 있었고…… 하지만 네

말대로 하자면, 너는 갑자기 은혜를 배반했지! 만일 네가 율리안 마스따꼬비치의 기대를 만족시키지 못한다면 그가 얼굴을 찡그리고 심지어 화를 낼지도 모른다는 생각에 너는 죽을 듯 괴로웠겠지. 자신의 은인이라고 생각하는 사람에게서 비난을 듣게 되리라는 생각만 해도 가슴이 아팠겠지. 더군다나 이런 시기에! 너의 가슴이 기쁨으로 가득 차 있고, 네가 누구에게 고마움을 토로해야 할지 몰라하고 있을 때에…… 어때 내 말이 맞지, 그렇지?」

아르까지 이바노비치의 목소리가 마지막에 가서는 떨렸다. 그는 말을 멈추더니 숨을 크게 쉬었다.

바샤는 애정 어린 눈빛으로 자신의 친구를 바라보았다. 그의 입가에는 미소가 흘렀다.

심지어 희망의 기대가 그의 얼굴에 활기를 불어넣은 듯했다.

더욱더 희망에 찬 아르까지는 다시 말을 시작했다. 「그래, 그렇다면 내 말을 들어 봐. 너는 율리안 마스따꼬비치의 사랑을 잃어서는 안 돼, 그렇지? 여기에 질문 있니? 만일 그렇다면 내가…….」 아르까지는 앉아 있던 자리에서 벌떡 일어나서 말했다. 「내가 너를 위해서 희생하겠어. 내가 내일 율리안 마스따꼬비치에게 갈게…… 반대하지 말아 줘! 바샤, 너는 네 작은 실수를 커다란 범죄로 몰아가지만, 율리안 마스따꼬비치, 그는 관대하고 동정심이 많아서 너처럼 큰 문제로 생각하지 않을 거야! 바샤, 그는 우리 얘기를 끝까지 듣고서 재앙으로부터 우리를 구해 줄 거야. 자! 이제 안심이지?」

눈에 눈물이 가득 고인 바샤는 아르까지의 손을 꽉 쥐면서 말했다.

「됐어, 아르까샤, 됐어. 일은 결정됐어. 어쨌든 나는 끝마치지 못한걸. 어쨌든 좋아. 끝마치지 못했어, 그래 끝마치지 못했어. 너는 갈 필요 없어. 내가 직접 모든 걸 말할게, 내가 가겠어. 나는 이제 진정이 됐어, 나는 완전히 제정신이야. 그러니까 너는 제발 그냥 가만히 있어 줘……. 그래 내 말을 들어.」

아르까지 이바노비치는 기쁨에 겨워 외쳤다. 「바샤, 내 소중한 친구야! 나는 네 말을 대신한 거야. 네가 생각을 바꾸고 제정신을 차리게 되어 기뻐. 그러나 너에게 아무 일도 일어나지 않도록 내가 네 곁에 있을게, 이건 기억해! 율리안 마스따꼬비치에게 내가 아무 말도 안 했으면 하고 네가 간절하게 바라는 것 같으니 나는 아무 말도 안 할게. 나는 말 안 할 테니 네가 직접 말하렴. 그러니까 내일 네가 가서…… 아니야, 너는 내일 가지 마. 너는 여기서 정서하고 있어, 알겠니? 그러면 내가 거기 가서 이 일이 어떤 일인지, 아주 급한 일인지 아닌지, 기한 내에 꼭 해야만 하는 일인지 아닌지, 만일 네가 기한을 넘긴다면 그 결과가 어찌 될지 알아보고 올게. 그러고 나서 너한테 달려올게……. 이봐, 이봐! 아직 희망이 있어. 자, 이 일이 급한 일이 아니라고 가정해 봐. 그렇다면 시간을 벌 수 있어. 율리안 마스따꼬비치는 기억하지 못할 수도 있고, 그땐 모두 구원받는 거야.」

바샤는 미심쩍은 듯 고개를 저었다. 그러나 그의 감사하는 눈길은 친구의 얼굴에서 떠날 줄 몰랐다. 그는 숨을 헐떡이면서 말했다.

「그래, 됐어, 됐어! 나는 너무 약해졌고, 지쳤어. 나는 더 이상 그 일에 대해서 생각하고 싶지 않아. 자, 다른 이야기를 하자! 있잖아, 나는 지금 정서하지 않을래, 그냥 어느 지점까지만 마치도록 두 페이지만 할래. 들어 봐……전부터 네게 물어보고 싶었어. 너는 어쩌면 그렇게 나를 잘 알고 있지?」

눈물이 바샤의 눈에서 아르까지의 손으로 떨어졌다.

「바샤, 내가 너를 얼마나 사랑하는지 네가 안다면 그런 질문은 하지 않을 텐데!」

「그래, 그래, 아르까지. 나는 그걸 모르겠어, 왜냐하면, 왜냐하면…… 무엇 때문에 네가 나를 이렇게 사랑해 주는지 모르기 때문이야! 그래, 아르까지, 심지어 너의 사랑이 내 가슴을 아프게 한다는 걸 알고 있니? 몇 번이나 내가, 특히 자려고 누워서 너에 관해 생각하면서 말이야, 왜냐하면 잠들기 전엔 항상 너에 관해 생각하기 때문이야, 내가 눈물에 젖고, 내 가슴이 얼마나 떨려 왔는지 아니……. 네가 나를 그토록 사랑하고, 나는 내 가슴을 무엇으로도 가볍게 할 수 없었기 때문에…… 무엇으로도 너에게 감사할 수 없었기 때문에…….」

「이봐, 비샤, 이봐, 너 왜 그래! 지금 네가 얼마나 상심해 있는지 보라고.」 이렇게 말하는 순간 아르까지의 마음은 비탄에 빠져 있었다. 그는 어제 길에서의 장면을 회상했다.

「됐어. 너는 내가 진정하기를 바라지. 나는 그 어느 때보다 마음 편하고 행복해. 알고 있니……. 들어 봐, 나는 모두 네게 얘기하고 싶어, 그래 나는 너를 슬프게 할까 봐 줄곧 두려웠어……. 너는 상심해서 나에게 계속 소리쳤잖아, 나는 깜짝 놀랐어……. 보렴, 내가 지금 얼마나 덜덜 떨고 있는지. 나도 왜 그런지 모르겠어. 들어 봐, 이게 바로 내가 하고 싶은 얘기야. 우선 나는 나 자신을 모르고 있었던 것 같아, 그래! 다른 사람들에 관해서도 어제에서야 알게 된 거야. 나는 전혀 느끼지도 못했고 가치를 알지도 못했어. 내 가슴은 무감각했어……. 이게 어떻게 된 일인지 들어 봐. 나는 세상 그 누구에게도 선행을 베푼 일이 없어. 왜냐하면 그럴 능력이 없었기 때문에. 심지어 나는 외모조차 기분좋지 않잖아……. 그런데 모든 사람들이 내게 호의를 베풀었어! 우선 여기 있는 너부터. 정말 나는 모르고 있었어. 나는 잠자코만, 잠자코만 있었지!」

「바샤, 그만둬!」

바샤는 쏟아지는 눈물 때문에 가까스로 말을 이었다. 「왜, 아르까샤, 왜! 나는 정말 괜찮아……. 어제 나는 너한테 율리안 마스따꼬비치 얘기를 했었지. 그가 엄격하고 냉정하다는 걸 너도 알 거야, 심지어 너는 여러 차례 그를 비난했을 정도니까. 그런데 어제 그가 나와 함께 농담도 하고 어르기도 하고 다른 사람들 앞에서는 깊게 감추어 두었던 선량한 마음을 내 앞에서 열어 보였어…….」

「그래, 그게 어때서? 그건 다 네가 행운을 받을 자격이 있다는 증거일 뿐이야.」

「아, 아르까샤, 내가 얼마나 이 모든 일을 끝마치고 싶은지 아니? 아니야, 나는 내 행운을 망쳐 버리고 말 거야! 그런 예감이 들어! 아니야, 그것 때문이 아니라…….」 아르까지가 책상 위에 놓인 엄숙하고 시급한 일을 힐끗 쳐다보자 바샤는 잠시 말을 멈추었다. 「그건 아무것도 아니야, 그건 종잇장일 뿐이야…… 무의미해! 이 일은 이미 결정된 거야……. 나는…… 아르까샤, 오늘 거기, 그들에게 갔었어. 나는 괴롭고 가슴이 아팠어! 나는 문 옆에 서 있었어. 그녀는 피아노를 치고 있었고, 나는 그걸 듣고 있었지. 이봐, 아르까지, 나는 감히 들어갈 수가 없었어…….」 그는 소리를 낮춰 말했다.

「바샤, 내 말 좀 들어 봐, 괜찮니? 너 왜 그런 눈으로 나를 쳐다보는 거야?」

「왜? 괜찮으냐고? 사실 좀 어지러워. 다리가 떨려. 아마 밤새 앉아 있어서 그런가 봐…… 그래! 눈도 좀 침침하고. 그리고 여기, 여기가……」

그는 가슴을 가리켰다. 그리고 그는 기절했다.

그가 정신을 차렸을 때 아르까지는 강제 수단을 취하려 했다. 그는 바샤를 강제로 침대에 눕히려고 했다. 바샤는 한사코 말을 들으려 하지 않았다. 그는 울면서 두 손을 비비고 쥐어짜며 정서하려고, 자신의 두 페이지를 기필코 끝내려고 했다. 그를 흥분시키지 않기 위하여 아르까지는 그를 내버려두기로 했다.

「이봐, 내게 좋은 생각이 떠올랐어, 희망이 있어.」 자리에 앉으면서 바샤가 말했다. 그는 아르까지에게 미소를 지었고, 창백한 그의 얼굴은 희망으로 인해 활기를 띤 것처럼 보였다.

「바로 이거야. 모레 나는 그에게 전부 다 가져가지 않겠어. 나머지에 관해서는 둘러댈 거야. 타버렸다고, 젖어서 못쓰게 되었다고, 잃어버렸다고…… 아니야, 다 못했다고 말할래. 나는 거짓말은 못하니까. 내 스스로 설명하겠어. 알겠니? 내가 그에게 모든 걸 설명하겠어. 나는 말하겠어. 이러저러해서 못했다고……. 나는 내 사랑에 관해 그에게 말하겠어. 그도 얼마 전에 결혼했으니 나를 이해할 거야! 나는 물론 이 모든 걸 공손하게 차근차근 말하겠어. 그는 내 눈물을 보고 감동할 거야……」

「그래, 그럴 거야. 그에게 가서 설명해…… 그런데 거기 눈물은 필요 없어! 무엇 때문에? 사실 바샤, 너는 나를 완전히 겁에 질리도록 했어.」

「그래, 나는 가겠어, 가겠어. 지금부터 내가 정서하게 해

줘, 아르까샤. 나는 아무도 감동시키거나 하지 않을게, 그냥 정서하게 해줘!」

아르까지는 침대에 몸을 던졌다. 그는 바샤를 신뢰하지 않았다. 바샤는 무슨 일이든지 저지를 수 있었다. 용서를 구한다고 했다. 무엇에 관해, 어떻게? 문제는 여기에 있는 것이 아니었다. 문제는 다음에 있었다. 문제는 바샤가 임무를 완수하지 못했다는 데에, 바샤가 스스로에 대해 죄가 있다고 느끼며 운명에 대해 은혜를 모른다고 생각하는 데에, 바샤가 행복에 짓눌려 있고 동요하고 있으며 자신이 행복해질 자격이 없다고 느끼는 데에, 그리고 마침내는 그가 이 상황으로부터 벗어날 구실을 찾으려 한다는 데에, 이 의외의 행복으로 인해 어제부터 제정신이 아니었다는 데에 있었다. 〈바로 이거다! 바샤를 구해야만 해. 그를 자기 자신과 화해시켜야만 해. 그렇지 않으면 스스로 자신을 망치고 말 거야.〉 아르까지 이바노비치는 이렇게 생각했다. 그는 생각하고 생각했다. 그리고 곧 율리안 마스따꼬비치에게 가기로 결정했다. 내일 그에게 가서 모두 말해야 한다.

바샤는 앉아서 정서하고 있었다. 기진맥진한 아르까지 이바노비치는 이 일에 관해 다시 차분히 생각하기 위해 잠시 누웠는데 새벽이 되어서야 눈을 떴다.

「으악, 이런! 또!」 그는 소리치며 바샤를 바라보았다. 바샤는 앉아서 정서하고 있었다. 아르까지는 그에게 달려가 그를 안아서 강제로 침대에 눕혔다. 바샤는 빙긋이 미소 짓고 있었다. 그의 눈이 힘없이 감겼다. 그는 간신히 말을 할 수 있었다.

「누우려던 참이었어. 있잖아, 아르까지, 내게 좋은 생각이 있어. 나는 다 마칠 거야. 펜이 속력을 내기 시작했어! 그런데 더 이상 앉아 있을 수가 없구나. 여덟 시에 좀 깨워 줘.」

바샤는 말을 다 마치지도 않고 죽은 듯이 잠들었다.

「마브라!」 아르까지 이바노비치는 차를 들고 오던 마브라에게 가만가만 말했다. 그는 한 시간 뒤에 바샤를 깨워 줄 것을 부탁했다. 「무슨 일이 있어도 자게 해줘요! 열 시가 되더라도, 알겠죠?」

「알겠습니다, 나리.」

「식사 준비는 하지 말아요. 장작을 나르지도 말고요. 소란스럽게 하면 가만두지 않겠어요! 만일 나에 관해 묻거든 관청에 갔다고 말해 줘요, 알겠죠?」

「알겠습니다요, 나리. 마음껏 주무시게 하라, 그 말씀입죠! 저도 주인님께서 주무시게 되어 기쁩니다요. 주인님의 착한 마음씨는 제게도 소중한 걸요. 그런데 요전에 접시를 깼다고 나무라셨죠. 그게 글쎄 제가 아니라 고양이 미쉬까가 깨뜨린 거예요. 하긴 제가 감시를 못한 탓이지만요, 그래서 제가 〈예끼〉 하고 쫓았지요!」

「쯧쯧쯧, 그만 해요, 그만 해!」 아르까지 이바노비치는 마브라를 부엌으로 쫓았다. 그러고 나서 그는 사무실로 향했다. 도중에 그는 율리안 마스따꼬비치 앞에서 어떻게 처신해야 할지에 관해 생각했다. 의젓하게? 뻔뻔스러워 보이지는 않을까? 그는 잔뜩 겁을 집어 먹은 채 사무실에 도착했고, 〈각하〉께서 그곳에 계신지 조심스럽게 물었다. 안 계시며 아마 나오시지 않을 거라는 대답이었다. 아르까지 이바노비치는 당장 율리안 마스따꼬비치의 집으로 달려가고 싶었지만 그가 관청에 나오지 않았다면, 아마도 집에 바쁜 일이 있을 거라는 생각이 때마침 떠올랐다. 그는 거기 남아서 기다리기로 했다. 그에게 시간은 끝없는 듯 느껴졌다. 그는 슈꼬프가 맡은 일에 관해 은밀히 알아보았다. 그러나 그 누구도 전혀 모르고 있었다. 율리안 마스따꼬비치가 슈꼬프에게 가외 업무를 위탁한 것은 알고들 있었지만, 그것이 무엇에 관한 것인지 알고 있는 사람은 아무도 없었다. 이윽고 시계가 세 시를 쳤고, 아르까지 이바노비치는 집으로 발길을 돌렸다. 그러나 현관에서 서기 한 명이 그를 멈추어 세우더니, 한 시에서 두 시 사이에 바실리 뻬뜨로비치 슈꼬프가 여기에 와서 아르까지가 여기 있는지, 그리고 율리안 마스따꼬비치가 여기 있는지 묻더라고 말했다. 이 이야기를 들은 아르까지 이바노비치는 마차를 잡아탔다. 그는 너무 놀라 제정신이 아닌 상태에서 집에 도착했다.

슈꼬프는 집에 있었다. 그는 극도로 흥분한 상태로 방 안을 서성이고 있었다. 그러나 아르까지 이바노비치를 보자 그는 당장 정신을 차리며 자신의 흥분을 감추려고 서둘렀다. 그는 아무 말 없이 책상 앞에 앉았다. 아마도 그는 자기 혼자 마음속으로 무언가를 결심했지만, 더 이상 우정에 의지할 수 없다는 생각에서 그 결심을 밝히지 않으려는 것 같았다. 그러나 친구의 질문을 일부러 피하려는 이 상황이 그는 무척 괴로운 듯했다. 바샤의 태도는 아르까지를 놀라게 했고, 그의 마음을 아프고 무겁게 했다. 그는 침대에 앉아서 그가 가진 유일한 책을 펼쳤지만 사실 눈은 바샤로부터 떼지 않았다. 그러나 바샤는 완강히 침묵했고, 고개를 숙인 채 정서하기를 계속했다. 이렇게 몇 시간이 흘렀고, 아르까지의 괴로움은 극에 달했다. 마침내 열한 시, 바샤는 고개를 들고 움직이지 않는 흐릿한 눈길로 아르까지를 바라보았다. 아르까지는 기다렸다. 2, 3분이 흘렀다. 바샤는 잠자코 있었다.

「바샤.」아르까지가 소리쳤다. 바샤는 대답하지 않았다. 「바샤!」침대로부터 뛰어내리면서 그는 반복했다.「바샤, 왜 그래? 괜찮니?」바샤에게로 달려가며 그가 소리쳤다. 바샤는 고개를 들어, 다시 조금 전의 움직이지 않는 흐릿한 눈길로 그를 바라보았다.「정신을 잃었어!」아르까지는 너무 당황해서 부들부들 떨며 생각했다. 그는 물병을 움켜쥔 채 바샤를 들어 올려, 그의 머리에 물을 부어 관자놀이를 적신 후 자신의 손으로 그의 손을 문질렀다. 그러자 바샤가 깨어났다. 더 이상 자제하지 못하고 눈물로 뒤범벅이 되어 아르까지는 외쳤다.「바샤, 바샤! 바샤, 자신을 망치지 마, 명심해! 명심해!」아르까지는 말을 끝맺지 못하고 그를 자신의 품안에 뜨겁게 끌어안았다. 무언가 고통스러워하는 표정이 바샤의 얼굴 전체에 스쳐 지나갔다. 그는 자신의 이마를 문지르고 나서 마치 머리가 날아갈까 봐 두려운 듯 머리를 붙들었다. 이윽고 그가 말했다.

「어떻게 된 일인지 모르겠군! 아마 나는 꽤 피곤했나 봐. 자, 좋아, 좋아! 됐어, 아르까지, 슬퍼하지 마. 됐어! 뭐가 걱정이야? 됐어!」바샤는 힘없는 슬픈 시선으로 그를 바라보며 되풀이했다.

「너, 너 지금 나를 위로하는 거니?」아르까지는 외쳤다. 그의 가슴은 찢어질 것만 같았다. 마침내 그는 말했다.「바샤, 누워, 조금이라도 자라고, 알겠어? 자신을 공연히 괴롭히지 마! 조금 후 다시 일하는 게 좋을 거야!」

「그래, 그래! 알았어! 눕겠어, 좋아. 그래! 알겠니, 나는 다 끝내고 싶었어. 하지만 이제 생각을 바꿨어, 그래······.」바샤는 되풀이했다.

아르까지는 그를 침대로 데리고 갔다. 아르까지는 완고하게 말했다. 「바샤, 들어 봐. 마지막으로 이 일을 결정해야 해! 내게 말해 줘, 너 무슨 결심을 했니?」

「아!」 바샤는 힘이 빠져 버린 팔을 내저으며 다른 편으로 고개를 돌리고는 이렇게 신음할 뿐이었다.

「됐어, 바샤, 그만 해! 결정을 해! 나는 너의 살해범이 되고 싶진 않아. 나는 더 이상 잠자코 있을 수 없어. 만일 무언가 결심하지 않았다면 네가 자려고 할 리가 없어, 나는 알아.」

「하고 싶은 대로 생각해, 하고 싶은 대로.」 바샤는 수수께끼 같은 말만 되풀이했다.

〈좋아!〉 아르까지 이바노비치는 이렇게 생각한 뒤 말했다.

「내가 시키는 대로 해, 바샤. 너의 말투로 하자면, 내가 내일 너를 구원하겠어, 내가 내일 너의 운명을 결정할게! 운명을 말이야! 바샤, 너는 정말 나를 놀라게 했어. 운명이라니! 그건 그저 헛소리, 의미 없는 말이야! 너는 지금 이 행복과 사랑을 잃지 않기를 원하고 있어, 그리고 율리안 마스따꼬비치도. 그래! 그렇다면 정신 똑바로 차려, 나 좀 봐……. 나는…….」

아르까지 이바노비치는 계속 말하려 했지만 바샤가 그를 중단시켰다. 침대 위에서 몸을 일으킨 바샤는 말없이 양팔로 아르까지 이바노비치의 목을 휘감고 그에게 키스했다. 바샤는 힘없는 목소리로 말했다.

「됐어! 됐어! 이제 그 얘기는 그만 해둬!」 그리고 다시 자리에 누워 자신의 머리를 벽 쪽으로 돌렸다.

〈맙소사! 맙소사! 어떻게 된 거지? 바샤는 완전히 제정신이 아니야. 도대체 무슨 결심을 한 거지? 자신을 망치고 말

거야.〉 아르까지는 이런 생각을 하며 절망에 빠진 채로 그를 바라보았다.

〈차라리 바샤가 병이라도 난다면 아마 이보다 더 나을 텐데. 병과 함께 걱정도 지나가고 모든 문제가 나름대로 해결될 수도 있는데. 그런데 내가 무슨 어처구니없는 소리를 하고 있는 거지! 오, 맙소사!〉

아르까지가 이런 생각을 하고 있는 사이 바샤는 졸기 시작한 것 같았다. 〈좋은 징조야.〉 이렇게 생각하며 아르까지 이바노비치는 기뻐했다. 그는 바샤의 곁에 밤새 앉아 있기로 결심했다. 그러나 바샤는 좀처럼 진정되지 않는 것 같았다. 침대에서 끊임없이 몸을 떨며 뒤척이다가 계속 눈을 뜨곤 했다. 결국에는 피로가 그를 이겼다. 바샤는 마치 죽은 사람처럼 잠이 들었다. 새벽 두 시경이었다. 아르까지 이바노비치는 탁자 위에 팔을 괴고 앉은 채 졸고 있었다.

그의 꿈은 어수선하고 괴이했다. 꿈속에서 그는 자고 있지 않았고 바샤는 여전히 침대에 누워 있었다. 그러나 이상한 일이었다! 바샤는 자는 척하고 있는 것 같았고, 심지어 그를 속이며 실눈으로 그를 감시하더니 이제 살금살금 일어나 발소리를 죽이며 책상으로 다가가는 것 같았다. 찌르는 듯한 아픔이 아르까지의 가슴을 엄습했다. 그를 신뢰하지 않고 그에게 감추고 숨기는 바샤를 보는 것이 아르까지에게는 모욕적이고 슬프고 괴로웠다. 그는 바샤를 붙들고 소리치며 침대에 눕히려고 했다……. 그러자 바샤는 비명을 질렀고, 그는 숨이 멈춘 송장을 침대 위에 눕혔다. 아르까지의 이마에는 식은땀이 흘렀고 그의 심장은 무섭게 뛰었다. 그는 눈을 떴고 깨어났다. 바샤는 그의 앞에 있는 책상에 앉아 정서하고 있었다.

자신의 눈을 믿지 못한 아르까지는 침대 쪽을 바라보았다. 거기엔 바샤가 없었다. 아직 꿈에서 덜 깬 아르까지는 놀라서 벌떡 일어났다. 바샤는 꼼짝하지 않았다. 바샤는 여전히 정서하고 있었다. 그러나 바샤가 잉크도 묻히지 않은 펜으로 정서를 하고 있으며, 완전히 새하얀 종잇장을 넘기면서, 마치 가장 특별하고 화급한 방식으로 일하고 있기라도 한 듯 종이를 바삐바삐 채우고 있다는 것을, 아르까지는 공포를 느끼며 알아차렸다. 〈아니야, 이건 꿈이 아니야!〉 아르까지 이바노비치는 온몸을 덜덜 떨면서 생각했다. 「바샤, 바샤! 대답해!」 그는 바샤의 어깨를 부둥켜안고 외쳤다. 그러나 바샤는 아무 말도 없이 여전히 마른 펜으로 정서를 계속했다.

「드디어 속도가 붙었어.」 그는 아르까지에게 고개를 돌리지도 않은 채 이렇게 말했다.

아르까지는 그의 손을 붙잡아 펜을 빼앗았다. 바샤의 가슴으로부터 신음소리가 새어 나왔다. 그는 절망하여 아르까지를 바라보더니 마치 자신의 존재 전체 위에 올려 놓여진 납덩이 같은 무거운 무게를 벗어 내려는 듯 괴롭고도 슬픈 모습으로 이마에 손을 가져다 댔다. 그리고 마치 주저하듯 조용히 머리를 가슴 위로 떨구었다.

「바샤, 바샤!」 절망에 빠진 아르까지 이바노비치가 외쳤다.

잠시 후 바샤는 그를 바라보았다. 그의 커다란 푸른 눈에는 눈물이 가득 고여 있었고, 창백하고 온순한 그의 얼굴은 끝없는 고통이 일렁이고 있었다……. 그는 무언가 중얼거렸다.

「뭐, 뭐라고?」 그에게로 다가가며 아르까지가 외쳤다.

「무엇 때문에, 뭣 때문에 나를? 왜, 내가 무슨 일을 저지르기라도 했어?」 바샤는 중얼거렸다.

「바샤, 왜 그래? 너 뭘 두려워하고 있는 거야, 바샤? 뭘?」
절망에 빠진 아르까지는 두 손을 비비고 뒤틀며 외쳤다.

「무엇 때문에 나를 군대에 보내려는 거지? 무엇 때문에? 내가 무슨 잘못을 했다고?」 친구의 눈을 똑바로 바라보며 바샤가 말했다.

아르까지는 소스라치게 놀랐다. 그는 믿고 싶지 않았다. 그는 바샤 앞에 죽은 듯이 서 있었다.

잠시 후 아르까지는 정신을 차렸다. 〈이건 일시적인 현상이야!〉 입술이 새파랗게 질린 채 그는 속으로 중얼거렸다. 그는 온통 창백해져서 옷을 차려입기 시작했다. 그는 곧장 의사에게 달려가려고 했다. 그러나 바샤가 히스테릭하게 그를 불렀다. 아르까지는 그에게로 달려가 마치 친자식을 빼앗길까 두려워하는 엄마처럼 그를 꼭 안았다…….

「아르까지, 아르까지, 아무에게도 말하지 마! 내 말 들어, 내 일이야! 나 혼자 알아서 할게…….」

「왜 그래? 왜 그래? 정신 차려, 바샤, 정신 차려!」

바샤는 한숨을 쉬었다. 눈물이 말없는 그의 뺨을 타고 흘러내렸다.

「왜 그녀가 괴로워해야 하지? 그녀가 도대체 무슨 죄가 있다고, 도대체 그녀가 무슨 죄가 있다고! 내 탓, 내 탓이야!」

그는 마음을 쥐어뜯는 괴로운 목소리로 중얼거리더니 잠시 말없이 있었다.

「안녕, 내 사랑! 안녕, 내 사랑!」 그는 자신의 가엾은 머리를 저으며 속삭였다. 아르까지는 흠칫 몸을 떨더니 다시 정신을 차리고 의사에게 달려가려 했다. 아르까지의 이런 행동을 유심히 보던 바샤가 이렇게 외쳤다. 「가자! 때가 되었어. 가자, 아르까지, 가자. 나는 준비가 됐어. 나를 데려가!」그는 말을 멈추고 슬프고 의심 많은 눈길로 아르까지를 바라보았다.

「바샤, 나를 따라오지 마, 제발! 여기서 나를 기다려 줘. 나는 곧, 곧, 돌아올게.」의사에게 달려가려고 모자를 집어 들면서 아르까지 이바노비치가 말했다. 그 역시 어찌할 바를 모르고 있었다. 바샤는 곧 자리에 앉았다. 그는 말없이 고분고분했지만 그의 눈은 무언가 절망적인 결의로 빛나고 있었다. 아르까지는 돌아서서 책상 위에 곧게 펴져 있는 펜 나이프를 움켜쥔 채 마지막으로 가엾은 바샤를 바라보고는 방에서 뛰쳐나갔다.

여덟 시였다. 햇빛은 이미 오래전에 방 안의 어스름을 몰아내었다.

그는 아무도 찾아내지 못했다. 그는 벌써 한 시간 동안이나 뛰어다녔다. 그 건물 전체에 의사가 한 명이라도 있는지 문지기들에게 물어보고 다녔지만, 그렇게 해서 주소를 알아낸 의사들도 모두 직장 또는 볼일을 보러 나가고 없었다. 환자를 받는 의사가 딱 한 명 있기는 했다. 그는 네페제비치가 왔다고 알리는 하인에게 오랫동안 상세히 캐물었다. 이른 아침의 이 방문객이 어느 댁 사람이며 누구며 무슨 이유로 왔는지, 심지어 어떤 증상인지 물은 후, 그러고 나서 의사는 만나 볼 수 없으며, 할 일이 많아 왕진을 갈 수 없다고, 그리고 그런 종류의 환자는 병원으로 데려가야 한다고 결론지었다. 이러한 결과를 전혀 예상하지 못했던 아르까지는 충격을 받고 상심하여 세상의 모든 의사들을 단념한 채 바샤로 인한 극도의 당황 속에서 집으로 향했다. 그는 집 안으로 뛰어 들어갔다. 마브라는 아무 일도 없었다는 듯 마루를 쓸고, 나무

조각을 부수어서 장작을 만들어 난로를 피우려던 참이었다. 그는 방으로 가보았다. 바샤는 흔적도 없었다. 그는 나가 버린 것이다.

〈어디로 갔지? 어디에 있을까? 이 가엾은 인간이 어디로 간 것일까?〉 두려움으로 온몸이 굳어진 아르까지는 생각했다. 그는 마브라에게 캐묻기 시작했다. 마브라는 바샤가 언제 나갔는지는커녕 그가 나갔다는 사실조차 모르고 있었다. 아아, 맙소사! 네페제비치는 꼴롬나로 달려갔다.

어쩐지 바샤가 거기에 있을 거라는 생각이 떠올랐기 때문이다. 네페제비치가 그곳에 도착한 것은 이미 열 시가 다 되어서였다. 모녀는 그의 방문을 예상하지 못하고 있었다. 그들은 아무것도 모르고 있었고, 아무것도 눈치 채지 못하고 있었다. 놀라고 실망한 아르까지는 그들에게 바샤가 어디 있는지 물었다. 노부인의 다리가 휘청거렸다. 그녀는 소파에 쓰러졌다. 리쟌까도 놀라움으로 부들부들 떨면서 일이 어떻게 된 것인지 물었다. 어떻게 말해야 하나? 아르까지 이바노비치는 즉시 정신을 차리고, 터무니없는 이야기를 꾸며 댔다. 물론 그들은 믿지 않았지만. 그는 그들을 놀라움과 비탄 속에 버려 둔 채 달아나 버렸다. 그는 자신의 관청으로 향했다. 무언가 조치를 취해야 한다는 걸 그곳에 빨리 알려야 했다. 가는 도중 바샤가 율리안 마스따꼬비치 저택에 있을지도 모른다는 생각이 그에게 떠올랐다. 그 무엇보다도 가능성 있는 일이었다. 아르까지는 무엇보다도 먼저, 꼴롬나보다도 먼저 이 가능성에 관해 생각했었다. 마차가 그의 상관의 저택을 지나갈 때, 그는 내려서 거기에 들러 보고도 싶었지만, 곧 가던 길을 계속 가기로 결정했다. 관청에 들러 우선 무슨 일이 없는지 살펴본 뒤, 거기서 아무 낌새도 발견하지 못하면 그때 바샤에 대한 보고의 차원에서라도 그의 상관에게 찾아가리라고 그는 결심했다. 누구에게든 보고는 해야 하니까!

관청의 현관에 들어서기도 전에 그의 동료들(그보다는 약간 어리지만, 관등은 대부분 그와 같은)이 일제히 그를 에워싸며 바샤에게 무슨 일이 있었냐고 물었다. 바샤가 제정신이 아니며 업무 태만을 이유로 군대에 보내질 것이라는 생각에 미쳐 있다고 그들은 동시에 말했다. 아르까지는 모두를 향해 대답했다. 아니, 사실은 아무에게도 제대로 대답하지 않았으며, 흥분하지 않으려고 안간힘을 썼다. 현관에 들어선 그는 바샤가 율리안 마스따꼬비치의 사무실에 있다는 것, 그리로 그들이 들어갔다는 것, 그리고 에스뻬르 이바노비치 역시 그리로 갔다는 것을 알게 되었다. 그는 잠시 멈춰 섰다. 나이 든 사람 중 누군가가 그에게 어디로 가며 무슨 일이냐고 물었다. 그는 건성으로 무언가 바샤에 대한 말을 하고 곧장 율리안 마스따꼬비치의 사무실로 갔다. 그곳으로부터 율리안 마스따꼬비치의 음성이 새어 나오고 있었다. 「어디 가십니까?」 누군가가 바로 문 앞에서 그에게 물었다. 아르까지 이바노비치는 거의 어찌할 바를 모르고 있었다. 돌아서려던 바로 그 순간, 그는 조금 열려진 문 사이로 자신의 가엾은 바샤를 보고 말았다. 그는 문을 밀치고 안으로 들어갔다. 그곳은 소동과 의혹이 지배하고 있었다. 율리안 마스따꼬비치가 강렬한 고뇌에 빠져 있었기 때문이다. 다소 고위직의 관리들이 그를 둘러싼 채 의논하고 있었지만 전혀 아무것도 결정하거나 해결하지 못하고 있었다. 조금 떨어진 곳에 바샤가 서 있었다. 그를 쳐다보았을 때 아르까지는 심장이 멎는 것 같았다. 바샤는 창백한 얼굴을 들고 똑바로 서서 부동 자세를 취하고 있었다. 그는 율리안 마스따꼬비치의 눈을 정면으로 응시하고 있었다. 그때 사람들이 네페제비치의 존재를 알아차렸고, 그들이 같이 살고 있는 사이라는 것을 알고 있던 누군가가 자기 상관에게 이에 관해 알렸다. 그는 아르까지를 데려왔다. 아르까지는 묻는 말에 대답하려 했지만 율리안 마스따꼬비치의 얼굴에 나타난 진실한 연민의 빛을 읽고서 동요하더니 결국 아이처럼 울음을 터뜨렸다. 몸을 던져, 상관의 손을 움켜잡아 자신의 눈에 갖다 대고는 그 손을 눈물로 적셨다. 때문에 율리안 마스따꼬비치는 곧 그 손을 빼서 공중으로 내저으며 다음과 같이 말해야 했다.「자, 됐네, 됐어. 자네의 착한 마음은 알겠네.」 아르까지는 흐느껴 울면서 모두에게 애원하는 시선을 던졌다. 그에게는 그들이 모두 가엾은 바샤의 형제인 것처럼, 그들 또한 바샤로 인해 괴로워하며 눈물 흘리는 것처럼 생각되는 것이었다.「어떻게 이런 일이? 어쩌다 그가 이렇게 되었지? 도대체 그가 왜 미친 건가?」 율리안 마스따꼬비치가 물었다.

「고마움, 고마운 마음에서입니다!」 아르까지 이바노비치는 그저 이렇게 말할 수 있을 뿐이었다.

그러나 이 대답을 듣곤 모두들 의아해 했다. 모든 사람들에게 그것은 기이했고 믿을 수 없게 느껴졌다. 도대체 어떻게 사람이 고마움 때문에 미칠 수 있단 말인가? 아르까지는 할 수 있는 데까지 설명했다.「저런, 불쌍하기도 하지! 그리고 그에게 맡긴 그 일은 전혀 중요하지도 급하지도 않은 것이었는데. 어쨌든 그로 인해 사람이 파멸하다니! 좋아, 그를 데려가도록!」 마침내 율리안 마스따꼬비치는 이렇게 말했다.

그리고 그는 아르까지 이바노비치를 바라보며 그에게 이것 저것 캐묻기 시작했다. 「그가 부탁하기를(율리안 마스따꼬비치는 바샤를 가리키며 말했다), 이 일에 대해 어떤 아가씨에게 말하지 말아 달라고 하던데. 그녀가 누구지? 그의 약혼녀인가?」

아르까지는 설명했다. 그러는 사이 바샤는 무언가에 관해 생각하는 것처럼, 마치 고도의 긴장감을 가지고서 바로 지금 쓸모가 있을 하나의 중요하고 필수적인 일을 기억해 내려고 안간힘 쓰고 있는 것처럼 보였다. 때때로 그는 마치 누구든 자신이 잊고 있는 것에 관해 상기시켜 주기를 바라는 듯 고통스럽게 사방을 둘러보았다. 그의 두 눈은 아르까지에게 쏠렸다. 마침내 바샤의 두 눈에서 돌연 희망이 반짝이는 것 같았고, 그는 자신의 자리에서 왼발부터 움직여 가능한 한 민첩하게 세 발자국을 걸었는데, 마치 장교의 부름에 다가가는 병사처럼 오른쪽 장화의 굽소리를 냈다. 모두들 무슨 일이 일어날지 지켜보고 있었다.

「각하, 저는 신체적 결함을 가지고 있습니다. 힘이 약하고 몸집도 작습니다. 군 복무에 적합하지 않습니다.」 그는 한 마디 한 마디 끊어서 말했다.

방 안에 있던 사람들은 모두 누군가가 그들의 가슴을 짓누르는 듯한 아픔을 느꼈다. 심지어 성격이 강인한 율리안 마스따꼬비치의 눈에서도 눈물이 흘렀다. 「그를 데리고 나가시오.」 그는 팔을 내저으며 말했다.

「앞으로!」 바샤는 작은 소리로 이렇게 말하고는 왼쪽으로 돌아 방을 나갔다. 그의 운명에 관심을 가진 모든 사람들이 그의 뒤를 따랐다. 아르까지는 그들을 헤치고 나아갔다. 응접실에 앉혀진 바샤는 자신을 병원으로 데려갈 마차와 처방을 기다리고 있었다. 그는 말없이 앉아 있었는데 아마 굉장히 고민하고 있는 것 같았다. 그는 아는 사람들을 향해 마치 작별 인사라도 하는 듯 고개를 끄덕였다. 그는 끊임없이 문 쪽을 주의 깊게 쳐다보더니 마침내 마음의 준비가 된 듯 다음과 같이 말했다. 〈때가 되었어요!〉 사람들은 그의 주위를 빽빽히 둘러싸고 있었다. 모두들 고개를 내저으며 슬퍼하고 있었다. 갑자기 유명해진 그에 관한 이야기가 많은 사람들을 경악케 했다. 바샤의 일에 대해 진지하게 토론하는 사람들이 있는가 하면, 또 어떤 사람들은 바샤를 동정하며 칭찬하는 말들을 하기도 했다. 그가 온순하며 조용한 젊은이였다는, 장래가 촉망되는 젊은이였다는 말들이었다. 또, 배우기 위해 그가 얼마나 노력했는지, 얼마나 지식욕이 강했으며 독학을 위해 노력했는지 서로 이야기했다. 「낮은 신분이었는데도 자기 힘으로 이만큼 올라왔지!」 누군가가 이렇게 말했다. 또 그에 대한 상관의 총애에 관해 감동적인 어조로 말하기도 했다. 몇몇 사람들은 어째서 일을 완수하지 못한 데에 대한 처벌로 그를 군대에 보낼 것이라는 생각이 바샤에게 떠올랐는지, 왜 그가 그 생각 때문에 미쳤는지에 대해 토론하기 시작했다. 사람들이 말하기를, 가엾은 바샤는 얼마 전까지 낮은 계급 출신이었는데, 그의 재능과 순종, 온순함을 알아본 율리안 마스따꼬비치의 청원으로 인해 말단직을 얻게 되었다는 것이었다. 한마디로 말해, 매우 분분한 소문들과 의견들이 나돌았다. 이렇게 흥분한 사람들 가운데 매우 키가 작은 바샤의 동료 한 사람이 특히 눈에 띄었다. 결코 젊다고는 말할 수 없는, 대략 서른이 넘은 사람이었다. 백지장처럼 얼굴이 하얗게 된 그는 온몸을 부들부들 떨며 기묘하게 미소 짓고 있었는데, 아마도 이 모든 해괴망측한 사건 전체 또는 기괴한 장면들이 이 외부 관찰자를 깜짝 놀라게 한 동시에 기쁘게도 한 것 같았다. 그는 슙꼬프를 둘러싼 무리들을 따라 끊임없이 뛰어다니며, 키가 작기 때문에 발뒤꿈치를 들고 앞 사람과 옆 사람을 잡고서는, 자신은 이 모든 사건이 왜 일어났는지 알고 있으며 이 일은 단순한 사건이 아니라 상당히 중요한 일이며, 이렇게 방치해서는 안 된다고 내내 말하는 것이었다. 그리고 나서 다시 발뒤꿈치를 들고 상대방의 귀에다 대고 속삭이고, 다시 두어 번 고개를 저은 다음 또다시 다음 사람에게 달려가곤 하는 것이었다. 마침내 모든 것이 끝났다. 병원에서 나온 간호사와 함께 나타난 수위는 바샤에게 다가와서 갈 시간이 되었음을 알렸다. 바샤는 벌떡 일어나 분주히 돌아다니더니 그들과 함께 떠나면서 주위를 둘러보았다. 그는 누군가를 눈으로 찾고 있었다. 「바샤! 바샤!」 아르까지 이바노비치가 흐느껴 울면서 외쳤다. 바샤는 멈추어 섰고, 아르까지 또한 사람들을 헤치며 그에게 달려갔다. 그들은 마지막으로 서로를 껴안았다……. 그들을 바라보기란 매우 슬픈 일이었다. 어떤 기막힌 불행이 그들의 눈에서 눈물을 흐르게 만든 것일까? 그들은 무엇 때문에 울고 있는 것일까? 이 재앙은 어디에서 비롯된 것일까? 어째서 그들은 서로를 이해하지 못하는 걸까?

「자, 자, 받아! 이걸 보관해 줘.」 슙꼬프는 아르까지의 손안에 무슨 종이를 찔러 넣어 주며 말했다. 「그들은 내게서 이걸 뺏을 거야. 나중에 나에게 갖다 줘, 갖다 줘. 보관하고 있다가…….」 수위와 간호사가 그에게 소리쳤기 때문에 바샤는 끝까지 말하지 못했다. 그는 황급히 계단을 뛰어 내려가면서 모두를 향해 고개를 끄덕여 작별 인사를 했다. 그의 얼굴에는 절망이 나타나 있었다. 마침내 그는 마차에 실렸고 그들은 떠나 버렸다. 아르까지는 서둘러 그 종이를 펼쳤다. 그것은 슙꼬프의 품에서 떨어지지 않던 리자의 검은 머리카락 묶음이었다. 아르까지의 눈에서 뜨거운 눈물이 흘러내렸다.
「아, 가엾은 리자!」

그는 퇴근 후 꼴롬나로 갔다. 그곳에서 어떤 일이 벌어졌는가는 말할 필요도 없을 것이다! 뻬쨔까지도, 착한 바샤에게 일어난 일을 완전히 이해하지 못하는 어린 뻬쨔까지도 구석으로 달려가서는 작은 손으로 얼굴을 가린 채 그 어린 가슴으로 울 수 있는 한 엉엉 울었다. 아르까지가 집으로 돌아갈 때에는 이미 노을이 지고 있었다. 네바 강으로 다가간 그는 잠시 멈추어 서서, 강을 따라 이스름한 하늘 위로 타오르는 핏빛 노을로 물든 얼어붙은 저 흐릿한 수평선으로 날카로운 시선을 던졌다. 밤은 도시를 덮고 있었고, 얼어붙은 눈으로 인해 부풀어 오른 끝없는 네바의 평원 위로는 태양의 마지막 그림자와 함께 바늘 같은 서리의 끝없는 불꽃이 떨어져 내리고 있었다. 영하 20도였다. 뛰어가는 사람들과 채찍을 맞고 죽을 힘을 다해 달리는 말들로부터 차가운 입김이 뿜어져 나오고 있었다. 추위로 압축된 공기는 아주 작은 소리에도 진동했다. 그리고, 강 양쪽 기슭의 모든 지붕들로부터 연기의 기둥이 교차하기도 흩어지기도 하면서, 마치 거인들처럼 차가운 하늘을 따라 위로 위로 올라갔는데, 이 모습은 옛 건물 위로 새로운 건물이 세워지는 것처럼, 허공 위에 새로운 도시가 세워지는 것처럼 보였다. 그리고 마침내 강한 자든 약한 자든 그곳에 사는 모든 사람들과 함께, 가난한 사람들의 움막이든 이 세계 강자들의 기쁨인 금으로 장식한 궁전이든 그들의 모든 집들과 함께, 이 황혼녘 이 세계 전체가 환상적인 마법의 세계, 꿈의 세계처럼 보이는 것이었다. 그런데 이 환상적인 마법의 세계, 꿈의 세계는 곧 사라지고 연기가 되어 어두운 푸른 하늘로 사라져 버렸다. 이런 기괴한 생각이 가엾은 바샤의 혼자 된 친구에게 찾아 들었다. 그는 몸을 부르르 떨었다. 그의 심장은 마치 이 순간 그가 이제껏 알지 못했던 어떤 강력한 느낌으로 인해 갑자기 끓어오른 뜨거운 피로 가득 찬 것 같았다. 그는 이제서야 이 모든 불안감을 이해하고, 자신의 행복을 견뎌 내지 못한 가엾은 바샤가 왜 정신이 나갔는지를 알 것 같았다. 그의 입술은 떨렸고 두 눈은 불탔으며 얼굴은 창백해졌다. 그는 이 순간 무언가 새로운 존재로 성장한 것 같았다.

그는 삶에 회의를 느끼고 음울해졌으며 모든 쾌활함을 잃어버렸다. 전에 살던 방은 혐오감을 일으켰기 때문에 그는 다른 방으로 옮겼다. 그는 꼴롬나에는 가고 싶지 않았다. 아니 갈 수가 없었다. 2년 뒤 그는 교회에서 리쟌까와 마주쳤다. 그녀는 이미 결혼해 있었다. 젖먹이 아이와 유모가 그녀를 뒤따르고 있었다. 그들은 인사를 나누고, 옛날 일에 관해선 오랫동안 대화를 피했다. 리자는 다행히도 자신은 행복하며, 가난하지 않고, 남편은 착한 사람이며, 자신은 그를 사랑한다고 말했다……. 그러나 갑자기 말하는 도중 그녀의 두 눈에는 눈물이 가득 고였고 목소리가 작아졌다. 그녀는 자신의 괴로움을 사람들로부터 감추기 위해 돌아서서 교회의 기도대에 몸을 숙였다…….

뽈쥰꼬프

이명현 옮김

나는 이 사람을 눈여겨보기 시작했다. 그에겐 외모부터 어딘가 알 수 없는 특별한 점이 있어서, 그를 처음 보게 되면, 아무리 무심한 사람일지라도 그에게 시선을 집중시킨 채, 곧바로 걷잡을 수 없는 웃음을 터뜨리는 것이었다. 내가 바로 그러한 경우였다. 그런데 이 조그만 신사의 눈동자가 매우 민첩하게 움직인다는 사실을 눈여겨보아야 할 것이다. 어느 정도냐 하면, 때로 그는 자기에게 쏠린 모든 이들의 시선이 끌어당기는 힘에 마침내 굴복하여, 거의 본능적으로 사람들이 자신을 쳐다본다는 것을 느끼고는, 그 즉시 자신을 관찰하는 사람에게 눈을 돌리고서 초조하게 그 시선의 의미를 분석하는 것이다. 이처럼 눈동자의 끊임없는 활발한 움직임과 이리저리 방향을 바꾸는 몸짓으로 보아 그는 완전히 풍향계를 닮았다고 할 수 있다. 그런데 참 이상한 일이다! 그는 도덕적인 면에서나, 그가 속해 있는 패거리들에 따라서, 심지어 육체적인 면에서 온갖 모욕을 당하고, 그러한 모욕을 순순히 받아들이고, 마치 세상의 온갖 곳에서 어릿광대 노릇을 하며 생계를 꾸려 가는 사람처럼 굴면서도, 자신이 사람들의 조롱거리가 될까 봐 두려워하는 듯이 보였다. 자발적으로 어릿광대가 된 사람은 불쌍하지 않은 법이다. 그러나 나는 곧, 이자가 무언가 이상한 사람이며, 이 우스운 인간은 결코 직업적인 어릿광대가 아니라는 것을 알게 되었다. 그에게는 아직 무언가 고결한 면이 남아 있었다. 그의 불안과 스스로에 대한 쉴 새 없는 병적인 두려움은 이미 그에게 장점으로 작용하기도 했던 것이다. 나에게는 사람들에게 굽신거리며 시중을 들고자 하는 그의 바람이 금전적인 이익보다는 선량한 마음씨에서 비롯된 것이라고 여겨졌다. 그는 사람들이 목청껏 큰 소리로, 무례하게 자신을 비웃는 것을 기꺼이 용납했지만, 사람들이란 그가 말한 어떤 사건에 대해서가 아니라, 그에 대해서, 그의 모든 본질, 마음, 이성, 외모, 그리고 그의 모든 육신에 대해서 비웃을 수밖에 없는 존재들이라는 생각 때문에 그는 흐느끼고 있었으며, 또한 — 맹세컨대 — 그의 가슴은 피투성이가 되어 있었다. 나는 그가 이 순간에 스스로의 처지에 대해 우스꽝스러움을 느끼고 있었다고 확신했다. 그의 마음속에서는 매번 아주 아량 있는 형태이긴 해도 반드시 저항심이 생기곤 했지만 그 즉시 사그라들고 마는 것이었다. 나는 이러한 모든 것들이, 즉 사람들에게 떠밀려서 쫓겨나지 않을까, 혹은 누군가에게 돈을 빌릴 수 없게 되지 않을까라는, 금전적인 손해에 대한 두려움 때문이 아니라, 그의 선량한 마음에서 기인한다는 것 외에는 다른 이유가 있을 수 없다고 확신하는 바이다. 이 신사는 끊임없이 돈을 빌렸다. 다시 말하자면 그는 사람들이 자신의 의견에 대해 얼굴을 찌푸리며 한껏 조롱하게 만든 다음에, 그러한 비웃음거리를 제공한 대가로 어떤 식으로든지 돈을 빌릴 수 있는 권리를 갖게 되었다고 생각하는 것이었다. 그러나, 맙소사! 이는 도대체 어떤 빚이었던가! 무슨 생각으로 그는 이러한 빚을 지게 되었단 말인가! 나는 그의 주름투성이의 모난 얼굴이, 어쩌면 그렇게도 별나게 일그러진 채, 너무도 이상하고 복잡 미묘한 가지각색의 표정과 극도로 불쾌한 인상을, 그렇게도 자그마한 면적의 얼굴 안에 한꺼번에 담을 수 있었는지 이해할 수가 없다. 거기에는 없는 표정이라곤 없었다. 부끄러움과 가식적인 뻔뻔스러움, 갑작스레 새빨개진 얼굴과 쫓겨난 데 대한 유감스러운 마음, 실패로 인한 소심함, 그리고 폐를 끼칠 수 있게 해달라는 간절한 바람, 상대방의 특별한 품위에 대한 인식과 자신의 지나친 비천함에 대한 자각, 이 모든 것이 그의 얼굴에서는 마치 번개처럼 순식간에 스치고 지나가는 것이다. 만 6년 동안 그런 식으로 간신히 세상을 살아왔으나, 그는 여태까지도 돈을 빌리는 그 중차대한 순간에 자신이 어떤 모습을 해야 할지 알지 못했다. 결코 완전히 비굴하게 군다거나 무감각해질 수 없었음은 물론이다. 그의 마음은 모멸감으로 가득 찼으며 분노로 끓어오를 것만 같았다! 좀 더 이야기해 보자면, 내 생각에 이 사람은 세상에서 가장 순결하고 고귀한 인간이긴 하지만 한 가지 작은 약점을 갖고 있었다. 그것은 아무리 가까운 사람들을 만나더라도 상대방의 첫마디가 명령하는 데에 따라 선량하고 사심 없이 비굴하게 행동하는 것이다. 한마디로 말해서 이 사람은 소위, 완전히 걸레 같은 인간이었다. 무엇보다도 우스운 것은 이 사람이 다른 모든 이들처럼 썩 나쁘지도 않고 그리 훌륭하지도 않지만, 깨끗하고, 심지어는 약간 세련되고, 의젓함과 자기만의 품위를 나타내고자 하는 마음으로 복장을 갖춘다는 점이다. 이러한 외모의 동등함과 내면의 불균등함, 자기 자신에 대한 불안감, 그리고 이와 동시에 끊임없는 자기 비하, 이 모든 것은 놀라운 갈등을 낳았으며 조롱과 연민을 자아낼 만했다. 만일 그가 (끊임없이 겪었던 고통스러운 체험에도 불구하고) 자기의 모든 청중들이 세상에서 제일 친절한 사람들이며, 단지 우스꽝스러운 사실에 대해서만 비웃을 뿐이지 그가 운명적으로 타고난 개성에 대해서는 비웃지 않는다고 진심으로 믿는다면, 기꺼이 자신의 연미복을 벗어 아무렇게나 뒤집어 입고서는, 바로 이 차림으로, 자기 자신도 즐거워지고, 남들의 기분에 맞추어 주고, 자신의 은혜로운 후원자들을 웃기고, 그들에게 온갖 만족을 주기 위해서 거리를 돌아다닐 것이 분명하다. 그러나 그는 아무리 해도 남들과 결코 동등해질 수 없었다. 이 괴짜가 지닌 또 하나의 특징은 자존심이 강하고 충동적이며, 만일 위험에 직면하지만 않는다면 사람들에게 넓은 아량을 베푼다는 점이다. 어떻게 해서 그가 때때로 스스로를 돌보지 않고, 위험을 무릅쓰며, 거의 영웅적으로 그를 몹시도 화나게 했던 그의 〈후원자들〉 중 누군가를 욕할 수 있었는지는 정말 보고 들을 만한 가치가 있다. 그러나 이것은 잠깐일 뿐이었다……. 한마디로 그는 문자 그대로의 수난자였으나 도대체가 아무짝에도 쓸모가 없는, 따라서 가장 희극적인 수난자였다.

손님들 사이에서 공통된 문제로 논쟁이 시작됐다. 갑자기 나는 우리의 괴짜 사나이가 탁자 위로 뛰어오르더니, 오직 자기 한 사람에게만 예외적으로 발언권을 부여해 주기를 원한다며 전력을 다해 외치는 것을 보았다.

주인은 나에게 속삭였다. 「이봐요. 저 사람은 종종 흥미로운 이야기를 지껄이지요……. 어때요, 관심이 가지 않습니까?」

나는 고개를 끄덕이며 사람들 속으로 비집고 들어갔다.

정말로, 탁자에 뛰어올라 목청껏 소리쳤던, 제법 잘 차려입은 신사의 모습은 모든 사람들의 주의를 끌었다. 이 괴짜를 모르는 많은 사람들은 의혹의 눈초리로 그를 살폈으며, 다른 이들은 목청이 터져라 큰 소리로 웃어 댔다.

괴짜 신사는 목소리를 높이며 소리쳤다. 「나는 페도세이 니꼴라이치를 알고 있습니다. 나는 누구보다도 페도세이 니꼴라이치를 잘 압니다! 여러분, 제가 말씀드리죠. 저라면 페도세이 니꼴라이치에 대해서 잘 말씀드릴 수 있습니다. 저는 한 가지 사건을 알고 있습니다. 그것은 정말 희한한 일이었습니다!」

「이야기해 보시오, 오시프 미하일리치, 말해 보라고요.」

「어디, 이야기해 보지, 그래!」

「좀 들어 봅시다……」

「들어 봅시다, 들어 보자고요!」

「그러면 이야기를 시작하겠습니다. 그러나 여러분, 이 특별한 사건은……」

「좋아, 좋다니까!」

「이것은 희극적인 사건입니다.」

「아주 좋아, 대단해, 훌륭하다고, 본론을 얘기해 봐!」

「이 이야기는 소생(小生)의 사생활에서 비롯된 것으로서……」

「그런데 어째서 그것이 희극적이라고 애써 설명하려는 거야!」

「또한 약간은 비극적이기도 합니다!」

「무슨?」

「말하자면 지금 당신들 모두에게 제 이야기를 들을 수 있는 행운을 선사하고 있는 이 사건, 바로 이 사건 때문에 저는 매우 〈흥미로운〉 친구들과 어울리게 되었던 것입니다.」

「말장난은 집어치워!」

「이 사건은…….」

「한마디로 이 사건은 〈빨리빨리 그 어린애 말장난은 끝내 버리시오〉. 도대체 어떤 쓸모가 있는지 알 수 없는 그 사건 말이오.」 금발에다 수염을 기른 한 젊은 신사가 자신의 프록 코트 주머니에 손을 넣더니, 마치 자신도 미처 예기치 못했다는 듯이 손수건 대신 지갑을 꺼내 들고서는, 목쉰 소리로 한마디 덧붙였다.

「그 사건은 말입니다, 여러분, 그 사건을 겪은 이후에 저는 여러분들도 제 입장에 서보시기를 기원했습니다. 그리고 마침내 그 사건 때문에 저는 결혼을 하지 않게 되었습니다.」

「결혼이라고! 부인이라! 뽈쥰꼬프가 결혼하고 싶어했다니!」

「솔직히 말씀드리면, 저는 지금 마담 뽈쥰꼬프를 만나고 싶습니다!」

「과거에 마담 뽈쥰꼬프를 사람들이 어떻게 불렀는지 궁금해지는데요.」 한 젊은이가 중간에 끼어들면서 새된 소리로 말했다.

「그러면, 사건의 제1장은, 그러니까, 정확히 6년 전 봄, 3월 31일의 일이었습니다. 여러분, 이 날짜에 유념해 주십시오. 그 어느 날의 전야에…….」

「4월 1일 전야겠지요!」 곱슬머리의 젊은이가 소리쳤다.

「탁월한 추리력을 갖고 계시는군요. 바로 그날 저녁이었습니다. N군청 소재지에 황혼이 짙어 가고 바야흐로 달이 막 떠오르려는 때였습니다……. 자연의 모든 것은 순리대로 이루어지고 있었습니다. 그런데 황혼이 이제 거의 사라져 갈 무렵, 두문불출하시는, 지금은 고인이 되신 할머니와 작별 인사를 나눈 다음, 나는 슬그머니 제 거처에서 빠져나왔습니다. 실례지만, 제가 이런 유행하는 표현을 사용하는 것을 용서하십시오, 여러분, 이건 제가 최근에 니꼴라이 니꼴라이치와의 만남에서 주워들은 말입니다. 그러나 저희 할머니는 정말〈두문불출〉하셨습니다. 그분은 장님에다 벙어리, 귀머거리이자, 좀 모자라는 분이셨지요. 갖출 건 다 갖추고 계셨지요! 고백하건대 나는 두려움에 떨고 있었습니다. 엄청난 일을 준비하고 있었거든요. 내 가슴은 누군가의 억센 손아귀에 목덜미를 낚아채인 새끼 고양이의 심장처럼 두근거렸습니다.

「실례지만, 므슈monsieur[1] 뽈준꼬프!」

「네, 왜 그러시지요?」

「간단명료하게 말하도록 해요, 그리 힘들일 것 없잖소!」

약간 당황하며 오시프 미하일리치가 말했다. 「예, 분부대로 하겠습니다. 저는 페도세이 니꼴라이치의 집으로 갔습니다. 이 집은 그가 손수 장만한 집이지요. 페도세이 니꼴라이치는 아시다시피 제 동료가 아니라 전적으로 제 상관입니다. 하인들이 제가 온 것을 알리더니 곧바로 저를 서재로 안내했습니다. 그 방의 모습이 지금도 눈에 선합니다. 정말로, 완전히, 너무나도 어두운 방이었습니다. 그런데도 하인들은 촛불을 주지 않더군요. 나는 페도세이 니꼴라이치가 들어오는 것을 보았습니다. 그리고 나와 그는 어둠 속에 남아 있게 되었습니다.」

---

[1] 남성에게 붙이는 경칭.

「도대체 당신들 사이에 무슨 일이 일어났다는 겁니까?」 어느 장교가 이렇게 물었다.

「그렇게 묻고 있는 당신은 무슨 일이 일어났으리라 생각하십니까?」 뻘준꼬프가 곱슬머리 청년 쪽으로 재빨리 고개를 돌리고는, 얼굴에 경련을 일으키며 되물었다.

「그런데 여러분, 마침내 한 가지 이상한 상황이 벌어졌던 것입니다. 다시 말해서 이상한 일이라고는 아무 일도 없었으며, 소위 진부한 일이 벌어졌을 뿐입니다. 나는 그냥 아무렇지도 않게 주머니에서 서류 뭉치를 꺼냈습니다. 그리고 그도 역시 자신의 주머니에서 종이 다발을 꺼냈지요. 단, 그것은 정부 발행의……」

「지폐 말인가?」

「네, 지폐였습니다. 그리고 그것들을 우리는 교환했습니다.」

「내기를 걸어도 좋아, 이건 낌새가 뇌물인 것 같아.」 말쑥하게 차려입고 머리를 잘 다듬은 젊은 신사가 말했다.

뻘준꼬프가 응수했다. 「뇌물이라뇨! 에라! 〈지금까지 숱하게 보아 왔던 자유주의자가 한번 되어 보자!〉 만일 당신들 역시 우연히 지방의 현청 소재지에서 일하게 된다면 조국이 지펴 준 난로에 절대 손을 녹이지 않겠군요……. 왜냐하면 어느 작가도 이렇게 말했으니까요. 〈우리에게 조국의 연기는 포근하고 반가운 것!〉 어머니, 어머니입니다. 여러분, 조국은 우리의 어머니이고, 우리는 조국의 어린애들이며, 그래서 우린 조국의 젖을 빨며 사는 것 아니겠습니까!」

모두들 일제히 웃음을 터뜨렸다.

「그렇지만 믿어 주십시오. 여러분, 저는 결코 뇌물을 받지 않았습니다.」 뻘준꼬프가 장내의 모든 사람들을 의심스러운 눈초리로 바라보며 말했다.

떠나갈 듯한 웃음소리가 순식간에 뽈준꼬프의 말을 뒤덮어 버렸다.

「정말이라니까요, 여러분······.」

그러나 여기서 그는 기이한 얼굴 표정을 하고, 모든 사람들을 계속해서 주시하면서 그대로 꼼짝 않고 있었다. 아마도, 이 순간에 그는 여기 있는 모든 결백한 사람들보다도 자신이 훨씬 더 결백하다고 생각했을지도 모른다······. 오직 그의 심각한 얼굴 표정만 장내의 유쾌한 분위기가 끝날 때까지 사라지지 않았다.

그리고 뽈준꼬프는 모두가 조용해지자 이야기를 꺼냈다. 「내가 한 번도 뇌물을 받은 적은 없지만, 그러나 이번만은 죄를 짓고 말았습니다. 수뢰자로부터 뇌물을 받아서 주머니에 챙긴 것입니다······. 다시 말해서, 내 수중에는 어떤 서류들이 쥐어져 있었고, 그것들은, 만일 내가 누군가에게 전해 주기만 한다면, 페도세이 니꼴라이치에게 좋지 않은 일이 생길지도 모르는 그런 성질의 것이었습니다.」

「그래서, 어찌 되었소. 그가 그것들을 매수했단 말이오?」

「네, 매수했습니다.」

「많이 주던가요?」

「뭐, 요즘 시대에 자기 양심을 파는 다른 여러 사람들의 경우와 마찬가지로, 그럭저럭 주더군요······. 만일 그런 일에 얼마를 준다고 가정을 한다면 말입니다. 그런데 내가 주머니에 돈을 넣었을 때, 나는 끓는 물을 뒤집어쓰는 기분이었습니다. 나는 어떻게, 내게는 항상 일이 이런 식으로 되어 버리는지 알 수가 없습니다. 여러분, 거의 초주검이 되어서 입술이 들썩거리고 다리가 덜덜 떨리니 말입니다. 아니, 실례, 이거 완전히 실례했습니다. 이것 참, 창피한 일이군요. 아무튼 저는 페도세이 니꼴라이치에게 용서를 구하려 했습니다만…….」

「대체 그가 무얼 용서한다는 겁니까?」

「네, 그래서 용서를 빌지 않았습니다……. 다만 나는 그때 제 심정이 그랬다고 말씀드리는 것뿐입니다. 말하자면 저는 너무도 충동적이고 불 같은 성미를 가졌거든요. 그는 내 눈을 똑바로 쳐다보면서 이렇게 말하는 것이었습니다.

〈그래, 자네는 하늘도 무섭지 않은게로군, 오시프 미하일리치.〉

그러나 어쩌겠습니까! 이런 경우에 체면상 두 손을 벌리고, 머리는 옆으로 돌리고 이렇게 말하는 수밖에요. 〈도대체 무엇 때문에 제가 하늘을 두려워하겠습니까, 페도세이 니꼴라이치?〉 단지 체면 때문에 나는 그렇게 말했습니다……. 그러고는 어디론가 흔적도 없이 사라져 버리고 싶었습니다. 〈오랫동안 우리 집안의 친지였으며, 친아들이나 마찬가지였다 해도 과연이 아닌 자네가, 그러나 하늘의 뜻을 누가 알겠는가마는, 오시프 미하일리치! 그런데 갑자기 밀고를, 밀고를 하겠다니, 그것도 바로 지금! 이 일이 있은 후 자네가 사람들을 보면서 과연 무슨 생각을 할 수 있겠는가, 오시프 미하일리치?〉 아니, 도대체 이러한 지루한 설교 따위를 듣게 되다니요!

〈아니 당신은 지금 《이렇게 되고 나면, 과연 자네가 사람들을 어떻게 생각할지 걱정되는군, 오시프 미하일리치》라고 충고하시는 겁니까?〉 도대체 내가 어떤 생각을 할지 무슨 상관이람! 그런데 내 목구멍이 거칠어지고 목소리는 떨려 오는 것이, 이미 나는 나 자신의 추악한 버릇이 발동하리라고 직감하고 있었습니다.

〈도대체 어디로 가려는 건가, 오시프 미하일리치? 바로 이런 전야에…… 내가 자네에게 저지른 잘못에 대해서 원한이라도 품은 건가?〉 〈페도세이 니꼴라이치, 저…… 페도세이 니꼴라이치!〉 그렇습니다. 저는 녹아 버렸던 것입니다. 젖은 설탕처럼 녹아 버리고 말았습니다. 그뿐만이 아닙니다! 주머니 속에 있는 서류 꾸러미와 지폐가 나에게 이렇게 소리치는 것 같았습니다. 〈이 배은망덕한 강도 같은 놈, 저주받을 도둑놈아.〉 마치 그것들은 5뿌드[2] 정도는 나가는 것처럼 무겁게 축 늘어졌습니다……. 정말로 주머니 속의 돈이 5뿌드의 무게였더라면 어찌 되었을까요!

페도세이 니꼴라이치가 이렇게 말했습니다.

〈나는 알고 있다네. 자네가 후회하고 있다는 것을. 자네도 알다시피, 내일은…….〉

〈이집트의 마리야의 날이지요…….〉

페도세이 니꼴라이치가 말했습니다.

〈자, 울지 말게나. 이것으로 문제는 다 해결된 걸세. 잘못은 했으나, 참회한다면 그것으로 된 것 아닌가! 함께 가세! 아마도 자네의 마음이 다시 내게로 돌아오지 않겠는가. 다시 올바른 길로 자네를……어쩌면 검소한 우리 집, 나는 이 강도 같은 비열한 놈이 자기 집을 이렇게 표현했던 것을 똑똑히 기억하고 있습니다, 우리 집의 가신(家神)이 자네의 냉담해진…… 냉담하다고는 말할 수 없지, 타락한 마음을 다시 따뜻하게 감싸 줄지도 모르지…….〉

---

2 러시아의 옛날 중량 단위. 1뿌드는 16.38킬로그램.

그는 내 손을 잡고, 자기 가족들에게로 데리고 가는 것이었습니다. 나는 등골이 서늘해져서 덜덜 떨고 있었습니다! 과연 내가 어떤 눈빛으로 그들을 대해야 할 것인지…… 나는 고심했습니다. 그런데 여러분께서는 한 가지 사실을 알아 두셔야 합니다……. 어떻게 표현해야 할지 모르겠지만, 아무튼, 여기서 매우 미묘한 일이 벌어지게 됩니다!」

「혹시, 뽈준꼬프 부인이 나타나는 거 아닙니까?」

「바로 마리야 페도세예브나입니다. 그녀는 당신들이 좀 전에 이야기했던 바로 그 부인이 될 수 없는 운명이었으며, 그녀에게서 그러한 영광을 기다리는 것은 소용없는 일이었습니다! 페도세이 니꼴라이치의 말은 사실이었습니다. 그의 집에서 저는 거의 친아들이나 마찬가지였지요. 지금부터 반 년 전의 일이었습니다. 그때는 퇴역 하사관인, 통칭 미하일로 막시미치 드비가일로프라는 사람이 살고 있었습니다. 그는 신의 뜻에 따라 세상을 떠나기 전에, 유언을 마무리 짓는 일에 뜸을 들이더니 결국 사람들은 어디에서도 그의 유언을 찾을 수가 없었습니다……」

「허, 참!」

「아니, 아무것도, 아무것도 아닙니다. 자, 용서하십시오, 실언을 했군요. 말장난을 하는 사람은 좋지 않지만, 그러나 말장난이 나쁘다는 게, 또 뭐 그리 대단한 것이겠습니까. 내가 장래에 대한 희망이라고는 아무것도 없는 빈털터리로 남게 되었을 때, 그때는 정말 농담 같은 것은 할 수 없는 상황이었습니다. 왜냐하면, 비록 사람들이 그의 집에 머물도록 저를 내버려 두지는 않지만, 그는 손이 커서 아주 호화롭게 살았습니다! 퇴역 하사관도 역시, 아마도 저의 오해만은 아니겠습니다만, 저를 친아들처럼 대해 주었기 때문입니다.」

「아하!」

「예, 일은 그렇게 되었던 것입니다! 그때부터 페도세이 니꼴라이치는 코끝에다 대고 나를 조롱하기 시작했습니다. 나는 그러한 사실을 계속해서 알아채고는, 참고 또 참았습니다. 이러한 내 불행한 처지에 설상가상으로, 어쩌면 운이 좋게도, 느닷없이 군마 담당 장교가 우리가 사는 이 작은 도시를 방문했던 것입니다. 그는 경비병 특유의 민첩한 행동거지로 페도세이 니꼴라이치의 집에 확고하게 자리를 잡았습니다. 마치 포탄이 들어와 박히는 것처럼 말입니다. 나는 나의 비굴한 습성에 따라, 슬며시 이렇게 한마디 던졌습니다. 〈이러저러해서 말씀드리겠는데요, 페도세이 니꼴라이치, 당신은 어째서 저에게 모욕을 주시는 겁니까! 저는 어느 정도는 이미 당신의 자식이나 마찬가지 아닙니까……. 저는 당신에게서 아버지로서의, 아버지로서의 애정을 간절히 원하고 있습니다.〉 이런 저의 말에 대해서 그가 대답하기 시작했습니다. 그는 12장으로 이루어진 운문 서사시 전체를 읊조리면서 이야기를 꺼내더군요. 나는 입맛을 씁쓸하게 다시면서, 반푼어치의 의미도 이해하거나 알아듣지 못하고, 바보처럼 멍청하게 서 있었습니다. 그는 마치 미꾸라지가 미끄러지듯이 교묘하게 빠져나가는 것이었습니다. 과연, 재능은 재능이었습니다. 그런데 그 천부적 재능이란 비록 남이라 하더라도 트집 잡을 것은 심하게 트집을 잡는 것이었지요! 나는 사방팔방으로 돌아다녔습니다. 그야말로 동분서주였습니다! 로망스 악보를 뽑아 오고, 사탕을 날랐으며, 오랜 시간에 걸쳐서 농담거리를 고안해 내고, 한숨을 쉬면서 사랑 때문에 가슴이 아프다며 호소하고, 눈물을 흘리며, 사랑을 고백했습니다! 참으로 인간이란 어리석은 존재입니다! 나는 보제 신부에게서 내가 서른 살이나 먹었다는 것을 미처 확인해 보지도 않았습니다……. 어디 그뿐이겠습니까? 교활한 수작도 생각해 냈습니다! 그러나, 아닙니다! 문제는 아직 해결되지 않았습니다. 그것은 바로 주위의 조롱과 비웃음이었지요. 악의에 찬 감정이 나를 사로잡았고 목구멍에서는 분노가 치밀어 올랐습니다. 나는 더 이상 이 집에 붙어 있을 수 없다고 판단하고는 슬그머니 도망쳐 나와, 집 근처에는 얼씬도 하지 않고, 오로지 생각에만 잠겼습니다. 그러고는 마침내 밀고하기로 마음먹었습니다! 나는 비열하게도 우인(友人)의 비리를 누설하고자 했습니다. 솔직히 말해서, 자료는 풍부했습니다. 그것들은 모두 명예에 관한 것이거나 금전적인 문제와 관련된 것들이었지요! 정부 발행 지폐와 밀고장을 교환했을 때 3천 5백 루블의 은화가 내 수중으로 들어왔습니다!」

「아! 그게 바로 그 뇌물이었군!」

「그렇습니다, 여러분, 바로 뇌물이었던 거죠. 나에게 그 대가로 뇌물이 전달된 것입니다! 이건 죄가 아닙니다, 네, 정말로 그렇지 않습니다! 자, 이야기를 계속해 보겠습니다. 그는 나를 집으로 데려와서, 기억하실지 모르겠지만, 사색이 된 나를 차를 마시는 응접실로 데려갔습니다. 사람들이 나를 맞이해 주었습니다만 어쩐지 사람들은 다 마치 화가 난 듯이 보였습니다. 아니면 화가 난 것이 아니라 단지 아주 비통한 모습을 하고 있었으며…… 말하자면, 절망에 빠진 채, 완전히 죽은 듯한 모습이었습니다. 그런데 그들의 얼굴은 무언가 매우 의미심장한 표정으로 빛나고 있었으며, 위엄 있는 눈빛에서는 무언가 부모의 심정이나, 육친의 애정 같은 것이…… 방탕한 아들이 우리 품으로 돌아왔다는 그런 식의 눈빛이 엿보였습니다. 도대체 일이 어떻게 되어 가는 것일까요! 사람들은 차를 권하며 나를 자리에 앉혔습니다. 그러고 나니 내 가슴속에서는 마치 사모바르[3]가 하나 들어앉은 것처럼, 무언가 끓어올랐고, 다리는 얼음처럼 굳어 버렸습니다. 나는 완전히 위축되어 겁을 먹었던 것입니다! 그의 부인, 지금의 6등관과 마찬가지인 7등관의 부인이신 마리야 포미니쉬나가 첫마디로 〈여보게〉 하면서 이야기를 시작하는 것이었습니다. 〈이 사람아, 자네, 몹시 여위었구먼.〉 〈예, 조금 앓았습니다. 마리야 포미니쉬나…….〉 내 목소리는 마구 떨렸습니다! 그런데 그녀는 무슨 까닭인지 모르겠으나, 자기가 끼어들 차례를 학수고대한 듯이, 독사처럼 간교하게도 다음과 같이 지껄이는 것이었습니다. 〈자네의 양심이 자네를 괴롭혔던 거로군, 오시프 미하일리치! 우리는 혈육과 같은 마음에서 자네를 위해 큰 소리로 기도를 드렸다네! 자네 때문에 나는 피눈물을 흘렸지 뭔가!〉 맹세컨대 그녀는 여기서 자신의 양심을 거스르는 거짓말을 한 것입니다. 무슨 말인들 못하겠습니까! 그녀로 말할 것 같으면 아주 대담하고 용감 무쌍한 여자였으니까요! 그러고는 그녀는 자리에 앉아서 차를 따랐습니다. 그런데 내게는 그러한 그녀의 모습이, 시장 바닥에서 다른 모든 여편네들의 목소리를 압도할 만큼 큰 소리로 외치는 여자의 모습인 듯이 여겨졌습니다. 이게 바로, 우리의 7등관 부인이신 그녀의 모습이었습니다! 그런데 운이 없게도 하필 이때,

---

[3] 속에 숯을 넣어 물을 끓이는 러시아 특유의 그릇.

그 집의 딸인 마리야 페도세예브나가 청순한 자태를 하고 나타났습니다. 그런데 웬일인지 그녀는 약간 창백한 얼굴과 눈물이라도 흘린 듯이 붉게 충혈된 눈을 하고 있었습니다. 나는 그저 바보처럼 죽은 듯이 자리에 앉아 있었습니다. 나중에 알게 된 일이지만, 그녀가 눈물을 떨구게 된 것은 바로 군마 담당 장교 때문이었다고 합니다. 그는 용케도 무사히 도망쳐서 재빠르게 자취를 감춰 버렸습니다. 왜냐하면, 말이 나온 김에 말씀드리는 건데, 기한이 다 되어 그가 떠나야 할 시간이 되었기 때문입니다. 그런데 그 기한이라는 게 관청의 공식 기한 같은 그런 성질의 것은 아니었습니다! 고귀하신 양친께서 모든 숨은 진실을 문득 알아차리고서는, 어찌하겠습니까, 자신들의 집안에 들이닥친 재앙을 슬그머니 막아냈던 것이지요! 별수 없이 나는 그녀를 쳐다보면서 완전히 절망에 빠지고 말았습니다. 그래서 모사만을 흘끔흘끔 곁눈질하다가 잽싸게 모자를 집어서 달아나고 싶었습니다만…… 그러나 그런 일은 가당치도 않았습니다. 사람들이 내 모자를 낚아채 갔지 뭡니까……. 그렇지만 정말 나는 모자 없이라도 도망치고 싶었습니다. 그러나 사정은 그렇지 못했습니다. 아마도 문에는 걸쇠를 채운 것 같았습니다. 나는 당황해 하며 무언가 말도 안 되는 허튼소리를 늘어놓기도 하고, 큐피드에 대해서 황당무계한 소리를 지껄이기 시작했습니다. 내 사랑하는 그녀는 클라비코드[4]를 연주하며 군도에 기대고 있는 경

---

4 clavichord. 16~18세기에 유럽에서 널리 쓰였던 악기로 겉모양은 장방형의 나무 상자처럼 생겼다. 클라비코드는 현을 발음체(發音體)로 하는 악기에 건반을 붙인 최초의 악기로 18세기에 나타난 피아노에 밀려 19세기에는 과거의 악기가 되고 말았다.

기병에 대한 노래를 화가 난 어조로 불렀습니다. 〈아아, 이 괴로움이여!〉〈자〉 하면서 페도세이 니꼴라이치가 말을 꺼냈습니다. 〈모든 것은 다 잊기로 하세. 이리 오게나, 이리 와서 내 품에 안기게나!〉 나는 그의 말대로 그에게로 가서 그의 조끼에 얼굴을 파묻었습니다. 〈당신은 내 은인이시며, 친아버지나 다름없으십니다!〉 나는 이렇게 말하고는 뜨거운 눈물을 흘리며 큰 소리로 엉엉 울어 댔습니다! 하느님 맙소사, 세상에 그런 일이 일어나다니요! 그도 울고 그의 마누라도 울고, 마셴까라고 눈썹이 온통 하얀 여편네가 또 한 명 있었는데 그녀마저 울고…… 그렇게 울고 나니까, 여기저기서 어린애들까지 기어 나와서는, 하느님께서 이 집안을 축복하셨나 봅니다, 울부짖기 시작했습니다. 감동의 눈물을 어느 정도 흘린 후에는 마치 군인이 조국의 품으로 돌아왔을 때처럼, 탕자가 돌아온 것에 대한 기쁨이 넘쳐흘렀습니다! 연회가 베풀어졌고 카드 놀이가 시작되었습니다. 〈아아, 괴로워라!〉〈무엇이 괴로우세요?〉〈마음이 괴롭습니다.〉 누구 때문인가요? 나의 사랑스러운 그녀는 얼굴을 붉혔습니다! 나는 노친네와 함께 펀치를 마셨습니다. 그들은 나를 녹초로 만들고, 내 기분을 완전히 황홀하게 만들었습니다.

나는 할머니에게 돌아왔습니다. 내 머리는 어지럽게 빙빙 돌았습니다. 가는 동안 내내 나는 킥킥 웃으면서 걸어왔으며, 집에 와서는 꼬박 두 시간 동안 창고 같은 방 안을 서성거렸습니다. 그러고선 할머니를 깨워서 이 모든 행운에 대해 말씀드렸더니 그녀는 이렇게 말씀하시는 겁니다. 〈그래, 그 강도 같은 놈이 너에게 돈을 줬단 말이냐?〉〈네, 할머니 돈을 줬어요. 주고말고요, 할머니, 우리한테 재수가 굴러 들어온 거라고요!〉〈그래, 지금 당장 결혼하거라, 결혼하기 딱 좋을 때야〉하시면서 〈내 기도를 들어주신 거야!〉라고 말씀하셨습니다. 나는 소프론을 깨웠습니다. 〈소프론, 장화 좀 벗겨 주렴.〉 소프론은 내 장화를 벗겨 주었습니다. 「소프로샤, 축하해 줘, 나에게 키스해 달라고! 나는 결혼할 거야, 결혼한다고, 이 친구야. 내일은 취하도록 마셔도 좋아, 마음껏 즐기도록 해, 너의 주인께서 결혼한다니까!〉 내 마음속에는 아직도 웃음소리와 장난치며 아양을 떠는 소리가 남아 있었습니다! 벌써 잠이 오기 시작했습니다. 아니야, 자면 안 되지 하며 나는 다시 기운을 차린 후, 앉아서 곰곰이 생각에 잠겼습니다. 그러자 갑자기 무언가 뇌리를 스쳤습니다. 〈내일은 4월 1일[5]이지. 바로 그 떠들썩하게 즐기고 장난치는 날이 아니던가. 아니 이럴 수가! 그래 이건 뭔가 수작을 부린 거야!〉 이게 도대체 어떻게 된 일입니까, 여러분! 나는 침대에서 일어나 초에 불을 붙이고는 책상에 앉았습니다. 나는 완전히 정신이 팔려서, 시간 가는 줄 모르고 시시덕거렸던 것입니다. 사람이 어느 때 그렇게 정신을 팔게 되는지 아시겠지요, 여러분 내 머릿속은 온통, 맙소사, 진흙탕에 빠져 버린 것처럼 뒤죽박죽이었습니다! 여기서 예의 그 나쁜 습성이 고개를 들었습니다. 〈그들이 너를 놀렸다면 이번엔 네가 돌려줄 차례다. 자 이걸 받으시오, 하는 거야! 그들이 너의 뺨을 갈겼다면, 너는 기꺼이 그들에게 등을 내미는 거야. 그들은 능구렁이처럼 개새끼 같은 너를 유인하기 시작하겠지, 그러면 너는 성심 성의껏 온 힘을 다해 우악스러운 발로 그들에게 매달리는 거

---

5 만우절. 서양에는 4월 1일을 맞아 여러 가지 가벼운 장난이나 거짓말로 남을 속이기도 하고 헛걸음시키기도 하는 풍습이 있다.

야. 그러고는 서로 입 맞추는 거지!〉 자, 하다못해 지금도 마찬가지입니다! 당신들이 저를 비웃으면서 서로 귓속말을 주고받는다는 걸 저는 잘 알고 있습니다! 내가 당신들에게 내 모든 은밀한 비밀들을 말씀드리고 난 다음에는, 당신들이 나를 조롱하기 시작하고, 나를 내쫓을 것입니다. 그런데도 나는 당신들에게 지껄이고, 지껄이고 또 지껄이겠지요! 누가 나에게 이래라저래라 한단 말입니까! 과연 누가 나를 쫓아내겠습니까! 누군가가 내 등뒤에 서서 이렇게 속삭이고 있습니다. 말해 봐, 말해 보라고, 어디 떠들어 보란 말이야. 그러나 나는 정말로 말하겠습니다, 이야기하겠다고요. 나는 당신들에게 속마음을 훤히 드러내 보이고 있습니다. 마치 당신들이 나의, 예를 들자면, 친형제들이나, 혹은 막역한 친구들이나 되는 것처럼…… 에이, 에잇!」

여기저기서 하나둘씩 웃음소리가 들리더니 마침내는 뭔지 알 수 없는 황홀경에 빠진 화자의 목소리를 완전히 압도해 버렸다. 그는 몇 분 동안 군중들을 눈으로 두루 살피면서 꼼짝 않고 있다가, 별안간, 마치 어떤 격정에 휩쓸린 듯이 손을 내저으며, 자신의 처지가 정말 우스꽝스럽다는 것을 깨달았다는 듯이 큰 소리로 웃어 댔다. 그러고는 다시 이야기를 꺼냈다.

「나는 그날 밤 거의 잠을 이루지 못했습니다. 그리고 밤새도록 서류에 무언가를 끼적거렸습니다. 실은 우스운 일을 하나 생각해 냈던 것입니다! 아아, 여러분! 생각하는 것만으로도 얼마나 창피한지 모릅니다! 밤에, 취한 눈으로, 길을 잃고서, 엉망진창이 되어 온갖 허풍을 늘어놓을 수 있다면 얼마나 좋을까요, 그러나 그럴 수는 없지요! 아침에 채 동이 트기도 전에 눈을 떴습니다. 통틀어 한두 시간쯤 잤나 봅니다. 늘 그렇지만 말입니다! 옷을 입고 세수를 하고 머리를 곱슬거리게 손질한 후, 포마드를 바르고 새 프록코트를 입고서는 곧장 페도세이 니꼴라이치 씨 댁의 축제에 참석하러 출발했습니다. 그리고 그 서류는 모자 속에 잘 챙겨 두었습니다. 그는 열려진 문으로 나를 맞이하면서 부모의 애정 어린 품속으로 나를 부르는 것이었습니다. 나는 점잖을 빼면서, 머릿속으로는 어제 일을 떠올렸습니다! 한 걸음 물러서며 나는 이렇게 말했습니다. 〈아닙니다, 저, 페도세이 니꼴라이치, 괜찮으시다면 이 서류를 읽어 주십시오.〉 그러고는 상사에 대해 보고서를 제출하듯이 그 서류를 그에게 건네주었습니다. 그 서류에 무엇이 적혀 있었는지 알고 계시는지요? 거기에는 이러저러해서 오시프 미하일리치를 퇴직 처분하고자 한다는 것과 이러한 요청에 대해서 모든 관리들이 성급하게 휘갈긴 서명이 적혀 있었습니다! 자, 이것이 바로 제가 고안해 냈던 일입니다! 이보다 더 그럴듯한 일은 생각해 낼 수가 없었습니다! 말하자면, 오늘이 4월 1일이며, 따라서 장난 삼아 한번 거드름을 피워 보겠다 그런 생각이었습니다. 왜냐하면 나의 모욕감이 사라지지 않았기 때문에 간밤에 마음을 고쳐 먹고 나니, 기분이 우울해졌으며, 전보다 더 심하게 모욕감을 느꼈다. 그래서 나의 친부모나 마찬가지인, 내 은인이신 당신에게, 당신과 그리고 당신의 따님과도 더 이상 인연을 맺고 싶지 않다고 말씀드리는 바이다. 돈은 어제 주머니에 잘 넣어두었다. 이제 생활은 어렵지 않게 되었으니 이렇게 당신에게 퇴직 신고를 하는 바이다. 나는 페도세이 니꼴라이치, 당신 같은 상관 밑에서는 일하고 싶지 않다! 다른 일자리를 원한다. 조심하는 게 좋을 거다, 왜냐면 다른 자리에서 일하게 되면 나는 당신을 밀고할 테니까. 나는 이렇게 비열한 놈인 체 가장하면서 그를 당황하게 만들려고 했습니다! 그리고 무엇으로 그를 놀라게 할 건지 생각해 냈던 것입니다! 어때요? 그럴듯합니까, 여러분? 다시 말하자면, 어제 낮부터 내 마음은 가증스러울 정도로 아양 떠는 소리로 괴로웠으며, 그 때문에 나는 이러한 가족적인 장난을 저지른 것입니다. 그러고는 페도세이 니꼴라이치의 부성애에 대해 야유를 퍼부은 것입니다.

그는 내가 내민 서류를 받아서 펼쳐 보더니 그가 지을 수 있는 모든 표정을 동원해서 얼굴을 찌푸리기 시작했습니다. 〈이게 도대체 뭔가, 오시프 미하일리치?〉 나는 바보같이 이렇게 말하고 말았습니다. 〈4월 1일이지 않습니까? 명절을 축하합니다, 페도세이 니꼴라이치!〉 이건 완전히 할머니의 안락의자 뒤에 슬그머니 숨어 버린 어린 꼬마와 다를 바 없었습니다. 그러고는 〈왁!〉 하고 할머니의 귀에다 대고 목청껏 외치는 것입니다. 〈놀래 드릴려고 했어요!〉 그렇습니다……. 그래서 부끄럽게도 그 일을 이야기하고자 했던 것입니다. 여러분! 그러나 아닙니다! 더 이상은 말하지 않겠어요!」

「안 됩니다, 그 다음엔 어떻게 됐습니까?」

「아니오, 안 됩니다. 이야기해 주시오! 이야기해 달라고요!」 사방에서 목청을 높였다.

「그러고 나서, 여러분, 수군수군대는 소리와 험담, 오오, 아아 하는 비탄의 소리가 여기저기서 들려오지 않았겠습니까! 장난치는 걸 좋아하는 익살꾼인 내가, 바로 이 몸이 비로소 그들을 놀라게 만들었던 것입니다. 그러나 그렇게도 재미 있는 일이 나 자신을 부끄럽게 만들었고, 마침내는 겁을 집어먹은 채, 이렇게 엄청난 죄인이 이러한 성스러운 자리에 있어도 되는 걸까라는 생각까지 하게 만들었습니다. 〈여보게나.〉 7등관 부인께서 애원조로 말했습니다. 〈너무 놀라서 지금까지 다리가 떨리고, 겨우겨우 앉아 있을 지경이라네! 나는 반은 정신이 나간 사람처럼 마샤에게로 뛰어가서 이렇게 말했어. 마셴까, 우리 집안에 무슨 일이 일어나려는가 봐! 정신 바짝 차리고 《당신이 그토록 아끼던 작자》가 실상은 어떤 인간인지 좀 보라고! 그러나 내가 잘못했네, 이보게나, 자네가 나를, 이 노파를 용서해 주게나, 이렇게 사죄하겠네! 그리고 나는 이런 생각을 해봤지. 자네가 어제 우리와 헤어진 후 늦게 집에 도착해서 생각에 잠겼다가, 아마도 어제 우리가 고의적으로 자네에게 와서 자네를 현혹시키려 했다고 오해했을지도 모른다고 말이야. 그런 생각을 하고 나니 나는 기가 막혀서 정신이 멍해지지 뭔가! 그것으로 충분해, 마셴까, 그 정도 눈치를 준 것으로 충분하다고. 오시프 미하일리치는 우리에게 남이 아니잖아. 자, 나는 자네의 어머니로서 어리석은 얘기는 결코 하지 않겠네! 덕택에 나는 20년은 감수한 것 같아. 아직 마흔다섯밖에 안 되었는데!〉

자, 여러분! 나는 거의 그녀의 발 밑에 소리를 지르며 쓰러질 지경이었습니다. 또다시 사람들은 눈물을 흘렸고, 또다시 입맞춤이 시작되었습니다! 그러고는 농담을 지껄이기 시작했습니다! 페도세이 니꼴라이치 역시 4월 1일을 위해서 우스운 이야기를 손수 꾸미셨던 겁니다! 그는 사람들에게 부리가 보석으로 된 불새가 날아왔으며 그 부리에는 편지를 물고 있더라고 말했습니다! 그도 역시 사람들을 속이고 싶었던 것이지요. 굉장한 웃음이 터져 나왔습니다! 얼마나 감동적이었던 지요! 쳇! 부끄럽지만 계속 이야기하겠습니다.

자, 여러분, 이제 모든 것이 곧 밝혀지게 됩니다! 우리는 하루, 이틀, 사흘, 그리고 일주일째를 그렇게 지냈습니다. 나는 이미 정식 약혼자와 다를 바가 없었습니다! 부족할 게 뭐가 있겠습니까! 반지도 맞추었고, 결혼 날짜도 잡았으며, 단지 때가 될 때까지 발표하기를 원치 않았을 뿐이었습니다. 그리고 그때 사람들은 검찰관을 기다리고 있었습니다. 나 역시 감독관이 오기를 손꼽아 기다리고 있었습니다. 나의 행복의 행로가 그 사람 때문에 멈춰 버렸으니까요! 나는 서둘러서 그의 어깨 위의 짐을 벗겨 주겠노라 생각했습니다. 그런데 페도세이 니꼴라이치는 슬며시, 내심 기뻐하면서 모든 일을 나에게 맡기는 것이었습니다. 완전히 뒤죽박죽에다가, 모든 것이 폐허처럼 엉망이었고, 사방에는 온통 간계와 속임수들이 널려 있었습니다! 그럼에도 불구하고 나는 장인을 위해서 열심히 일하겠노라고 생각했습니다! 그런데 그는 늘 몸이 편치 않더니만 급기야는 병에 걸리고 말았습니다. 날이 갈수록 그의 병세는 더욱 악화되었습니다. 그러나 나 역시 성냥개비처럼 여윈 채, 혹시 죽지 않을까 두려워 밤잠을 이루지 못했습니다. 그러나 문제는 잘 해결되었습니다! 기한 내에 일을 끝낸 것입니다! 그런데 어느 날 갑자기 나에게 급사가 와서는 〈페도세이 니꼴라이치의 상태가 안 좋으니 서둘러 가 보세요!〉라는 전갈을 전하는 것이었습니다. 나는 다급하게 뛰어갔습니다. 그런데 이게 어찌 된 일입니까? 내 은인이신 페도세이 니꼴라이치가 의자에 앉아 머리에 식초를 적시면서 얼굴을 찌푸리고, 〈아으, 아으〉 하며 연방 신음을 내뱉고 있지 않겠습니까? 정말 아으, 아으였습니다! 〈여보게, 이 사람아, 나는 이제 죽을 거라네, 내 양자인 자네를 누구에게 맡긴단 말인가?〉 그의 부인과 아이들이 천천히 다가왔고 마셴까는 울고 있었으며, 그리고 나 자신도 흐느껴 울었습니다! 〈아니다, 신께서 자비를 베풀어 주시겠지! 그분은 내 모든 죄에 대해서 너희들에게 벌을 주시지는 않으실 거야!〉 그는 모든 사람들을 내보낸 다음 아무도 들어오지 못하게 문을 닫도록 했습니다. 이제 그와 나 두 사람만이 서로를 마주보고 있었습니다. 〈자네에게 청이 하나 있네!〉 〈무슨 일인데요?〉 〈이런저런 일로 해서, 이보게, 난 임종 때 결코 편안히 눈을 감을 수가 없을 것 같네!〉 〈어째서 그렇지요?〉라고 나는 말했습니다. 그러고 난 후 나의 얼굴은 붉어지고 혀는 굳어 버렸습니다. 〈내 재산 중의 일부를 국고에 바쳐야만 했지. 여보게, 나는 공공의 이익을 위해서라면 아무것도 아쉬운 게 없으며, 내 생명도 아깝지 않다네! 딴생각은 하지 말게나! 중상모략가들이 자네 앞에서 나를 비방했다는 사실이 슬프군……. 자네는 오해한 거야. 그때부터 나는 마음이 괴로워서 머리가 하얗게 세고 말았지 뭔가! 검찰관이 곧 올 텐데, 마뜨베예프에게는 미처 계산하지 못한 7천 루블이 있다네. 그건 내가 갚을 거야……. 나 말고 또 누가 있겠나! 그들은 나에게 책임을 묻겠지. 《도대체 무얼 감독한 거야?》 하면서 말이야. 마뜨베예프에게서 뭘 받아 낸단 말인가? 그만큼 거두어 갔으면 이미 충분할 텐데. 그 가엾은 사람에게 그토록 겁을 주다니!〉 성인이로군, 정말 경건한 사람이야! 오 이 선량한 영혼이여 라고 나는 생각했습니다. 그는 이렇게 말하더군요. 〈그렇지만 딸의 몫에서 떼어 가기는 원치 않는다네, 그것으로는 그

아이의 지참금을 마련해야지. 그것은 신성한 돈이니까! 내 돈이 있긴 있네만, 사실, 사람들에게 빌려 주었지 뭔가. 지금 당장 어디서 그 돈을 거둘 수 있겠는가!〉 나는 그 노친네 앞에서 털썩, 무릎을 꿇고 말았습니다. 〈나의 은인이시여, 제가 당신을 모욕하고 화나게 만들었습니다. 비방가들이 당신을 밀고하는 서류에 서명을 했던 것입니다. 제발 저를 더 이상 비참하게 만들지 마시고, 당신의 돈을 도로 가져가세요!〉 그는 나를 쳐다보더니 눈물을 흘리며 이렇게 말했습니다. 〈너한테 바로 이 말을 듣기를 기다렸단다. 얘야, 일어나거라. 내 딸의 눈물을 생각해서 내 용서하마! 이제 내 마음속으로부터 너를 용서하마. 네가 내 병을 다 낫게 했구나! 너를 영원히 축복해 주마!〉 그의 축복을 받자마자, 여러분, 나는 전속력으로 집으로 달려가서는 그 돈을 가져와서 그에게 내놓았습니다. 〈여기 있습니다, 아버님, 단지 50루블만 썼을 뿐입니다!〉 〈괜찮다. 지금은 그런 하찮은 일을 따질 때가 아니니까. 서둘러서 보고서를 작성하도록 해라, 이미 지난 날짜를 기입하고, 봉급에서 50루블만 선불해 달라고 적어. 그러면 내가 상관에게 미리 너에게 돈을 지급했다고 그 서류를 보여 주면 되지……〉 자, 여러분! 여러분들은 어떻게 생각하십니까? 정말로 내가 보고서를 작성했을 것 같습니까!」

「그래서, 일이 어떻게 끝났나요?」

「내가 보고서를 작성하자마자 일은 끝장이 난 겁니다, 여러분. 다음날, 바로 그 다음날 아주 이른 아침에 정부의 인장이 찍힌 봉투가 전달되었습니다. 저는 생각했지요, 그 속에 과연 뭐가 들어 있을까? 그건 다름 아닌 해임장이었습니다! 업무를 다른 사람에게 인계하고, 회계를 마무리하고, 어디든지 갈 테면 가라 이겁니다!」

「어떻게 그럴 수가?」

「그래서 나는 있는 힘을 다해서 외쳤습니다. 어떻게 이럴 수가 있습니까! 이보십시오! 이게 도대체 무슨 기막힌 일입니까? 저는 무심코 생각했습니다. 아니지, 검찰관이 시내에 도착했나 보다. 내 심장은 얼어붙는 것 같았습니다! 뭔가 짚이는 점이 있어서 그런 생각을 떠올렸던 것이지요! 그래서 그 즉시 나는 페도세이 니꼴라이치에게로 갔습니다.」

「〈어떻게 된 일입니까?〉 내가 물었습니다. 〈무슨 일인데 그러나?〉 그가 말했습니다. 〈자, 여기 해임장이 있습니다.〉 〈무슨 해임장 말인가?〉 〈그러면 이건 뭡니까?〉 〈뭐긴 뭔가, 해임장이구먼!〉 〈제가 이걸 바랬던가요?〉 〈물론이지, 자네가 나한테 제출하지 않았는가, 4월 1일에 말이야.(그놈의 서류를 글쎄 내가 되돌려 받지 않았던 겁니다!)〉 〈페도세이 니꼴라이치! 지금 내 앞에 있는 분이 당신이 분명합니까!〉 〈그야, 나 맞지.〉 〈어이구, 하느님 맙소사!〉 〈유감이네, 여보게, 유감이야. 이렇게 일찍 일을 그만두게 되다니 너무나 애석하군! 젊은 사람은 일을 해야 하는 법인데 말이야. 자네, 머릿속에 뭔가 허튼 생각이 떠오른 게지. 근무 증명서에 대해서는 걱정하지 말게. 내 신경 쓰고 있으니까. 자네는 늘 근무 상태가 양호하지 않았나!〉 〈그때는 정말로 장난삼아 그랬던 것뿐입니다, 페도세이 니꼴라이치, 그건 제가 진정으로 원했던 바가 아니라고요. 당신의 부친으로서의 애정을 시험해 보기 위해 서류를 드렸던 것인데……〉 〈뭐라고! 세상에 그런 장난이 다 있다니! 어떻게 그런 서류로 장난을 할 수 있는가? 그런 장난 때문에 언젠가 자네는 시베리아로 쫓겨가고 말 걸

세. 이제 작별 인사를 해야겠군. 나는 시간이 별로 없다네, 검찰관이 곧 도착할 거야. 무엇보다도 업무에 대한 책임이 우선이니까. 자네야 빈둥거리고 있지만, 우리는 일을 해야 하네. 나중에 내가 근무 증명서를 써주지. 그런데 한 가지 알려 줄 게 있는데, 내가 마뜨베예프의 집을 사지 않았겠나. 우리는 수일 내로 이사를 갈 걸세. 이제 새집에서는 유감스럽더라도 자네를 만나지 않게 되기를 희망하네. 자 그럼 잘 가게!〉 나는 전속력으로 집으로 달려왔습니다. 〈우리는 망했어요, 할머니!〉 가엾은 할머니는 엉엉 우셨습니다. 그런데 페도세이 니꼴라이치가 보낸 사환 아이가 쪽지와 새장을 들고 달려왔습니다. 새장 속에는 찌르레기가 들어 있었습니다. 그건 내가 사랑의 감정이 샘솟을 때 그녀에게 선물했던 말하는 찌르레기였습니다. 그리고 그 쪽지 속에는 〈4월 1일〉이라고 씌어 있지 뭡니까. 그리고 그 외에는 아무 말도 없었습니다. 자, 여러분, 어떻게 생각하십니까?」

「아니, 그래서, 그 다음엔 어떻게 됐습니까?」

「어떻게 되긴요! 나는 딱 한 번 페도세이 니꼴라이치와 만났습니다. 그때 그에게 대놓고 비열한 놈이라고 부르고 싶었는데……」

「그런데요!」

「그러나 어쩐지 그 소리를 입 밖에 내지는 못하겠더군요!」

정직한 도둑
무명인의 수기 중에서

김숙영 옮김

어느 날 아침 내가 직장을 향해 막 나서려 할 때, 놀랍게도 나의 요리사이자 세탁부이며 가정부를 겸하고 있는 아그라페나가 나와 이야기하러 방으로 들어왔다.

지금까지 그녀는 지독히도 말이 없는 평범한 아낙네였기에 점심을 무엇으로 준비할까에 대한 몇 마디의 문의 외에, 나는 근 6년 동안 그녀에게서 어떠한 다른 말을 들어 본 적이 없는 터였다.

「저, 나리, 제가 왔습니다. 작은 방을 세주셨으면 하는데요.」 그녀가 갑자기 말문을 열었다.

「어떤 방 말인가?」

「부엌 근처에 있는 것 있잖아요. 뻔한 걸 묻고 그러세요.」

「왜 그러지?」

「왜라니오! 세입자가 들어와야 하니까 그렇지요. 왜 그런지는 뻔하지 않습니까.」

「그래 도대체 누가 세든단 말인가?」

「누가 세들 거냐고요! 세입자가 세들지요. 그건 당연한 일 아닙니까?」

「그러나 이 사람아, 거긴 좁아서 침대를 들여놓을 수 없지 않은가. 도대체 누가 거기서 살 수 있느냔 말이야?」

「누가 거기서 산다고 했나요! 잠만 조금 자면 돼요. 그 사람은 주로 창가에서 지낼 거라고요.」

「어떤 창문 말인가?」

「어떤 창문인지는 뻔하지 않습니까, 꼭 아무것도 모르시겠다는 말투라니까! 앞쪽으로 난 창문을 말하는 거예요. 그 사람은 거기에 앉아서 바느질도 하고 또 다른 뭔가도 할 테지요. 아니면 의자에 앉으라고 하던가요. 그 사람은 의자도 가지고 있고 또 탁자도 가지고 있어요. 뭐든지 다 있는 사람이에요.」

「그래, 그 사람은 도대체 누군가?」

「아주 선량하고 세상 경험이 많은 사람이지요. 그 사람 식사는 제가 준비할게요. 그리고 월세는 은화로 3루블씩 받을 거고요.」

긴 입씨름 끝에 나는 마침내, 어떤 나이 지긋한 남자가 부엌 옆방에 하숙할 수 있게 해달라고 아그라페나를 설득했다는 것을 알게 되었다. 일단 아그라페나의 머릿속에 들어온 생각은 반드시 실현시켜 주어야 한다. 그렇지 않고서는 내가 잠시도 편할 수가 없기 때문이다. 만일 어떤 일이 그녀의 뜻대로 되지 않는 경우가 발생하면 그녀는 깊은 우수에 잠겨 심사숙고하며 2주 혹은 3주를 보내는 것이다. 이 기간에 그녀가 요리한 음식은 형편없고 세탁도 제대로 되지 않으며 바닥은 늘 더럽게 마련이다. 한마디로 이 기간 동안 많은 불유쾌한 일들과 마주치게 되는 것이다. 나는 이미 오래전에, 이 말수 적은 여자가 스스로 어떠한 결정을 내릴 능력이 없고 자기 나름대로의 사고 능력도 없다는 것을 눈치 챘다. 그러나 그녀의 빈약한 머리에 어쩌다 생각이나 계획 비슷한 것이 떠오르는 날엔, 그녀를 저지한다는 것은 그녀를 질식시키는 것과 다름없는 일이었다. 그렇기 때문에 나는 무엇보다 조용한 생활을 소중하게 여김에도 불구하고 당장 그녀의 요구를 들어주었다.

「그 사람에게 최소한 여권이나 그 비슷한 신분증 같은 것은 있겠지?」

「무슨 말씀을 그렇게 하세요! 당연히 있다마다요. 그 사람은 선량하고 세상 경험이 많은 사람이에요. 3루블씩 내기로 약속했어요.」

다음날 나의 조촐한 독신자 아파트에는 새로운 거주자가 등장했다. 그러나 나는 짜증이 나지 않았을 뿐 아니라 오히려 기쁘기까지 했다. 나는 철저하게 사람과의 교제 없이 은둔자처럼 생활을 하고 있었다. 나에겐 친구들이 거의 없었고 외출하는 일도 거의 없었다. 이렇게 거의 10년 동안을 적막하게 지내다 보니 나는 당연히 은둔자 생활에 익숙해져 있었다. 그러나 10년, 15년, 아니 그 이상의 세월을 독신자의 볼품없는 아파트에서, 그것도 아그라페나 같은 여자와 보낸다는 것은 정말로 한심한 일이 아닐 수 없다! 따라서 이러한 생활 속에 성격 온순한 새로운 거주자가 등장했다는 사실은 하늘에 감사할 일이었다! 아그라페나가 새로 온 사람에 대해서 거짓으로 소개하지 않았음이 곧 밝혀졌다. 내 집에 세든 새로운 거주자는 정말로 세상 경험이 많은 사람들 가운데 하나였다. 그의 여권을 보니 내가 첫눈에 짐작했듯이 퇴역 군인이었다. 그것을 눈치 채기란 어렵지 않았다. 새로운 거주자인 아스따피 이바노비치는 좋은 사람이었다. 우리들은 원만한 관계를 유지하며 잘 지냈다. 내가 무엇보다도 좋았던 것은 아스따피 이바노비치가 때때로 자기의 인생 경험을 들려주었다는 사실이다. 내 삶의 만성적인 지루함 속에서 그런 이야기꾼의 존재는 보배나 다름없었다. 한번은 그가 어떤 이야기를 해주었는데 그 이야기는 나에게 적잖은 감흥을 불러일으켰다. 그는 다음과 같은 경위로 그 이야기를 하게 되었다.

어느 날 아스따피도 아그라페나도 각자 자기 볼일 때문에 집을 비워서 나 혼자 집에 있을 때였다. 갑자기 나는 방에서 누군가 낯선 사람이 현관으로 들어오는 소리를 들었다. 나는 그리로 가보았다. 정말로 어떤 낯선 사람이 현관에 서 있었다. 그는 키가 작은 사내였는데 추운 가을 날씨에도 불구하고 프록코트 하나만을 입고 있었다.

「당신 누구요?」

「알렉산드로프라는 관리가 여기 사나요?」

「그런 사람은 여기 없소. 썩 나가시오.」 그 방문객은 조심스레 문 쪽으로 뒷걸음질치며 다음과 같이 중얼거렸다.

「수위는 분명히 여기에 산다고 하던데.」

「어서 가, 어서 꺼지라고.」

다음날 점심 식사 후에 아스따피 이바노비치가 수선 중인 프록코트를 나에게 대보고 있을 때 또다시 누군가 현관으로 들어오는 소리가 들렸다. 나는 방문을 열었다. 어제 왔던 그 남자가 내 눈에 들어왔고 그는 태연하게 옷걸이에서 내 긴 외투를 벗겨 겨드랑이 밑에 처넣더니 집에서 유유히 사라졌다. 아그라페나는 놀라서 입을 벌린 채 줄곧 그를 지켜볼 뿐 외투를 지키기 위한 아무런 행동도 하지 않았다. 아스따피 이바노비치는 그 도둑놈을 뒤따라갔으나 10분 후에 숨을 헐떡이며 빈손으로 돌아왔다. 그 도둑놈은 사라져 버린 것이다!

「뭐, 운이 없었다고 칩시다, 아스따피 이바노비치. 그래도 다른 외투가 하나 남았으니 다행이지요. 그것마저 도둑놈에게 빼앗겼더라면 정말 곤란할 뻔했소.」

그러나 아스따피 이바노비치가 매우 흥분해 있었기 때문에 나는 그를 바라보며 코트를 도둑맞은 일에 대해서는 잊어버릴 정도였다. 그는 도무지 진정하지 못했다. 그는 줄곧 해오던 일을 집어 던지고 방금 일어난 일을 눈앞에 보듯이 계속, 어떤 식으로 외투를 도둑맞았는지, 자신은 도둑으로부터 바로 두 발짝 거리에 있었는데도 도둑을 잡을 수 없었다는 등등의 이야기를 하기 시작했다. 그런 다음 그는 다시 일거리를 잡고 앉았다. 그러나 곧 일거리를 집어던지고 일어나더니 마침내, 그런 일이 일어나게 내버려 둔 수위에게 책임을 물으러 갔다. 그런 다음엔 아그라페나에게로 돌아와서 그녀를 책망하기 시작했다. 그러더니 또다시 일거리를 잡고 앉아서 도둑이 바로 코앞에서 어떻게 외투를 훔쳤는가에 대해 오랫동안 중얼거렸다. 한마디로 말해 아스따피 이바노비치는, 일은 잘하지만 사소한 일에 구애를 많이 받고 남을 걱정하기를 좋아하는 사람인 것이다.

「당신과 나는 바보가 되었소, 아스따피 이바노비치.」

저녁때 나는 그에게 차 한잔을 주면서 지루함을 달래기 위해 도둑 이야기를 꺼냈는데, 그 이야기는 아스따피 이바노비치의 열기 어린 반복으로 이제는 우스꽝스러운 색채를 띠게 되었다.

「바보가 되었다마다요, 나리! 비록 내 옷을 도둑맞은 것은 아니지만 분하고 짜증스러운 일입니다. 그리고 내 생각으로는 이 세상에 도둑보다 더 비열한 작자들은 없다고 봐요. 내가 땀 흘리고 노력해서 뭔가를 이루어 놓으면 다른 놈이 나타나 마치 자기를 위해서 그렇게 해놓은 양 공짜로 가져간다니까요. 내 시간을 훔치는 것과 다름없지……. 얼마나 추악한 짓이냔 말이에요! 분이 치밀어 더 이상 이야기하고 싶지도 않구먼요. 나리, 당신은 어떻습니까, 속상하지 않으세요?」

「물론 속상하오, 아스따피 이바노비치. 도둑에게 물건을 빼앗길 바에야 차라리 그것을 불태워 버리는 것이 더 낫지.」

「그렇다마다요. 물론 도둑도 도둑 나름이지만요. 그런데 나리, 저는 언젠가 한번 정직한 도둑을 만난 적이 있었습니다.」

「정직하다고요! 정직한 도둑이라니 말이 됩니까, 아스따피 이바노비치?」

「그러나 그건 사실입니다, 나리! 정직한 도둑, 물론 그런 사람은 없지요. 제가 말하려는 경우는, 정직해 보이는 사람이었는데 도둑질을 했다 그겁니다. 그저 그가 안쓰러울 따름이었지요.」

「그래, 일의 자초지종을 이야기해 주시겠소, 아스따피 이바노비치?」

「2년 전의 일이었지요. 그때 나는 한 1년 못 미치는 기간 동안 거처 없이 지냈었습니다. 그런데 아직 거처가 있었을 시절에 나는 완전히 몰락한 인간을 만나게 되었습니다. 어떤 선술집에서 그를 알게 되었는데 그는 대단한 술꾼에다가 방탕한 게으름뱅이였지요. 예전에는 어디선가 근무를 했다지만 술 때문에 일찌감치 쫓겨난 신세였습니다. 그는 그런 하잘것없는 인간이었습니다! 그의 옷차림새란! 어쩌다 외투 밑에서 셔츠가 보였다 싶으면 그것으로 그만, 그는 이내 그것을 처분해 술을 마셔 버렸습니다. 그렇다고 해서 그가 난봉꾼이었다는 이야기는 아닙니다. 온순하고 애교도 있는 친절한 성격에다가 남한테 구걸하는 것을 부끄러워하는 사람이었어요. 그러니 술을 마시고 싶어도 그 처지에 어떻게 술값을 감당할 수 있겠습니까. 나는 어쩌다 그 사람을 만나게 되었는데, 즉 그가 내게 달라붙었는데…… 어느 쪽이든 나는 상관없습니다. 아무튼 그런 사람과 만나게 되었지요. 그런데 그의 행동거지란! 단 한번 보았을 뿐인데 마치 강아지 새끼처럼 들러붙어서 내가 이리 오면 이리 오고, 저리 가면 저리 가고. 그가 내게 재워 달라고 부탁하길래 재워 주었습니다. 보아하니 여권도 갖고 있는 게 특별히 이상한 사람 같지는 않았습니다. 그런데 그 다음날도 와서 재워 달라고 하고 또 그 다음날도 찾아와서 하루 종일 창가에 앉아 있다 자고 갔습니다. 그제서야 이 사람이 내게 완전히 들러붙었구나 하는 생각이 들더군요. 불쌍한 사람이라 생각해 먹여 주고 재워 주었더니 이제는 완전히 식객이 되기로 작정했구나 하는 생각에 아찔하더군요. 그런데 이 작자는 이미 내게 오기 전에도 어떤 사무직 종사자에게, 지금 나에게 하는 것과 마찬가지로 들러붙어서 그와 함께 마셔 댔다는 겁니다. 그 사무원은 그렇게 술로 세월을 보내다가 죽어 버렸대요. 나에게 들러붙은 식객의 이름은 에멜랴, 즉 에멜리얀 일리치였어요. 이자와 어떻게 지낸다? 나는 줄곧 생각했습니다. 그를 쫓아낼 생각을 하니 양심의 가책을 느꼈습니다. 이토록 가련하게 몰락한 인간을 쫓아내다니! 그 말없는 사람은 내게 아무것도 요구하지 않고 강아지처럼 앉아서 내 눈만 쳐다보는 겁니다. 술이란 것은 사람을 이토록 무섭게 망쳐 버리는 것입니다.

그에게 도대체 뭐라고 말할까 혼자 곰곰이 생각해 보았습니다. 〈자네, 에멜리야누쉬까, 어서 나가게!〉라고 할까, 아니면 〈나 하나 먹을 것도 없는데 내가 어떻게 자네까지 떠맡는다는 말인가?〉라고 할까? 그가 하는 것을 보고 그에 따라 말을 할까? 그러나 그가 그렇게 가만히 앉아서 오랫동안 나를 가만히 쳐다보는 모양새를 보니, 내가 뭐라고 말하는 것을 들으면 창가에서 일어나 안에 무엇이 들었는지 모를 저 구멍투성이의 작은 바둑무늬 보따리를 집어 든 다음 옷의 구멍도 가리고 또 몸을 따뜻하고 편안하게 하기 위해 자신의 작은 외투를 단정히 입을 듯 싶었습니다. 그는 매우 섬세한 사람인 것입니다! 그런 다음엔 눈물을 머금고 조용히 문을 열고 나가 계단을 내려갈 듯싶었습니다. 그러고 보니 그는 완전히 몰락한 인간은 아니더군요……. 나는 그가 측은해졌습니다! 그러나 나는 어떻게 되는 것인가? 나는 곰곰이 생각해 보았습니다. 〈에멜리야누쉬까, 자넨 우리 집에 오래 머무를 수가 없네. 나는 곧 다른 데로 이사 갈 거고 그러면 자네는 나를 찾지 못할 거야.〉 그래서, 나리, 나는 다른 곳으로 이사 갔습니다. 그때까지 나는 알렉산드르 필리모노비치라는, 지금은 고인이 되셨으니 천국의 평안이 그와 함께하길, 나리 댁의 집사로 있었는데 그 일가가 시골로 이주하면서 〈아스따피, 우리는 자네에 대해 대단히 만족스럽게 생각하네. 시골에서 돌아오면 잊지 않고 꼭 자네를 다시 채용하겠네〉라고 말했습니다. 아주 좋은 양반이셨지요. 그해에 돌아가셨지만. 그래서 나는 에멜랴와 함께 그들을 배웅하고 나서 내 짐을 꾸려 가지고 그 집을 나왔습니다. 가진 돈이 조금 있어서 나는 어떤 할머니 댁의 방 한구석을 빌려 쓰게 되었지요. 마침 그 할머니 댁엔 세놓을 빈 방이 그것뿐이었습니다. 그 할머니는 어딘가에서 유모 노릇을 하다가 이제는 홀로 살며 연금을 받아 생활해 나가는 사람이었어요. 〈이제는 안녕이다, 에멜리야누쉬까 이 사람아, 이제는 나를 볼 일이 없을 거야〉였지요. 그런데 나리, 어떻게 되었다고 생각하십니까? 아는 사람을 만나고 저녁 때 숙소로 돌아와 보니 방의 트렁크 위에 앉아 있는 에멜랴가 내 눈에 들어오지 않겠습니까. 그는 그 지저분한 보따리를 옆에 내려놓고 외투 차림으로 나를 기다리고 있었지요……. 게다가 심심함을 달래기 위해 할머니에게서 교회용 서적까지 빌려 와 발로 떠받친 채 읽고 있지 뭡니까. 어디에 이런 인간이 있겠습니까! 나는 그만 팔에 힘이 쫙 빠지고 말았습니다. 이걸 어떻게 한다, 왜 처음부터 내쫓지 않았는가 하는 생각이 들더군요. 나는 다짜고짜 그에게 물었습니다. 〈에멜랴, 신분증은 가져왔나?〉

나리, 저는 그 자리에 앉아 곰곰이 다음과 같은 생각에 잠겼습니다. 그래, 이 방랑벽이 있는 친구가 나에게 큰 방해가 될까? 이리저리 생각해 보니 그리 큰 방해가 될 것 같지 않았습니다. 그도 먹을 것이 필요하겠지. 아침에 그저 빵 한 조각에다, 조금 더 맛있게 먹자면 양파를 곁들여 식사하도록 하면 되겠지. 그리고 점심때도 빵과 양파를 주면 되겠고 저녁때도 양파와 끄바스,[1] 그리고 만일 원한다면 빵을 주면 될 거야. 수프까지 끓여 먹는다면 우리는 목구멍까지 포만감을 느끼겠지. 나는, 말하자면 그리 많이 먹는 편은 아니고 또 술을 좋아

---

[1] 맥주의 일종. 호밀로 설익은 빵을 만들어 그것으로 술을 빚는데 홉 대신 사과나 나무딸기 등의 과일을 넣어 맥주 특유의 냄새를 없앤 것이다. 러시아에서는 보리보다 호밀의 수확이 더 많아서 호밀을 원료로 한 술이 많다.

하는 사람은 누구나 그렇듯 많이 먹지를 않거든. 그에게는 단지 술 한 잔이면 족하지. 그러나 그가 술집에서 나를 망쳐 버릴 거라는 생각이 들게 되자, 나리, 내 머릿속에는 다른 생각이 떠올라 나를 긴장시켰습니다. 그러나 만일 에멜랴가 떠난다면 내가 그리 행복한 생활을 할 수 없을 것 같았습니다. 그래서 나는 그때 그의 아버지요 수호자가 되기로 결심했습니다. 그를 타락한 생활에서 구해 내고 술을 끊게 만들어야 하고 나는 결심했습니다. 〈에멜랴, 자네 내 말을 조금 들어 보게, 이제부터는 내 곁에 머물면서 내 말대로 해야 해!〉

그리고 나는 생각했습니다. 〈그에게 어떤 일이라도 가르쳐야지.〉 그렇다고 해서 갑자기 닦달하자는 것은 아니고 처음에는 그냥 있게 놓아 두며 〈에멜랴 자네의 재능이 무엇인지를 관찰한 다음에 자네에게 알맞는 일을 골라 주겠네〉 하였지요. 왜냐하면 나리, 어떤 경우에라도 사람에게 재능은 필요하기 때문이지요. 그래서 나는 그를 홀끔홀끔 관찰하기 시작했습니다. 〈보아하니 에멜리야누쉬까, 자네는 참으로 침울한 사람이구먼!〉 나리, 저는 처음에는 부드럽게 이런저런 말을 꺼냈습니다.

〈에멜랴 일리치, 자네는 이제 자신을 한번 성찰해 보고 고칠 것은 고쳐 나가야 해. 게으름 피우는 것은 이제 충분하네! 한번 보게나, 자네는 누더기 같은 옷을 걸치고 돌아다니는데, 그 외투로 말하자면 거저 줘도 아무도 가져가지 않을 걸세, 부끄럽지 않은가! 이젠 좀 체면이란 걸 알아야 하네.〉 고개를 떨군 채 에멜리야누쉬까는 내 이야기를 듣고 있었습니다. 정말이지 나리, 그자는 자기 혀까지 마셔 버릴 지경에 이른 인간으로, 말 한마디 없이 있더군요. 그는 오이에 대해 말하면 콩에 대해 말하는 인간이라니까요! 가만히 앉아서 내 이야기를 듣더니만 한숨을 푹 내쉬지 않겠습니까. 〈에멜리얀 일리치, 왜 그렇게 한숨을 내쉬나?〉 〈아무것도 아닙니다, 아스따피 이바니치. 걱정하지 마십시오. 그런데 오늘 거리에서 어떤 두 아낙네가 다투었습니다요, 아스따피 이바니치. 한 아낙이 갑자기 다른 아낙이 들고 있던 귤이 가득한 광주리를 쳐서 귤이 사방에 흩어졌지요.〉 〈그래서 어쨌단 말인가?〉 〈그러자 광주리를 떨어뜨린 여자가 다른 여자를 발로 밟기 시작했습니다.〉 〈그래서 도대체 그게 어쨌단 말인가, 에멜리얀 일리치?〉 〈뭐, 그냥 그랬다고요, 아스따피 이바니치, 저는 그냥 본 걸 말한 것뿐입니다.〉

〈그냥 그랬다고, 그냥 말한 것뿐이라고. 나 참! 에멜랴, 에멜리야누쉬까, 술을 너무 마셔서 자네 머리가 돈 거 아닌가!〉

〈또 어떤 신사가 고로호바야 거리에서 지폐를 한 장 흘리고는 사도바야 거리에 가서야 그것을 잃어버렸다는 것을 깨달았지요. 근데 어떤 사내가 그 지폐를 발견하곤 내게 행운이 왔구나 하면서 주우려고 하는데 또 다른 사내가 내 행운이다, 내가 너보다 먼저 보았단 말이야…… 하며 역시 지폐를 집으려 했습니다.〉 〈그래서, 에멜리얀 일리치.〉 〈그래서 두 사내는 서로 싸우기 시작했습죠, 아스따피 이바니치. 그때 순경이 다가와 지폐를 집어 그것을 잃어버린 신사에게 건네주곤 그 두 작자를 파출소로 끌고 가겠다고 위협했습죠.〉 〈그래서? 거기에 무언가 교훈적인 것이라도 있단 말인가, 에멜리야누쉬까?〉 〈아니오, 그냥 사람들이 웃었어요, 아스따피 이바니치.〉 〈아이고, 에멜리야누쉬까! 사람들이라니! 자네는 제정신을 단 3꼬뻬이까에 팔아 버릴 인간이야. 에멜리얀 일리치, 내 자네에게 할 말이 있네.〉〈뭡니까, 아스따피 이바니치?〉〈무슨 일이든지 시작해 보라고, 진지하게 말하는데 시작해 보란 말이야. 다시 한번 말하겠지만 제발 어떤 일이든지 하란 말이야!〉〈제가 왜 그렇게 해야 합니까, 아스따피 이바니치? 저는 이제 제가 어떤 일을 할 수 있는지조차 모르겠습니다. 그리고 아무도 저를 채용하려 하지 않는걸요, 아스따피 이바니치.〉〈자네는 술주정뱅이가 아닌가, 에멜랴, 바로 그 이유 때문에 자네를 채용하지 않는 거라고!〉〈그런데 오늘 사무실에서 식당 종업원인 블라스를 불렀어요, 아스따피 이바니치.〉〈왜 그를 불렀는데, 에멜리야누쉬까?〉〈그건 잘 모르겠는데요, 아스따피 이바니치. 그건 그렇게 해야 했기 때문에, 그렇게 할 필요가 있었으니까 그랬겠지요.〉〈아아! 이제는 나까지 바보로 만드는군, 에멜리야누쉬까! 우리의 죄를 하느님은 벌하실 거야!〉 내가 이런 인간과 도대체 무슨 일을 할 수 있단 말입니까, 나리, 말씀 좀 해보세요!

그는 교활한 인간이었습죠. 나의 말을 조용히 듣다가 지겨워지면 나를 흘끔 보고, 내가 노한 기색을 보이면 외투를 집어 들고는 슬그머니 집을 빠져나갔습니다. 어느샌가 그냥 없어져 버리는 식이었습니다! 하루 종일 어디를 돌아다녔는지 저녁때가 되면 잔뜩 취해서 돌아왔습니다. 누가 그에게 술을 먹였는지, 그가 어디서 돈이 나서 술을 마셨는지는 아무도 모를 일이고 나의 책임 또한 아닙니다!

〈안 된다고 내 분명히 말했지, 에멜리얀 일리치, 자네 머리를 잘라 버릴 거야! 이제 술은 그만 마시라고, 자네 듣고 있는 건가, 그만 마시라고! 다음에 한번만 더 술 취해서 돌아오면 계단에서 자도록 할 거야. 집으로 들어오지 못할 줄 알아!〉

나의 호통을 듣더니 에멜랴는 하루, 이틀은 얌전히 있었으나 셋째 날, 홀연히 사라져 버렸습니다. 나는 기다리고 또 기다렸지만 그는 돌아오지 않았어요! 그때의 내 심정을 솔직히 말하자면, 겁이 나기도 했고 그가 불쌍하게 느껴지기도 했습니다. 내가 그에게 무슨 짓을 했는가 생각해 보았습니다. 나는 그를 놀라게 만들었던 것입니다. 그래, 이 불쌍한 사람은 지금 어디에 있는 것인가? 하느님 맙소사, 완전히 사라져 버린 것은 아닌지! 밤을 꼬박 샜지만 그는 오지 않았습니다. 아침이 되어서 내가 밖으로 나가 보았더니, 글쎄 그는 그곳에서 자고 있었습니다. 계단에 머리를 얹고 누워 있었는데 추위 때문에 거의 얼어 죽기 직전이었습죠.

〈도대체 어찌 된 거야, 에멜랴? 세상에! 어디에 있다 온 거야?〉 〈네, 저 당신께서 굉장히 화내지 않으셨습니까, 술 마시고 돌아오면 계단에서 자게 하겠다고. 저, 그래서, 아스따피 이바니치, 들어올 용기가 나지 않아서 그냥 여기에 누웠고……〉 증오와 연민의 감정이 동시에 나를 휘감았습니다!

〈그러니까, 에멜랴, 내가 자네더러 어떤 일이라도 하라는 것 아니겠어. 그러면 계단에서 잘 일은 없지 않겠냔 말이야!〉 〈도대체 어떤 일을 말씀하시는 겁니까, 아스따피 이바니치?〉 〈그러니까, 자네, 어쩔 수 없는 인간인 자네에게 말하는데(나는 굉장한 증오를 느꼈습니다), 하다못해 재봉 기술이라도 배웠으면 좋겠어. 자네 외투 꼬락서니가 어떤지 좀 보란 말이야! 구멍이 없는 데가 없고 게다가 그걸 또 계단에 깔고 뭉개다니! 바늘로 쓱쓱 꿰매면 좀 좋아, 체면이 훨씬 살아날걸. 아아, 이 주정뱅이 같은 친구야!〉

그래서 나리, 어떻게 되었다고 생각하십니까! 그는 진짜로 바늘을 집어 들었습니다. 바늘 이야기는 단지 농담으로 한 것인데 그는 겁을 집어먹고 바늘을 집어 든 것입니다. 외투를 벗더니 바늘에 실을 꿰기 시작했습니다. 나는 그를 지켜보았습니다. 안 봐도 뻔한 일이었습죠. 술로 인해 썩다시피 한 눈은 벌겋게 충혈되었고, 손은 부들부들 떨리고, 도대체 무슨 수작을 하는지 모를 지경이었습니다. 실을 바늘에 밀어 넣고 또 밀어 넣었지만 실이 들어갈 리가 있나요. 그는 눈을 깜박깜박대며 실 끝을 핥기도 하고, 꼬기도 하는 등 애를 썼지만 실은 들어가지 않았습니다! 그러자 그는 바늘과 실을 팽개치고 나를 바라보았습니다……

〈에멜랴, 자넨 나를 우롱하는구먼! 만일 사람들마저 보고 있었더라면 자네 머리를 쳐버렸을 거야! 난 그저 자네 같은 단순한 인간을 책망하기 위해 말했을 뿐인데……. 하느님이 자네와 함께하시어서 자네가 쇠에서 구원되길! 그렇게 앉아서 창피한 짓은 그만하고, 또 더 이상 계단에서 자지도 말고, 아무튼 나를 창피하게 하지 말란 말이야!〉 〈저 그러면 제가 어떻게 해야 할까요, 아스따피 이바니치, 나 자신도 스스로가 늘 주정뱅이 행색에다가 아무짝에도 쓸모가 없다는 것을 잘 알고 있답니다요……! 그저 당신을, 나의 구원…… 구원자이신 당신을 쓸데없이 괴롭힐 따름이지요…….〉

그때 갑자기 그의 퍼런 입술이 어찌나 떨리던지, 그의 창백한 볼을 타고 어찌나 눈물이 흐르고 그의 빗지 않은 턱수염에 맺혀 있다 흐르던지, 나의 기특한 에멜랴의 눈물이 어찌나 슬프던지…… 나리! 나의 마음은 칼로 도려내는 것처럼 아팠습니다. 〈아, 이 소심한 사람아, 자네한테 이런 면이 있을 줄 정말 몰랐네! 그 누가 자네에게 이런 면이 있으리라 상상이나 했겠는가? 아니야, 에멜랴, 나는 자네에게서 완전히 손을 떼겠네. 누더기처럼 굴러다니든지 말든지 맘대로 하라고……〉

 그러니 나리, 이 이야기를 더 길게 할 필요가 어디 있겠습니까! 모든 것이 쓸모없고 비참한 이야기여서 길게 이야기할 필요도 없습니다. 말하자면 나리, 당신에겐 이를 위해 찌그러진 동전 두 닢조차 투자할 가치가 없겠지만, 만일 내게 많은 돈이 있었더라면 나는 그 모든 일이 일어나지 않게 하기 위해서 많은 돈을 아끼지 않았을 겁니다! 나리, 내게는 승마용 바지가 한 벌 있었는데 푸른색 바탕에 격자무늬가 있는, 아주 봐줄 만한 훌륭한 바지였습죠. 한때 제게 일거리를 맡기던 어떤 지주가 주문한 것이었는데 그에게는 너무 작아 내 수중에 남게 되었지요. 내가 보기에는 꽤 값진 물건이었습니다! 중고 의류 시장에 내다 팔면 1루블짜리 은화 다섯 닢은 거든히 받을 수 있거나 아니면 뻬쩨르부르그 신사들의 바지 두 벌을 얻고 조끼에 테까지 두를 수 있는 물건이었습니다. 아시겠습니까, 그 물건은 우리같이 가난한 사람에게는 굉장한 물건이지요! 그런데 우리 에멜리야누쉬까는 당시 우울하고 슬픈 날을 보내고 있었습니다. 보아하니 하루, 이틀씩이나 술을 마시지 않고, 그 다음날도 취할 만한 것은 아예 입에도 대지 않고 완전히 멍해져서, 그리고 그 때문에 그만큼 더 불쌍해 보이는 꼴을 하고 앉아 있었습니다. 원 세상에, 그에겐 아예 마실 기운이 없는 거든지, 아니면 스스로 신적 경지에 들어서서 술 마시는 것은 이제 됐다고 도리에 맞게 행동하고 있는 거든지 둘 중의 하나라고 저는 생각했습니다. 이 모든 것은 사실 있는 그대로였습니다. 그날은 큰 축일이어서 저는 저녁 기도에 참석했습니다. 집에 돌아와 보니 술에 잔뜩 취한 에멜랴가 창가에 앉아 꾸벅꾸벅 졸고 있지 뭡니까. 아아, 자넨 대체 어떻게 된 인간이란 말인가! 그리고 나는 나도 모르게 트렁크 쪽으로 가보았지요. 이럴 수가! 바지가 없어졌던 겁니다! 내가 이리저리 찾아 다녔지만 없기는 마찬가지였어요! 모든 곳을 샅샅이 찾아보았지만 바지는 나오지 않았고 나는 무언가로 심장을 쿵쿵 얻어맞는 느낌이 들었습니다! 처음에는 할머니께로 뛰어가 예의에 어긋날 정도로 그녀를 문책하기 시작했지요. 그런 다음엔 혹시 증거물이라도 있을까 해서 에멜랴에게로 달려가 보았지만 이 취한 인간은 제정신이 아니었어요! 할머니가 말했지요, 〈난 아니야, 이 사람아 세상에 내게 바지가 왜 필요하단 말인가, 내가 그걸 입기라도 할까 봐? 난 최근에 당신 같은 사람으로부터 치마를 하나 얻었어……. 그러니까 나는 그 바지를 보지도 못했고 어디 있는지 알지도 못해.〉〈여기 누가 왔지요? 누가 다녀갔나요?〉〈아무도 오지 않았어, 아무도 오지 않았다고. 나는 내내 여기 있었는걸. 에멜랴 일리치가 나갔다가 돌아왔지. 저기 있잖아, 그에게 물어보지 그래.〉〈에멜랴, 자네 혹시 필요해서 내 새 바지 가져가지 않았나? 알지, 왜 그 지주가 주문한 것 있지 않나?〉〈아니오, 아스따피 이바노비치. 저는 그러니까 가져가지 않았는뎁쇼.〉

이게 웬일입니까! 나는 다시 바지를 찾기 시작했습니다. 찾고 또 찾았지만 바지는 나오지 않았습니다! 그런데 에멜랴는 앉아서 끄떡끄떡 졸고 있었지요. 그래서 나리, 전 이렇게 트렁크 위, 그의 바로 앞에 쭈그리고 앉아 그를 째려보기 시작했습니다……. 아이고 내 팔자야! 나는 속이 타기 시작했습니다. 얼굴까지 불그락푸르락해졌지요. 갑자기 에멜랴도 나를 바라보기 시작했습니다.

〈아니에요, 아스따피 이바노비치. 그러니까 저는 당신의 그 바지를…… 당신도 그렇게 생각하시겠지만…… 저는 그것을 가져가지 않았습니다요.〉〈그래, 그렇다면 그 바지가 어디로 도망을 갔단 말인가, 에멜리얀 일리치?〉〈아니오, 저는 그 바지를 구경도 못했습니다, 아스따피 이바니치.〉〈그럴 리가. 그 바지가 늘 있던 자리에 없다면 뻔한 얘기 아닌가, 에멜리얀 일리치. 바지가 저 혼자 사라지기라도 했단 말인가?〉〈아마 그럴 수도 있겠지요, 아스따피 이바노비치.〉

나는 그가 이렇게 말하는 것을 다 듣고 나서 자리에서 일어나 창가로 다가가 램프를 켜고 일감을 꿰매기 시작했습니다. 우리 아래층에 사는 관리의 조끼를 수선했지요. 그러나 마음속에선 무언가 뜨거운 것이 치밀어 올라 속이 다 화끈거렸어요. 옷을 입은 채로라도 물속에 뛰어들면 좀 나아질 것 같은 느낌이 들 정도였지요. 에멜랴도 내가 심한 분노에 사로잡혔다는 것을 느꼈나 봅니다. 나리, 사람은 악한 일에 관여하면 할수록, 하늘의 새가 뇌우를 예감하듯 더 민감하게 재앙을 느끼는가 봅니다.

〈그런데 아스따피 이바노비치〉, 에멜류쉬까가 말을 꺼냈습니다. 그러나 그의 목소리는 떨리고 있었지요. 〈요새 마부의 아내에게 미치도록 반해 있던 간호장 안띠쁘 쁘로호리치가 오늘 결혼했대요……〉

나는 그를 바라보았는데 이제는 증오에, 아시겠습니까, 증오에 가득 찬 눈으로 바라다보았습니다……. 에멜랴는 나의 시선을 이해했습니다. 그는 일어나서 침대 쪽으로 다가가 뭔가를 구석구석 뒤지기 시작했습니다. 나는 기다렸습니다. 그는 오랫동안 뒤적거리며 입으로는 다음과 같이 중얼거렸습니다. 〈아니, 도대체 이 바지가 왜 없는 거지, 어떤 나쁜 놈인지는 모르겠지만 꺼져 버리라지!〉 나는 무슨 일이 계속될지 기다려 보았습니다. 에멜랴는 침대 밑에 쭈그리고 앉더니 기기 시작하는 것이었습니다. 나는 더 이상 참을 수 없었습니다. 〈자네 지금 도대체 왜 기고 있는 건가, 에멜리얀 일리치?〉〈바지가 여기 없나 해서요, 아스따피 이바니치. 혹시 여기 있는 게 아닐까 해서요.〉〈무슨 속셈이 있는지는 모르겠지만(나는 치밀어 오르는 울화를 느끼면서 그에게 야유조로 말하기 시작했습니다), 나리, 당신은 가난한 사람을, 이를테면 나 같은 사람을 도와주시겠다는 거군요. 괜히 무릎만 혹사시킬 필요 없습니다!〉

〈무슨 말씀을 그렇게 하세요, 아스따피 이바니치, 나는 그저⋯⋯ 그 바지는 찾으면 나올 겁니다.〉

〈흠⋯⋯ 내 말 좀 들어 보게, 에멜리얀 일리치!〉

〈무슨 말씀입니까, 아스따피 이바니치?〉

〈바로 자네, 내 덕택에 먹고 사는 자네 아닌가, 그 바지를 그냥 도둑, 사기꾼처럼 훔쳐 간 사람이? 내 앞에서 바닥을 기어 다님으로써 내 화를 풀어 주려 하는 그 나리 말이야.〉

〈아닙니다요⋯⋯. 아스따피 이바니치⋯⋯.〉

그는 아까 기어 다닐 때의 자세로 여전히 침대 밑에 무릎을 꿇고 있었습니다. 그렇게 한참을 있더니 다시 슬슬 기어 다니는 겁니다. 그는 참으로 불쌍하고도 순박한 인간이었습니다. 그는 일어나서 창가로 다가와 내 옆에 앉더니 그렇게 가만히 10분 동안 있었습니다.

〈아닙니다. 아스따피 이바니치〉 하더니, 그는 갑자기 일어나서 내게로 다가왔는데 그 모습이 죄악 그 자체처럼 무서웠으므로 지금도 내 눈에 선합니다.

〈아닙니다, 아스따피 이바니치, 저는 당신의 그 바지를 가져가지 않았어요……〉

그는 매우 떨었는데 부들부들 떨리는 손가락으로 자기 가슴을 눌러 댔고 그 목소리도 어찌나 떨리던지, 나리, 내가 다 무서워서 창문 쪽으로 바짝 다가갈 지경이었습니다.

〈뭐, 에멜리얀 일리치, 만일 이 바보 같은 내가 공연히 당신을 책망했다면 나를 용서하시든지 말든지 알아서 하십시오. 바지 따위야 뭐 없어질 테면 없어지라지요. 그것 없이도 불쌍한 사람 등쳐먹지 않고 잘살 수 있으니까. 다행스럽게도 사지가 멀쩡하니까 도둑질까지 할 일은 없을 테고 그냥 열심히 일해서 입에 풀칠하면 되겠죠……〉

나의 비아냥대는 말을 듣더니 에멜랴는 내 앞에 계속 서 있다가 앉았습니다. 그렇게 저녁 내내 꼼짝도 않고 앉아 있었지요. 나중에는 나까지도 경직되는 것 같아 그에게서 물러섰습니다. 그러나 에멜랴는 계속해서 그 자리에 앉아 있을 따름이었지요. 아침이 되어 보니 그는 외투로 몸을 감싼 채 맨바닥에 누워 있었습니다. 그는 자신을 굴욕적으로 낮추느라 침대에 눕지조차 않았던 것입니다. 나리, 저는 그가 이러는 것이 정말 싫었습니다. 처음에는 증오의 감정마저 느껴졌지요. 말하자면 내 아들과도 같은 사람이 내 물건을 훔치고 나로 하여금 피끓는 모욕감을 느끼게 만들었던 것입니다. 아아, 에멜랴, 에멜랴! 그런데 나리, 에멜랴는 2주 동안이나 내내 술이 깰 틈도 없이 계속해서 마셔 대는 것이었습니다. 그는 완전히 미친 사람처럼 마셔 댔습니다. 이른 아침부터 나가 밤늦게 돌아오곤 했는데 이 2주 동안 나는 그에게서 어떠한 말도 한마디 듣지 못했습니다. 그때 그는 어떤 슬픔으로 괴로워했음이 틀림없고 자신을 어떠한 방식으로든 학대하고 싶었던 겁니다. 마침내 그는 더 마실 수도 없을 정도로 모두 퍼마셔 버리고는 다시 창가의 자기 자리로 되돌아와 앉았습니다. 그가 3일 내내 창가에 가만히 앉아 침묵했던 일이 지금도 기억 납니다. 얼핏 보니 그는 울고 있었습니다. 말 그대로 앉아서 울고 있었던 겁니다, 나리! 마치 우물처럼 요지부동으로 앉아서 자신이 눈물을 흘리고 있다는 사실조차 모르는 듯했습니다. 그런데 나리, 어른이, 그것도 에멜랴처럼 늙기 시작하는 사람의 우는 광경을 본다는 것은 정말 괴로운 일입니다. 그는 슬픔과 불행으로 울기 시작했던 겁니다.

〈에멜랴, 자네 왜 그러나?〉 나는 그에게 물었습니다. 나의 이 질문이 그를 전율시켰습니다. 그래서 그는 몸을 부르르 떨었습니다. 오랜만에 나는 처음으로 그에게 말을 건넨 것이었지요.

〈아무것도 아닙니다……. 아스따피 이바니치.〉

〈하느님 맙소사, 에멜랴, 될 대로 되라지. 대체 자넨 왜 그렇게 부엉이처럼 가만히 앉아 있기만 하는 건가?〉

나는 그가 불쌍해졌지요. 〈그냥요, 아스따피 이바니치. 아무것도 아닙니다요. 어떤 일이든지 좀 해보고 싶습니다, 아스따피 이바니치.〉 〈어떤 일 말인가, 에멜리얀 일리치?〉

〈그저 아무거나요. 예전처럼 직장에 나갈 수도 있고요. 전 벌써 페도시 이바니치에게 부탁하고 온걸요……. 아스따피 이바니치, 제가 당신에게 해를 끼치는 것은 좋지 않은 일입니다. 아스따피 이바니치, 제가 일자리를 구하기만 한다면 제가 번 것을 모두 당신께 식대로 드리고 또 보답도 하겠습니다.〉〈됐네, 에멜랴. 그만 하게나. 자네가 잘못을 저지르기는 했지만 이미 다 지난 일이야! 다 지난 일을 가지고 왜 그러나! 우리 다시 예전처럼 살아 보세.〉〈아닙니다요, 아스따피 이바니치. 아마 당신은 그 모든 것을…… 그러나 저는 당신의 그 바지를 가져가지 않았습니다…….〉〈하느님 맙소사, 마음대로 생각하라고, 에멜리야누쉬까!〉〈아닙니다요, 아스따피 이바니치, 보아하니 전 더 이상 당신 집에 살 사람이 아닌 듯합니다……. 전 그만 떠나는 것이 좋겠습니다요…….〉

그는 모욕감을 느낀 것이었습니다. 나는 그를 바라보고 있다가 당장에 일어나 그의 외투의 어깨 부분을 잡고 세차게 흔들어 댔습니다. 〈그래, 어디로 가겠다는 말인가, 에멜리얀 일리치? 제발 정신 좀 차리게, 도대체 왜 이러는가? 어디로 가겠다고 이러는 거냐고?〉〈아니에요. 안녕히 계십시오, 아스따피 이바니치. 당신은 이제 더 이상 나를 돌볼 필요가 없어요.〉 그는 다시 흐느꼈습니다. 〈저는 죄를 지었기 때문에 떠납니다, 아스따피 이바니치. 당신은 예전의 당신이 아니에요.〉〈예전이 뭐가 어쩌고 어쨌다고? 예전의 당신이라니! 그래, 자네는 꼭 앞뒤 안 가리는 어린애 같구먼. 자네 혼자서는 아무것도 못할 거야, 에멜리얀 일리치.〉〈아닙니다, 아스따피 이바니치. 이제부터 외출하실 땐 트렁크를 잠그세요. 저는, 아스따피 이바니치, 트렁크를 바라보면 눈물이 납니다……. 이제 저를 그냥 가게 내버려 두시는 게 좋겠어요, 아스따피 이바니치. 그리고 제가 당신과 함께 사는 동안 해를 끼친 것을 모두 용서해 주십시오.〉

그래서 나리, 어떻게 되었겠습니까? 그는 그렇게 떠나갔습니다. 첫날 나는 그저 그를 기다리며 밤이 되면 돌아오겠지 생각했습니다. 그러나 그는 돌아오지 않았습니다. 둘째 날도, 셋째 날도 돌아오지 않았지요. 나는 놀랐고 또 슬퍼졌습니다. 나는 먹지도 마시지도 자지도 않고 그를 기다렸습니다. 그는 나를 완전히 무기력하게 만든 셈이 되었지요. 넷째 날 나는 아는 선술집을 모조리 찾아다니며 사람들에게 물어보았지만 아무도 그의 행방을 알지 못했습니다. 에멜리야누쉬까는 완전히 사라져 버린 것이었습니다! (자네, 벌써 그 불행한 목숨을 끊은 것은 아니겠지, 어쩌면 그 주정뱅이는 죽어서 남의 집 담장 밑에서 썩은 통나무처럼 누워 있는지도 몰라.) 이렇게 나는 생각했습니다. 나는 정신이 완전히 나간 사람이 되어 집으로 돌아왔습니다. 다음날도 나는 그를 찾아다녔지요. 그리고 왜 그 비보 같은 인간이 나에게서 그냥 떠나가도록 내버려 두었는지 스스로를 책망하기도 했습니다. 닷새째 되는 날, 그날은 축제였습니다. 날이 새기 전에 문이 삐그덕 열리더니 에멜랴가 들어왔습니다. 온통 새파랗게 얼어서 머리는 먼지투성이에 나무토막처럼 말라 비틀어져 돌아온 꼴을 보니 틀림없이 거리에서 지낸 듯했습니다. 그는 외투를 벗더니 내 트렁크 위에 앉아 나를 바라보는 것이었습니다. 나는 몹시 기뻤고 또 전보다 더 심한 슬픔이 내 영혼을 휘감았습니다. 정말로 그랬습니다, 나리. 즉 나는 심한 죄책감에 사로잡혀서, 만일 그가 빨리 돌아오지 않았다면 죽어 버렸을지도 모릅니다. 그러나 에멜랴는 돌아왔습니다! 그러나 그런 꼴을 하고 온 것을 보자 내 마음은 당연히 아팠습니다. 나는 그를 다정하게 보살피고 위로하기 시작했습니다.

〈에멜리야누쉬까, 자네가 돌아와서 난 정말 기쁘네. 조금만 더 늦게 돌아왔더라면 난 아마 오늘도 자네를 찾으러 술집을 헤매고 돌아다녔을 거야. 식사는 했나?〉 〈했습니다요, 아스따피 이바니치.〉 〈솔직히 말해 보게나, 뭘 좀 먹었나? 이봐, 이 친구야, 어제 끓인 수프가 조금 남았어. 밍밍한 수프가 아니야. 쇠고기도 들었다고. 그리고 여기 빵과 양파도 있네. 자네, 어서 들게나. 건강을 생각해 먹어야지.〉

나는 그에게 먹기를 권했습니다. 보아하니 그는 한 3일은 굶은 듯했어요. 그는 게걸스럽게 먹기 시작했지요. 아마 배고픔이 그를 나에게로 다시 돌아오게 만든 모양이었습니다. 나는 그를 바라보며 마음속 깊이 우러나오는 애정을 느꼈지요. 자, 술이라도 한잔 가져다 줄까라고 나는 생각했습니다. (그에게 나의 속마음을 훌훌 털어놓고 옛일은 다 청산하는 거야! 나에겐 더이상 자네에 대한 유감이 남아 있지 않다네, 에멜리야누쉬까!) 나는 술을 가져와서 그에게 말했습니다. 〈에멜리얀 일리치, 축제를 기념해서 한잔하세. 술 들겠나? 아주 좋은 술이라네.〉

그는 팔을 뻗더니, 아주 탐욕스럽게 팔을 뻗어 술잔을 집으려던 순간 동작을 멈추고 잠시 그대로 있었습니다. 나는 그를 지켜보았습니다. 그는 술잔을 집어 들더니 입가로 가져갔는데 술잔을 집은 손이 부들부들 떨렸지요. 그는 마침내 술잔을 입에 대는가 싶었는데 다시 탁자 위에 내려놓았습니다. 〈왜 그러나, 에멜리야누쉬까?〉 〈아닙니다, 아스따피 이바노비치, 저는…….〉 〈마시지 않으려나?〉 〈네, 저는 이미……. 아스따피 이바니치. 더 이상 술 마시지 않을 겁니다, 아스따피 이바니치.〉 〈에멜리야누쉬까, 자네는 아주 술을 끊은 건

가, 아니면 오늘만 그러는 건가?〉

그는 침묵했습니다. 잠시 후 그는 손으로 머리를 받치고 있었지요. 〈자네 왜 그런가, 에멜랴, 어디 아픈가?〉 〈그저 그래요. 몸이 좀 불편하군요, 아스따피 이바니치.〉

나는 그를 데려다 침대에 눕혔습니다. 자세히 보니 진짜 많이 여위었더군요. 이마에선 열이 나고 오한으로 몸을 부들부들 떨고 있었습니다. 나는 하루 종일 그의 곁에 머물렀지요. 밤이 되자 그의 증상은 더 심해졌습니다. 나는 그를 위해 끄바스에다 버터와 양파를 섞어 넣은 후 빵도 집어 넣고선 그에게 말했습니다. 〈자, 이 쮸랴[2] 좀 들게나. 좀 나아질 걸세!〉 그는 머리를 설레설레 흔들었습니다. 〈아니오, 아스따피 이바니치, 전 오늘 아무것도 먹지 않겠어요.〉 나는 차를 끓이기도 하고 할머니를 들들 볶기도 했으나 그의 상태는 호전되지 않았습니다. 정말 미치겠더군요! 3일째 되는 날, 나는 의사를 부르러 갔습니다. 마침 가까운 데에 꼬스뜨쁘라보프라는 아는 의사가 살고 있었습니다. 내가 이전에 보소먀긴 씨 댁에서 일할 때 그 의사가 한번 나를 치료해 준 일이 있었기 때문에 그때 우리는 서로 알게 되었지요. 의사는 진료를 마치더니 〈상태가 좋지 않아요. 그러나 나를 부를 필요까지는 없었소. 환자에게 가루약을 좀 먹이시오〉라고 말했습니다. 그러나 나는 그에게 가루약을 먹이지 않았습니다. 나는 그때 그 의사가 장난으로 그러는 줄 알았거든요. 어느덧 그가 앓아 누운 지 닷새째가 되었습니다. 나리, 그는 내 앞에 누워 있다가 세상을 떴습니다. 나는 그때 일거리를 쥐고 창가

---

2 끄바스에다 양파와 빵 부스러기를 넣어 만든 음식.

에 앉아 있었고, 할머니는 난로를 지피고 있었지요. 모두들 침묵하고 있었습니다. 나리, 나는 그 주정뱅이 때문에 심장이 찢어지는 것 같았습니다. 꼭 내 아들 자식을 저 세상으로 보내는 것 같더군요. 에멜랴는 그때 나를 쳐다보고 있었는데, 그는 아침부터 내내 그렇게 나를 바라보고 있던 터였고 뭔가를 말하려 했지만 그럴 용기를 내지 못하고 있는 듯했습니다. 나는 그를 바라보았습니다. 그 불쌍한 인간은 슬픔이 가득한 눈으로 잠시도 내게서 눈을 떼지 못하고 있었습니다. 그러다 내가 자기를 바라보는 것을 알고 갑자기 시선을 다른 곳으로 돌렸습니다.

〈아스따피 이바노비치!〉〈왜 그러나, 에멜류쉬까?〉〈저 만일, 제 외투를 중고 의류 시장에 내다 판다면 돈을 많이 받을 수 있을까요?〉〈음, 아마 많이 받을 수 있을 걸세. 한 3루블 정도는 받을 수 있을 것 같은데, 에멜리얀 일리치.〉

그러나 사실대로 말하자면, 만일 시장에 그 외투를 팔려고 내놓는다면, 저런 꼴사나운 물건을 팔려 하는 인간도 다 있다는 투의 비웃음 외에는 아무것도 받을 수 없음이 분명했습니다. 그러나 나는 이 천사 같은 사람의 단순하고 순진한 성격을 잘 알고 있었기에 그의 마음에 상처를 주지 않으려고 그렇게 말한 것입니다.

〈저는요, 아스따피 이바니치, 누가 3루블씩이나 낼까 생각했지요. 그 외투는 어설픈 물건이잖아요. 아스따피 이바니치, 그런 엉터리 물건에 누가 3루블씩이나 낼까요?〉〈글쎄, 에멜리얀 일리치, 만일 3루블을 꼭 받고자 한다면, 물론 처음부터 사려는 사람에게 3루블이라고 확실히 못 박아 두어야겠지.〉

에멜랴는 잠시 침묵했습니다. 그러다 잠시 후에 다시 나를 부르는 것이었습니다.

〈아스따피 이바노비치!〉〈왜 그러나, 에멜리야누쉬까?〉

〈제가 죽거들랑 제 외투를 내다 파세요. 제게 외투를 입혀 관에 넣어 주실 필요는 없어요. 저는 외투 없이 그냥 묻히렵니다. 그건 그렇고, 제 외투는 값이 꽤 나가는 물건이니까 아마 당신께 보탬이 될지도 몰라요.〉

그때 내 마음이 얼마나 아팠는지 나리, 나는 아무 말도 못하고 있을 따름이었습니다. 보아하니 죽음 직전의 애수가 그에게 엄습해 오고 있었습니다. 우리는 다시 아무 말없이 있었습니다. 그렇게 한 시간이 지났나 봅니다. 나는 다시 그를 바라보았습니다. 그는 줄곧 나를 쳐다보고 있다가 나와 눈이 마주치자 또다시 시선을 돌렸습니다.

〈자네, 물 좀 마시겠나, 에멜리얀 일리치?〉〈네, 주세요, 하느님이 당신과 함께하시길, 아스따피 이바니치.〉

나는 그에게 물을 주었습니다. 그는 마셨습니다.

〈고맙습니다, 아스따피 이바니치.〉〈더 필요한 건 없는가, 에멜리야누쉬까?〉〈없습니다요, 아스따피 이바니치. 아무것도 필요하지 않아요. 그런데 저, 있잖아요······.〉〈뭐 말인가?〉〈그게······.〉〈뭐 말인가, 에멜류쉬까?〉〈바지······ 그 바지 말이에요······. 그 바지 그때 제가 훔쳤어요······. 아스따피 이바니치······.〉〈하느님 맙소사, 내가 자네를 용서한다고 말하지 않았던가, 에멜리야누쉬까, 이 걱정도 많은 친구야, 이 사람아! 이제는 평안한 마음으로 가게나······.〉

그러나 나리, 저는 어찌나 슬펐던지 눈물이 눈에서 솟구쳐 잠시 돌아서야 했습니다. 〈아스따피 이바니치······.〉

다시 돌아봤더니 에멜랴는 무엇인가 말하고 싶어했습니

다. 그는 입술을 부들부들 떨며 일어나 앉으려 했지요……. 그는 다시 점점 창백해지더니 순간 고꾸라져 버렸습니다. 고개를 뒤로 젖히고 마지막 숨을 내쉬더니 영혼을 하느님께 바쳤습니다…….」

크리스마스 트리와 결혼식

허효영 옮김

얼마 전 나는 한 결혼식을 보았다. 그러나, 그 이야기는 그만두자. 그보다는 송년회에 대해 이야기하는 편이 더 낫겠다. 결혼식도 훌륭했지만, 송년회에서 일어났던 다른 사건이 더 내 마음을 끈다. 어떻게 해서 이 결혼식을 보면서 그 송년회 생각이 났는지 모르겠다. 그 일의 전말은 이러하였다. 지금으로부터 꼭 5년 전, 섣달 그믐날에 나는 어느 어린이 무도회에 초대되었다. 초대한 사람은 어떤 유명 실업가로, 그는 유력 인사들과 연고가 있고, 발이 넓은 데다 음모가였기 때문에, 어린이 무도회란 그 부모들이 모여서 어떤 흥미 있는 화제에 대해 악의 없이 우연히 자연스러운 방식으로 이야기를 나누기 위한 구실인 듯했다. 나는 중요한 인물이 아니었고, 그러한 화제도 없었으므로, 저녁 내내 완전히 외톨이로 지내고 있었다. 거기에는 나와 마찬가지로 친척도 연고도 없으면서 가족적인 모임에 우연히 끼어들게 된 듯한 사람이 한 명 더 있었다. 그는 누구보다도 먼저 내 눈에 띄었다. 그는 키가 크고 마른 사람으로 태도가 진지했으며, 아주 고상한 옷차림을 하고 있었다. 그러나 그는 가정적인 기쁨이나 행복 같은 것들을 전혀 느끼지 못하고 있는 것 같았다. 그는 구석으로 물러나자 즉시 웃음을 그치고 굵고 검은 눈썹을 찡그렸다. 무도회에서 그가 아는 사람이라고는 이 집 주인 외에는 아무도 없었던 것이다. 그는 지독히도 지루했지만, 완벽하고 용감하게 즐겁고 행복한 사람의 역할을 끝까지 지탱해 나가는 듯했다. 후에 나는 이 신사가 지방에서 올라왔으며, 그에게는 수도에서 해결해야 할 무언가 중요하고 어려운 일이 있었다는 것, 그래서 이 집 주인에게 소개장을 가지고 왔으나, 주인은 그를 후원하는 일에 냉담했으며, 다만 예의를 차리느라 그를 어린이 무도회에 초대했다는 것을 알게 되었다. 사람들은 그와 카드 놀이도 하지 않았고, 그에게 담배를 권하지도 않았으며, 아무도 그와 이야기하려 하지 않았다. 아마 멀리 있는 사람들도 그의 처지를 알아챈 것 같았다. 그러므로 나의 신사는 몸둘 바를 모른 채, 그날 밤 내내 볼수염만 어루만지고 있었다. 그의 볼수염은 정말 훌륭한 것이었다. 그러나 그가 그것을 너무나도 열심히 쓰다듬고 있었으므로, 그를 보고 있으면, 세상에 볼수염이 먼저 생겨났고, 그 후에 그것을 쓰다듬기 위해 신사가 생겨난 것이 틀림없다고 생각될 정도였다.

슬하에 통통한 아들 다섯을 둔 주인의 가정적인 모임에 참석한 사람들 중에서, 이 인물 외에도 또 한 사람이 내 마음에 들었다. 그러나 이 사람은 사뭇 다른 특징을 지니고 있었다. 그는 유력 인사였다. 그의 이름은 율리안 마스따꼬비치라고 했다. 나는 첫눈에 그가 귀한 손님이며, 주인과 그의 관계는 볼수염을 쓰다듬던 신사와 주인의 관계와 같다는 것을 알 수 있었다. 주인과 안주인은 계속해서 그의 비위를 맞추며 아첨을 했고, 그에게 마실 것을 대접하였다. 그들의 다른 손님들을 소개하기 위해 그에게 데리고 가기는 했지만, 그를 손님들에게 데려가는 일은 없었다. 율리안 마스따꼬비치가 그날 밤에 대해 말하면서, 이렇게 즐겁게 시간을 보낸 적이 없다고 했을 때, 주인의 눈에 감격의 눈물이 고이는 것을 나는 보았다. 나는 그러한 인물과 한자리에 있는 것이 왠지 두려웠고, 이미 아이들의 모습도 충분히 보았으므로, 텅 비어 있는 작은 객실로 나가서 방을 절반이나 차지하고 있는, 꽃으로 장식된 안주인의 정자에 앉았다.

아이들은 모두들 믿기 어려울 만큼 사랑스러웠다. 그들은 어머니와 가정교사가 아무리 타일러도, 어른들처럼 가만히 있으려 하지 않았다. 그들은 순식간에 크리스마스 트리를 잡아뜯어 마지막 사탕까지 먹어 치웠고, 누구에게 어떤 것이 돌아갈 것인지 알기도 전에 장난감을 절반이나 망가뜨렸다. 특히 훌륭했던 아이는 나무로 만든 자기 장난감 총으로 내내 나를 쏘려 했던, 검은 눈의 곱슬머리 소년이었다. 그러나 누구보다도 나의 주의를 끌었던 것은 그의 누이였다. 그 아이는 천사처럼 매혹적이고 조용한 데다, 생각에 잠긴 듯한 커다란 눈을 가진 창백한 안색의 열한 살 난 소녀였다. 아이들이 어떻게 해선가 이 아이를 화나게 해서, 그 애는 내가 앉아 있는 바로 그 객실로 와서 자기 인형을 가지고 한구석에 자리를 잡았다. 손님들은 이 아이의 아버지인 한 부유한 상인을 존경심을 가지고 가리키면서, 그 애에겐 지참금으로 이미 30만 루블이나 저축되어 있다고 귓속말을 했다. 그러한 일에 관심을 갖고 있는 사람들에게로 시선을 돌리자 나는, 뒷짐을 지고 고개를 약간 옆으로 기울인 채 아주 주의 깊게 이 사람들의 잡담에 귀를 기울이고 있는 율리안 마스따꼬비치를 보게 되었다. 잠시 후에 나는 아이들에게 선물을 나누어 주는 주인 부부의 교활함에 놀라지 않을 수가 없었다. 이미 30만 루블의 지참금을 갖고 있다는 그 소녀는 가장 호화로운 인형을 받았다. 그리고 이 행복한 아이들은 부모의 신분이 낮아질수록 선물의 질도 떨어졌다. 마침내 마지막 아이인, 여위고 작은 키에 주근깨투성이인 붉은 머리의 열 살 난 소년은 자연의 위대함이니 감동의 눈물 등에 대한 소설책 한 권을 받았을 뿐이었는데, 그것은 첫 장에 도안도, 삽화도 없는 것이었다. 그 소년은 주인집 아이들의 가정교사인 가난한 과부의 아들로서, 심하게 구박을 받고 자라서 주눅이 들어 있는 데다, 작고 초라한 무명옷을 입고 있었다. 그 애는 책을 받은 후에도 오랫동안 다른 장난감 주위를 서성거렸다. 그 애는 다른 아이들과 몹시 놀고 싶었지만, 그럴 수 없었다. 그 아이는 이미 자신의 처지를 깨닫고 이해하고 있는 것 같았다.

  나는 아이들을 관찰하는 것을 매우 좋아한다. 그들에게서 볼 수 있는 삶 속에서의 최초의 독립적인 자기 표현에 특히 관심을 갖고 있다. 나는 붉은 머리 소년이 다른 아이들의 호사스러운 장난감에 완전히 마음을 뺏겼으며, 특히 연극 놀이에서는 꼭 어떤 역이든 맡고 싶다는 생각에 비굴하게 굴기로 작정했음을 눈치 챌 수 있었다. 그 아이는 웃는 얼굴로 다른 아이들의 비위를 맞추었으며, 손수건 가득 봉봉 과자를 갖고 있는 어느 뚱뚱한 소년에게 자기 사과를 주기도 했고, 심지어 어떤 아이를 등 위에 태우고 다니기까지 했는데, 이것은 연극 놀이에서 쫓겨나지 않기 위해서였다. 그러나 잠시 후 한 개구쟁이가 그를 세게 때렸다. 아이는 감히 울지도 못하였다. 그때 그의 어머니인 가정교사가 와서, 다른 아이들이

노는 데 방해하지 말라고 그에게 명령했다. 아이는 소녀가 있던 바로 그 객실로 들어갔다. 소녀는 그를 자기 곁에 오게 해서, 그들 둘은 아주 열심히 호화로운 인형을 치장하기 시작했다.

나는 이미 30분간이나 담쟁이덩굴이 있는 정자에 앉아서, 붉은 머리 소년과 30만 루블의 지참금이 있는 아름다운 소녀가 인형을 돌보며 속삭이는 소리에 귀 기울이고 있었다. 그러다가 거의 졸고 있을 무렵, 갑자기 율리안 마스따꼬비치가 방으로 들어왔다. 그는 아이들이 싸우는 소란스러운 때를 이용해서 조용히 응접실을 빠져나온 것이었다. 나는 몇 분 전, 그가 소개받은 지 얼마 안 된 미래의 부유한 신부의 아버지와 둘이서 이러러한 일이 다른 일보다 이익이 많다고 아주 열심히 이야기하던 것을 상기했다. 이제 그는 생각에 잠긴 채 서서 손가락으로 무언가 셈을 하기 시작했다.

「30만…… 30만.」 그는 중얼거렸다. 「열하나…… 열둘…… 열셋…… 열여섯…… 5년이라! 만약 1년에 네 푼씩만 해도 1만 2천, 5를 곱하면 6만 루블이군. 그리고 이 6만에다…… 5년 후면 40만이 된다. 그렇지! 그렇지만 1년에 네 푼은 아닐 거야, 사기꾼같으니! 8푼이나 1할은 되겠지. 그럼 50만, 50만이라고 해두자, 최소한 그 정도는 되겠지, 의상비는 별도로 하더라도 흠…….」

그는 셈을 마친 뒤 코를 풀고는 방에서 나가려고 하다가 소녀를 보고 갑자기 멈추어 섰다. 그는 화초를 심어 놓은 화분에 가려진 나를 보지 못하였다. 그는 극도로 흥분한 듯했다. 계산이 그에게 영향을 미쳤든지, 무언가 다른 것이 원인이 되었는지, 그는 손을 비비면서 한자리에 가만히 있지를 못하였다. 그가 멈추어 서서 무언가 색다르고 아주 강렬한 눈길을 이 미래의 신부에게 던졌을 때, 흥분은 최고조에 달했다. 그는 다가가기에 앞서 먼저 주위를 둘러보았다. 그런 다음 마치 자신이 잘못하고 있다고 느끼는 것처럼, 발끝으로 소녀에게 다가갔다. 그는 미소를 지으며 다가가서, 몸을 굽히고 소녀의 머리에 입맞추었다. 소녀는 예상치 못한 습격에 놀라서, 비명을 질렀다.

「여기서 뭐하고 있나요, 귀여운 아가씨?」 그는 주위를 둘러보면서, 소녀의 뺨을 가볍게 두드리고는 속삭이는 목소리로 물었다.

「놀고 있어요……」

「뭐라고요? 얘하고?」 율리안 마스따꼬비치는 소년을 곁눈질하며 물었다.

「얘야, 넌 응접실로 가려무나.」 그는 소년에게 말했다.

소년은 말없이 그를 빤히 바라보았다. 율리안 마스따꼬비치는 다시 한번 주위를 둘러보고는, 소녀에게로 다시 몸을 굽혔다.

「거기 있는 건 뭐지요, 인형인가요? 귀여운 아가씨.」 그가 물었다.

「인형이에요……」 소녀는 겁이 난 표정으로 얼굴을 찌푸리며 대답했다.

「인형이라……. 그럼 귀여운 아가씨, 당신의 인형은 뭘로 만들어졌는지 아나요?」

「몰라요……」 소녀는 작은 목소리로 대답하고, 고개를 숙였다.

「헝겊으로 만들었지요, 아가씨. 얘야, 너는 나가거라, 응접실로 가. 네 또래들한테.」 율리안 마스따꼬비치는 엄격한 눈으로 소년을 바라보면서 말했다. 소녀와 소년은 얼굴을 찌푸리더니 서로를 끌어안았다. 그들은 헤어지고 싶지 않았던 것이다.

「그럼 왜 당신께 이 인형을 줬는지 아나요?」 율리안 마스따꼬비치는 점점 목소리를 낮추며 물었다.

「몰라요.」

「그건 당신이 이번 일주일 동안 사랑스럽고 품행이 방정했기 때문입니다.」

이때 율리안 마스따꼬비치는 극도로 흥분해서 주위를 둘러보고는 더욱더 목소리를 낮추어, 흥분으로 거의 숨이 멎을 듯한 잘 들리지 않는 소리로 물었다.

「귀여운 아가씨, 내가 당신의 양친께 손님으로 간다면, 당신은 나를 좋아해 주시겠습니까?」

이렇게 말한 후, 율리안 마스따꼬비치는 귀여운 소녀에게 한 번 더 입맞추려 했으나, 소녀가 거의 울음을 터뜨리려 하는 것을 본 붉은 머리 소년이 그녀를 몹시 동정한 나머지 소녀의 손을 잡고 흐느껴 울기 시작했다. 율리안 마스따꼬비치는 정말로 화가 치밀었다.

「나가! 여기서 썩 나가! 나가라니까!」 그는 소년에게 말했다.

「응접실로 나가, 거기로 가라니까, 네 친구들에게로!」

「싫어요! 그러지 마세요. 그러지 마시라니까요! 당신이나 저리 가세요. 그 애를 놔둬요. 그 애를 그냥 놔둬요!」 거의 울먹이는 소리로 소녀가 말했다.

바로 그때 누군가 문가에서 어떤 소리를 내자, 율리안 마스따꼬비치는 움찔하면서 자신의 풍채 좋은 몸을 일으켰다. 그러나 붉은 머리 사내아이는 율리안 마스따꼬비치보다 더욱 놀라서, 소녀를 남겨 둔 채 조용히 일어나 객실에서 나가 식장으로 가버렸다. 율리안 마스따꼬비치 또한 의심받지 않기 위해 식당으로 나갔다. 새우처럼 얼굴이 달아오른 그는 거울을 보고선 더욱 얼굴을 붉혔다. 그는 아마도 자신의 성급함과 초조함에 화가 난 것 같았다. 아마도 그는 처음에는 손가락을 꼽으며 셈한 것에 크게 마음이 흔들렸고, 희망을 갖고 감격까지 했기 때문에, 자신의 품위와 지위도 잊고, 그것이 상대다운 상대가 되려면 5년이 지나야 함에도 불구하고, 어린 소년처럼 당장 자신의 목표에게 부딪쳐 봤는지도 모른다. 나는 이 존경할 만한 신사의 뒤를 따라 식당으로 갔다가 이상한 광경을 보게 되었다. 분노와 증오로 상기된 율리안 마스따꼬비치가 자기로부터 슬금슬금 멀어지려 하고 있는, 두려움으로 인해 어떻게 도망쳐야 할지조차 모르는 듯한 붉은 머리 소년을 위협하고 있었던 것이다.

「꺼져, 여기서 뭐하고 있는 거냐. 나가, 이 망나니야. 나가라니까! 너 여기서 과일을 훔치고 있었지, 응? 너 여기서 과일을 훔치고 있었잖아? 나가, 이 망나니야. 나가, 코흘리개 같으니, 나가라. 네 친구들에게로 가!」

혼비백산한 소년은 최후의 수단을 써서, 탁자 아래로 기어들어가려고 하였다. 이때 그의 박해자는 자신의 긴 마포 손수건을 꺼내더니 이미 완전히 기가 죽어서 탁자 아래 있는 아이를 그 손수건으로 채찍질하기 시작했다. 여기서 율리안 마스따꼬비치가 다소 뚱뚱하다는 것을 지적할 필요가 있다. 그는 꽤 대식가인 듯 뺨이 불그레하고 살집이 좋은 데다 불룩 나온 배에 기름진 넓적다리를 가진, 요컨대 호두처럼 둥글고 튼튼한 사람이었다. 그는 땀을 흘리고, 숨을 헐떡거리며, 얼굴이 무섭게 상기되어 있었다. 마침내 그는 격분하고 말았다. 그만큼 분노와(누가 알겠는가?) 질투가 컸던 것이다. 나는 목청을 다해 큰 소리로 웃음을 터뜨렸다. 율리안 마스따꼬비치가 몹시 당황해서 돌아다보았다. 이때 맞은편 문으로 주인이 들어왔다. 소년은 탁자 밑에서 기어나와 팔꿈치와 무릎을 손으로 문질렀다. 율리안 마스따꼬비치는 쥐고 있던 손수건을 얼른 코에 갖다 댔다.

주인은 다소 의아한 듯 우리 셋을 바라보았다. 그러나 그는 인생을 잘 알고, 그것을 진지하게 바라보는 사람이었으므로, 그 순간을 자신의 손님과 단둘이 있을 기회로 이용하였다.

「바로 이 소년입니다. 제가 부탁드리려던 아이입니다……」 붉은 머리 소년을 가리키며 그가 말하였다.

「네?」 아직 완전히 정신을 가다듬지 못한 율리안 마스따꼬비치가 되물었다.

「우리 집 가정교사의 아들입니다.」 주인은 간청하는 목소리로 계속해서 이야기하였다. 「전엔 정직한 관리의 아내였지만, 지금은 과부이고 매우 가난합니다. 그러니 율리안 마스따꼬비치, 가능하시면……」

「아, 안 돼요, 안 돼.」 율리안 마스따꼬비치는 성급하게 소리쳤다. 「안 됩니다. 죄송하지만 필립 알렉세예비치, 절대로 안 됩니다. 물어봤는데 빈 자리가 없답니다. 그리고 비록 있다 해도, 거기엔 이미 열 명의 후보자가 있어요, 이 애보다 훨씬 더 많은 권리를 가진 사람들이지요. 매우 안됐습니다.」

「안됐군요.」 주인은 같은 말을 되뇌었다. 「아주 겸손하고 온순한 소년인데요.」

「제가 보기에는 대단한 개구쟁이인데요.」 율리안 마스따꼬비치는 신경질적으로 입을 비죽이며 말했다. 「나가, 이 녀석. 왜 여기 서 있는 거야, 네 친구들에게 가라!」 그는 아이를 향해 말했다.

여기서 그는 참지 못하고, 곁눈으로 내 쪽을 보는 듯했다. 나 또한 참지 못하고 그의 눈을 빤히 바라보며 웃었다. 그러나 율리안 마스따꼬비치는 외면했다. 그러고 나서 주인에게 저 이상한 젊은이는 누구냐고 묻는 소리가 들려왔다. 그들은 속삭이기 시작하더니 방에서 나갔다. 그 후 나는 주인의 이야기에 의심스럽다는 듯 고개를 젖는 율리안 마스따꼬비치를 보았다.

큰 소리로 실컷 웃은 다음 나는 홀로 돌아왔다. 거기에서는 그 위대한 인물이, 많은 가정의 아버지들과 어머니들, 주인 내외에게 둘러싸여, 방금 그에게 소개된 어떤 부인 앞에서 열띤 어조로 이야기하고 있었다. 그 부인은 10분 전에 율리안 마스따꼬비치가 객실에서 소동을 벌였던 그 소녀의 손을 잡고 있었다. 지금 그는 귀여운 소녀의 아름다움, 재능, 우아함과 예의 바름에 대해 열광적으로 칭찬을 늘어놓고 있었다. 그가 소녀의 어머니 앞에서 열심히 비위를 맞추고 있음이 분명했다. 어머니는 그의 말을 듣고 기쁜 나머지 눈물을 흘릴 것만 같았다. 아버지도 미소를 지었다. 주인은 좌중의 기쁨을 기꺼워하였다. 심지어 모든 손님들도 동감해서, 대화에 방해가 되지 않도록 아이들의 놀이도 중단시켰다.

분위기는 아주 경건해졌다. 그런 다음 나는 마음속 깊이 감동한 소녀의 어머니가, 자신의 집에 방문하여 친분을 가지는 특별한 영광을 베풀어 주시기를 바란다면서, 그에게 가장 공손한 말로 간청하는 것을 들었다. 그리고 거짓 아닌 진정한 기쁨으로 율리안 마스따꼬비치가 초대를 받아들인 후, 사람들이 제각기 흩어져서 예의에 맞게 감격한 듯이, 서로 상인과 그의 아내, 그의 딸, 특히 율리안 마스따꼬비치에 대해 칭찬의 말을 하는 것을 들었다.

「저분은 결혼했나요?」 나는 율리안 마스따꼬비치와 가장 가깝게 서 있던, 나의 지인 중 하나에게 잘 들리도록 크게 물었다.

율리안 마스따꼬비치는 적의를 품은 듯한 뜨거운 시선을 나에게 던졌다.

「아니오!」 나의 지인은 내가 짐짓 저지른 무례에 몹시 언짢아하면서 대답하였다…….

얼마 전 나는 어떤 교회 옆을 지나가게 되었다. 놀랄 정도로 많은 사람들이 모여 있었다. 주위에선 결혼식에 대해 이야기하고 있었다. 음산한 날이었으며, 비까지 내리기 시작하였다. 나는 사람들 사이를 겨우 뚫고 교회로 들어가서 신랑을 보았다. 그는 작은 키에 통통하게 살찐, 자못 배가 나온 사람으로 매우 화려한 옷차림을 하고 있었다. 그는 분주하게 움직이며 명령을 내렸다. 이윽고 신부가 도착했다는 전갈이 들렸다. 나는 사람들을 헤치고 지나가서, 마악 인생의 첫봄을 맞은 것 같은 놀라운 미인을 보았다. 그러나 미인은 창백하고 슬퍼 보였다. 그녀의 시선은 넋이 나간 듯 멍하였다. 나에게는 심지어 그녀의 눈이 방금 흘린 눈물로 충혈되어 있는 듯 생각되었다. 그 얼굴의 고전적인 엄격함은 그녀의 미모에 일종의 거만함과 장엄함을 부여하고 있었다. 그러나 이 엄격함과 거만함 사이로, 이 슬픔 사이로, 어린아이의 티없는 모습이 비쳐 보였다. 지극히 순진한, 아직 다 자라지 않은 앳된 모습이 엿보였고, 그 모습은 마치 아무런 바람도 없이, 그저 동정만을 구하고 있는 것 같았다.

사람들은 그녀가 이제 갓 열여섯이 되었다고 했다. 나는 유심히 신랑을 바라보다가, 그가 지난 만 5년간 보지 못했던 율리안 마스따꼬비치임을 깨달았다. 나는 신부를 바라보았다……. 세상에! 나는 군중을 헤치고 다급히 교회 밖으로 나왔다. 신부가 매우 부유하며, 그녀에게는 50만 루블의 지참금이 있고, 의상 비용도 굉장하다는 말이 군중 속에서 들려왔다…….

〈어쨌든, 계산은 맞았군.〉 거리로 빠져나오며 나는 이렇게 생각했다.

백야
감상적 소설, 어느 몽상가의 회상 중에서

석영중 옮김

……아니면 그는 네 가슴에
단 한 순간이라도 가까이 있고자
이 세상에 태어났던가……?[1]

---

1 이 제사는 뚜르게네프I. Turgenev(1818~1883)의 시 「꽃Tsvetok」에서 한두 마디를 바꾸어 인용한 것이다.

첫 번째 밤

아름다운 밤이었다. 우리가 젊을 때에만 만날 수 있는 그런 밤이었다, 친애하는 독자여! 그토록 별빛이 영롱하고 찬란한 밤하늘을 쳐다보면 저도 모르게 이렇게 자문하지 않을 수 없다. 이런 하늘 아래 정녕 각양각색의 변덕쟁이와 심술꾸러기가 존재할 수 있는 것일까? 이것 역시 젊은이다운, 정말로 젊은이다운 질문이지만, 친애하는 독자여, 신이 당신의 영혼에 그런 질문을 좀 더 자주 선사해 주시기를……! 각양각색의 변덕쟁이와 심술꾸러기 얘기가 나왔으니 말이지만, 나 역시 오늘 하루 종일 내가 보여 준 알량한 품행을 상기하지 않을 수 없다. 어떤 놀라운 우수가 아침부터 나를 괴롭히기 시작했다. 불현듯, 모든 사람들이 외로운 나를 저버리고 나에게서 떠나가고 있다는 생각이 들었던 것이다. 물론 누구나 이렇게 물을 권리가 있다. 〈도대체 이 모든 사람들이란 누구인가?〉 나는 벌써 8년 동안이나 친한 사람이라고는 거의 아무도 없이 뻬쩨르부르그에서 살고 있으니 그렇게 물을 법도 하다. 하지만 대체 나한테 친분이 무엇 때문에 필요하겠는가? 그런 것 없이도 뻬쩨르부르그 전체가 나의 친구인데 말이다. 하기야 뻬쩨르부르그 전체가 벌떡 일어나 갑자기 별

장으로 떠나갔을 때 모든 사람들이 나를 저버렸다는 느낌이
들었던 것도 그 때문이긴 하다. 혼자 남겨진 것이 무서워지
기 시작했고 그리하여 나는 사흘 동안을 꼬박 깊은 우수에
잠겨 내 신변에 무슨 일이 일어나고 있는지조차 전혀 모르는
채 시내를 쏘다녔다. 네프스끼 대로에 나가도, 공원에 가도,
제방길을 어슬렁거려도[2] 지난 한 해 동안 언제나 같은 장소,
같은 시간에 마주치곤 했던 얼굴들을 하나도 찾아볼 수 없었
다. 그들은 물론 나를 모르지만 나는 그들을 안다. 나는 그들
을 아주 잘 안다. 나는 그들의 표정을 학습하다시피 했다. 그
리하여 그들이 즐거울 때는 나도 뿌듯한 마음으로 바라보았
고 그들이 우울할 때는 나도 마음이 착잡했다. 하루도 빼놓
지 않고 폰딴까[3]에서 일정한 시간에 마주치곤 하던 어느 노
인장과 나 사이에는 거의 우정에 가까운 감정이 싹터 있었
다. 그는 당당하고 근엄한 인상의 노인으로 항상 입속말을
중얼거리며 왼손을 휘둘러 댔다. 그리고 오른손에는 금제 손
잡이가 달린 마디투성이의 기다란 지팡이를 쥐고 있었다. 그
양반도 내 존재를 알아차리고 심정적으로 나에게 동조하는
듯했다. 확신하건대 폰딴까의 같은 장소, 같은 시간에 내가
나타나지 않으면 그 양반은 우울증에 걸릴 것이다. 우리가
가끔, 특히 두 사람 다 기분이 좋을 때면 인사를 나눌 뻔하는
것도 다 이런 이유 때문이다. 지난번에는 이틀 동안 서로 못
보다가 사흘째 되는 날 만난 적이 있었는데 우리는 그만 모
자에 손을 얹었으나 다행히도 적당한 순간에 냉정을 되찾아

---

2 네프스끼 대로와 여름 공원, 네바 강가는 상뜨 뻬쩨르부르그에서 아름
답기로 이름난 세 군데 산책길이다.
3 상뜨 뻬쩨르부르그의 중심부를 가로지르는 운하.

손을 내리고 상대방에게 호감을 품은 채 지나쳐 갔다. 나는 또한 건물들과도 친하게 지낸다. 내가 걸어갈 때 건물들은 나보다 앞질러 거리로 뛰어오는 것 같다. 그리고 모든 창문을 통해 나를 바라보며 이렇게 말하는 것 같다. 〈안녕하세요, 건강은 어떠세요? 저는 덕분에 건강하답니다. 5월에는 한 층을 더 올려 줄 거랍니다〉 혹은 〈건강은 어떠세요? 내일은 집수리가 있답니다〉 혹은 〈저는 하마터면 불에 홀랑 탈 뻔했어요. 그래서 어찌나 놀랐던지요〉 등등. 그 녀석들 중에는 내가 유독 좋아하는 아주 친한 친구들이 있다. 그 중 하나는 올 여름에 건축가의 치료를 받기로 되어 있다. 나는 그가 치료를 다 받았는지 알아보러 일부러라도 날마다 그를 방문할 작정이다. 하느님 그를 보호해 주소서⋯⋯! 그러나 저 아름답기 그지없는 밝은 장밋빛의 작은 건물이 당한 일을 나는 결코 잊지 못할 것이다. 그는 무척이나 사랑스럽고 깜찍한 석조 건물로, 어찌나 붙임성 있게 내게 눈을 주고, 어찌나 오만하게 주변의 꼴사나운 건물들을 내려다보는지, 그의 앞을 지나갈 때면 내 가슴은 사뭇 기쁨에 들뜨곤 했다. 그런데 지난 주 거리를 지나가면서 문득 그를 쳐다보았을 때 내 귀에 원망에 찬 비명이 들려왔다. 〈사람들이 나를 노란색으로 칠하고 있어요!〉 악당들! 야만인들! 그들은 인정사정없는 작자들이었다. 돌기둥에도 지붕에도 온통 색칠을 해놓아 나의 친구는 마치 카나리아처럼 누르퉁퉁한 색으로 변했다. 이 때문에 나는 울화통을 터뜨리다시피 했으며 지금까지도 중국색[4]으로

---

4 원문에는 〈세계 제국의 색〉이라고 되어 있다. 당시 세계 제국은 중국을 의미했다. 1912년 이전의 중국 국기는 노란 바탕에 용이 그려진 것이었으므로 중국의 색은 곧 노란색을 지칭한다.

떡칠이 되어 몰골이 흉측하게 변한 내 불쌍한 친구를 바로 볼 엄두를 못 내고 있다.

자, 그러니, 독자여, 당신은 이제 내가 어떤 식으로 뻬쩨르부르그 구석구석과 친교를 맺고 있는지 파악했을 것이다.

앞에서 이미 말했듯이 불안감이 꼬박 사흘 동안 나를 괴롭혔고 나는 그동안 줄곧 그 불안감의 원인을 알아내려고 이리저리 머리를 굴려 보았다. 집 밖에서도 마음이 편치 않았고 (이 사람도 없고, 저 사람도 없고, 또 그 사람은 어디로 가버렸나?) 집 안에서도 도무지 좌불안석이었다. 이틀 밤을 나는 고민했다. 대체 나의 작은 공간에 무엇이 부족하단 말인가? 어째서 이 공간에 남아 있는 것이 이다지도 거북한가? 그리고 나는 연기 자국으로 검게 얼룩진 녹색의 벽과 마뜨료나가 대단히 성공적으로 번식시켜 놓은 거미줄이 줄줄이 매달린 천장을 미심쩍은 눈으로 뜯어보았고 내 모든 가구를 찬찬히 조사해 보았다. 의자 하나하나까지 이리저리 살펴보면서 나는 바로 여기에 문제가 있는 게 아닐까 생각했다(왜냐하면 의자 하나라도 어제와 다른 모습으로 놓여 있으면 나는 마음이 뒤숭숭해지기 때문이다). 그리고 창문도 살펴보았지만 모두 헛수고였다……. 마음은 조금도 편해지지 않았다! 심지어 마뜨료나를 불러 거미줄과 그녀의 전반적인 칠칠치 못함에 대해 상전다운 꾸중을 해줄 생각까지 떠올랐다. 그러나 그녀는 눈을 동그랗게 뜨고 나를 빤히 쳐다보더니 한마디 대꾸도 없이 그냥 사라져 버렸고, 그리하여 거미줄은 지금 이 순간까지 제자리에 아무 탈없이 걸려 있다. 그런데 오늘 아침에 드디어 나는 무엇이 문제인지 알아냈다. 바로 그거다! 사람들이 나를 떠나 별장으로 도망치고 있는 것이다! 이런 고리타분한 표현을 용서해 달라. 그러나 지금 나는 품위 있는 표현 같은 건 안중에도 없다……. 뻬쩨르부르그에 있었던 사람은 누구나 별장으로 가버렸거나 가는 중이었다. 그럴싸한 풍채의 존경받을 만한 신사들이 너나없이 마차를 세내고 있었다. 그들은 내 눈앞에서 즉시 한 집안의 존경받을 만한 가장으로 변신했다. 이제 그들은 하잘것없는 공무에서 벗어나 가정의 안신처로, 별장으로 홀가분하게 떠나가고 있었다. 행인들은 이제 누구나 아주 특별한 표정을 짓고 있었으며 만나는 사람마다에게 이렇게 말하는 듯했다. 〈여러분, 우리는 그저 잠깐 지나가는 길에 들렀답니다. 두 시간 뒤에는 별장으로 떠날 거랍니다.〉 이것이 원인이었던 게다. 예쁘장한 여자 아이가 설탕처럼 하얗고 가느다란 손가락으로 톡톡 두들겨 대던 창문을 활짝 열고 머리통을 쑥 내밀면서 항아리에 꽃을 담아 팔고 있는 행상을 부른다면 내겐 즉각적으로 이런 생각이 떠오른다. 저 꽃들은 그래서 팔리는구나, 다시 말해서 저 사람들은 숨 막히는 도시의 방 안에서 봄과 꽃을 만끽하고 싶어서가 아니라 이제 금방 별장으로 떠날 것이므로 함께 가져가려고 꽃을 사는 거로구나 하는 생각이 든다. 그뿐 아니라 나는 이미 새롭고 독특한 발견에 상당한 성공을 거두었으므로 이제는 한번만 척 보아도 누가 어떤 별장에 살고 있는지를 정확하게 가려낼 수 있게 되었다. 까멘니 섬과 아프쩨까르스끼 섬, 혹은 뻬쩨르고프스까야 거리[5]에 거주하는 이들은 몸에 밴 우아한 행동거지와 세련된 여름 의상과 시내로 타고 오는 아름다운 마차가 특징이다. 빠르골로프[6]와 그

---

5 까멘니 섬, 아프쩨까르스끼 섬, 뻬쩨르고프스까야 거리는 도심에서 멀지 않은 장소로서 부유층이 휴양 또는 산책하러 가는 곳이다.

너머에 거주하는 이들은 사려 깊고 당당한 행동 덕분에 첫눈에 〈티〉가 난다. 끄레스또프스끼 섬[7]의 거주민은 태연자약한 명랑 쾌활함을 특징으로 한다. 나는 온갖 가구며 탁자, 의자, 터키 식 소파, 터키 식이 아닌 소파 및 기타 등등의 살림 도구가 산더미처럼 실린, 그리고 그 맨 위에는 종종 주인 나리의 세간살이를 알뜰하게 보살피는 버썩 마른 하녀가 올라앉은 짐마차 옆에서 손에 고삐를 쥐고 터덜터덜 걸어가는 마부의 긴 행렬과 마주치곤 했다. 또 가재 도구를 바리바리 실은 보트들이 네바 강 혹은 폰딴까를 지나 초르나야 강과 섬들 쪽으로[8] 미끄러지듯 떠나는 것을 바라보곤 했다. 그럴 때면 내 눈앞에서 짐마차와 보트는 열 배 백 배로 그 수효가 늘어나는 것이었다. 모든 것이 벌떡 일어나 떠나가는 듯이, 모든 것이 줄줄이 행렬을 지어 별장으로 이주하는 듯이 보였다. 뻬쩨르부르그 전체가 황무지로 변하겠노라고 나를 위협하는 듯했다. 그리하여 마침내 나는 창피스러워졌고 치욕스러워졌고 슬퍼졌다. 나는 찾아갈 별장도 없었거니와 별장으로 갈 이유도 전혀 없었다. 나는 모든 짐마차와 함께, 짐마차를 세낸 모든 존경받을 만한 풍채의 신사와 함께 떠나고 싶었다. 그러나 아무도, 정말이지 누구 한 사람도 나를 초대해 주지 않았다. 그들은 나를 잊어버린 것 같았다. 그들에게 나는 이방인인 것 같았고 실제로 나는 이방인이었다!

6 빠르골로프는 수도에서 15킬로미터 떨어진 핀란드로 가는 길에 있다. 빠르골로프의 호수는 별장들로 둘러싸여 있다.
7 끄레스또프스끼 섬은 네바 강 삼각주의 섬들 가운데 하나로 뻬쩨르부르그 사람들에게 산책길 구실을 했다.
8 섬들은 뻬뜨로프스끼, 끄레스또프스끼, 엘라진, 까멘니 섬들을 가리키는데 이들 섬들은 녹림과 별장으로 유명하다.

나는 오랫동안 여기저기 돌아다녔다. 그리하여 늘 그렇듯이 내가 어디에 있는지조차 모르게 되었다. 그러다가 불현듯 정신을 차리고 보니 관문 앞에 다가와 있었다. 한순간 나는 즐거워졌다. 그리하여 횡목을 넘어서 파종이 끝난 밭과 초목 사이를 지나 걸어갔다. 피로는 느껴지지 않았다. 오히려 어떤 무거운 짐이 내 영혼에서 떨어져 나가는 것을 온몸으로 느낄 수 있었다. 마차를 타고 지나가는 모든 사람들이 나를 무척이나 다정하게 바라보았다. 그들은 정말이지 인사라도 하는 것 같았다. 모두들 무엇인가 때문에 즐거워했으며 모두들 하나같이 담배를 피워 댔다. 그리고 나 또한 유례없이 즐거웠다. 마치 갑자기 이탈리아에 와 있는 것 같았다. 자연은 허약하기 짝이 없는 도시인, 도시의 담벼락 안에서 질식해 버리다시피 한 나를 그토록 강렬하게 사로잡았던 것이다.

봄이 찾아오면 우리 뻬쩨르부르그의 자연은 갑자기 자신의 모든 힘을, 하늘이 선사해 준 그 모든 위용을 드러낸다. 천지에 솜털 같은 새싹이 돋아나고 알록달록 물감을 들인 듯 꽃이 만발할 때, 자연이 곱게 몸단장을 할 때, 거기에는 무언가 형언할 수 없이 감동적인 것이 있다……. 그것은 내게 어쩐지 야위고 병약한 소녀를 연상시킨다. 당신은 때론 동정심에 가득 차서, 때론 연민이 뒤얽힌 사랑으로 그녀를 바라보고, 또 때로는 아예 그녀의 존재를 알아채지 못하기도 한다. 그러나 그녀는 어느 한순간 갑자기 형언하기 어렵도록 지극히 아름다운 모습으로 돌변한다. 그리고 당신, 놀란 나머지 어안이 벙벙해진 당신은 자기도 모르게 이렇게 자문한다. 〈저 구슬프고 침울한 두 눈에 그런 불길을 타오르게 해준 것은 어떤 힘일까? 저 창백하고 여윈 뺨에 핏기를 돌게 해준 것은 무엇인가? 저 부드러운 얼굴의 윤곽에 정열이 흘러 넘치도록 해준 것은 무엇인가? 어찌하여 저 가슴은 그토록 요동치는가? 무엇이 그토록 갑작스럽게 가엾은 소녀의 얼굴에 힘과 생명과 아름다움을 불러일으켰는가? 소녀의 얼굴이 미소로 빛나는 것은, 불꽃처럼 반짝이는 웃음 덕에 생기를 되찾은 것은 무슨 연유인가?〉 당신은 주위를 둘러보고 누군가를 찾아보고 곰곰이 생각을 해본다……. 그러나 순간은 지나가고 어쩌면 그 다음날 당신은 전과 똑같이 침울하고 멍청한 시선, 똑같이 창백한 얼굴, 똑같이 순종적이고 수줍어하는 몸짓, 심지어 어떤 회한, 사람을 맥빠지게 하는 그 어떤 우수, 그리고 순간적인 정열에 대한 분노의 흔적과 마주칠지도 모른다……. 한순간의 아름다움이 그렇게나 빨리 그렇게나 돌이킬 수 없이 시들어 버림에, 그녀가 당신 앞에서 그렇게나 기만적으로, 덧없이 명멸함에 당신은 서러워한다. 그녀를 사랑할 시간조차 없었던 것에 당신은 애달파한다…….

그러나 어쨌든 나의 밤은 낮보다는 한결 나았다! 사실인즉 이렇게 되었다.

나는 밤이 깊어서야 시내로 돌아왔다. 숙소로 발걸음을 옮긴 때는 이미 시계가 열 시를 친 뒤였다. 나는 운하의 제방을 지나 걸어갔는데 그 시간에 거기서는 사람의 그림자도 볼 수 없었다. 사실 나는 도시의 가장 변두리 지역에 살고 있었던 것이다. 나는 걸어가면서 노래를 불렀다. 왜냐하면 나는 친구도 없고 선량한 친지도 없으며 즐거운 순간에 그 즐거움을 함께 나눌 이 아무도 없는 모든 행복한 인간이 그러하듯, 기분이 좋을 때면 반드시 혼자소리로 무언가를 흥얼거리기 때문이다. 그런데 갑자기 꿈에도 생각지 못했던 사건이 일어났다.

저만치에서 한 여성이 운하의 난간에 기댄 채 서 있었다. 격자 무늬 창살에 팔을 괴고 있는 그녀는 분명 혼탁한 운하의 물을 뚫어지게 바라보고 있는 것 같았다. 그녀는 앙증맞은 노란색 모자에 멋스러운 검은 망토를 두르고 있었다. 〈저 여자는 분명 브루넷일 거야〉 하고 나는 생각했다. 그녀는 내 발자국소리를 못 들은 것 같았다. 내가 격렬하게 요동치는 가슴을 부여안고 숨을 죽인 채 옆을 지나갈 때도 미동조차 하지 않았으니 말이다. 〈이상하군! 저 여자는 틀림없이 무언가 골똘히 생각하고 있는 거야〉 하고 나는 생각했다. 그런데 나는 문득 장승처럼 그 자리에 서버렸다. 억눌린 듯한 울음소리가 들려왔기 때문이었다. 그렇다! 내가 잘못 들은 것이 아니었다. 여자는 울고 있었다. 그녀의 흐느낌은 잠시 후 더욱 격해졌다. 맙소사! 나는 가슴이 미어지는 듯했다. 내가 아무리 여성 앞에서 수줍음을 잘 탄다 해도 때가 때이고 보니……! 나는 발길을 돌려 그녀에게 다가갔다. 그리고 만일 〈아가씨〉라는 호칭이 상류 사회 소설에서 이미 수천 번이나 발설되었다는 사실을 몰랐다면 나는 틀림없이 〈아가씨〉 하고 불렀을 것이다. 그 한 가지 점이 걸렸기 때문에 나는 일단 멈칫했다. 그러나 내가 적당한 말을 찾고 있는 동안, 여자는 정신을 차리고 주위를 둘러보더니 갑자기 무언가 생각이 난 듯 고개를 숙인 채 내 옆을 미끄러지듯 지나쳐 제방을 따라 걸어갔다. 나는 즉시 그녀의 뒤를 쫓아갔다. 그러나 그녀는 눈치를 챘는지 제방을 뒤로한 채 큰길을 건너갔다. 그리고 보도를 따라 걷기 시작했다. 나는 감히 길을 건널 용기가 나지 않았다. 내 가슴은 사로잡힌 작은 새의 심장처럼 팔딱거렸다. 그런데 뜻하지 않은 어떤 사건이 나를 도와주었다.

보도 저편, 나의 수수께끼 여성과 얼마 떨어지지 않은 곳에 갑자기 연미복을 입은 웬 신사가 등장했다. 그는 점잖은 연배로 보였지만 걸음걸이는 전혀 나이처럼 점잖지가 않았다. 그는 조심스레 벽에 의지하면서 비틀비틀 걷고 있었다. 여자도 마치 화살처럼, 밤에 집까지 바래다 주겠다는 누군가의 제의가 내키지 않을 때 일반적으로 모든 소녀들이 그렇듯이, 그렇게나 민첩하게 서둘러 걸어갔다. 물론 비틀거리는 신사는 나의 운명이 그에게 모종의 부자연스러운 수단을 가르쳐 주지 않았다면 그녀를 도저히 따라잡지 못했을 것이다. 갑자기 나의 신사는 일언반구도 없이 그 자리에서 튕겨져 나오기라도 한 듯 나의 수수께끼 여성을 쫓아 전속력으로 날듯이 달려갔다. 그녀는 바람처럼 걸어갔다. 그러나 휘청거리는 신사는 점점 그녀와 가까워지더니 마침내 따라잡고야 말았다. 여자는 비명을 질렀다. 그런데 나는 때마침 오른손에 쥐고 있던 마디투성이의 훌륭한 지팡이에 대해 운명에게 감사했다. 나는 눈 깜짝할 사이에 길을 건너갔다. 불청객 신사는 즉각 사태를 파악했다. 난공불락의 상황을 알아차린 그는 잠자코 물러섰다. 그리고 우리와 상당히 멀어진 뒤에야 다소 심한 표현을 써가며 내게 항의했다. 그러나 그의 말은 우리에게 거의 들리지 않았다.

「자, 손을 이리 주세요.」 나는 나의 수수께끼 여성에게 말했다. 「그러면 저자도 더 이상 감히 추근대지 못할 겁니다.」

그녀는 아직도 흥분과 놀라움으로 떨리고 있는 손을 두말없이 내밀었다. 오, 초대받지 않은 신사여! 이 순간 내가 얼마나 그대에게 고마워하고 있는지! 나는 슬그머니 그녀를 훔쳐보았다. 그녀는 더없이 사랑스러운 브루넷이었다. 내 추측

이 옳았던 것이었다. 그녀의 까뭇한 속눈썹에는 아직도 작은 눈물 방울이 반짝이고 있었다. 그것이 좀 전의 놀라움 때문인지 아니면 그보다 더 전의 고뇌 때문인지는 알 수 없었지만. 그러나 입술에는 이미 미소가 떠오르고 있었다. 그녀도 나를 살며시 훔쳐보았다. 그러더니 얼굴을 살짝 붉히며 고개를 숙였다.

「거참, 아까는 뭐 땜에 나를 쫓아 버렸습니까? 내가 거기 있었더라면 아무 일도 안 일어났을 텐데……」

「하지만 당신은 모르는 사람이었잖아요. 제 생각에는 당신도 역시……」

「그러면 지금은 나를 안다고 생각하십니까?」

「조금은요. 이를테면 당신은 지금 무엇 때문에 떨고 계시나요?」

「아, 당신은 대번에 알아채시는군요!」 나는 나의 소녀가 영리하다는 사실에 기뻐하며 대답했다. 영리함은 결코 아름다움에 방해가 되지 않는다. 「그래요, 당신은 첫눈에 사정을 꿰뚫어 보았어요. 분명히 나는 여성 앞에서 수줍어합니다. 모르긴 해도 조금 전 그 신사가 당신을 놀라게 했을 때 당신이 그랬던 것 못지않게 나 또한 지금 흥분하고 있을 겁니다……. 나는 지금 무언가에 놀라고 있습니다. 마치 꿈 같습니다. 아니 나는 꿈속에서조차 언젠가 어떤 여성과 말을 하게 되리라곤 상상도 못했습니다.」

「아니 어떻게 그럴 수가? 정말이세요?」

「그렇습니다. 만일 나의 손이 떨린다면 그건 여태껏 한번도 당신의 손처럼 작고 예쁜 손에 잡혀 본 적이 없기 때문입니다. 나는 여성이란 존재에게 완전히 이방인이었습니다. 그러니까 나는 한번도 그들과 가까웠던 적이 없습니다. 아무튼 나는 혼자라서…… 나는 그들과 어떤 식으로 이야기를 해야 할지조차 모릅니다. 지금만 해도 내가 혹시 당신에게 무슨 바보 같은 소리라도 하지 않았는지요? 솔직히 말해 주십시오. 미리 밝혀 둡니다만, 나는 쉽게 모욕을 당하거나 하지는 않습니다……」

「아니에요, 전혀, 전혀 그렇지 않아요. 오히려 그 반대예요. 저더러 솔직하라고 하시니 말씀드리겠는데요, 여자들은 그런 수줍음을 좋아한답니다. 당신이 좀 더 알고 싶으시다면 저 또한 그게 좋다는 걸 알려 드리지요. 그리고 집에 도착할 때까지 당신을 쫓아 버리지 않겠다는 것도요.」

「당신이 그러시다면,」 나는 환희로 숨을 가쁘게 몰아 쉬며 말을 시작했다. 「지금 당장 겁내는 일을 그만두렵니다. 그렇게 되면 이제 나의 방법과도 안녕이죠……!」

「방법이라뇨? 무슨 방법이요, 그리고 왜 그런 게 필요하죠? 그건 좀 불쾌한 말씀이시네요.」

「죄송합니다, 안 그러겠습니다. 그냥 말이 튀어나오다 보니. 그러나 당신이라면 이런 순간에 바라는 바가 없겠습니까……」

「제 마음에 들고 싶다는 그런 말씀이시죠?」

「네, 그래요. 그러니, 제발, 노여워 마십시오. 내가 어떤 사람일지 한번 생각해 보십시오! 하여간 내 나이 벌써 스물여섯인데도 아무도 만난 적이 없습니다. 그러니 내가 어떻게 훌륭하고 능란하고 요령 있게 말을 할 수 있겠습니까? 내가 모든 걸 속속들이 다 터놓는다면 당신은 좀 더 수월하게 이해할 수 있을 겁니다……. 내 안에서 심장이 이야기할 때 나는 입을 다물 수가 없습니다. 어쨌거나 상관없는 일이지만요……. 믿을 수 있겠습니까, 한 번도, 정말 한 번도 어떤 여성과도! 그 어떤 교제도 없었습니다! 그저 날마다 언젠가는 마침내 누군가를 만나게 되겠지 하고 꿈을 꿀 따름입니다. 아, 내가 몇 번이나 그런 식으로 사랑에 빠졌는지 당신이 안다면……!」

「하지만 어떻게요, 그리고 누굴 사랑했다는 말씀이시죠?」

「아무도 아니죠, 그저 나의 이상, 내 꿈에 등장하는 여성입니다. 나는 꿈속에서 몇 편의 전작 소설을 지어냈죠. 아, 당신은 나를 모릅니다! 물론 만난 여자가 전혀 없을 수는 없죠. 두세 명의 여성과 만난 적이 있습니다. 그러나 어떤 여자들인지 아십니까? 그러니까, 완전히 아줌마 타입의…… 아니, 그것보다는 당신에게 우스운 얘기를 해드리죠. 나는 몇 번인가 이런 생각을 했죠. 거리에서 어느 귀족 아가씨에게, 물론 그녀가 혼자일 때, 허심탄회하게 말을 거는 거죠. 물론 수줍어하며 정중하게, 열정적으로 말을 하는 겁니다. 나는 혼자 죽어 가고 있다, 그러니 나를 쫓아 버리지 말아 달라, 누구라도 좋으니 여성과 교제하고 싶지만 방도가 없다, 뭐 이런 말을 하는 거죠. 그리고 그녀에게 나처럼 불행한 인간의 수줍은 애원을 무시하지 않는 것이 여성의 도리가 아니겠느냐고 넌지시 암시하는 겁니다. 결국 내가 요구하는 것은, 무슨 말이든 진심에서 우러나오는 다정한 말을 두어 마디 해줄 것, 단박에 나를 내치지 말 것, 내 말을 믿어 줄 것, 원한다면 나를 비웃어도 상관없지만 좌우간 내가 하는 말을 끝까지 들어줄 것, 내게 희망을 줄 것, 내게 두 마디, 단 두 마디 말을 해줄 것 등등이고, 그런 다음에는 우리가 영원히 안 만나도 좋다, 뭐 이 정도입니다……! 그런데 당신은 웃고 계시는군요…… 물론 내가 이런 얘길 하는 것도 웃겨 드리려고 하는 거지만……」

「화내지 마세요. 제가 웃는 것은 당신 자신이 스스로에게 걸림돌이 되고 있기 때문이에요. 당신이 만일 실제로 그런 일을 시도해 보셨더라면 어쩜 성공하셨을지도 몰라요. 그저 거리에서 일어나는 그렇고 그런 일일지라도 말이에요. 단순할수록 더 좋은 것 아니겠어요. 웬만큼 괜찮은 여자라면, 아주 멍청하거나 아니면 공교롭게도 그 순간 무엇인가에 대해 아주 화가 나 있다면 몰라도, 당신이 그토록 수줍어하며 간청하는 두 마디 말을 안 해주고 쫓아 버릴 리가 있겠어요……. 그런데 제가 왜 이런 말을 하고 있는 걸까요! 저는 물론 당신을 미친 사람 취급했을 거예요. 저는 아무튼 제 방식으로 판단을 했을 테니까요. 저도 세상 사는 것이 어떤 건지는 제법 안답니다!」

「아, 고맙습니다.」 나는 소리를 질렀다. 「당신은 모를 겁니다, 당신이 방금 내게 무슨 일을 해주셨는지!」

「됐어요, 됐어요! 하지만 말씀해 주세요, 당신은 어떻게 제가 그런 여자인지…… 그러니까, 관심과 우정을…… 받을 가치가 있는…… 한마디로, 당신 표현을 빌린다면 아줌마 타입의 여자가 아닌지를 알아차렸는지요? 당신은 어째서 제게 접근할 생각을 하셨지요?」

「어째서냐고요? 어째서? 하지만 당신은 혼자였고 그 신사는 지나치게 뻔뻔스러웠고, 밤이었잖습니까. 당신도 인정하셔야 합니다. 그건 나의 의무였다는 것을…….」

「아니, 그것 말고, 그보다 더 전에, 저기, 저쪽에서요. 어쨌거나 당신은 저한테 가까이 오고 싶어했잖아요?」

「거기서 말입니까? 사실, 어떻게 대답해야 할지 모르겠군요. 두렵습니다……. 아시다시피 나는 오늘 행복했습니다. 걸어가며 노래를 불렀죠. 나는 교외에 다녀왔습니다. 오늘처럼 그렇게 행복했던 순간은 없었습니다. 나는…… 당신이, 어쩌면…… 만일, 괜한 일을 상기시켜 드린다면 용서하십시오. 나는 당신이 울고 있다고 생각했습니다. 나는……, 나는 그걸 차마 들을 수가 없어서…… 가슴이 죄어드는 것 같았거든요……. 오 하느님! 네, 그래요, 내가 정말 당신 일에 안타까워하면 안 되었던 걸까요? 당신에게 오빠 같은 연민을 느끼는 것이 정말 죄라도 되는 걸까요? 연민이라는 말을 용서하십시오……. 그래요, 한마디로 내가 나도 모르게 당신에게 다가가려 했던 것이 당신을 모욕하는 일이었을까요……?」

「그만, 됐어요, 이제 그만 말씀하세요…….」 소녀는 눈을 내리깔고 내 손을 잡은 채 말했다. 「제 잘못이에요. 말을 먼저 꺼낸 건 저니까요. 하지만 제가 당신을 잘못 생각한 것이 아니라서 기뻐요……. 벌써 집에 다 왔네요. 이쪽으로, 이 골목으로 가야 해요. 두 발자국만 가면 돼요…… 안녕히 가세요, 오늘은 고마웠어요…….」

「설마, 설마 이런 식으로 영영 헤어지는 것은 아니겠지요……? 정말로 이게 다란 말입니까?」

「이보세요.」 소녀가 웃으면서 말했다. 「당신은 처음에 단 두 마디 말만을 원했어요, 그런데 지금은…… 아니, 아무 말도 않겠어요……. 어쩌면 다시 만나게 될지도…….」

「내일 이리로 오겠습니다.」 나는 말했다. 「아, 용서해 주세요, 나는 벌써 당신에게 요구하고 있군요…….」

「그래요, 너무 조급하시군요……. 요구하고 계신 거나 다름없어요…….」

「잠깐만, 잠깐만 내 얘기를 들어 주십시오!」 나는 그녀의 말을 가로챘다. 「다시 그런 말을 한다 해도 용서해 주세요……. 사실은 이렇습니다. 나는 내일 여기 오지 않을 수가 없어요. 나는 몽상가입니다. 내게 현실적인 삶은 거의 존재하지 않습니다. 지금 같은 이런 순간이 날이면 날마다 있는 게 아니기 때문에 나는 꿈속에서 그 순간들을 되새기지 않을 수 없습니다. 나는 밤새도록, 일주일 내내, 1년 내내 당신을 꿈꿀 겁니다. 나는 내일 반드시 바로 이 시간에 이곳, 바로 이 자리에 올 겁니다. 그리고 어제의 일을 회상하며 행복해 할 겁니다. 이 자리는 내게 이미 다정한 장소가 되어 버렸습니다. 뻬쩨르부르그에는 이런 장소가 두세 군데 있습니다. 한번은 옛일을 회상하며 울음을 터뜨리기까지 했습니다. 당신처럼……. 누가 알겠습니까, 당신도 바로 몇 분 전에 옛추억이 생각나 울고 계셨던 건지…… 아, 용서하세요, 내가 또다시 아무렇게나 지껄이고 있군요. 당신은 어쩌면 언젠가 이곳에서 특별히 행복한 기분이었을지도 모르는데…….」

「좋아요.」 소녀가 말했다. 「저도 아마 내일 이곳에 올 거예요, 똑같이 열 시에. 이미 당신을 말릴 수 없다는 걸 아니까요……. 어차피 저는 볼일이 있어 여기 와야 해요. 제가 당신과 만날 약속을 했다고는 생각하지 마세요. 미리 말씀드립니다만, 저는 제 볼일 때문에 여기 와야 해요. 그런데…… 그래요, 탁 터놓고 말씀드리지요. 당신이 이곳에 오셔도 별로 상관없어요. 첫째, 오늘 같은 불쾌한 사건이 또 일어날지도 모르니까요, 아니 이건 괜히 하는 말이고……. 한마디로, 저는 그냥 당신과 만나고 싶어요……. 두 마디 말을 해드리고 싶어서. 그런데, 참, 당신 지금 저를 비난하고 계신 건 아니죠? 제가 그렇게 가볍게 만날 약속을 하는 여자라고는 생각지 마세요……. 저도 이런 약속은 안 했을지도 몰라요, 만일……
아니, 이건 그냥 제 비밀로 남겨 두지요! 다만 미리 약속을
해주세요…….」

「약속이라고요! 말씀하세요, 말씀하세요, 뭐든 미리 말씀
하세요. 뭐든 동의합니다. 무엇이든 다 각오가 되어 있어요.
나도 내 행동에 책임을 질 줄 아는 사람입니다.」 나는 기쁨에
들떠 소리쳤다. 「정중하고 공손하게 행동할 겁니다. 당신도
나를 아시다시피……」

「당신을 알기 때문에, 바로 그 때문에 내일 당신과 만나자
고 하는 거예요.」 소녀는 웃으며 말했다. 「저는 당신을 속속들
이 알아요. 그렇지만 만나는 데 한 가지 조건이 있어요. 첫째,
제발 제가 부탁드리는 걸 꼭 좀 들어주세요. 보시다시피 저는
솔직히 말씀드리는 거예요. 저를 사랑해서는 안 됩니다…….
절대로 그건 안 됩니다. 우정은 얼마든지 좋아요, 자 여기 제
손을 잡으세요……. 그러나 사랑은 안 돼요. 부탁이에요!」

「맹세합니다.」 나는 그녀의 손을 잡고 소리쳤다…….

「됐어요, 맹세 같은 건 하지 마세요. 아무튼 저는 당신이 화
약처럼 폭발할 수 있는 사람이란 걸 아니까요. 제가 이런 식
으로 말한다고 절 탓하지는 마세요. 당신이 아셨더라면……
사실 저도 아는 사람이 없어요. 이야기를 나누거나 제게 조언
을 해줄 사람이 아무도 없어요. 물론 그렇다고 해서 거리에서
조언자를 구하거나 하지는 않아요. 다만 당신만은 예외예요.
저는 마치 당신과 20년 동안 친구 사이로 지내 온 것처럼 당
신을 잘 알아요……. 정말 배신하지는 않으시겠죠……?」

「두고 보시면 알 겁니다……. 지금은 단지 어떻게 내일까
지 견디나 하는 생각뿐입니다.」

「편히 주무세요. 안녕, 그리고 잊지 마세요, 제가 이미 당신을 믿어 버렸다는 걸. 하지만 당신도 조금 전에 열변을 토하셨지요, 모든 감정, 모든 형제다운 연민까지 일일이 설명해야 하냐고요! 그래요, 당신의 말씀이 너무 훌륭해서 당장 당신에게 모든 걸 믿고 말해야겠다는 생각이 들었어요……」

「대체, 무엇을 말입니까? 그게 무엇입니까?」

「내일 말씀드릴게요. 그때까진 비밀로 하겠어요. 그게 당신한테 더 좋을 거예요. 다소 먼 감은 있지만 어딘지 소설 같은 그런 이야기예요. 어쩌면 내일 말씀드릴지도 몰라요, 어쩌면 아닐지도 모르고요……. 당신과 그 전에 좀 더 얘길 해 보고요. 우린 좀 더 친해져야 하니까요……」

「아, 그래요, 내일 당신에게 나에 관한 모든 걸 말하겠습니다. 그런데 이게 어찌 된 일입니까? 마치 내게 기적이 일어난 것 같습니다……. 하느님, 제가 지금 어디 있는 겁니까? 자, 말씀해 주세요, 당신은 애당초 화를 벌컥 내며 나를 쫓아 버리지 않았습니다. 다른 여자라면 그랬을 겁니다. 그걸 후회하는 건 아니시겠죠? 단 2분 동안에 당신은 나를 영원히 행복한 인간으로 만들었습니다. 그래요! 행복한 인간으로요. 누가 알겠습니까, 어쩌면 당신은 내가 내 자신과 화해할 수 있도록 해주었는지도 모릅니다. 또 나의 의혹을 모두 해소시켜 주었는지도 모릅니다. 어쩌면 내게도 그런 2분간의 시간이 주어질지 모릅니다……. 자, 그럼 내일 다 말씀드리죠, 당신은 모든 걸 알게 될 겁니다……」

「좋아요, 그러기로 해요. 당신이 먼저 시작하는 거예요……」

「동의합니다.」

「그럼 안녕히 가세요!」

「안녕히 계십시오!」

우리는 그렇게 헤어졌다. 나는 밤새도록 걸어다녔다. 숙소로 갈 마음이 도무지 안 생겼다. 나는 그렇게도 행복했던 것이다……. 그래, 내일까지 기다리자!

두 번째 밤

「자, 보세요, 견뎌 내셨잖아요!」 그녀는 나의 두 손을 잡고서 웃으며 말했다.

「나는 두 시간 전부터 여기 와 있었어요. 오늘 하루를 내가 어떻게 지냈는지 당신은 모를 겁니다!」

「알아요, 다 알아요……. 그럼 본론으로 들어가요. 제가 왜 나왔는지 아세요? 어제처럼 말도 안 되는 소리를 횡설수설하러 나온 건 아니에요. 앞으로 우리는 좀 더 현명하게 행동해야만 해요. 저는 어제 이 모든 것에 대해 오랫동안 생각했어요.」

「무엇 땜에, 도대체 어떤 점에서 더 현명해야 한다는 겁니까? 나로 말할 것 같으면, 네, 그러고 싶어요. 그러나 사실 내 생애에서 지금보다 더 현명했던 적은 없습니다.」

「진짜요? 첫째, 부탁입니다만, 제 손을 그렇게 꽉 잡지 마세요. 둘째, 솔직히 전 오늘 당신에 관해 오랫동안 생각했어요.」

「그래서 결론이 어떻게 났습니까?」

「결론이요? 결론은 이래요. 처음부터 전부 다시 시작해야 한다는 거예요. 왜냐하면 결과적으로 당신은 여전히 제게 낯선 사람이고 저는 어제 어린애처럼, 조그만 계집아이처럼 행동했다고 판단했기 때문이에요. 그리고 물론 이 모든 잘못은 제 마음이 착해서 그렇게 된 거죠. 그러니까 우리가 스스로를 분석할 때면 으레 그렇듯이, 저 역시 자화자찬으로 끝난 거죠. 어쨌든 저는 실수를 바로잡기 위해서 당신에 관해 낱낱이 알아내기로 작정했어요. 그렇지만 아무도 제게 낱낱이 알려 줄 사람이 없으니 당신 스스로 모든 비밀을 다 말해 주셔야 해요. 우선, 당신은 누구시죠? 어서 시작해 주세요, 당신의 이야기를 들려주세요.」

「이야기라뇨!」 나는 겁에 질려 소리쳤다. 「이야기라니! 누가 그러던가요, 나한테 이야기가 있다고? 난 들려드릴 이야기가 없어요…….」

「여태껏 세상을 살아왔는데 이야기가 없단 말씀이세요?」 그녀가 웃으며 내 말을 가로막았다.

「단연코 아무 이야기도 없어요! 시쳇말로 나 홀로 외로이 살았어요. 다시 말해서 혼자, 철저하게 혼자, 완벽하게 혼자서 살았어요. 아시겠어요, 혼자라는 게 어떤 건지?」

「어떻게 혼자 살 수가 있어요? 그렇다면 한 번도 그 누구도 만난 적이 없단 말씀이세요?」

「오, 그건 아닙니다, 만난 적이야 있죠. 하지만 좌우지간 난 혼잡니다.」

「그럼 아무하고도 말을 하지 않으시나요?」

「엄밀히 말해서 그래요, 그 누구와도.」

「그렇다면 정말이지 당신은 어떤 사람인지 설명 좀 해주세요! 잠깐, 제가 알아맞혀 볼게요. 당신도 분명 저처럼 할머니가 한 분 계실 거예요. 할머니는 앞이 안 보이시죠. 그래서 지금껏 살아오시면서 한 번도 저를 놓아주지 않으셨어요. 저는 말하는 법을 다 잊어 먹을 정도였지요. 한 2년쯤 전에 제가 한눈을 좀 팔았어요. 그러자 할머니는 더 이상 저를 잡아 둘 수 없다는 걸 알아차리시고는 저를 불러다가 당신 옷에 제 옷자락을 핀으로 고정시켜 놓으셨어요. 그때부터 우리는 그렇게 하루 온종일 함께 앉아 있답니다. 할머니는 앞이 안 보이시지만 양말을 뜨고 저는 옆에 앉아 바느질을 하거나 큰 소리로 책을 읽어 드리죠. 벌써 2년째 핀에 꽂혀 있다니 정말 괴상한 습관이죠……」

「아, 맙소사, 그런 끔찍한 일이! 아니, 나한테 그런 할머니는 없어요.」

「없다면 대체 왜 집 안에 틀어박혀 계신 거죠……?」

「내가 어떤 사람인지 정말 알고 싶으세요?」

「네, 그래요, 그래요!」

「엄밀한 의미에서 말이죠?」

「가장 엄밀한 의미에서요!」

「그러시다면 말씀드리죠. 나는 타입입니다.」

「타입, 타입! 어떤 타입이요?」 소녀는 1년 동안 웃어 본 적이 없는 사람처럼 깔깔대며 소리쳤다. 「정말 당신은 재미있는 분이세요! 여기 벤치가 있네요. 우리 앉아서 얘기해요! 아무도 지나다니지 않으니 우리 얘길 엿듣는 사람도 없을 거예요. 자, 당신의 이야기를 시작해 주세요! 아니라고 해서도 소용없어요. 당신에겐 이야기가 있어요. 그냥 숨기고 계실 따름이에요. 우선, 그 타입이란 게 무엇이죠?」

「타입 말씀입니까? 타입이란, 글쎄요, 독창적인 인간이죠. 매우 우스운 인간을 의미하죠.」 나는 그녀의 어린애 같은 웃음을 되받아 크게 웃어 대며 대답했다. 「그건 성격을 의미합니다. 들어 보세요, 당신은 몽상가가 무엇인지 아십니까?」

「몽상가요! 물론이죠, 어떻게 모를 수가 있겠어요? 제 자신이 몽상가인걸요! 할머니 곁에 앉아 있다 보면 때론 별별 생각이 다 머릿속에 들어온답니다. 그럼요, 일단 꿈을 꾸기 시작하면 거기 완전히 빠지게 되죠. 저는 심지어 중국의 왕자에게 시집가는 공상까지 한답니다……. 그렇지만 뭐 꿈을 꾼다는 건 어떤 때는 참 좋은 일이에요! 아니, 그거야 아무도 모를 일이죠! 특히 그것 말고도 뭔가 생각해야 할 일이 있을 때는요.」 소녀는 이번에는 다소 진지한 표정으로 말을 덧붙였다.

「굉장하군요! 이미 중국 황제한테 시집까지 가보았으니, 이제 뭐 나를 이해하는 것은 어렵지 않겠군요. 그럼 시작하지요……. 그런데 실례지만 나는 아직까지 당신의 이름을 모르고 있습니다만?」

「드디어! 정말 일찍도 생각해 내셨군요!」

「아, 맙소사! 네, 너무 기분이 좋아서 미처 생각을 못 했습니다…….」

「제 이름은 나스쩬까예요.」

「나스쩬까! 그게 답니까?」

「다라니요? 그럼 그걸로는 부족하단 말씀이세요? 정말 욕심쟁이시군요!」

「부족하냐고요? 아니 충분해요, 충분해요, 오히려 넘쳐요. 나스쩬까, 당신은 처음부터 나를 위해 나스쩬까가 되어 주었으니 참으로 착한 아가씨예요!」

「그러믄요! 아무렴요!」

「자, 나스쩬까, 잘 들어 보세요, 이제부터 얼마나 우스운 이야기가 나올지.」

나는 그녀 옆에 앉았다. 그리고 짐짓 학자처럼 진지한 자세를 취하고는 책이라도 낭독하듯 이야기를 시작했다.

「나스쩬까, 당신은 잘 모르시겠지만 뻬쩨르부르그에는 이상한 모퉁이가 몇 군데 있습니다. 이 모퉁이를 비추는 것은 모든 뻬쩨르부르그 주민들을 비추는 태양과는 사뭇 다른, 마치 일부러 이 모퉁이를 위해 주문된 것 같은 새로운 태양으로, 무언가 다른 특수한 빛을 발합니다. 어여쁜 나스쩬까 양, 이 모퉁이에서 영위되는 삶은 우리 주변에서 끓어 넘치고 있는 삶과는 전혀 다릅니다. 그것은 이 심각하기 짝이 없는 우리 시대가 아니라 저기 어딘가 먼 미지의 왕국에서나 있을 법한 삶입니다. 그것은 말입니다, 순수한 환상과 불타는 이상에 둔감하고 산문적인 어떤 것, 유감스럽게도 나스쩬까, 그리고 믿을 수 없이 범속하다곤 할 수 없지만 좌우간 평범한 어떤 것이 혼합된 그런 삶입니다.」

「휴! 맙소사! 무슨 서론이 그래요! 더 있다간 무슨 얘기가 나올지 모르겠네요?」

「아시겠어요, 나스쩬까, 당신을 나스쩬까라고 부르는 것에 결코 싫증이 나지 않을 것 같군요. 말하자면 이렇습니다. 이 모퉁이에는 이상한 사람들, 즉 몽상가들이 살고 있습니다. 몽상가, 좀 더 자세히 정의하자면 그는 인간이 아니라, 그러니까 이를테면 무슨 중성적인 존재라 할 수 있습니다. 그는 대체로 다른 사람이 근접할 수 없는 구석에 정착합니다. 마치 한낮의 햇빛까지도 피하려는 듯이 그 속으로 기어드는 거죠. 그리고 일단 자신의 안식처에 숨어 들면 달팽이처럼 아예 자기 구멍에 찰싹 들러붙습니다. 적어도 이 점에서 그는 생물이자 동시에 집이기도 한 저 흥미로운 동물, 거북이라 불리는 것과 유사하죠. 당신의 생각은 어떻습니까, 그는 어째서 사방을 둘러싼 자신의 벽, 반드시 녹색으로 칠해지고 검게 그을고 칙칙하고 도저히 믿을 수 없을 정도로 담배 연기에 찌든 그 벽을 사랑하는 걸까요? 어째서 이 우스운 신사는 얼마 안 되는 친구들, 결국에 가서는 그런 친구조차 하나도 남김없이 사라질 테지만, 그 중의 하나가 찾아오면 그토록 당황해 하며, 그토록 낯빛을 달리하며, 그토록 곤혹스러워하며 그를 맞아들이는 걸까요? 사방의 벽 안에서 방금 무슨 범죄라도 저지른 듯, 위조 지폐라도 찍어 낸 듯, 잡지에 보낼 익명의 편지에다 이 시의 저자는 이미 작고했지만 그의 친구인 나는 그의 작품을 발표하는 것이 신성한 의무라고 생각한다는 등의 첨언과 함께 시 구절이라도 써놓은 듯 말입니다. 말씀해 보세요, 나스쩬까, 어째서 이 두 대담자는 말이 안 통하는 걸까요? 어째서 갑자기 찾아와 어리둥절해 있는 그 친구의 혓바닥에서는 웃음도, 아무런 재기 발랄한 표현도 튀어나오지 않는 걸까요? 다른 경우라면 웃음과 재기 발랄한 표현과 여성과 그 밖의 즐거운 화제를 사랑하는 사람인데도 말입니다. 그리고 마지막으로, 최근에 사귄 것 같은 이 친구는 어째서 단 한 번뿐인 방문에서 — 이렇게 된 이상 두 번째 방문 같은 것은 없을 테니까요. 다음번에 다시 올 리가 없죠 — 엉망이 된 주인의 얼굴을 바라보며 그 모든 재치에도 불구하고, 만일 그런 것을 가지고 있다면 말입니다만, 그토록 경직되어 안절부절못하는 걸까요? 그런데 집주인은 또 나름대로 대화를 부드럽고 다채롭게 하려고 애를 씁니다. 자기도 사교계에 관해 알고 있다는 걸 보여 주려 하고, 또한 여성에 관한 이야기도 하면서 재수 없게도 잘못 찾아온 이 불쌍한 친구에게 잘 보이려고 쩔쩔맵니다. 그러나 이 모든 노력은 수포로 돌아가고 그는 완전히 뭐가 뭔지 모르게 되어 버립니다. 마지막으로, 어째서 손님은 갑자기 모자를 움켜쥐고, 있지도 않은 무척 중요한 볼일이 방금 생각났다면서, 미안한 기색을 보이며 어떻게든 실수를 만회해 보려고 갖은 애를 쓰는 주인의 뜨거운 악수에서 간신히 손을 빼고는 총총히 가버리는 걸까요? 어째서 떠나가는 친구는 문을 나서기가 무섭게 껄껄 웃으며 다시는 저 괴짜 녀석을 찾아오지 않겠노라 맹세하는 걸까요? 이 괴짜는 본질에 있어 무척 훌륭한 인간입니다만 한편으론 공상 속의 작은 변덕을 거부하지 못합니다. 이를테면 좀 전의 손님과 대화하는 동안 줄곧 간접적인 영상을 통해서이긴 하지만 그의 인상을, 아이들이 주무르고 겁주고 여러 가지 방법으로 놀려댄 불쌍한 고양이 새끼의 표정과 비교하는 것 따위가 그것이죠. 아이들의 잔인한 손아귀에 붙들려 죽도록 혼이 난 고양이는 마침내 녀석들을 피해 의자 밑의 어둠 속으로 기어듭니다. 그곳에서 한 시간 동안이나 틈만 나면 털을 곤두세우고 쌔근거리고 모욕당한 주둥이를 양발로 씻어 냅니다. 한참 뒤에도 그놈은 자연과 삶과, 그리고 심지어 친절한 창고지기 하녀가 주인 어른 식탁에서 가져다 준 먹이까지도 적의에 차서 바라보게 됩니다.」

「잠깐만요.」 내내 눈을 동그랗게 뜨고 입까지 벌린 채 놀라워하며 내 말을 듣고 있던 나스쩬까가 말을 가로막았다. 「잠깐만요, 어쩌다가 얘기가 여기까지 흘러왔는지, 어째서 다름 아닌 당신이 저한테 그런 우스운 질문을 하시는지 통 모르겠어요. 하지만 제가 분명히 알 수 있는 것은 이 모든 일이 틀림없이 당신한테 일어난 사건이라는 거죠. 한마디도 빼놓지 않고요.」

「의심할 여지도 없이 그렇습니다.」 나는 무척이나 진지한 표정으로 대답했다.

「의심의 여지가 없으시다면, 계속해 주세요.」 나스쩬까가 말했다. 「얘기가 어떻게 끝날지 무척 궁금하거든요.」

「나스쩬까, 당신은 우리의 주인공이 — 아니 이 모든 사건의 주인공은 나, 나 자신이라고 하는 겸허하고 귀하신 존재니까 〈내가〉라고 말하는 편이 낫겠지요 — 자신의 모퉁이에서 무엇을 하고 있었는지 알고 싶습니까? 어째서 친구의 예기치 않은 방문에 내가 그토록 놀라고 하루 종일 좌불안석이었는지 알고 싶습니까? 방문이 열렸을 때 왜 내가 그런 식으로 갑자기 벌떡 일어나 그토록 얼굴을 붉혔는지, 어째서 나는 손님을 대접할 줄 모르고 내 자신의 손님 접대에 짓눌려 그토록 창피스럽게 나가떨어졌는지 알고 싶습니까?」

「네, 그래요, 그래요!」 나스쩬까가 대답했다. 「그게 바로 문제예요. 그런데 잠깐만요, 당신은 참 유창하게도 말씀을 하세요, 하지만 어떻게든 그보다 덜 유창하게 말씀하실 수는 없으세요? 당신은 마치 책을 읽는 것처럼 말씀을 하시는군요.」

「나스쩬까!」 나는 가까스로 웃음을 참으며 엄숙하고 근엄한 목소리로 대답했다. 「어여쁜 나스쩬까 양, 나도 내가 유창하게 말한다는 걸 압니다. 내 잘못입니다. 하지만 나는 다른 식으로 말하는 법을 모릅니다. 나스쩬까 양, 지금, 지금, 나는 일곱 봉인이 달린 항아리에 1년 동안 갇혀 있던 솔로몬 왕의 영혼과도 같습니다. 마침내 그 일곱 봉인은 뜯어졌습니다. 어여쁜 나스쩬까 양, 그토록 오랜 이별 뒤에 우리가 다시 만난 지금 — 나는 당신을 이미 오래전부터 알아 왔으며, 나스쩬까, 나는 이미 오래전부터 누군가를 찾고 있었습니다.

내가 찾고 있었던 사람이 바로 당신이며 우리의 만남은 운명이라는 게 분명하기 때문에 이렇게 말씀드리는 겁니다 — 내 머릿속에서 수천 개의 판막이 활짝 열렸습니다. 나의 말은 강물처럼 흘러 넘쳐야 합니다. 그렇지 않으면 숨이 막혀 죽을 겁니다. 그러니 나를 말리지 마세요, 나스쩬까. 그냥 조용히 차분히 들어 주세요. 안 그러시면 나는 아무 말도 안 할 겁니다.」

「제발, 제발, 그러지 마세요! 말씀해 주세요! 이제부터 입 다물고 있을게요.」

「그럼 계속하지요. 나의 벗, 나스쩬까여, 하루 중에는 내가 너무나 좋아하는 시간이 있습니다. 모든 사업과 업무와 의무가 끝나고 모두들 먹고 쉬려고 집으로 총총 돌아가는 시간입니다. 가는 길에 사람들은 저녁과 밤과 남아 있는 모든 자유로운 시간에 관한 색다르고 즐거운 화제를 생각해 냅니다. 이 시간에는 우리의 주인공도 — 이렇게 3인칭으로 말하는 걸 이해해 주십시오, 나스쩬까, 이 모든 것을 1인칭으로 말하자니 너무 쑥스러워서 그럽니다 — 좌우간 우리의 주인공도 이 시간에 할 일이 전혀 없었던 건 아닙니다만, 다른 사람들을 좇아 걸음을 옮깁니다. 그런데 그의 창백하고 피곤에 지친 듯한 얼굴에 이상한 만족감이 떠오릅니다. 그는 차가운 뻬쩨르부르그의 하늘에서 서서히 꺼져 가는 황혼을 유심히 바라봅니다. 그가 바라본다고 말하긴 했지만 사실 그건 거짓말입니다. 그는 바라보는 게 아니라, 기진맥진한 듯, 아니면 동시에 보다 흥미로운 다른 어떤 것을 골똘히 생각하는 듯 본능적으로 관조할 따름입니다. 사실 한순간 자기도 모르게 주변의 모든 것에 시간을 쪼갤 수 있으니까요. 그는 내일까지 지긋지긋한 〈업무〉에서 해방되었기 때문에 만족스러워합니다. 걸상에서 풀려나 좋아하는 놀이와 장난을 할 수 있게 된 아이처럼 그는 기뻐합니다. 그를 옆에서 눈여겨보십시오, 나스쩬까. 환희의 감정이 그의 허약한 신경과 병적으로 긴장된 환상에 이미 행복한 영향을 미치고 있다는 걸 즉시 알아볼 수 있을 겁니다. 그는 무엇을 그토록 골똘히 생각하는 걸까요……. 무엇을 먹을까에 관해서? 아니면 오늘 저녁 무엇을 할까 하고? 그는 무엇을 그토록 뚫어지게 바라보는 걸까요? 발 빠른 말이 끄는 화려한 마차를 타고 지나가는 귀부인에게 연극적인 포즈로 경의를 표하는 풍채 좋은 신사를 바라보는 걸까요? 아닙니다, 나스쩬까, 지금 그런 사소한 일이 무슨 상관이겠습니까! 그는 이미 자신만의 특별한 삶으로 부자가 되어 있습니다. 어쩌다 갑자기 부자가 되고 보니 꺼져가는 태양의 마지막 광채가 그의 앞에서 즐겁게 반짝이며 그의 뜨겁게 달구어진 심장으로부터 여러 가지 인상들을 줄줄이 불러내는 것도 무리가 아닙니다. 그는 전에는 아무리 사소한 것일망정 자신을 감동시키곤 했던 그 길에 이제는 거의 눈도 주지 않습니다. 이제 〈환상의 여신〉이, 사랑스러운 나스쩬까, 당신도 쥬꼬프스끼[9]를 읽었다면 아시겠죠, 이미 변덕스러운 손길로 황금의 날실을 짜기 시작했고, 한번도 본 적이 없는 기묘한 삶의 문양을 그의 앞에 펼쳐 놓으려 다가옵

---

[9] 쥬꼬프스끼(1783~1852). 러시아 전기 낭만파를 대표하는 러시아 최초의 본격적인 서정 시인. 1812년 나폴레옹의 침입을 받아 러시아 국민군에 참가하여 지은 애국 송시 「러시아 용사의 진영에서 노래하는 시인」을 발표하여 명성을 얻었다. 주요 작품으로는 서정시 「저녁때」(1806), 「바다」(1822) 등이 있고, 발라드 「뤼드밀러」(1808), 「스쩨틀라나」(1811), 「잠자는 12인의 처녀」(1817) 등이 있으며 번역시로 호메로스의 「오디세이」(1849) 등이 있다.

니다. 어쩌면 여신은 변덕스러운 손길로, 그가 지금 집으로 가기 위해 걷고 있는 멋진 화강암 보도에서 그를 들어 올려 수정으로 만든 일곱 번째 천상으로 데려갈지도 모릅니다. 그를 멈춰 세우고 불쑥 물어보십시오. 지금 있는 곳이 어딘지, 어떤 거리를 지나가고 있는지? 그는 분명 아무것도 기억하지 못할 겁니다. 어디를 걷고 있었는지, 지금 서 있는 곳이 어딘지, 기억하지 못할 겁니다. 그리고 노여움에 얼굴을 붉히며 그래도 품위는 지켜야겠다는 생각에서 무언가 둘러댈 겁니다. 어떤 점잖은 할머니가 그를 보도 한가운데 불러 세우고 길을 못 찾겠으니 좀 가르쳐 달라고 정중하게 물었을 때, 그가 부르르 떨더니 깜짝 놀라 비명을 지르다시피 하며 주위를 둘러보는 것도 그 때문입니다. 분노로 얼굴을 일그러뜨리며 그는 계속 걷습니다. 지나가는 행인들이 그를 쳐다보며 너나 없이 히죽거리는 것도, 그리고 그가 지나가면 돌아보는 것도 눈치 채지 못한 채 말입니다. 그리고 조그만 계집애가 눈을 동그랗게 뜨고서 그의 명상적인 미소와 손짓을 쳐다보고는 겁에 질려 길을 비켜 준 다음 그만 웃음보를 터뜨리는 것도 알아채지 못합니다. 그러나 여전히 저 환상의 여신은, 할머니도 호기심 많은 행인도 깔깔대는 계집아이도 폰딴까, 우리의 주인공이 이 시간에 그곳을 지나가고 있다고 칩시다, 그곳을 가득 메운 짐배에서 저녁을 먹는 농사꾼들도, 모두 자기의 익살스러운 날개로 가로챕니다. 모든 사람, 모든 사물을 마치 거미줄에 걸린 파리처럼 자신의 화폭에 장난치듯 짜 넣습니다. 그리고 우리의 괴상한 인간은 새로운 수확과 함께 자기 집, 자기의 즐거운 구멍으로 들어와 식탁에 앉습니다. 이미 식사를 끝낸 지 오랩니다. 영원한 슬픔에 잠긴 명상적 하녀 마뜨료나가 식탁을 다 치우고 그에게 파이프를 건네줄 때에야 그는 퍼뜩 정신을 차립니다. 제정신으로 돌아와 놀라워하며 자신이 이미 식사를 끝냈다는 걸 상기합니다. 어떻게 된 일인지 통 알 수가 없습니다. 방 안은 어두워졌습니다. 그의 영혼엔 공허와 서글픔이 깃듭니다. 그의 주위에서 몽상의 왕국이 붕괴되고 있습니다. 흔적도 없이 소리도 없이 파편도 없이 무너져 일장춘몽처럼 스러집니다. 그러나 그는 자기가 무슨 꿈을 꾸었는지 기억하지 못합니다. 그런데 그의 가슴을 쓰라리게 하고 흥분시키는 어떤 어두운 감정, 어떤 새로운 욕망이 그를 유혹하듯 자극합니다. 그것이 그의 환상을 초조하게 만들고 새로운 환영의 무리를 슬며시 불러 모읍니다. 작은 방 안에는 정적이 감돌고 있습니다. 고독과 게으름이 공상을 부추깁니다. 공상에 살짝 불이 붙는가 싶더니 바로 옆의 부엌에서 옷자락으로 마룻바닥을 비질하며 평화롭게 커피를 끓이는 늙은 하녀 마뜨료나의 주전자 속에 든 찻물처럼 보글보글 끓어오릅니다. 이제 그것은 슬그머니 폭발하고, 나의 몽상가가 심심풀이로 아무데나 펼쳐서 들고 있던 책은 손에서 떨어집니다. 세 페이지도 채 못 읽었는데 말입니다. 그의 공상이 또다시 격해집니다. 그리고 갑자기 새로운 세계, 새로운 매혹적인 삶이 그의 앞, 빛나는 원경(遠境)에서 반짝입니다. 새로운 꿈, 새로운 행복이 말입니다! 새롭고 오묘한 환각제! 그에게 우리의 현실적인 삶이 대체 무슨 의미가 있을까요! 그의 도취된 시각에서 본다면, 나스쩬까, 우리는 게으르고 무력하며 생기 없는 삶을 살고 있는 셈입니다. 그의 시각에서, 우리는 모두 운명을 탓하고 삶을 지겨워하고 있습니다! 네, 그래요, 사실 첫눈에 우리 주변에 있는 것은 모조리 냉랭하고 침울하고, 마치 분노에 찬 것처럼 보이지 않습니까……? 〈불쌍한 족속들〉 하고 나의 몽상가는 생각합니다. 그래요, 그렇게 생각하는 것도 무리가 아니죠! 그의 눈앞에 그토록 매혹적으로, 그토록 변덕스럽게, 그토록 광대무변하게 펼쳐지는 마술 같은 환영들을 보십시오. 그 마술 같은 생생한 화폭에서 전경을 차지하는 중심 인물은 물론 그 자신, 우리의 몽상가, 그 자신의 고귀한 존재입니다. 보세요, 얼마나 다양한 사건들이 펼쳐지는지, 환희에 찬 몽상의 대열이 얼마나 끝없이 이어지는지. 당신은 어쩜 이렇게 물을지도 모릅니다, 당신은 무엇에 관한 꿈을 꾸느냐고. 그러나 그걸 물을 필요가 어디 있겠습니까! 모든 것에 관해 꿈을 꾸는데……. 처음에는 인정받지 못하다가 결국 월계관을 쓰게 되는 시인의 역할, 호프만[10]과의 우정, 성 바돌로매 축일의 밤,[11] 디아나 베르농,[12] 까잔 점령 시의 이반 바실리예비치[13]의 공적, 클라라 모브라이,[14] 유피아 덴스,[15] 대승정의 집회와 그들 앞에 선 후스,[16] 로베르트[17] 그 음악을 기억하시죠? 〈묘지의 냄새

---

10 E. T. A. Hoffmann(1776~1822). 독일 낭만주의를 대표하는 작가. 그로테스크한 환상을 주로 다루었으며 청년 도스또예프스끼와 고골 등에게 많은 영향을 미쳤다.

11 8월 24일. 1572년 파리에서 이날 밤 대규모의 신교도 학살이 있었다.

12 영국의 소설가 월터 스콧 Walter Scott(1771~1832)의 작품 『로브 로이』에 등장하는 인물. 청년기의 도스또예프스끼는 스콧의 낭만적 소설을 탐독했다.

13 〈폭군 이반〉으로 더 잘 알려진 중세 러시아의 포악하고 근엄한 황제. 까잔과 아스트라한 등을 점령하여 러시아의 영토 확장에 기여했다.

14 월터 스콧의 작품 『성 로난의 샘』에 등장하는 인물.

15 월터 스콧의 작품 『미들로시언의 심장』에 등장하는 인물.

16 J. Huss(1369~1415). 종교 개혁자. 독자적인 민족 교회 창설을 주창했다. 콘스탄츠 종교 회의에서 이단으로 몰려 파문당한 뒤 화형에 처해졌다.

가 나도다!〉에 나오는 죽은 자들의 폭동, 민나와 브렌다,[18] 베레지나 강의 전투, 이런 것들을 나는 꿈꿉니다. V. D. 백작부인[19]의 살롱에서 낭독하는 시, 당통,[20] 클레오파트라와 그녀의 연인,[21] 「꼴롬나의 작은 집」,[22] 자신의 작은 공간, 그리고 지금 당신이 내 말을 듣고 있듯이 겨울밤 곁에서 눈을 동그랗게 뜨고 입까지 벌린 채 이야기를 들어주는 귀여운 존재, 이런 것들입니다, 내 작은 천사여……. 아니, 아닙니다, 나스쩬까, 저 음탕하고 게으른 작자에게 내가 당신과 더불어 살고자 하는 이 현실의 삶이 무슨 아랑곳이겠습니까? 그는 자신에게도 언젠가 서글픈 시간이 닥칠지도 모른다는 걸 예측하지 못하므로 현실을 비참하고 가엾은 삶이라 생각합니다. 그때가 오면 그는 이 비참한 삶의 하루를 위해 자신의 모든 환상적 세월을, 그것도 무슨 기쁨이나 행복을 위해서가 아니라 그냥 내버려야 할 겁니다. 그리고 그 슬픔과 회한과 물밀듯이 터져 나오는 고뇌의 시간에 그는 선택을 원치 않을 겁니다. 그러나 저 무시무시한 시간이 아직은 닥치지 않았으니 그는 아무것도 아쉬울 게 없습니다. 왜냐하면 그는 모든 욕망을 초월해 있고 모든 걸 갖추고 있기 때문입니다. 그는 충만된 삶을 살고 있고 자신의 삶을 매순간 그때그때의 변덕

---

17 베를린 태생의 작곡가 마이어베르G. Meyerbeer(1791~1864)의 환상적 오페라「악마 로베르트」를 가리킨다.

18 월터 스콧의 작품『미들로시언의 심장』에 나오는 등장 인물.

19 A. 보론초바야 다쉬꼬바 백작 부인(1818~1856)을 가리킨다.

20 G. Danton(1759~1794). 프랑스 혁명 운동의 주역.

21 클레오파트라와 그녀의 연인이란 알렉산드르 뿌쉬낀A. Pushkin(1799~1837)의 소설「이집트의 밤Egipeskie nochi」에 삽입된 모티프.

22 뿌쉬낀의 해학적인 장시 제목.

에 따라 창조할 수 있는 예술가이기 때문입니다. 그리고 사실 이 동화 같은 환상적 세계는 그토록 수월하게, 자연스럽게 창조되고 있지 않습니까! 마치 이 모든 것이 환영이 아닌 듯합니다! 사실, 어떤 때는 이 삶 전체가 감정의 자극도, 신기루도, 공상의 기만도 아니고 정말로 현실에 존재하는 진정하고 본질적인 것이라 믿고 싶은 겁니다! 나스쩬까, 말씀해 주세요, 어째서, 어째서 그런 순간이면 영혼이 죄어드는 느낌일까요? 어떤 마법에 걸린 듯, 어떤 알 수 없는 변덕에 취한 듯, 몽상가의 맥박이 빨라지고 눈에서 눈물이 샘솟고 눈물에 젖은 창백한 두 뺨이 달아오르고, 그의 존재 전체가 형언할 수 없는 환희로 가득 차는 것은 무슨 까닭일까요? 불면의 밤이 무한한 기쁨과 행복 속에서 찰나처럼 지나가고 새벽의 분홍빛 햇살이 온통 창문에 어른거릴 때, 우리 뻬쩨르부르그에서는 언제나 그렇듯 여명이 환상적인 아련한 빛으로 휑뎅그렁한 방을 비출 때, 우리의 몽상가가 지치고 기진맥진한 몸을 침대에 던지고는 병적으로 전율하는 영혼의 환희에 가슴을 두근거리며, 심장에 지겹도록 달콤한 고통을 느끼며, 잠 속으로 빠져 드는 것은 어째서일까요? 그래요, 나스쩬까, 당신도 속아 넘어갈 겁니다. 남의 일이지만 그의 영혼을 뒤흔드는 것은 진정한, 진실된 정열이라고 믿게 될 겁니다. 그의 보이지 않는 꿈속에는 무언가 살아 있는 것, 손에 잡히는 것이 있다고 저도 모르게 믿게 될 겁니다! 하지만 그게 얼마나 헛된 망상일까요. 예를 들어 보겠습니다. 사랑이 그 모든 무한한 기쁨과 함께, 모든 지긋지긋한 고통과 함께 그의 가슴을 파고듭니다……. 그저 그를 한번 쳐다보기만 해도 확인할 수 있을 겁니다! 사랑스러운 나스쩬까, 당신이라면 그의 얼굴을 보고 믿겠습니까, 자기가 극도로 격앙된 몽상 속에서 그토록 사랑하는 여인을, 그는 사실은 한번도 본 적이 없다는 사실을? 실제로 그는 그녀를 어떤 유혹적인 환영 사이에서 본 것뿐이며 그의 정열 또한 단지 꿈속의 일은 아니었을까요? 그들은 정말로 손에 손을 맞잡고 수년간을 살아온 걸까요? 단둘이서만, 이 세상을 모두 버리고 오로지 서로의 세계, 서로의 삶과 하나가 되어서? 헤어져야 할 늦은 시각에 그의 가슴에 안겨 통곡하고 번민하며 찌푸린 하늘 아래서 요동치는 폭풍도 듣지 못하고 자신의 속눈썹에서 눈물을 떼어 가는 바람 소리도 듣지 못한 게 정말 그녀였을까요? 정말 이 모든 것은 꿈이 아니었을까요, 인적이 끊긴 저 거칠고 황량한 정원, 이끼 낀 샛길이 여기저기 뚫린 쓸쓸하고 적막한 정원까지도 꿈이 아니었을까요. 그들은 종종 단둘이서 그곳을 걸어다녔습니다. 희망을 품기도 하고 고통스러워하기도 하며, 그리고 서로를 그렇게나 오래도록, 〈그토록 길고 다정하게〉 사랑하며, 네, 사랑하면서 말입니다! 그녀가 오랫동안 늙고 까다로운 남편과 고독하게, 서글프게 살았던 저 해묵은 괴상한 저택도 꿈이었을까요? 언제나 무뚝뚝하고 성마른 남편은 어린애처럼 수줍어하는 그들을, 쓸쓸하고 소심하게 서로에 대한 사랑을 숨기고 있던 그들을 위협했죠. 그들은 얼마나 고통스러워했으며, 얼마나 두려워했던가요, 그들의 사랑은 얼마나 순결하고 얼마나 천진난만했던가요, 그리고 이미 말할 것도 없겠지만, 나스쩬까여, 사람들은 또 얼마나 사악했던가요! 아 하느님, 세월이 흐른 뒤 그가 만났던 것은 정말 그녀가 아니었단 말입니까. 조국의 해안에서 멀리 떨어져 한낮의 태양이 작열하는 낯선 하늘 아래서, 경이로운 영원의 도시 로마에서, 무도회의 광채 속에서, 귀를 찢을 듯한 음악 소리 속에서, 불꽃의 바다에 잠긴 궁전에서, 반드시 궁전이라야 합니다. 도금양나무와 장미나무로 둘러싸인 바로 그 발코니에서 그들은 다시 만났습니다. 그를 알아본 그녀는 재빨리 가면을 벗고 속삭였습니다. 〈저는 이제 자유의 몸이에요〉. 그녀는 온몸을 파르르 떨더니 그의 품안으로 달려들었습니다. 그들은 부둥켜안고 행복한 비명을 질렀습니다. 그리고 한순간 슬픔도, 이별도, 모든 고통도, 그리고 머나먼 조국에 있는 음침한 저택도 늙은 남편도 황량한 정원도 모두 잊었습니다. 그리고 그녀가 열정적인 마지막 입맞춤을 나눈 뒤 혼을 앗아 갈 듯한 고통으로 딱딱하게 굳은 그의 품안에서 몸을 빼던 그 벤치도…… 아, 나스쩬까, 당신도 이제 이해하시겠죠, 당신의 초대받지 않은 친구, 그 훤칠한 키의 건강하고 명랑하고 수다스러운 청년이 당신 방문을 벌컥 열어젖히며 아무 일도 없었다는 듯이 〈이보게, 형씨, 지금 막 빠블로프스끄에서 도착했다네〉 하고 외친다면 당신도 벌떡 일어나 마치 옆집 정원에서 훔쳐 온 사과를 막 호주머니에 쑤셔 넣은 꼬마처럼 얼굴을 벌겋게 붉히며 어쩔 줄을 몰라할 겁니다. 맙소사! 늙은 백작은 죽었고 형언할 수 없는 행복이 다가왔는데 도대체 빠블로프스끄[23]에서 사람들이 찾아오다니요!」

나는 이렇게 애절한 탄성을 지르고는 애절한 표정으로 입을 다물었다. 기억하건대 나는 어떻게 해서든지, 다소 무리를 해서라도 웃음을 터뜨리고 싶어 미칠 지경이었다. 왜냐하면 이미 어떤 심술궂은 작은 악마가 내 안에서 꼼지락거리고

---

23 상뜨 뻬쩨르부르그에서 남쪽으로 25킬로미터 떨어진 작은 휴양 도시.

있음을, 이미 목구멍이 간질거리고 아래턱이 경련을 일으키기 시작했음을, 그리고 내 눈에는 점점 더 흥건하게 물기가 돌고 있음을 느꼈기 때문이다……. 나는 영리한 두 눈을 크게 뜨고서 내 이야기를 듣고 있던 나스쩬까가 어린애처럼 걷잡을 수 없이 즐거운 목소리로 깔깔대기를 기대했다. 나는 오래전부터 내 심장 속에서 부글부글 끓고 있던 것, 그래서 책을 읽듯이 말할 수 있었던 모든 것을 부질없이 말해 버렸다는 데 대해, 즉 이야기가 너무 깊이 들어간 데 대해 이미 후회하고 있었다. 나는 벌써 오래전에 나 자신에 대한 판결을 마련하고 있었던지라 이제 그것을 읽지 않고는 견딜 수가 없었던 거다. 그리고 솔직히 말해서 나는 누구든 나를 이해할 거라고 기대하지 않았다. 그런데 놀랍게도 그녀는 잠시 조용히 있더니만 살며시 내 손을 잡았다. 그리고 조심스레 동정을 표하며 물었다.

「정말 당신은 여태껏 줄곧 그렇게 살아오셨나요?」

「줄곧이오, 나스쩬까.」 나는 대답했다. 「줄곧, 그리고 모르긴 몰라도 이렇게 살다 죽을 겁니다!」

「어머, 그건 안 돼요.」 그녀는 불안한 목소리로 말했다. 「그런 일은 없을 거예요. 만일 그렇다면 저 역시 할머니 곁에서 평생을 살아야 할 테니까요. 그런 식으로 사는 게 아주 나쁘다는 건 당신도 아시겠죠?」

「압니다, 나스쩬까, 알아요!」 더 이상 내 감정을 억제하지 못하고 나는 소리를 질렀다. 「그리고 지금은 그 어느 때보다도 분명히 내 인생의 황금기를 헛되이 잃어버렸다는 걸 알고 있습니다! 이제 나는 그걸 알았단 말입니다. 그리고 알기 때문에 더욱 고통을 느낍니다. 왜냐하면 신께서 당신을, 내 착한 천사를 보내 주셔서 내게 그걸 말해 주고 또 증명해 주도록 배려하셨기 때문입니다. 지금 당신 옆에 앉아서 당신과 이야기를 하는 이 순간 미래를 생각하는 것이 두렵습니다. 미래에는 또다시 고독과 이 곰팡내 나고 쓸모없는 삶이 있을 테니까요. 그리고 지금 이미 당신 곁에서 이토록 행복한데, 뭐 때문에 또 꿈을 꿔야 하겠습니까! 오, 어여쁜 나스쩬까, 당신은 축복받을 겁니다. 애시당초 나를 쫓아 버리지 않았으니까요. 그리고 나는 이제 이 세상에 나서 적어도 두 밤은 제대로 살았다고 말할 수 있으니까요!」

「아, 아니에요, 아니에요!」 나스쩬까가 소리쳤다. 그녀의 눈에서 작은 눈물 방울이 반짝였다. 「더 이상 그렇게는 안 될 거예요. 우리는 이런 식으로 헤어지지 않을 거예요! 두 밤이라니 말도 안 돼요!」

「아, 나스쩬까, 나스쩬까! 당신은 아십니까, 앞으로 얼마나 오랫동안 당신이 나를 나 자신과 화해시켜 주실지? 그리고 나는 이제 예전처럼 그렇게 스스로를 비하하지 않으리란 걸 아십니까? 어쩌면 나는 이제부터 이런 삶은 범죄이자 죄악이다, 그러니 내 인생에서 범죄와 죄악을 저질렀다 등등의 생각을 하면서 괴로워하지는 않을 거라는 걸 아십니까? 내가 무언가 과장을 한다고 생각지 마십시오, 절대 그런 생각은 마십시오. 나스쩬까, 내게는 가끔 우수, 그런 우수의 순간이 닥쳐오거든요……. 그런 순간이면 이제 나는 정상적인 삶을 시작하기 어렵겠구나 하는 생각이 듭니다. 진정하고 현실적인 것에 대한 모든 감각과 모든 요령을 상실했다고 느끼기 때문입니다. 그리고 결국 나는 <u>스스로를 저주합니다</u>. 왜냐하면 환상의 밤은 지나고 내게 이미 무시무시한 각성의 시간이 닥쳐오고 있기 때문입니다. 그러는 사이에 주변에서 사람들이 삶의 회오리 바람을 타고 빙글빙글 돌아가며 북적대는 소리가 들립니다. 사람들이 사는 모습이, 현실에서 사는 모습이 보이고 들립니다. 분명히 보입니다. 그들의 삶은 주문된 삶, 꿈처럼 환영처럼 날아가 버리는 삶이 아니라는 것, 그들의 삶은 영원히 갱신되고 영원히 늙지 않는다는 것, 단 한 시간도 다른 한 시간과 비슷하지 않다는 것이. 반면에 그림자와 이상의 노예, 갑자기 태양을 덮고 현실적인 뻬쩨르부르그의 심장을 우수로 짓누르는 맨 처음 먹구름의 노예인 비겁한 환상은 얼마나 우울하고 또 범속할 정도로 단조로운지 모릅니다. 뻬쩨르부르그의 심장도 자신의 태양을 소중히 여깁니다. 하지만 우수 속에 무슨 환상이 있겠습니까! 환상도 마침내 지쳐 버린다는 게 느껴집니다. 이 〈지칠 줄 모르는〉 환상도 영원한 긴장 속에서 쇠약해집니다. 누구나 어른이 되고 자신이 과거에 품었던 이상으로부터 벗어나게 마련이니까요. 그 이상들은 산산조각 부서져 가루가 됩니다. 만일 다른 삶이 없다면 그 부스러기를 가지고 다시 삶을 꾸며야 합니다. 그런데 영혼은 뭔가 다른 것을 원하고 또 요구합니다! 그래서 몽상가는 부질없이 마치 재 속을 헤집듯 자신의 낡은 몽상을 뒤적거립니다. 재 속에서 무슨 불씨라도 하나 찾아내 호호 불어 가지고는 다시 붙은 불로 차가워진 심장을 녹여 보려는 거지요. 그리고 과거에 그토록 다정했던 모든 것, 영혼을 감동시켰던 모든 것, 피를 끓게 하고 눈물을 샘솟게 하던, 그리고 그토록 찬란하게 그를 기만했던 모든 것을 가슴속에 다시 살아나게 하려는 거죠! 나스쩬까, 이제 내가 어디까지 갔는지 아시겠죠? 나는 내 감각의 기념일을 지내야 할 정도까지 되었습니다. 과거에 그토록 다정했던, 그러나 사실은 한번도 존재했던 적이 없는 것들의 1주기 말입니다. 이 기념식은 어리석고 허황된 몽상을 따라 거행됩니다. 그래도 해야 하는 이유는 이 어리석은 몽상이 존재하지 않으며 그 무엇으로도 그것들을 쫓아낼 수 없기 때문입니다. 몽상도 사실 목숨이 질긴 편이니까요! 그래서 나는 지금 언젠가 과거에 나름대로 행복을 느꼈던 장소들을 기억해 내곤 일정한 시간에 그곳을 방문하길 좋아합니다. 돌이킬 수 없는 지나간 과거에 맞추어 현재를 꾸미는 걸 좋아합니다. 그리고 마치 그림자처럼 까닭없이, 목적도 없이 우울하고 침울하게 뻬쩨르부르그의 골목골목, 거리거리를 싸돌아다닙니다. 회상이란 참 대단한 거죠! 이를테면 이런 것이 생각납니다. 바로 1년 전, 바로 이때, 이 순간, 이 장소에서 지금처럼 우울하게 지금처럼 고독하게 이 보도를 걷고 있었다는 것 말입니다! 또 이런 것도 생각납니다. 옛날에도 몽상은 서글픈 것이었고 옛날이라고 해서 뭐 더 나은 것도 없었건만, 그래도 그때는 사는 게 왠지 좀 더 홀가분하고 좀 더 평화로웠다는 생각 말입니다. 왜냐하면 그때는 지금 내게 달라붙어 있는 이 검은 상념이 없었으니까요. 밤이고 낮이고 한시도 내게 평화를 주지 않는 이 암울하고 위협적인 양심의 가책이 그땐 없었으니까요. 스스로에게 묻습니다, 그래 너의 꿈은 지금 어디 있는가? 그런 다음 고개를 휘휘 저으며 이렇게 말합니다, 세월은 얼마나 빨리 흘러가는가! 그리고 또다시 묻습니다. 그래, 너는 이 세월 동안 무엇을 했는가? 너의 황금 같은 세월을 어디다 묻어 버렸는가? 살아 있었던 거냐 아니냐? 그런 다음 스스로에게 말합니다. 조심하라고, 세상은 점점 냉혹해지고 있어.

몇 년 더 지나면 또 우울한 고독이 뒤따를 거야, 목발을 짚고 부들부들 경련을 일으키는 노년이 찾아오겠지, 그리고 그 뒤에는 우수와 권태가 뒤따를 거야. 너의 환상 세계도 빛을 잃겠지, 그리고 꿈은 시들어 낙엽처럼 떨어지고 마침내 사라져 버리겠지……. 오, 나스쩬까! 혼자, 전적으로 혼자 남는다는 것은 정말 슬픈 일이겠지요. 심지어 아쉬워할 것조차 아무것도, 아무것도 없다는 것은…… 잃어버린 모든 것도, 지금의 모든 것도, 사실 아무것도 아니었으니까요, 어리석고 동그란 원, 그저 한낱 꿈이었으니까요!」

「제발 더 이상 저를 슬프게 하지 마세요!」 흐르는 눈물을 닦으며 나스쩬까가 말했다. 「이걸로 이야기를 마치도록 해요! 이제 우리는 함께 있을 거예요. 저한테 무슨 일이 일어나도 우리는 헤어지지 않을 거예요. 제 얘길 들어 보세요. 저는 단순한 여자예요. 할머니가 가정교사를 구해 주시긴 했지만 배운 게 별로 없어요. 그러나 저는 분명 당신을 이해해요. 방금 당신이 제게 말해 주신 모든 걸 저 자신도 경험했기 때문이에요. 할머니가 제 옷을 핀으로 꽂아 버렸을 때 말이에요. 물론 저는 당신처럼 근사하게 말할 줄 몰라요. 배운 게 없으니까요.」 아직도 나의 애절한 말과 고상한 표현에 일종의 존경심을 품고 있는 그녀는 머뭇거리며 덧붙였다. 「그렇지만 당신이 제게 모두 털어놓아 주셔서 기뻐요. 이제 당신을 알겠어요, 속속들이 알겠어요. 그럼 이번에는 이렇게 해보지요? 당신에게 제 이야기를 모두, 하나도 숨김없이 말씀드리고 싶어요. 그런 다음 당신이 제게 조언을 해주시는 거예요. 당신은 매우 현명한 분이니까, 조언을 해주시겠다고 약속할 수 있겠죠?」

「아, 나스쩬까.」 나는 대답했다. 「나는 현명한 조언은 고사하고 그냥 조언조차 해본 적이 없습니다. 하지만 보아하니 우리가 앞으로 항상 이런 식으로 살 거라면 그렇게 하는 것도 매우 현명할 것 같군요. 서로에게 아주 현명한 조언을 해준다는 것 말입니다! 착한 아가씨 나스쩬까, 어떤 조언이 필요하십니까? 솔직히 말씀해 주세요. 지금 나는 너무도 즐겁고 행복하고 용감하고 현명해서 무슨 말이든 막힘 없이 할 것 같습니다.」

「아니, 아니에요!」 나스쩬까가 웃으며 말을 막았다. 「제게 필요한 건 그냥 현명한 조언이 아니에요. 1백 년 동안 저를 사랑해 온 사람처럼, 진심에서 우러나오는 오라버니 같은 그런 조언을 해주셔야 해요!」

「그렇게 합시다, 나스쩬까, 그렇게 해요!」 나는 기뻐서 소리쳤다. 「내가 당신을 20년 동안 사랑해 왔더라도 지금보다 더 사랑할 순 없었을 거예요!」

「자, 손을 주세요!」 나스쩬까가 말했다.

「자, 여기!」 그녀에게 손을 내밀며 나는 말했다.

「그럼 이제 제 얘기를 시작하죠!」

나스쩬까의 이야기

「제 얘기의 절반은 당신도 이미 알고 계셔요. 제게 할머니가 계시다는 걸 아시니까요……」

「나머지 절반도 그렇게 간단한 얘기라면……」 나는 웃으며 그녀의 말을 가로막았다.

「잠자코 들어 주세요. 먼저 다짐을 받아 두고 싶어요. 절대 제 얘길 가로채지 말아 주세요. 그렇지 않으면 저는 어쩜 당황하게 될지도 몰라요. 그냥 잠자코 들어 주세요.

제겐 연로하신 할머니가 한 분 계세요. 부모님이 다 돌아가셨기 때문에 저는 아주 어렸을 적에 할머니 손에 맡겨졌어요. 할머니는 전에 부자였나 봐요. 지금도 옛날의 좋은 시절을 되새기곤 하시니까요. 할머니는 프랑스 어를 가르쳐 주시고 그런 다음에는 가정교사를 구해 주셨어요. 제가 열다섯 살이 되었을 때, 지금은 열일곱입니다. 공부는 끝났어요. 제가 한눈을 팔았던 것도 이때였어요. 무슨 짓을 했는가는 말씀드리지 않겠어요. 그냥 대수롭지 않은 과실이었다고만 알아 두세요. 어느 날 아침 할머니가 저를 부르시더니, 앞이 안 보여서 너를 제대로 감시할 수가 없구나, 하시며 핀을 꺼내 제 옷자락을 당신 옷에 꽂아 놓으셨어요. 그러시면서 제가 행실을 바로잡지 않는 한 언제까지나 그런 식으로 앉아 있게 될 거라고 말씀하셨어요. 간단히 말해서 처음에는 아무데도 갈 수가 없었던 거예요. 일을 하건, 책을 읽건, 공부를 하건 모조리 할머니 곁에서 해야만 했어요. 한번은 꾀를 좀 부렸어요. 표끌라를 꼬셔서 저 대신 자리에 앉아 있게 했답니다. 표끌라는 저희 집 하녀인데 귀가 먹었어요. 마침 할머니는 안락의자 위에서 잠이 들어 있었고 표끌라가 저 대신 앉아 있고 저는 근처에 사는 친구 집에 놀러 갔어요. 그러나 끝이 안 좋았지요. 제가 없는 동안 할머니는 잠이 깨셨어요. 그리고 제가 그 자리에 아직도 다소곳이 앉아 있는 줄만 아시고 무언가를 물어보셨어요. 표끌라도 할머니가 무슨 말인가 물어보신다는 건 알았지만 들리지가 않았기 때문에 어쩔까 생각다 못해 핀을 뽑아 버리고 줄행랑을 쳤어요······.」

여기서 나스쩬까는 잠시 말을 멈추고 웃음을 터뜨렸다. 나도 웃음으로 맞장구를 쳤다. 그러자 그녀는 즉시 웃음을 거두었다.

「부탁이에요, 할머니를 조롱하듯 웃지 마세요. 제가 웃는 건 그냥 우스워서······ 사실 할머니가 그런 상태이고 보니 뾰족한 수가 없었지요. 게다가 저는 조금쯤은 할머니를 사랑하거든요. 하여튼 그래서 저지른 만큼 대가를 치렀지요. 저는 당장 그 자리에 다시 붙잡혀 가지고는 정말이지 꼼짝도 못하게 되었지요.

참, 그런데 아직 말씀을 안 드렸습니다만, 저희는, 그러니까 할머니는 자기 집을 한 채 가지고 계셔요. 창문이 세 개밖에 안 달린 아주 작은 목조 건물인데 할머니 연세만큼이나 오래된 집이랍니다. 꼭대기에는 다락방이 있어요. 그런데 그 다락방으로 새 하숙인이 이사를 왔습니다······.」

「새 하숙인이라면 그 전에도 하숙인이 있었겠군요?」 나는 말참견을 했다.

「그래요, 물론 있었어요. 당신보다는 그래도 잠자코 있을 수 있는 그런 사람이었죠. 네, 하여간 그 사람은 입도 잘 안 돌아갔으니까요. 버썩 마르고 앞도 못 보고 말도 못하고 다리까지 저는 노인이었어요. 한마디로 세상 살기 어려운 분이었는데 결국 돌아가셨어요. 그러자 우리는 새 하숙인이 필요하게 되었어요. 하숙을 안 치고는 살 수가 없었기 때문이에요. 방세와 할머니 앞으로 나오는 연금이 저희들 수입의 전부였죠. 새 하숙인은 마치 일부러라도 그런 것처럼 젊은 사람이었어요. 이곳 사람은 아니었어요. 타지에서 온 사람이었죠. 그 사람은 방세를 깎으려 하지 않았기 때문에 할머니는 그 사람에게 방을 내주기로 하셨어요. 그런 다음에 제게 물으셨어요. 〈나스쩬까야, 어떠냐, 이번 하숙인은 젊었더냐 늙었더냐?〉

저는 거짓말하고 싶지 않았기 때문에 말씀드렸죠. 〈할머니, 그렇게 젊지는 않지만 그렇다고 노인은 아니에요.〉 그러니까 할머니께서 또 물으셨어요. 〈용모는 단정하더냐?〉 저는 이번에도 속이고 싶지 않았어요. 그래서 대답했죠. 〈네, 용모는 단정해요, 할머니!〉 그러자 할머니는 이렇게 말씀하시는 거예요. 〈맙소사, 말세로구나, 말세야! 아가, 내가 이런 말을 하는 건 네가 그 작자한테 넋을 잃을까 봐 그러는 거다. 무슨 세상이 이렇담! 아니 그래, 변변찮은 하숙인 주제에 용모가 단정하다니. 옛날 같으면 어림도 없다!〉

할머니는 항상 옛날 타령만 하세요! 옛날에는 나도 젊었다, 옛날에는 햇빛도 더 따뜻했다, 옛날에는 크림도 지금처럼 빨리 시어지지 않았다 등등, 뭐든 옛날이 더 좋았다는 거죠! 저는 앉아서 곰곰 생각해 보았어요. 〈할머니는 나한테 대체 무슨 말씀을 하고 싶으신 걸까, 왜 하숙인이 젊었느냐 늙었느냐 꼬치꼬치 캐물으신 걸까?〉 그냥 그렇게만 생각하고 저는 다시 매듭 코의 수를 세고 양말을 뜨기 시작했어요. 그리고 모두 잊어버렸지요.

그런데 어느 날 아침에 하숙인이 저희 방에 찾아왔어요. 방을 도배해 주기로 약속한 것이 어떻게 되었는지 알아보려고요. 우리 수다쟁이 할머니는 띄엄띄엄 말씀하셨어요. 〈얘, 나스쩬까야, 내 침실에 가서 주판 좀 가져오너라.〉 저는 왜 그런지 얼굴이 온통 새빨갛게 달아올랐어요. 그래서 그만 옷이 핀에 꽂혀 있다는 걸 깜빡 잊고는 벌떡 일어났어요. 하숙인이 눈치 못 채도록 살짝 핀을 뽑아 버려야 했는데 그만 급히 일어나느라고 할머니의 의자가 기우뚱했어요. 하숙인이 이제 저에 관한 걸 눈치 챘다고 생각하니 얼굴에 모닥불이라도 뒤집어쓴 것 같았어요. 저는 그 자리에 못이라도 박힌 듯 멈춰 서버렸어요, 그리고 울음을 터뜨렸어요. 그 순간 어찌나 부끄럽고 서럽던지 그만 죽고 싶을 정도였어요! 할머니가 소리를 지르셨어요. 〈왜 그러고 서 있느냐?〉 그렇지만 저는 더욱더…… 하숙인은 제가 자기 앞에서 부끄럼을 타고 있다는 걸 알아차리고는 인사를 하고 그대로 가버렸어요!

그때부터 현관에서 무슨 소리만 나도 저는 기겁을 했어요. 그 사람이 오고 있다는 생각이 들어 만약에 대비해 몰래 핀을 뽑아 버리곤 했어요. 하지만 번번이 그 사람은 아니었어요. 그 사람은 한번도 오지 않았어요. 그렇게 두 주일이 지나갔어요. 그런데 하숙인이 표끌라를 시켜 전갈을 보내 왔어요. 자기한테 프랑스 책이 많이 있는데 모두 읽어 볼 만한 좋은 책들이다, 할머니께서도 심심하실 텐데 손녀딸에게 읽어 달라는 것이 어떻겠느냐 하는 내용이었어요. 할머니는 고맙다는 인사와 함께 그의 제안을 받아들이셨어요. 그렇지만 저에게 그 책들이 도덕적인지 아닌지를 자꾸만 캐물으셨어요. 만약 부도덕한 책이라면 절대 읽어서는 안 된다는 것이었어요. 뭐, 나쁜 걸 배우게 된다나요.

〈무엇을 배우게 된다는 거예요, 할머니? 거기 무슨 말이 써 있는데요?〉 〈아!〉 할머니가 말씀하셨어요. 〈무엇이 씌어 있느냐 하면, 젊은 놈팡이들이 정숙한 아가씨를 유혹하는 얘기지. 결혼하겠다는 구실로 집에서 꼬여내 나중에는 팔자대로 살라며 그 불쌍한 아가씨를 버리는 거지. 아가씨들은 말로가 아주 비참하단다. 나도 그런 책이라면 수없이 읽었다. 어찌나 얘기가 근사하게 씌어 있는지 몰래몰래 밤을 지새며 읽곤 했다. 나스쩬까야, 너는 그런 책 읽지 않도록 조심하거라. 그 작자가 보내 온 책은 어떤 것들이냐?〉〈전부 다 월터 스콧의 소설이에요, 할머니.〉〈월터 스콧의 소설이라! 그러면 됐다. 그런데 거기 무슨 술책이라도 부린 건 아니겠지? 그자가 무슨 연애 편지라도 끼워 넣지 않았는지 들춰 보련?〉〈없어요, 할머니, 편지는 없어요〉라고 제가 말했어요. 〈그럼 표지 뒷면도 살펴보거라. 자고로 그런 작자들은 가끔 겉장 뒤에 끼적거려 놓거든, 도둑놈들……!〉〈아니오, 할머니, 표지 뒤에도 아무것도 없어요.〉〈그래, 그럼 되었다!〉

그래서 우리는 월터 스콧의 책을 읽기 시작했고 한 달쯤 지나서는 거의 절반 가량을 읽었지요. 그 뒤에도 그 사람은 계속해서 책을 보내 주었어요. 뿌쉬낀도 보내 주었어요. 결국 저는 책 없이는 살 수가 없게 되었고 중국 왕자한테 시집가는 생각도 그만두어 버렸지요.

그런데 한번은 그 하숙인과 층계에서 만난 적이 있었어요. 할머니가 무슨 일인가 저에게 심부름을 시키셨을 때였어요. 그 사람은 걸음을 멈추었고 저는 얼굴을 붉혔지요. 그 사람도 얼굴을 붉혔어요. 하지만 웃으면서 인사를 하고는 할머니 건강은 좀 어떠시냐고 물었어요. 그리고 말했어요. 〈책들은 다 읽었습니까?〉 나는 대답했어요. 〈네, 다 읽었어요.〉 그러자 그 사람이 말했어요. 〈어떤 책이 가장 마음에 들었습니까?〉 저는 〈『아이반호』[24]와 뿌쉬낀이 제일 좋았어요〉라고 했지요. 그때는 그게 다였어요.

일주일 뒤에 저는 또다시 그 사람과 층계에서 마주쳤어요. 이번에는 할머니 심부름이 아니라 저한테 무슨 볼일이 있었어요. 두 시경이었어요. 하숙인은 항상 그때쯤 돌아오곤 했어요. 그 사람이 〈안녕하세요!〉 하기에 저도 〈안녕하세요〉라고 말했어요.

〈할머니와 하루 종일 앉아 있는 게 따분하지 않으세요?〉 그 사람이 이렇게 물어 오자 저는 왠지 얼굴이 홍당무가 되었어요. 창피스러웠고 또다시 모욕당한 기분이 들었어요. 다른 사람이 제 일에 관해 이러쿵저러쿵 물어보는 게 언짢아서 그랬을 거예요. 대답도 않고 지나가 버리고 싶었지만 그럴 용기가 없었어요.

〈여보세요〉 하고 그 사람이 말했어요. 〈당신은 정말 착한 아가씨군요! 이런 식으로 말씀드리는 걸 용서하세요. 하지만 당신의 할머니보다는 당신께 한사코 마음이 더 쓰이는 걸 어떡합니까. 놀러 갈 만한 여자 친구도 없습니까?〉

저는 없다고 대답했어요. 마센까라고 한 명 있긴 했는데 지금은 쁘스꼬프로 가버렸다고 말했지요.

〈실례지만〉 하고 그 사람이 말했어요. 〈저와 극장에 안 가시렵니까?〉

〈극장이라고요? 할머니는 어떡하고요?〉 〈그야 뭐, 할머니께는 비밀로 하고……〉라고 그 사람이 말했어요. 〈안 돼요. 할머니를 속이고 싶지 않아요. 그럼 안녕히 가세요〉라고 제가 말했어요. 그 사람도 〈안녕히 가세요〉라고 인사한 다음 더 이상 아무 말도 하지 않았어요.

24 월터 스콧이 1819년에 쓴 역사 소설.

그런데 식사 후에 그 사람이 찾아왔어요. 그 사람은 자리에 앉아 오랫동안 할머니와 얘기를 나누었어요. 어디 외출은 안 하시느냐, 친지는 있으시냐 등 시시콜콜 묻더니만 갑자기 이런 얘기를 꺼내는 것이었어요. 〈오늘 오페라의 특별석을 잡아 놓았습니다. 「세비야의 이발사」를 상연하고 있는데요. 아는 사람들이 저와 함께 가려고 했는데 나중에 사정이 생겨 못 간다고 하더군요. 그래서 표가 남았습니다.〉〈아니,「세비야의 이발사」라고 했수!〉할머니가 소리를 질렀습니다. 〈옛날에 하던 바로 그 이발사 말씀이신가?〉〈네, 바로 그 이발사입니다〉하고 그 사람이 말하더니 저를 흘끗 쳐다보았어요. 저는 이미 모든 걸 알아차리고 얼굴을 붉혔습니다. 제 가슴은 기대로 부풀어 올랐어요!

〈그거라면야, 모를 리가 없지!〉할머니가 말씀하셨어요. 〈소싯적에 가족 극단에서 내가 로지나 역을 맡았었거든!〉〈그러시다면 오늘 가시겠습니까? 어차피 표는 버리게 될 테니까요.〉하숙인이 말했어요. 〈그럼, 갑시다. 마다할 이유가 어디 있겠수? 우리 나스쩬까도 극장에 가본 적이 한번도 없다우.〉할머니가 말씀하셨어요.

오 하느님, 이렇게 기쁜 일이! 우리는 즉시 나갈 채비를 했어요. 공들여 몸단장을 하고 갔습니다. 할머니는 앞이 안 보이셨지만 그래도 음악을 듣고 싶어하셨어요. 게다가 할머니는 좋은 분이셨거든요. 무엇보다도 우리끼리 외출한 적이 없으니까 저를 좀 위로해 주고 싶으셨던 거예요.「세비야의 이발사」가 어떤 감동을 주었는지는 말씀드리지 않겠어요. 단 이건 말씀드릴게요. 그 하숙인이 그날 저녁 내내 저에게 상냥한 눈길을 보내고 또 말투도 아주 다정했기 때문에 저는 금방 알아차렸어요. 아침에 그 사람이 저보고 같이 가자고 했던 것은 제 마음을 떠보려고 그랬던 거라는걸요. 어쨌든, 정말 즐거웠어요! 저는 무척이나 자랑스럽고 즐거운 마음으로 자리에 들었어요. 어찌나 가슴이 두근거리던지 흡사 가벼운 열병에라도 걸린 것 같았어요. 저는 밤새도록「세비야의 이발사」에 대해 잠꼬대를 했어요.

저는 그날 이후 그 사람이 좀 더 자주 찾아올 거라고 생각했어요. 그러나 천만에요. 그 사람은 아예 발길을 끊다시피 했어요. 한 달에 한번 정도 들르곤 했는데 그것도 극장에 같이 가자고 하기 위해서였을 뿐이에요. 우리는 그 뒤에 한 두어 번 정도 더 갔어요. 그런데 저는 그것만 가지고는 도무지 흡족하지가 않았어요. 그 사람은 제가 할머니 옆에 꼭 붙들려 사는 것이 안쓰러웠을 뿐이며, 그 이상은 아무것도 아니라는 생각이 들기 시작했어요. 저는 점점 더 그런 생각에 빠져 들었고 마침내 앉아 있어도 앉아 있는 것 같지가 않고, 책을 읽어도 눈에 안 들어오고, 일을 해도 손에 안 잡히는 상태가 되었어요. 어떤 때는 웃기도 하고 할머니께 못된 장난을 치기도 하고 또 어떤 때는 그냥 울기만 했어요. 급기야 저는 살이 쑥 빠지고 병자처럼 되었어요. 오페라 시즌이 지나가고 우리의 하숙인도 발길을 뚝 끊어 버렸어요. 어쩌다 마주치기라도 하면, 물론 언제나 같은 그 층계에서 말이에요, 그 사람은 말하기도 싫다는 듯이 심각한 표정으로 묵묵히 인사를 하고는 현관 층계 쪽으로 휑하니 가버렸어요. 저는 계단 중간에 버찌처럼 새빨갛게 되어 마냥 서 있었어요. 그와 만나기만 하면 전신의 피가 머리 위로 솟구치는 것 같았기 때문이에요.

이제 거의 다 끝나 가요. 꼭 1년 전, 5월에 하숙인이 저희를 찾아왔어요. 그리고 할머니께 이곳에서의 볼일은 다 마쳤으며 그래서 다시 한 1년간 모스끄바에 가야 한다고 말을 하는 거였어요. 그 얘기를 듣자 저는 파랗게 질려 죽은 사람처럼 의자에 털썩 주저앉았어요. 할머니는 아무 눈치도 못 채셨어요. 그 사람은 떠난다는 말을 하고는 우리한테 인사를 하고 나가 버렸어요.

어쩌면 좋단 말인가요? 저는 오랜 생각과 번민 끝에 마침내 결심을 했습니다. 그 사람은 내일 떠난다, 그러니 오늘 밤 할머니가 자리에 드시고 나면 모든 걸 끝내리라고 마음먹었어요. 그리고 그대로 되었어요. 저는 옷가지며 필요한 내의 등을 조그만 보퉁이에 꾸려 가지고는 두 손으로 들고 얼이 쏙 빠진 채 하숙인의 다락방으로 갔어요. 층계를 올라가는 데만도 무려 한 시간이나 걸린 느낌이었어요. 문이 열리자 그 사람은 저를 보고 외마디소리를 질렀어요. 아마도 제가 유령인 줄 알았나 봐요. 제가 몸도 제대로 가누지 못하는 걸 보고 그 사람은 서둘러 물을 가져다 주었어요. 가슴은 미칠 듯이 방망이질 치고 머리가 빠개지는 듯 아팠어요. 저는 제정신이 아니었어요. 정신이 좀 들자 저는 다짜고짜 보퉁이를 그 사람의 침대에 놓고 그 옆에 앉아 두 손으로 얼굴을 감싸고 눈물을 철철 흘리며 울기 시작했어요. 그 사람은 순간적으로 모든 걸 깨달았는지 창백한 얼굴로 내 앞에 서 있었어요. 어찌나 슬프게 저를 바라보는지 제 가슴은 그만 찢어질 것 같았어요.

〈이봐요, 나스쩬까〉 하면서 그 사람이 말문을 열었어요. 〈나는 아무것도 할 수가 없어요. 나는 가난뱅이예요. 지금 나한테는 아무것도 없어요. 제대로 된 방 한 칸도 없어요. 우리가 결혼을 한다 해도 살길이 막막하지 않습니까?〉

우리는 오랫동안 얘기했어요. 그러나 저는 급기야 감정이 폭발하여 할머니와 함께 살 수는 없다, 할머니한테서 도망칠 것이다, 옷이 핀에 꽂혀 있는 건 정말 싫다, 당신만 괜찮다면 모스끄바에 같이 가고 싶다, 당신 없이는 못살겠다 등의 말을 쏟아 놓았어요. 수치와 사랑과 당당함이 일시에 제 안에서 말을 하고 있었어요. 저는 발작을 일으키다시피 하며 침대에 쓰러졌어요. 그만큼 거절당할까 봐 두려웠던 거예요!

그 사람은 몇 분 동안 잠자코 앉아 있더니 벌떡 일어나 다가와 제 손을 잡았어요.

〈착하고 사랑스러운 나스쩬까, 내 말을 들어 봐요〉하고 그 사람도 역시 울먹거리며 말문을 열었어요. 〈맹세코, 만일 언젠가 내가 결혼할 수 있게 된다면 내게 행복을 선사해 줄 사람은 다름 아닌 당신일 겁니다. 단언합니다만, 이제 내게 행복을 줄 수 있는 이는 오직 당신 한 사람뿐입니다. 잘 들어 봐요. 나는 모스끄바에 가서 딱 1년간 있겠습니다. 그동안 내 일이 자리가 잡히길 바랍니다. 내가 돌아왔을 때 당신이 여전히 나를 사랑한다면 맹세코 저는 행복하게 될 겁니다. 하지만 지금 나는 아무것도 약속할 처지가 아닙니다. 그럴 수가 없어요. 그러나 되풀이해서 말하겠지만 만일 1년 뒤에 안 된다면 그 뒤라도 언젠가 반드시 그렇게 될 겁니다. 물론 그때도 당신이 나 말고 다른 사람을 사랑하지 않을 때에 한해서이지만 말입니다. 나는 그 어떤 말로도 당신을 묶어 놓을 수 없거니와 그렇게 할 용기도 없습니다.〉

그 사람은 이렇게 말하고 그다음 날 떠났어요. 할머니께는 아무 말도 안 드리기로 약속했어요. 그 사람이 그러길 바랐거든요. 이제 제 얘기는 거의 다 끝났어요. 정확하게 1년이 지나갔어요. 그 사람은 벌써 사흘째 여기 와 있어요. 그런데, 그런데……」

「그런데 어떻게 됐습니까?」 나는 결말이 알고 싶어 성마르게 소리를 질렀다.

「그런데 여태껏 소식이 없어요!」 나스쩬까는 가까스로 혼신의 힘을 다해서 말하듯 대답했다. 「아무런 소식도……」 그녀는 말을 멈추고 잠시 소리 없이 있더니 고개를 숙였다. 그리고 갑자기 두 손으로 얼굴을 감싸고 흐느끼기 시작했다. 그 울음소리를 듣자니 내 심장이 뒤집히는 것 같았다.

나는 그런 결말은 정말 상상도 못했다.

「나스쩬까!」 나는 달래는 듯한 목소리로 머뭇머뭇 말을 꺼냈다. 「나스쩬까, 제발 울지 말아요! 당신이 어떻게 압니까? 그 사람은 어쩌면 아직 여기 도착하지 않았는지도……」

「왔어요, 왔단 말이에요!」 나스쩬까가 말을 받았다. 「그 사람은 여기 있어요. 그건 제가 알아요. 그날, 떠나기 전날 밤에 우린 약속한 게 있어요. 제가 당신께 말씀드린 그 모든 것을 다 말하고서 우리는 약속도 했어요. 그리고 여기로 바로 이 제방으로 산책하러 왔어요. 열 시였어요. 우리는 이 벤치에 앉아 있었어요. 저는 이미 슬프지가 않았어요. 그 사람이 하는 얘기를 듣고 있자니 달콤한 기분이 들었어요……. 그 사람은 돌아오는 대로 저를 찾아오겠다고 말했어요. 그리고 제가 거절하지 않는다면 할머니께 모두 말씀드리자고 했어요. 이제 그 사람은 돌아왔어요, 전 그걸 알아요, 하지만, 소식이 없어요, 소식이!」

그리고 그녀는 또다시 눈물 범벅이 되었다.

「맙소사! 정말 당신의 고통을 덜어 줄 길이 없는 걸까요?」 나는 절망감에 휩싸여 벤치에서 벌떡 일어나 소리쳤다. 「나스쩬까, 말해 봐요, 내가 그 사람을 찾아가면 안 될까요?」

「그게 가능하다고 생각하세요?」 갑자기 고개를 들면서 그녀가 말했다.

「아니, 물론 아닙니다!」 나는 문득 생각나는 바가 있어 이렇게 말했다. 「그래요, 바로 이겁니다. 편지를 쓰도록 하세요.」

「안 돼요, 그건 안 돼요, 할 수 없어요!」 그녀는 이미 고개를 떨군 채 내 쪽은 쳐다보지도 않으면서 단호하게 말했다.

「어째서 안 됩니까? 왜요?」 나는 내 생각을 우기며 계속 말했다. 「이봐요, 나스쩬까, 편지 말입니다! 편지도 편지 나름 아닙니까, 게다가…… 아, 나스쩬까, 이렇게 합시다! 나한테 맡겨요, 나한테! 나쁜 조언은 드리지 않습니다. 다 잘될 수 있어요. 당신은 이미 첫발을 내디뎠어요. 그런데 어째서 이제…….」

「안 돼요, 안 돼요! 그렇게 되면 제가 강요하는 것처럼…….」

「아, 나의 착한 나스쩬까!」 나는 미소를 내보이며 말을 막았다. 「아니, 그렇지 않아요. 결과적으로 당신은 그럴 권리가 있어요. 그가 당신에게 약속을 했기 때문이죠. 이 모든 상황으로 미루어 볼 때 그는 섬세한 사람입니다. 그의 행동은 올바른 것이었고요.」 나는 스스로의 확신과 증거가 논리적인 데 점점 더 감격해 하며 떠들어댔다. 「그는 어떻게 행동했습니까? 그는 스스로를 약속으로 묶어 두었습니다. 만일 결혼을 하게 된다면 꼭 당신과 하겠노라고 했습니다. 그러면서도 당신에게는 당장에라도 그를 거절할 수 있는 완벽한 자유를 주었습니다……. 이런 경우 당신은 첫발을 디딜 수 있습니다. 당신에겐 권리가 있습니다. 당신이 설령 그를 약속에서 풀어 주고 싶다 하더라도 당신에게 우선권이 있습니다……」

「저 좀 보세요, 당신이라면 어떻게 쓰시겠어요?」

「무얼 말입니까?」

「편지 말이에요.」

「저라면 우선 이렇게 시작하겠습니다. 〈경애하는 선생님……〉」

「꼭 그래야 하나요, 경애하는 선생님이라고요?」

「물론이죠! 그렇게 하지 말아야 할 무슨 이유라도 있습니까? 내 생각에는……」

「됐어요, 됐어요! 그 다음으로 넘어가요!」

「〈경애하는 선생님! 이런 편지를 쓰게 되어 죄송합니다……〉 아니죠, 죄송할 게 뭐가 있습니까! 사실이 모든 걸 말해 주는데요. 그냥 단도직입적으로 씁시다. 〈이렇게 몇 자 올립니다. 저의 성급함을 용서해 주세요. 그러나 저는 지난 한 해 동안 희망 속에서 행복하게 살아왔습니다. 이제 제가 의혹에 찬 단 하루도 견디지 못한다 해서 그게 잘못일까요? 당신이 돌아오신 지금, 당신은 이미 마음이 변하셨는지도 모릅니다. 그렇다면 이 편지를 통해 말씀드리고 싶습니다. 저는 불평하지 않습니다. 당신을 비난하지도 않고요. 제가 당신의 마음을 사로잡지 못한 걸 가지고 당신을 비난하진 않겠습니다. 그게 제 운명인걸요!

당신은 훌륭한 분입니다. 저의 성마른 글을 읽으시며 화를 내시거나 비웃지 말아 주세요. 이걸 쓰고 있는 사람은 고독하고 가엾은 소녀라는 것을 기억해 주세요. 가르쳐 줄 사람도 없고 조언을 해줄 사람도 없고 한번도 자기 마음을 추스르는 법을 배운 적이 없는 소녀라는 것을 말입니다. 하지만 제 마음속에 잠깐이나마 의심이 파고든 걸 용서해 주십시오. 당신을 그토록 사랑했고 또 사랑하고 있는 소녀를 마음속으로나마 모욕할 수는 없으실 겁니다.〉」

「맞아요. 바로 그거예요! 제가 생각한 게 바로 그거예요!」 나스쩬까가 소리를 질렀다. 그녀의 눈에서 기쁨이 반짝였다. 「아! 당신은 저의 의심을 풀어 주셨어요, 당신은 하느님이 보내 주신 분이에요! 고맙습니다, 정말 고맙습니다!」

「무엇이 말입니까? 하느님이 나를 보내 주신 게 말입니까?」 그녀의 즐거워하는 얼굴을 환희에 차서 바라보며 내가 대꾸했다.

「네, 그 점 하나만 두고서라도.」

「아, 나스쩬까! 사실 우리는 어떤 사람들에게 그들이 우리와 함께 살고 있다는 사실만으로도 감사히 생각합니다. 나도 당신이 나를 만나 준 것에 대해, 그리고 내가 평생 당신을 기억할 거라는 데 대해 당신께 감사합니다!」

「이제 그만, 됐어요! 이제 제 말씀 좀 들어 주세요. 우리는 이렇게 약속했어요. 그 사람이 도착하게 되면 즉시 제가 아는 어떤 사람 집에 편지를 보내 연락을 해주기로요. 그 댁 분들은 선량하고 소박한 사람들이에요. 그리고 우리 일은 아무것도 몰라요. 편지를 쓸 수 없을 경우에는, 사실 편지로는 할 말을 제대로 못하는 경우도 많으니까요, 도착하는 날 우리가 만나기로 한 이곳에서 정각 열 시에 나타나기로 했어요. 저는 그 사람이 도착한 걸 알아요, 그렇지만 벌써 사흘째 편지도 없고 사람도 안 나타났어요. 저는 아침부터 할머니 집에서 나올 수가 없어요. 제 편지를 당신이 내일 직접 아까 말씀드린 그 선량한 분들 댁에 가져가 주세요. 그분들이 곧 그 사람에게 전해 주실 거예요. 답장이 오게 되면 그것도 당신이 직접, 밤 열 시에 가져다 주세요.」

「하지만 편지, 편지가 있어야지요! 먼저 편지부터 써야 할 게 아닙니까! 그러자면 내일 모레나 되어서야 일이 될 텐데요.」

「편지……」 나스쩬까는 어딘지 곤혹스러워하며 대답했다. 「편지는…… 저…….」

그러나 그녀는 말끝을 흐렸다. 일단 내게서 고개를 휙 돌리더니 장미꽃처럼 얼굴을 붉혔다. 그때 갑자기 내 손에 편지가 한 장 쥐어졌다. 얼핏 보기에도 이미 오래전에 다 쓰여진, 완전히 준비가 된, 봉함까지 된 편지였다. 어떤 낯익고 다정하고 우아한 회상이 내 머릿속을 스치고 지나갔다.

「로지 — 지, 나 — 나.」 나는 읊조리기 시작했다.

「로지나!」 우리는 합창을 하기 시작했다. 나는 기쁨에 넘쳐 그녀를 껴안을 뻔했다. 그녀는 더 이상은 그럴 수 없을 만큼 얼굴을 붉혔다. 그녀가 웃을 때 새까만 속눈썹에서 진주 같은 눈물 방울이 떨리고 있었다.

「자, 그럼 이만! 이제 가보겠어요!」 그녀는 재빨리 말했다. 「여기 편지가 있어요. 그리고 여기 쓰여 있는 게 가져가야 할 댁의 주소예요. 그럼 가볼게요! 안녕! 내일 봬요!」

그녀는 내 두 손을 꼭 잡고 고개를 한번 까딱하더니 화살처럼 예의 그 골목으로 사라졌다. 나는 그녀를 눈으로 뒤좇으며 오랫동안 그 자리에 서 있었다.

그녀가 시야에서 사라지자 〈내일까지! 내일까지!〉라는 구절이 내 머릿속을 스치고 지나갔다.

세 번째 밤

오늘은 비가 구질구질 내리는 슬픈 날이었다. 마치 미래의 내 노년처럼 한줄기 빛도 비치지 않았다. 너무도 이상한 상념과 너무도 우울한 감각이 나를 온통 메우고 있다. 나도 아직 확실히 모르는 여러 가지 의문들이 뇌리를 맴돌고 있다. 그러나 어쩐 일인지 그것을 해결할 힘도 없고 그러고 싶지도 않다. 이 모든 것을 해결한다는 건 내 힘에 부치는 일이다!

우리는 오늘 만나지 못했다. 어제 우리가 헤어질 때 구름이 하늘을 덮고 안개가 피어 올랐다. 나는 내일은 날씨가 궂을 거라고 말했다. 그녀는 아무 말도 하지 않았다. 자기 마음과 다른 얘기는 하고 싶지 않았기 때문이었다. 그녀에게 어제란 날은 밝고 화창했다. 그 어떤 먹구름도 그녀의 행복을 뒤덮을 수 없었다.

「비가 오면 우린 못 만날 거예요!」 그녀가 말했다. 「제가 나올 수 없거든요.」

나는 그녀도 오늘의 비를 의식하지 못했을 거라고 생각했다. 어쨌든 그녀는 나오지 않았다.

어제는 세 번째 만남의 날이었다. 우리의 세 번째 백야였다…….

그런데 기쁨과 행복은 인간을 얼마나 아름답게 만들어 주는지! 행복한 인간의 심장은 사랑으로 끓어오른다! 자신의 마음을 모조리 다른 이의 마음속에 흘려 넣고 모든 것을 즐겁고 재미있게 만들고 싶어한다. 이 기쁨이란 것은 어찌나 전염성이 강한지! 어제 그녀의 말투는 무척이나 부드러웠다. 그녀의 마음은 나에 대한 호의로 가득 차 있었다……. 그녀는 얼마나 내 기분을 맞추어 주고, 응석을 부리고, 내 마음을 달래 주고 원기를 북돋아 주었던가! 기쁨에서 오는 교태란! 그런데 나는, 나는 이 모든 것을 진정으로 받아들였다. 나는 생각하기를 그녀가……

아니, 이게 무슨 짓인가, 어떻게 내가 그런 생각을 할 수 있었을까? 이미 모든 것이 다른 사람의 것이고 모든 것이 내 것이 아닌데, 나는 정말 그토록 눈이 멀었단 말인가. 나는 몰랐단 말인가, 정작 그녀의 다정함도, 그녀의 배려도, 그녀의 사랑, 그래, 나에 대한 사랑까지도 실은 다른 사람과의 만남을 앞에 두고 느끼는 기쁨에 지나지 않았던 것을, 자기의 행복을 나에게도 옮겨 주고 싶다는 바람에 지나지 않았던 것을……? 그는 오지 않았다. 우리가 헛되이 기다리다 지쳤을 때 그녀는 얼굴을 찌푸렸다. 겁을 내며 주저하고 있었다. 그녀의 동작 하나하나, 말 한 마디 한 마디는 더 이상 발랄하지도 명랑하지도 장난스럽지도 않았다. 그런데 이상한 점이 있었다. 그녀는 나에 대한 관심을 오히려 증폭시켰던 것이다. 소망이 이루어지지 않을까 봐 두려운 나머지, 자신이 바라는 것을 온통 내게 쏟아 붓고자 하는 바람이 본능적으로 일고 있는 듯했다. 나의 나스쩬까가 그토록 겁을 집어먹고 두려워하는 것을 보자, 나는 그녀가 마침내 내가 자기를 사랑한다는 것을 눈치채고 내 가엾은 사랑을 동정하는 것이라는 생각이 들었다. 불행할 때 우리는 타인의 불행을 더욱 강렬히 느끼는 법이니까. 감정은 분산되지 않고 오히려 한곳에 집중된다…….

나는 풍선처럼 부푼 마음으로 그녀를 만나러 갔다. 만남의 시간까지 도저히 기다릴 수 없는 심정이었다. 나는 지금 내가 느끼는 이 기분을 예상하지 못했다. 모든 게 이런 식으로 끝나게 되리라곤 상상도 못했다. 그녀는 기쁨으로 빛나고 있었다. 그녀는 답장을 기다리고 있었다. 답장은 그 사람 자신이었다. 그는 와야만 했다. 그녀의 부름에 달려와야만 했다. 그녀는 나보다 한 시간이나 먼저 와 있었다. 처음에는 무조건 깔깔거리고 내가 무슨 말을 해도 그냥 웃어넘겼다. 나는 말을 꺼내려다 입을 다물었다.

「제가 왜 이토록 즐거운지 아세요?」 그녀가 말했다. 「당신을 바라보는 것이 왜 이렇게 기쁜지, 오늘 당신을 왜 이렇게 사랑하는지?」

「그래서요?」 나는 물었다. 심장이 두근거리기 시작했다.

「당신이 저를 사랑하지 않으시기 때문에 전 당신을 사랑하는 거예요. 다른 사람이 당신 입장이었다면 아마 저를 괴롭히고 귀찮게 따라다니고 한숨을 푹푹 쉬고 그러다가 병이 났을 거예요. 그런데 당신은 너무도 친절하세요!」

그 대목에서 그녀가 내 손을 하도 꼭 쥐는 바람에 나는 하마터면 비명을 지를 뻔했다. 그녀는 웃기 시작했다.

「하느님! 당신 같은 친구가 어디 있겠어요!」 그녀는 잠시 후 매우 심각한 표정으로 말을 시작했다. 「그래요, 하느님이 당신을 제게 보내 주셨어요! 만일 지금 당신이 제게 없었더라면 저는 어떻게 됐을까요? 당신은 정말 사심 없는 분이세요! 당신은 정말 훌륭하게 저를 사랑하시는군요! 제가 결혼을 한 뒤에도 우리는 친하게, 오누이보다 더 친하게 지낼 거예요. 저는 당신을 사랑할 거예요, 그 사람만큼…….」

이 순간 나는 왠지 끔찍이도 슬퍼졌다. 그런데도 내 영혼 속에서는 무슨 웃음 같은 것이 꼼지락거리기 시작했다.

「당신은 발작을 일으키고 있군요.」 내가 말했다. 「겁이 나는 거예요. 그가 오지 않을 거라는 생각으로.」

「무슨 말씀을!」 그녀가 대꾸했다. 「제가 조금만 덜 행복했더라도 저는 당신의 불신과 질책에 울음보를 터뜨렸을 거예요. 그러나 어쨌든 당신은 정신이 번쩍 나게 해주셨어요. 그리고 제게 긴 상념을 불어넣어 주셨어요. 그렇지만 나중에 생각할 거예요. 지금은 당신 말씀이 옳다는 걸 고백하죠. 그래요! 저는 제정신이 아니에요. 저는 온통 기대감으로 부풀어 있어요. 그러면서도 왠지 무척 홀가분한 기분이에요. 아니, 이걸로 됐어요. 감정 얘기는 그만두지요……!」

이때 발자국소리가 들렸다. 어둠 속에서 우리를 향해 걸어오는 행인의 모습이 보였다. 우리는 둘 다 몸을 부르르 떨었다. 그녀는 비명을 지르다시피 했다. 나는 그녀의 손을 뿌리치고 그녀한테서 물러서는 듯한 동작을 했다. 그러나 우리는 잘못 안 거였다. 그가 아니었다.

「무엇을 두려워하세요? 어째서 제 손을 뿌리치셨죠?」 나한테 다시 손을 내밀며 그녀가 말했다. 「그럴 거 없잖아요? 우리는 함께 그 사람을 만날 거예요. 우리가 서로를 얼마나 사랑하는지 그 사람한테 보여 주고 싶어요.」

「우리가 서로를 얼마나 사랑하는지라고요!」 내가 소리를 질렀다.

〈아, 나스쩬까, 나스쩬까!〉 나는 생각했다. 〈너의 이 말 한 마디가 얼마나 많은 걸 내게 말해 주는지 아는가! 《어떤 때》는 그러한 사랑이 가슴을 얼어붙게 하고 영혼을 무겁게 짓누르는 법. 너의 손은 차갑고 내 손은 불같이 뜨겁다. 나스쩬까, 너는 정말 눈이 멀었구나! 아! 행복한 인간이란 때로 참을 수 없이 지긋지긋하다! 그러나 나는 너에게 화를 낼 수 없지……!〉

마침내 나는 감정이 복받쳐 올랐다.

「들어 봐요, 나스쩬까!」 나는 소리를 쳤다. 「내가 오늘 하루 종일 무얼 했는지 아십니까?」

「무얼 하셨는데요? 빨리 말씀해 주세요! 어째서 여태껏 아무 말씀도 안 하신 거예요!」

「첫째, 나스쩬까, 나는 당신이 부탁한 일을 모두 수행했습니다. 편지도 전해 주고, 당신이 잘 안다는 그 선량한 분의 집에도 갔고, 그런 다음 집에 돌아와 잤어요.」

「그게 다예요?」 그녀가 웃으면서 말을 막았다.

「네, 거의 다죠.」 눈에서 이미 어리석은 눈물 방울들이 솟구치고 있었기 때문에 나는 간신히 대답했다. 「우리가 약속한 시간보다 한 시간 전에 잠에서 깼습니다. 그런데 도무지 잔 것 같지가 않았어요. 어떻게 된 영문인지 모르겠더라고요. 당신에게 이 모든 걸 얘기하러 나왔습니다. 나에겐 시간이 정지된 것 같았습니다. 이 시간으로부터 오직 하나의 감정, 하나의 감각만이 내 안에 영원히 남아 있어야만 하는 것 같았습니다. 한순간만이 영원히 계속되어야 하는 것 같았습니다, 마치 나의 삶 전체가 정지해 버린 것처럼……. 눈을 떴을 때 오래전에 알았던 달콤한 음악, 전에 어디선가 들은 적이 있지만 잊어버린 달콤한 음악의 곡조가 생각나는 것 같았습니다. 그 음악은 일생 동안 제 영혼을 요구하다가 지금에서야…….」

「아, 하느님, 하느님! 그게 다 무슨 말씀이세요? 저는 한마디도 못 알아듣겠어요.」 나스쩬까가 말을 가로챘다.

「아, 나스쩬까! 어떤 식으로든 이 괴상한 인상을 당신에게 전하고 싶지만…….」 나는 아주 희미하긴 하지만 여전히 희망이 숨겨져 있는 불쌍한 목소리로 말을 시작했다.

「그만, 그만두세요, 그만!」 그녀가 말했다. 한순간 그녀는 모든 걸 짐작했던 것이다. 영악하게도!

그녀는 갑자기 보기 드물게 수다스럽고 명랑하고 장난스럽게 돌변했다. 그녀는 내 손을 붙잡고 연신 웃어 댔다. 그리고 나도 웃게 만들고 싶어했다. 내가 당황해서 한 마디 한 마디 할 때마다 그녀는 쩡쩡 울리는 긴 웃음으로 대꾸했다……. 나는 화가 치밀어 오르기 시작했다. 그러자 갑자기 그녀는 교태를 부리기 시작했다.

「제 말씀 좀 들어 보세요.」 그녀가 말을 꺼냈다. 「저도 사실 당신이 저를 사랑하지 않아서 조금은 화가 나요. 당신이란 분은 참말로 분석해 볼 만해요! 그러나 어쨌든 당신은 강직한 분이세요. 당신도 제가 이렇게 소박한 여자라는 걸 칭찬하지 않을 수 없을 거예요. 저는 뭐든 전부 당신께 털어놓으니까요. 제아무리 멍청한 생각이 머릿속에 떠오른다 해도 말이에요.」

「들어 봐요! 지금 열한 시 맞죠?」 멀리 시내의 종탑에서 규칙적인 종소리가 울려 퍼질 때 나는 말했다. 그녀는 갑자기 말을 멈추고 웃음도 멈추고 종소리를 세기 시작했다.

「그래요, 열한 시.」 그녀가 마침내 머뭇머뭇 기어들어 가는 소리로 말했다.

나는 그녀를 놀래 주고 종소리를 세도록 한 것을 곧 후회했다. 그리고 악의를 품었던 나 자신을 저주했다. 그녀가 불쌍해지기 시작했다. 내 죄를 어떻게 보상해야 할지 알 수가 없었다. 나는 그가 오지 않은 이유를 찾아내고 여러 가지 논거와 증거를 대가며 그녀를 위로해 주었다. 그 순간의 그녀

만큼 속여 넘기기 쉬운 사람도 없었을 것이다. 하기야 그런 경우라면 누구나 어떤 위로의 말이라도 기쁘게 들어 주었을 것이다. 그 무슨 변명 비슷한 것만으로도 기뻐했을 것이다.

「정말 우습게 되어 버렸어요.」 나는 유례없이 명석한 내 논증에 감동한 나머지 더욱 열을 올리며 말을 시작했다. 「아무렴요, 그 사람은 올 수가 없었어요. 당신은 나까지 속이며 이 일에 끌어들였잖아요. 나스쩬까, 나는 시간 계산을 잘못했던 겁니다. 한번 생각 좀 해보세요, 그 사람이 편지를 못 받았는지도 모릅니다. 그 사람이 나올 수가 없어서 답신을 보냈다 칩시다. 그래도 그 답신은 빨라야 내일이나 도착할 겁니다. 내일 날이 밝는 대로 그 사람을 찾아가겠습니다. 그리고 당장 알려 드리겠습니다. 아무튼 수천 가지 가능성을 생각해 볼 수 있습니다. 편지가 갔을 때 그 사람은 집에 없었을지도 모르고 어쩌면 그 사람은 여태껏 편지를 읽지 못했을지도 모르지 않습니까? 별별일이 다 일어날 수 있는 겁니다.」

「그래요, 그래요!」 나스쩬까가 대답했다. 「제가 생각이 짧았군요. 물론 별의별 일이 다 생길 수 있어요.」 그녀는 사근사근한 목소리로 말을 계속했다. 그러나 그 목소리에서는 분노에 찬 불협화음 같은 것, 저 멀리 있는 어떤 다른 생각 같은 것이 느껴졌다. 「이렇게 하세요.」 그녀는 말을 계속했다. 「내일 가능하면 일찍 가보세요, 그리고 만일 뭔가 주거든 즉시 제게 알려 주세요. 제가 어디 사는지는 아시죠?」 그리고 그녀는 자기 집 주소를 내게 다시 말해 주기 시작했다.

그다음부터 그녀는 갑자기 무척이나 싹싹하고 곰살궂게 나를 대하기 시작했다……. 내가 말한 것을 진지하게 받아들인 것 같았다. 그러나 내가 무언가 물어보려고 그녀 쪽으로 몸을 돌렸을 때 그녀는 당황해 하며 입을 꼭 다물고 고개를 저만치 돌렸다. 나는 그녀의 눈을 살펴보았다. 아니나 다를까, 그녀는 울고 있었다.

「이런, 이런? 당신은 어린애군요! 이 무슨 어린애 같은……! 자, 그쳐요!」

그녀는 마음을 가라앉히고 미소를 지으려 했다. 그러나 턱이 부들부들 떨리고 가슴은 요동치고 있었다.

「저는 당신 생각을 하고 있어요.」 잠시 동안 침묵이 흐른 뒤에 그녀가 말했다. 「당신은 정말 좋은 분이세요. 그걸 못 느꼈다면 제가 목석이겠죠……. 지금 어떤 생각이 떠올랐는지 아세요? 저는 당신들 두 사람을 비교하고 있었어요. 왜 그 사람은 당신이 아닐까요? 어째서 그 사람은 당신 같지 않을까요? 비록 그 사람을 더 사랑하고 있긴 하지만 그 사람은 당신만 못해요.」

나는 아무 대꾸도 하지 않았다. 그녀는 내가 무언가 말해 주길 기다리는 것 같았다.

「물론 어쩌면 저는 아직 그 사람을 완전히 이해하지 못하고 있는지도 몰라요. 속속들이 알지는 못하나 봐요. 저는 언제나 그 사람을 두려워하는 것 같아요. 그 사람은 언제나 너무 진지해서 오만해 보였어요. 물론 그건 겉으로만 그렇다는 걸, 가슴속은 저보다도 더 부드럽다는 걸 잘 알아요. 그때, 그러니까 제가 보통이를 들고 찾아갔을 때 그 사람이 절 쳐다보던 눈길을 잊을 수가 없어요. 그렇지만 어쨌든 저는 지나치게 그 사람을 존경하는 것 같아요. 이건 즉 우리가 대등하지 않다는 뜻일까요?」

「천만에요, 나스쩬까, 그게 아니에요.」 내가 대답했다. 「그건 당신이 그 사람을 이 세상에서 누구보다도, 당신 자신보다도 훨씬 사랑한다는 뜻입니다.」

「그래요, 그렇다고 쳐요.」 천진난만한 나스쩬까가 대답했다. 「그런데 방금 저한테 어떤 생각이 떠올랐는지 아세요? 지금은 그 사람 얘기가 아니고 그냥 일반적인 얘길 하려는 거예요. 벌써 오래전부터 이런 생각을 해왔어요. 들어 보세요. 어째서 우리는 누구나 형제처럼 그렇게 살지 못하는 거죠? 어째서 가장 훌륭한 사람까지도 상대방한테 뭔가 숨기고 뭔가 접어 두는 것이죠? 쓸데없는 말이 아니란 걸 아는 바에야 어째서 마음속에 있는 말을 솔직히 털어놓지 않는 거죠? 마치 저마다 실제 그런 것보다 더 엄격하게 보이고 싶어 애쓰는 것 같아요. 자기 감정을 솔직히 드러내면 그것을 능욕당하게 될까 봐서 겁내는 것 같아요…….」

「아, 나스쩬까! 그건 당신 말이 옳아요. 그건 여러 가지 이유 때문에 그렇습니다.」 나는 이 순간에 그 어느 때보다도 내 감정을 억누르며 말을 막았다.

「아니, 그게 아니에요!」 그녀가 깊은 감정을 내보이며 대꾸했다. 「이를테면 당신은 다른 사람과는 다르잖아요! 사실, 제가 느끼는 것을 당신께 어떻게 말해야 할지 모르겠어요. 제가 보기에, 이를테면 당신은…… 지금만 해도…… 제가 보기에 당신은 저를 위해 뭔가 희생을 하고 계십니다.」 그녀는 나를 한번 흘끗 바라보더니 말을 덧붙였다. 「용서해 주세요, 당신께 이런 식으로 말씀드리는 것을요. 저야 사실 단순한 여자니까요. 아직 세상 경험도 별로 없고, 정말이지 어떤 때는 말하는 법도 잘 몰라요.」 그녀는 은밀한 감정으로 인해 떨리는 목소리로, 그러나 시종 웃으려고 애쓰며 계속했다. 「그렇지만 이것만은 꼭 말씀드리고 싶어요. 저 역시 제가 지금 느끼는 이 감정에 대해 당신께 감사한다는걸……. 아, 하느님께서 그 점을 가상히 여기셔서 당신께 행복을 선사해 주시기를! 당신이 당신의 몽상가에 관해 말씀해 주셨을 때 그건 모조리 사실과 다른 얘기였어요. 즉, 제가 말씀드리고 싶은 것은 그건 전혀 당신과 관계된 게 아니라는 거죠. 당신의 병은 완쾌되었어요. 당신은 이제 당신이 묘사했던 그런 사람이 전혀 아니에요. 언젠가 당신이 사랑을 하게 될 때 그녀와 행복하시기를 빌어요! 상대방 여성에게는 아무것도 기원해 줄 게 없어요. 그러지 않아도 그녀는 당신 곁에서 행복할 거니까요. 전 알아요, 저도 여자니까요. 그러니 제가 이렇게 말씀드린다면 당신은 절 믿으셔야 해요…….」

그녀는 말을 그치고 내 손을 꼭 쥐었다. 나 역시 흥분해서 아무 말도 할 수 없었다. 몇 분이 지나갔다.

「네, 그렇군요, 그 사람은 오늘 안 오는군요!」 그녀가 마침내 고개를 들고 말했다. 「늦었어요……!」

「그 사람은 내일 옵니다.」 나는 더할 나위 없이 확신에 찬 단호한 목소리로 말했다.

「그래요.」 조금 명랑을 되찾은 그녀가 덧붙였다. 「제가 보기에도 내일이나 되어야 올 것 같네요. 그럼 이제 그만 가보겠어요! 내일 봬요! 비가 오면 저는 어쩌면 못 나올 거예요. 그렇지만 내일 모레는 나올 거예요. 무슨 일이 있어도 반드시 나올 거예요. 꼭 나오셔야 해요. 당신과 만나고 싶어요. 모든 걸 말씀드리겠어요.」

그런 다음, 우리가 헤어질 때 그녀는 나를 똑바로 쳐다보더니 손을 내밀며 말했다.

「이제 우리는 영원히 함께할 거예요, 그렇죠?」

아! 나스쩬까, 나스쩬까! 내가 지금 얼마나 고독한지 네가 안다면!

시계가 아홉 시를 쳤을 때 나는 방에 앉아 있을 수가 없었다. 음산한 시간이었지만 옷을 입고 밖으로 나갔다. 나는 그곳에 가서 우리의 벤치에 앉았다. 그네들의 그 골목으로 가고 싶었다. 그러나 부끄러운 생각이 들었다. 그 집 쪽으로 두 발자국도 못 가서 창문에 눈길 한번 안 주고 발길을 돌렸다. 나는 한번도 맛본 적이 없는 우수에 잠겨 집으로 돌아왔다. 이 얼마나 축축하고 따분한 날인가! 날씨가 좋았더라면 거기서 밤새도록 산책했으련만······.

그러나 내일까지, 내일까지 기다리자! 내일 그녀는 모든 걸 말해 줄 것이다.

그런데 오늘도 편지는 오지 않았다. 그들은 이미 같이 있을 수도 있으니까 그게 당연한지도 모른다······.

네 번째 밤

맙소사, 모든 것이 이런 식으로 끝나다니! 이렇게 끝날 수가!

아홉 시에 도착했다. 그녀는 벌써 와 있었다. 멀리서도 그녀를 알아볼 수 있었다. 그녀는 처음 보았을 때처럼 제방의 난간에 팔꿈치를 고인 채 서 있었다. 내가 다가가는 것도 들리지 않는 모양이었다.

「나스쩬까!」 나는 가까스로 흥분을 억누르며 소리쳤다.

그녀는 재빨리 돌아보았다.

「당신이군요!」그녀가 말했다. 「자! 어서 오세요!」

나는 미심쩍은 눈으로 그녀를 바라보았다.

「저, 편지는 어디 있나요? 편지를 가져오셨겠지요?」 그녀는 손으로 난간을 잡은 채 편지라는 말을 되풀이했다.

「아니, 편지는 없습니다.」 나는 마침내 말했다. 「그 사람은 아직 안 왔습니까?」

그녀는 얼굴이 백지장처럼 되더니 한참 동안 미동도 없이 나를 바라보았다. 나는 그녀의 마지막 희망을 짓밟은 것이다.

「그래요, 마음대로 하라지요!」 그녀는 마침내 토막토막 끊어지는 목소리로 말했다. 「그런 식으로 나를 버릴 거라면 마음대로 하라지요.」

그녀는 눈을 내리깔았다. 얼마 후 그녀는 나를 쳐다보려 했지만 그러지를 못했다. 그녀는 잠시 동안 흥분을 가라앉히려고 안간힘을 쓰다가 별안간 제방의 난간에 팔꿈치를 괸 채 뒤를 돌아보았다. 그리고 눈물을 엄청나게 흘리기 시작했다.

「그만, 그만!」 나는 이렇게 입을 열었지만 도저히 말을 계속할 기력이 없었다. 이런 상황에서 도대체 무슨 말을 할 수 있겠는가?

「위로의 말은 사양하겠어요.」 그녀는 울면서 말했다. 「그 사람 얘긴 하지 마세요, 그 사람은 올 거다, 그 사람은 그토록 잔인하고 파렴치하게 저를 버린 것이 아니다, 이런 말씀일랑 하지 마세요. 그렇게 됐으니까요. 어째서, 어째서죠? 제가 쓴 편지, 그 불행한 편지에 무슨 잘못이라도 있었던 걸까요……?」

그 대목에 가서 그녀는 울음이 복받쳐 말을 잇지 못했다. 그녀를 보고 있자니 내 가슴이 미어지는 것 같았다.

「아, 이런 잔인하고 파렴치한 일이!」 그녀는 다시 말문을 열었다. 「한 마디, 단 한 마디의 연락도 없다뇨! 그저 당신은 이제 필요 없다, 당신과는 끝이다, 이런 답장이라도 해줄 수 있었을 텐데요. 사흘이나 지나도록 편지 한 줄이 없다뇨! 그 사람이야 뭐 나같이 불쌍하고 의지할 데 없는 여자 하나쯤 모욕하고 능욕하는 것이 쉬운 일이겠지요. 자기를 사랑하는 죄밖에 없는 여자를! 아, 이 사흘 동안 내가 견뎌 온 걸 생각하면! 하느님, 하느님! 아직도 생생하게 기억이 나요. 맨 처음 그 사람을 혼자 찾아갔을 때 자존심 같은 것은 다 버리고 울었죠. 눈곱만큼의 사랑이라도 얻으려고…… 그런데 이제 와서……! 아니 잠깐만.」 그녀는 내 쪽으로 고개를 돌리며 말했다. 그녀의 새까만 눈망울이 반짝거리기 시작했다. 「그건 아닐 거예요! 그럴 리가 없어요! 뭔가 자연스럽지가 않아요! 당신이나 제가 잘못 안 걸 거예요. 어쩌면 편지를 아직 못 받았는지도 모르죠? 여태 아무것도 모르고 있는지도 모르죠? 당신도 한번 생각해 보세요, 말씀해 주세요, 제발 설명해 주세요, 전 이해할 수 없어요. 그 사람이 저한테 한 것처럼 그렇게 야만적이고 무자비한 행동은 있을 수가 없어요! 한 마디도 없다니! 아무리 비열한 사람도 그보다는 인정이 있을 거예요. 어쩌면 그 사람이 무슨 소리 들은 게 아닐까요? 누군가가 저에 대해 나쁜 소리라도 한 건 아닐까요?」 그녀는 내게 질문을 퍼부으며 소리쳤다. 「당신, 당신 생각은 어떤가요?」

「내 말 좀 들어 봐요, 나스쩬까, 내일 당신을 대신해서 그 사람을 찾아가겠습니다.」

「그래서요!」

「그 사람한테 전부 물어보고 전부 말해 주겠습니다.」

「그래서요, 그래서요!」

「당신은 편지를 쓰세요. 싫다고 하지 마세요, 나스쩬까, 싫다고 하지 마세요! 그 사람이 당신의 행동을 존경하도록 하겠어요. 그 사람은 모든 걸 알게 될 겁니다. 만약에…….」

「아니, 고맙지만 안 돼요.」 그녀가 도중에 내 말을 가로막았다. 「이제 그만! 더 이상 한 마디도, 단 한 마디도 한 줄도 쓰지 않을 거예요. 그만하면 충분해요! 저는 그런 사람 몰라요, 더 이상 사랑하지 않아요, 그런 사람은 잊어 — 버릴 — 거예요…….」

그녀는 말끝을 흐렸다.

「진정해요, 진정! 여기 좀 앉아요, 나스쩬까.」 나는 그녀를 벤치에 앉히며 말했다.

「전 괜찮아요. 이제 그만하면 됐어요! 그러면서 사는 거죠, 뭐! 이런 눈물 같은 건 금방 말라 버릴 거예요! 당신은 제가 뭐 신세라도 망칠까 봐 걱정하시는 거예요? 물속에 풍덩 빠져 버릴까 봐요……?」

내 가슴은 미어지는 것 같았다. 무어라 말을 하고 싶었으나 나오지가 않았다.

「들어 보세요!」 그녀는 내 손을 잡으며 말을 계속했다. 「당신 같으면 그렇게 하셨겠어요? 말씀해 주세요. 당신이라면 제 발로 찾아온 소녀를 버리지 않으시겠죠? 파렴치하게도 맞대 놓고 그 소녀의 어리석고 섬약한 마음을 조롱하진 않으시겠죠? 당신이라면 그녀를 아껴 주었겠죠? 당신이라면 생각해 주셨겠죠, 그녀가 혼자라는 걸, 제 몸 하나 추스르지 못한다는 걸, 당신에 대한 사랑을 어쩌지 못한다는 걸, 그녀는 아무 죄도 없다는 걸, 그래요, 결국 그녀는 아무 죄도 없다는 걸 말이에요……. 그녀는 아무 짓도 안 했다는걸요……! 오, 하느님, 하느님…….」

「나스쪤까!」 나는 마침내 흥분을 억누르지 못하고 소리쳤다. 「나스쪤까! 당신은 내 가슴을 갈가리 찢고 있어요! 내 심장을 찔러 대고, 나를 죽이고 있어요, 나스쪤까! 도저히 가만히 있을 수가 없군요! 이제 말을 해야겠군요, 여기 내 가슴속에서 끓어오르는 걸 다 털어놓아야겠군요…….」

이렇게 말하며 나는 벤치에서 일어났다. 그녀는 내 손을 잡고 어리둥절해 하며 나를 쳐다보았다.

「무슨 일이에요?」 그녀가 마침내 말했다.

「들어 보세요!」 나는 단호히 말했다. 「내 말을 들어 보세요, 나스쪤까! 내가 지금부터 말하는 것은 모두 황당하고 실현 불가능한, 아주 어리석은 소립니다! 이런 일은 결코 일어날 수 없다는 걸 알지만 그래도 가만히 있을 수가 없어요. 미리 부탁드립니다만, 당신이 지금 당하고 있는 고통을 봐서라도 제발 저를 용서해 주십시오……!」

「그래서요, 무슨 말씀이신지요?」 울음을 멈추고 나를 유심히 뜯어보며 그녀가 말했다. 그녀의 놀란 두 눈에는 이상한 호기심이 반짝거렸다. 「무슨 일이세요?」

「말도 안 되는 소리 같습니다만, 나는 당신을 사랑합니다, 나스쪤까! 바로 이 말씀을 드리고 싶었습니다! 자, 이게 답니다!」 나는 손을 내저으며 말했다. 「이제 당신이 알아서 하십시오, 여태껏처럼 나와 얘기할 수 있겠습니까, 내가 앞으로 하는 얘기를 들어 줄 수 있겠습니까…….」

「아니, 그게 무슨 말씀이세요, 네?」 나스쪤까가 말을 막았다. 「이게 다 무슨 일이죠? 그야, 당신이 절 사랑한다는 건 오래전에 알았어요. 하지만 제 생각에는 그저, 그냥 그렇게, 순수하게 좋아하시는 줄로만…… 아, 하느님, 하느님!」

「처음에는 순수했어요, 나스쩬까, 그렇지만 지금은, 지금은, 나는 당신이 보통이를 들고 그 사람을 찾아갔을 때와 같은 처지에 있어요. 당신보다 내 처지가 더 나쁘지만서도요, 나스쩬까, 왜냐하면 그 당시 그 사람은 다른 사람을 사랑하고 있지 않았지만 지금 당신은 사랑하고 있기 때문이죠.」

「지금 제게 무슨 말씀을 하고 계신 거예요! 이제 보니, 당신을 전혀 이해하지 못하겠군요. 제 얘기 좀 들어 보세요, 어쩌자고, 아니, 어쩌자고가 아니라, 어째서 당신은, 이렇게, 이렇게 갑자기…… 맙소사! 저는 말도 안 되는 소릴 하고 있군요! 그렇지만 당신은…….」

나스쩬까는 완전히 얼이 빠져 버렸다. 그녀의 두 뺨이 새빨갛게 달아올랐다. 그녀는 눈을 내리깔았다.

「어떻게 하면 좋단 말입니까, 나스쩬까, 나는 도대체 어떻게 해야 하죠! 내 잘못입니다. 나는 당신을 이용했…… 아니, 그게 아닙니다, 나는 죄가 없습니다, 나스쩬까. 심장이 나에게 말하는 소리가 들려옵니다, 그리고 느껴집니다, 내가 옳다는 것이, 내가 그 어떤 것으로도 당신을 모욕하거나 능욕할 수 없다는 것이! 나는 당신의 친구였습니다. 그래요, 지금도 친굽니다. 나는 아무것도 배반하지 않았습니다. 지금, 나는 이렇게 눈물을 흘리고 있습니다, 나스쩬까, 흐르게 놓아 두십시오, 그냥 흘러 넘치게 내버려 두십시오, 아무도 방해하지 않는 눈물이니까요. 그러다가 마르겠지요, 나스쩬까…….」

「앉으세요, 제발. 아, 하느님!」 그녀는 나를 벤치로 잡아당기며 말했다.

「싫습니다! 나스쪈까, 앉지 않으렵니다. 더 이상 여기 있을 수가 없습니다. 더 이상 당신 눈앞에 얼쩡대지 않겠습니다. 모조리 말한 다음 떠나겠습니다. 한 가지, 내가 당신을 사랑한다는 사실을 당신이 알지 못하도록 했어야만 했다는 것을 말씀드리고 싶습니다. 나는 그것을 비밀로 간직했어야만 했습니다. 내 이기주의로 지금 당신을 괴롭혀서는 안 되는 일이었습니다. 아닙니다! 지금 나는 더 이상 참을 수가 없었습니다. 당신이 먼저 얘기를 꺼냈으니까요. 당신 탓입니다. 모든 게 당신 탓입니다, 내 탓은 아닙니다. 당신은 이제 절 쫓아 버릴 수 없을 겁니다……」

「물론 아니에요, 아니에요, 당신을 쫓아 버리지 않아요, 그러지 않을 거예요!」 불쌍하게도 나스쪈까는 당혹감을 감추려 애를 쓰며 말했다.

「당신이 나를 쫓아내지 않는다고요? 그게 아닙니다! 내 자신이 당신한테서 달아나고 싶었습니다. 먼저 모든 걸 털어놓고 그런 다음에 떠나겠습니다. 왜냐하면 당신이 여기서 말하고 있을 때 나는 앉아 있을 수가 없었습니다. 당신이 여기서 울고 있을 때, 그러니까, 그러니까, 이런 표현밖에는 생각이 나지 않습니다, 나스쪈까, 버림받은 것에, 사랑을 거절당한 것에 괴로워하고 있을 때 나는 내 가슴이 당신을 향한 사랑으로 넘치고 있음을 느꼈고, 그 사랑의 소리를 들었기 때문입니다. 나스쪈까, 어느 정도의 사랑인지 아십니까……! 그리고 나는 괴로웠습니다. 그 사랑으로도 당신을 도울 수가 없기 때문에…… 가슴이 터질 것 같아서, 나는, 나는, 침묵할 수 없었습니다. 말을 꺼내야만 했습니다, 나스쪈까, 얘기를 해야만 했습니다……!」

「좋아요, 다 좋아요! 말해 주세요, 그런 식으로 모두 다 말해 주세요!」 나스쪤까는 기이한 몸짓을 하며 말했다. 「당신은 어쩌면 제가 당신한테 이런 말씀을 드리는 것이 이상하다고 생각하실지 모르지만…… 아니, 말씀하세요! 저는 나중에 얘기하겠어요! 당신한테 모조리 얘기하겠어요!」

「당신은 내가 불쌍한 겁니다, 나스쪤까, 벗이여, 그냥 내가 불쌍한 겁니다. 일단 지나간 건 지나간 겁니다! 한번 내뱉은 말은 돌이킬 수 없습니다! 그렇지 않습니까? 지금은 당신도 모든 걸 알고 있습니다. 그래요, 이것이 출발점입니다. 아니, 좋습니다! 지금은 어찌 되었든 상관없습니다. 그냥 들어 보세요. 당신이 여기 앉아 울고 있을 때 나는 혼자 곰곰 생각했습니다. 아, 내가 생각한 바를 말하게 해주시길, 나는 이렇게 생각했습니다. 아니, 아니, 물론 그건 있을 수 없는 일입니다, 나스쪤까, 이렇게, 그러니까, 당신이…… 나는 당신이 거기서 어떻게든…… 그래요, 완전히 간접적인 방식이긴 하지만, 그 사람을 더 이상 사랑하지 않게 되었을지도 모른다고 생각했습니다. 나는 어제도 그리고 그저께도 그런 생각을 했습니다만, 나스쪤까, 그때 나는 꼭 그렇게 하겠노라고, 그러니까 당신이 나를 사랑하게 만들겠노라고 생각했습니다. 하여튼 당신도 말했지요, 분명히 당신 입으로 말했지요, 나스쪤까, 당신도 이미 나를 사랑하는 거나 마찬가지라고요. 그렇다면 그 다음엔 뭐죠? 이제 거의 다 끝나갑니다. 딱 한 가지만 더 말씀드리죠. 당신도 그 다음엔 나를 사랑할 수 있게 될지 모릅니다. 이게 답니다. 더 이상 없어요! 벗이여, 들어 주세요, 아무튼 당신은 나의 친구니까. 나는 물론 보잘것없는 인간입니다. 가진 것 없는 하찮은 인간입니다. 아니, 문제는 그게 아니지요. 자꾸 말이 빗나가는군요, 나스쩬까, 당황해서 그러나 봅니다. 당신이 아직도 그 사람을 사랑한다면, 내가 알지도 못하는 그 사람을 계속해서 사랑한다면, 그래도 나는 당신을 사랑할 겁니다. 내 사랑이 당신에게 짐이 되지 않도록, 당신이 느끼지 못하도록 그렇게 사랑할 겁니다. 당신은 다만 매순간 듣게 될 겁니다, 느끼게 될 겁니다, 당신 곁에서 감사에 넘치는, 감사에 넘치는 심장이 고동치고 있음을, 당신을 위해 뜨거운 심장이…… 아, 나스쩬까, 나스쩬까! 당신은 내게 무슨 짓을 한 거요!」

「울지 마세요, 당신이 우시면 싫어요.」 재빨리 벤치에서 일어나며 나스쩬까가 말했다. 「우리 이제 가요, 일어나세요, 저와 함께 가요, 울지 마시고요, 울지 마세요.」 자기 손수건으로 내 눈물을 닦아 주며 그녀가 말했다. 「이제 그만 가요. 저도 어쩜 당신께 드릴 말씀이…… 그래요, 이제 그 사람은 이미 저를 버렸고 저를 잊었으니까, 비록 제가 아직도 그 사람을 사랑한다 해도, 당신께 거짓말은 하고 싶지 않아요…… 제 말씀을 듣고 대답해 주세요. 그러니까, 제가, 이를테면, 당신을 사랑하게 된다면, 즉 제가 다만…… 아, 당신은 저의 친구이시죠! 어떻게, 어떻게 생각하면 좋을까요, 당신이 저를 사랑하지 않는다고 사뭇 놀림조로 당신을 칭찬했을 때 저는 당신을 모욕했다는걸……! 오, 하느님! 어떻게 그걸 모를 수가, 어떻게 모를 수가, 어떻게 그렇게 바보 같을 수가, 아니…… 좋아요, 좋아요, 이제 결심이 섰어요, 모두 말씀드리죠…….」

「잠깐만, 나스쩬까, 아시겠어요? 당신을 떠나겠어요, 지금 당장! 당신에게 고통만을 주고 있을 뿐이니까요. 지금 당신은 자기가 나를 조롱했다고 양심의 가책을 느끼고 있어요,

하지만 싫습니다, 싫어요. 당신의 고통 말고 또 다른 고통을 준다는 건…… 물론 내 잘못입니다, 나스쩬까, 그럼 안녕히 가십시오!」

「잠깐만, 제 말씀을 끝까지 들어 주세요. 기다려 주실 수 있으시죠?」

「무얼 말입니까, 어떻게?」

「저는 그 사람을 사랑해요. 하지만 곧 잊어버리게 되어 있어요. 안 잊을 수가 없죠. 벌써 잊고 있다는 걸 느낄 수 있어요……. 누가 알겠어요, 어쩌면 오늘이라도 모든 게 끝날지. 왜냐하면 저는 그 사람을 증오하고 있기 때문이에요. 당신이 여기서 저와 함께 울고 계실 때 그 사람은 저를 조롱하고 있었기 때문이에요. 당신은 그 사람처럼 나를 내치지 않았기 때문이에요. 그건, 당신은 나를 사랑하고 그 사람은 나를 사랑하지 않았기 때문에 그렇게 된 거죠. 이제는 저도 당신을 사랑해요……. 그래요 사랑해요! 당신이 나를 사랑하듯 나도 당신을 사랑해요. 하여튼 당신보다 먼저 제 입으로 말했으니까요. 당신도 들으셨죠. 당신이 그 사람보다 더 훌륭하고 더 고결하기 때문에 저는 당신을 사랑해요, 왜냐하면, 왜냐하면, 그 사람은…….」

이 가엾은 소녀는 흥분에 겨워 말을 잇지 못했다. 내 어깨에 얹었던 고개를 아예 가슴에 파묻고 서럽게 울기 시작했다. 나는 그녀를 달래며 진정시키려 했지만 그녀는 울음을 멈추지 않았다. 그녀는 여전히 내 손을 잡은 채 울먹이며 말했다. 「조금만, 조금만, 기다려 주세요. 금방 그칠게요! 말씀드리고 싶어요……. 오해하지 마세요, 당신은 혹시 제 눈물이……. 아니, 제가 우는 건 마음이 약해져서 그런 것뿐이에요, 조금만 기다려 주세요. 곧 그칠 거예요……」 마침내 그녀는 울음을 그치고 눈물을 닦아 냈다. 그리고 우리는 다시 걷기 시작했다. 나는 말을 하고 싶었지만 그녀는 한참 동안 기다려 달라는 말만 했다. 우리는 입을 꾹 다문 채 있었다……. 마침내 그녀는 원기를 회복한 듯 말문을 열었다…….

「실은 이렇게 된 거예요.」 그녀는 힘없이 떨리는 목소리로 말을 시작했다. 그러나 그 목소리에서는 갑자기 내 가슴으로 즉각 파고들어 달콤한 고통을 느끼게 하는 그 어떤 것이 울려 퍼지기 시작했다.「제가 변덕스럽고 경박한 여자라고는 생각지 마세요. 제가 그토록 가볍게, 빨리 잊고 배신할 수 있다고는 생각지 마세요……. 저는 1년 내내 그 사람을 사랑했어요. 하늘에 맹세코, 정말 한 번도, 한 번도 마음속으로라도 그 사람에게 죄 되는 일은 하지 않았어요. 그 사람은 그걸 무시한 거예요. 저를 조롱한 거예요, 마음대로 하라지요! 그 사람은 제게 상처를 주고 제 가슴을 능멸했어요. 저는 그 사람을 사랑하지 않아요. 저는 저를 이해해 주는 마음이 넓고 고결한 사람만을 사랑할 수 있기 때문이에요. 저 자신이 그런 인간이기 때문이죠. 그 사람은 제 사랑을 받을 자격이 없어요. 뭐, 마음대로 하라지요! 그 사람은 현명하게 처신한 건지도 몰라요. 어차피 저도 나중에라도 기대가 배신당한 걸 알고는 그가 어떤 사람인지 파악하게 됐을 터이니까요……. 그래요, 이게 다예요! 그렇지만 당신은 저의 착한 친구이시니까 들어 주세요, 누가 알겠어요.」 그녀는 내 손을 잡으며 말을 이었다.「누가 알겠어요, 어쩌면 내 사랑이란 것 자체가 모조리 감정의 기만이자 공상이었는지도, 어쩌면 할머니한테 감시를 받다 보니 장난을 치고 싶어져서 쓸데없이 사랑을 시작했는지도 모르잖아요? 어쩌면 저는 그 사람이 아닌 다른 사람, 그런 사람이 아닌, 저를 가엾이 여겨 줄 수 있는 사람을 사랑해야 하는지도 몰라요. 그리고, 그리고…… 아니, 이런 얘긴 그만두죠, 됐어요.」 나스쩬까는 흥분으로 숨을 헐떡이며 중간에 말을 끊었다. 「당신께 다만 이것만은 말씀드리고 싶었어요……. 이 말씀을 해드리고 싶었어요. 그러니까 제가 그 사람을 사랑함에도, 아니, 사랑했음에도 불구하고, 그럼에도 불구하고 당신도 말씀하셨다시피…… 당신의 사랑이 그토록 고결하다고 느끼신다면, 궁극적으로 제 가슴에서 예전의 사랑을 몰아내 주실 수가 있다고 느끼신다면…… 저를 불쌍히 여기고 싶으시다면, 저를 위로도 희망도 없는 운명 속에 홀로 팽개쳐 두고 싶지 않으시다면, 언제나 지금처럼 저를 사랑하고 싶으시다면, 그렇다면 저도 맹세합니다, 이 감사하는 마음…… 저의 사랑이 마침내 당신의 사랑을 받을 가치가 있게 될 거라는걸…… 이제 제 손을 잡아 주시겠어요?」

「나스쩬까!」 나는 울음이 복받쳐 숨을 헐떡이며 소리쳤다. 「나스쩬까……! 오, 나스쩬까……!」

「아니, 그만 됐어요, 됐어요!」 가까스로 감정을 추스리며 그녀는 말하기 시작했다. 「이제 정말 됐어요! 이제 모든 걸 얘기한 셈이에요. 그렇지 않아요? 그렇죠? 그래요, 당신도 행복하고 저도 행복해요. 더 이상 아무 말도 필요 없어요. 잠깐 기다려 주세요. 절 용서해 주세요……. 제발 뭔가 다른 얘길 좀 해주세요……!」

「그래요, 나스쩬까, 그래요! 그 얘기는 이걸로 충분해요. 지금 나는 행복해요……. 그래요, 나스쩬까, 그래요, 뭔가 다른 걸 이야기합시다, 빨리, 빨리 다른 얘길 해요. 네! 나는 그릴 준비가 되어 있어요······.」

그러나 우리는 무슨 얘길 해야 할지 몰랐다. 우리는 웃다 울다 하다가 아무 연관도, 아무 뜻도 없는 말을 수천 마디 지껄였다. 보도를 걷다가 갑자기 뒤로 홱 돌아서서 한길을 가로질러 가기 시작했다. 그런 다음 걸음을 멈추었다가 다시 제방을 향해 길을 건너갔다. 우리는 마치 어린애들 같았다······.

「나스쩬까, 나는 지금 혼자 삽니다만······.」 내가 입을 열었다. 「그러나 내일이면, 물론, 나스쩬까 나는, 아시다시피, 가난뱅이입니다. 봉급을 모두 합쳐도 1천 2백 루블밖에는 안 됩니다, 그러나 그게 문제는 아니죠······.」

「물론, 문제가 안 돼요. 게다가 할머니한테는 연금이 나오는걸요. 그러니까 저희한테 짐이 되진 않으실 거예요. 할머니는 저희가 모셔야 해요.」

「그럼요, 할머니는 모셔야지요······ 다만 마뜨료나가······.」

「아, 그래요. 우리 집에도 표끌라가 있어요!」

「마뜨료나는 좋은 사람이지만 한 가지 단점이 있어요. 상상력이 없는 거예요, 나스쩬까, 정말이지 조금도 상상력이 없어요. 하지만 그건 아무것도 아니죠!」

「아무래도 좋아요. 그 두 사람은 함께 지내도 돼요. 당신만 내일 우리 집으로 이사 오세요.」

「뭐라고요? 당신 집으로! 좋아요, 준비는 되어 있어요······.」

「우리 집에서 방을 빌리는 거예요. 우리 집에는 다락방이 있어요. 먼저 있던 사람은 집안이 좋은 할머니였는데 다른 데로 나가 버리셨어요. 저는 할머니가 젊은 사람을 들이고 싶어 하신다는 걸 알아요. 제가 여쭤 보았어요. 〈어째서 젊은 사람이어야 하죠?〉 그러자 이렇게 대답하셨어요. 〈왜냐하면 나도 이젠 늙었기 때문이란다. 그렇다고 나스쩬까야, 너를 그 젊은 이한테 시집보내고 싶어서 그런다고는 생각하지 말거라.〉 그렇지만 저는 짐작했어요, 그러시려고 하신다는 걸……」

「아, 나스쩬까……!」

그리고 우리는 둘 다 웃기 시작했다.

「그래요, 이제 됐어요, 됐어요. 그런데 당신은 어디 사시나요? 제가 잊어버렸어요.」

「저기…… 다리 근처, 바라니꼬프 건물에요.」

「그 큰 집 말씀이세요?」

「네, 그 큰 집이오.」

「알아요, 좋은 집이죠. 하지만 그 집을 나와 가급적 빨리 저희 집으로 오세요……」

「내일 당장, 나스쩬까, 내일 당장. 하지만 방세가 좀 밀려 있는데요, 그래요 까짓 거……곧 봉급을 받을 테니까요……」

「그런데 저는 어쩌면 가정교사 노릇을 할 수 있을 거예요. 저부터 먼저 배운 다음에 가르치면 되겠죠……」

「좋아요, 근사해요……. 나도 곧 특별 상여금을 받게 될 겁니다, 나스쩬까……」

「그러니까 내일 저희 집 하숙인이 되시는 거예요.」

「네, 그리고 우리는 〈세비야의 이발사〉를 보러 가죠. 곧 다시 공연이 있다고 하니까요.」 나스쩬까가 웃으며 말했다.

「그래요, 가요. 아니, 〈이발사〉보다는 뭔가 다른 것이 더 낫지 않을까요……?」

「좋아요, 뭔가 다른 걸로. 물론 그게 더 낫겠죠. 그 생각을 미처 못했군요……」

이런 얘길 나누며 우리는 둘 다 연기 속을 가듯, 안개 속을 가듯 걸어갔다. 우리 신변에 무슨 일이 일어나고 있는지도 모르는 듯이. 걸음을 멈추고 그 자리에서 한참 동안 얘기를 나누기도 하고 다시 방향도 없이 걷기 시작했다. 다시 웃음, 다시 눈물…… 갑자기 나스쩬까가 집에 가고 싶다고 했다. 나는 말릴 수가 없어 집까지 바래다 주마고 했다. 우리는 집 쪽으로 가기 시작했다. 그러나 15분쯤 지나서 정신을 차려 보니 제방의 그 벤치에 와 있는 것이었다. 그녀의 입에서 한 숨이 새어 나오기도 했고 또다시 두 눈에 눈물이 고이기도 했다. 나는 두려움에 질려 창백해졌다……. 그러나 그녀는 곧 바로 내 손을 잡더니 나를 잡아당기며 다시 걷고 떠들고 지 껄이게 했다…….

「이젠 시간이 되었어요. 집으로 갈 시간이에요. 너무 늦었 다는 생각이 들어요.」 마침내 나스쩬까가 말했다. 「어린애 같 은 짓은 이것으로 충분해요!」

「그래요, 나스쩬까, 하지만 나는 이제 잠들 수가 없을 거예 요. 집으로 가지 않겠어요.」

「저도 잠이 오지 않을 것 같아요. 그래도 집까지 바래다 주 세요…….」

「여부가 있겠습니까!」

「이번에는 꼭 집까지 가야 해요.」

「그럼요, 당연하죠…….」

「약속하시는 거죠……? 어차피 언젠가는 집에 가야 하잖 아요!」

「약속합니다.」 나는 웃으며 대답했다. 「그럼 갑시다.」

「그럼 갑시다!」

「가요.」

「하늘 좀 쳐다봐요, 나스쩬까, 저길 좀! 내일은 멋진 날이 될 거예요. 새파란 하늘에 빛나는 달! 저길 좀 봐요, 저 노란색 구름이 달을 덮으려 하고 있어요. 봐요, 봐……! 아니 그냥 지나쳐 갔군요. 저길 좀 보세요, 저길……!」

그러나 나스쩬까는 구름을 쳐다보지 않았다. 그녀는 말없이 그 자리에 못 박힌 듯 서버렸다. 잠시 후 그녀는 왠지 머뭇거리며 내게 바짝 달라붙었다. 그녀의 손은 내 손 안에서 떨기 시작했다. 나는 그녀를 바라보았다……. 그녀는 더욱더 내게 기대어 왔다.

이때 어떤 청년이 우리를 지나쳐 갔다. 그는 갑자기 걸음을 멈추고 우리를 유심히 바라보았다. 그러고 나서 다시 몇 발자국 더 걸어갔다. 내 가슴은 떨리기 시작했다…….

「나스쩬까,」 나는 가만가만 말했다. 「누굽니까, 나스쩬까?」

「그 사람이에요!」 그녀는 더욱 가까이, 그리고 경련적으로 내게 몸을 밀착시키며 속삭이듯 대답했다……. 나는 거의 몸도 가누지 못할 지경이었다.

「나스쩬까! 나스쩬까! 당신 맞지!」 우리 뒤에서 목소리가 들려왔다. 그 순간 청년은 우리 쪽으로 몇 걸음 다가왔다…….

하느님, 그 비명소리란! 그녀는 얼마나 떨었던가! 내 손을 뿌리치고 그를 향해 총알처럼 달려가던 모습이란……! 나는 죽은 사람처럼 서서 그들을 바라보았다. 그러나 그녀는 그에게 손을 내밀기 전에, 그의 품안에 달려들기 전에 갑자기 다시 몸을 돌려 바람처럼 번개처럼 내 옆으로 달려왔다. 그리고 내가 미처 정신을 차리기도 전에 두 손으로 내 목을 얼싸안고 힘차게, 뜨겁게 내게 입을 맞추었다. 그런 다음 한 마디도 않고 다시 그에게 달려가 그의 두 손을 잡고 끌어당겼다.

나는 오랫동안 서서 사라져 가는 그들의 뒷모습을 바라보았다……. 마침내 그 둘 모두 내 시야에서 사라졌다.

아침

나의 밤들은 끝나고 아침이 되었다. 궂은 하루였다. 비가 내렸고 빗방울이 내 창문을 우울하게 두들겨 댔다. 방 안은 어둠침침했다. 바깥은 잔뜩 흐려 있었다. 골치가 지끈거리고 현기증이 났다. 무슨 열병 같은 것이 뼈마디 마디로 스며들었다.

「편지가 왔어요, 선생님, 우체부가 시내 우편으로 배달해 주었어요.」 마뜨료나가 나를 내려다보며 말했다.

「편지? 누구한테서?」 나는 의자에서 벌떡 몸을 일으키며 외쳤다.

「저도 몰라요, 선생님. 뜯어 보세요. 거기 누구라고 씌어져 있겠죠.」

나는 봉인을 뜯었다. 그녀한테서 온 편지였다!

〈아, 용서해 주세요, 저를 용서해 주세요!〉 나스쩬까는 이렇게 나에게 쓰고 있었다. 〈무릎을 꿇고 당신께 간청합니다, 저를 용서해 주세요! 저는 당신도 제 자신도 속였습니다. 그건 꿈이었어요, 환영이었어요. 오늘 저는 당신 생각을 하며 번민했어요. 용서해 주세요, 제발 저를 용서해 주세요……!

나를 비난하지 말아 주세요. 그 어떤 점에서도 당신을 배신하진 않았으니까요. 저는 당신을 사랑하겠노라고 말했고 지금도 사랑하니까요. 아니, 사랑하는 것 이상이죠. 아 하느

님! 당신과 그 사람 두 분 다 한꺼번에 사랑할 수 있다면! 아, 당신이 그 사람이었더라면!〉

〈아, 그 사람이 당신이라면!〉이라는 말이 나의 뇌리를 스치고 지나갔다. 나스쩬까여, 나는 당신의 이 말을 기억하오!

〈하느님께 맹세코 당신을 위해서라면 지금 당장 무엇이든 하겠어요! 당신이 괴로워하신다는 거, 슬퍼하신다는 거 잘 알아요. 저는 당신을 모욕했어요. 하지만 당신도 아시죠, 사랑한다면 오랫동안 모욕을 곱씹지 않는다는걸요. 그리고 당신은 저를 사랑하시죠!

고마워요! 그래요! 이 사랑에 대해 당신께 감사드려요. 그 사랑은 깨고 난 뒤에도 오랫동안 생각나는 달콤한 꿈처럼 제 영혼에 새겨졌으니까요. 당신이 오빠와도 같은 애정으로 제게 마음을 열어 주신 순간을 기억할 거니까요, 저를 어루만져 주시고 위로해 주시고 치유해 주시기 위해, 제 조각난 심장을 마치 선물인 양 너그럽게 받아 주신 그 순간을 영원히 기억할 거니까요……. 당신이 절 용서해 주신다면 당신에 대한 추억은 제 안에서 영원한 감정으로 승화될 겁니다. 당신에 대한 감사의 마음은 제 영혼에서 결코 사라지지 않을 겁니다……. 이 추억을 소중히 간직하고 그것에 충실하렵니다. 그 추억을 배신하지 않을 겁니다, 제 자신의 마음을 배신하지 않을 겁니다. 제 마음은 너무나도 한결같답니다. 어제 자기가 영원히 속한 곳으로 그렇게나 빨리 돌아서 버린 것만 보아도 알 수 있지요.

우리 다시 만나요. 저희를 찾아 주세요. 저희를 버리진 않으시겠죠, 저의 영원한 친구, 오빠가 되실 거예요……. 저를 만나시면 악수해 주시겠죠……. 네? 저를 용서하시고 제게 손을 내미실 거죠, 그렇죠?《전처럼》저를 사랑해 주실 거죠?

아, 절 사랑해 주세요, 저를 버리지 말아 주세요. 이 순간 당신을 그토록 사랑하고 있으니까요. 그리고 저는 당신의 사랑을 받을 가치가 있으니까요, 자격이 있으니까요……. 사랑하는 나의 벗이여! 다음 주에 저는 그 사람과 결혼합니다. 그 사람은 저에 대한 사랑을 간직한 채 돌아왔어요. 한시도 절 잊은 적이 없었어요……. 그 사람 얘길 쓴다고 해서 화를 내진 않으시겠죠……. 그 사람과 함께 당신을 찾아뵙고 싶어요. 당신은 그 사람을 좋아하실 거죠, 그렇죠?

저희를 용서해 주세요. 기억해 주시고 사랑해 주세요. 당신의 나스쩬까를.〉

나는 오랫동안 이 편지를 읽고 또 읽었다. 눈에서 눈물이 솟구쳤다. 마침내 편지는 내 손에서 떨어졌고 나는 얼굴을 손으로 감싸 쥐었다.

「선생님! 선생님!」 마뜨료나가 불렀다.

「뭐예요, 할머니?」

「천장에 걸린 거미줄을 모조리 치워 버렸어요. 이젠 당장 색시를 들이셔도, 손님을 부르셔도 문제 없어요…….」

나는 마뜨료나를 바라보았다……. 그녀는 아직 정정한, 〈젊은〉 노파였다. 그런데 어찌 된 영문인지 갑자기 그녀가 눈이 가물거리고 얼굴에 주름살이 가득한, 허리가 착 꼬부라지고 노쇠한 노파처럼 보였다. 어찌 된 영문인지 내 방도 그 노파처럼 갑자기 늙어 버린 것 같았다. 벽과 바닥 모두 색이 바래 버렸다. 모든 것이 침침해졌다. 거미줄은 더욱 늘어났다. 창밖을 내다보자 어찌 된 영문인지 이번에는 건너편의 건물이 늙고 우중충하게 변한 듯이 보였다. 기둥의 회반죽은 벗겨져 무너져 내렸으며 처마끝은 검게 그을고 여기저기 금이 갔다. 가라앉은 노란색으로 선명하게 보이던 벽은 얼룩덜룩하게 되었다……

아니면, 먹구름을 뚫고 비죽이 나왔던 한줄기 햇살이 다시 비구름에 가리워지는 바람에 모든 것이 내 눈에 우중충하게 보인 걸까. 아니면 눈앞에서 내 미래의 전망이 침울하고 슬프게 명멸했기 때문일까. 정확하게 15년 뒤의 내 모습, 지금의 이 방에 지금처럼 고독하게, 그토록 세월이 흘러갔어도 조금도 똑똑해지지 않은 마뜨료나와 함께 있는, 지금과 똑같은 내 늙은 모습을 보았기 때문일까.

그러나 나스쩬까, 너는 내가 모욕의 응어리를 쌓아 두리라 생각하는가! 내가 너의 화사하고 평화스러운 행복에 어두운 구름을 드리우게 할 것 같은가, 너를 신랄하게 비난하여 너의 심장에 우수의 칼을 꽂을 것 같은가, 너의 가슴이 비밀스러운 가책으로 고통받고 행복의 순간에도 우울하게 고동치도록 만들 것 같은가, 네가 사랑하는 이와 함께 제대(祭臺)를 향해 걸어갈 때 너의 검은 고수머리에 꽂힌 저 부드러운 꽃 중에서 단 한 송이라도 나로 인해 구겨져 버리게 할 것 같은가……. 아, 천만에, 천만에! 너의 하늘이 청명하기를, 너의 사랑스러운 미소가 밝고 평화롭기를, 행복과 기쁨의 순간에 축복이 너와 함께하기를! 너는 감사하는 마음으로 가득 찬 어느 외로운 가슴에 행복과 기쁨을 주었으니까.

오, 하느님! 한순간 동안이나마 지속되었던 지극한 행복이여! 인간의 일생이 그것이면 족하지 않겠는가……?

꼬마 영웅
미지의 회상록에서

김숙영 옮김

내가 열한 살이 조금 안 되었을 때의 일이다. 7월에 나는 친척 T씨가 사는 모스끄바 근교에 머물게 되었는데, 정확히 세어 보진 않았지만 그 집에는 손님들이 약 50명 가량이나 모여들어 있었다. 그곳의 분위기는 수선스럽고 명랑하였다. 그곳의 생활은 마치 한번 시작해서는 영영 끝날 줄을 모르는 축제와도 같았다. 집주인은 그 거대한 재산을 가능한 한 빨리 탕진해 버리자고 마치 자신에게 약속이라도 한 듯했고, 얼마 안 가 정말로 이를 실현시켰다. 즉 그는 모든 것을 남김없이 깨끗하게 마지막 한 푼까지 탕진한 것이다. 새로운 손님들이 쉴 새 없이 도착하였다. 모스끄바는 아주 가까운 거리에 있었고 한 무리의 손님들이 떠나는 즉시 곧 새로운 손님들이 빈자리를 메꾸곤 해서 축제는 순조롭게 진행되었다. 하나의 오락이 끝나면 또 다른 오락거리가 등장해 유흥은 끝없이 이어졌다. 인근으로 떠나는 승마 여행, 무리를 지어 모두 나서는 강이나 숲으로의 산책, 피크닉, 들판에서의 점심식사, 저택의 거대한 테라스에서의 저녁 식사, 몇 줄씩 늘어선 희귀한 꽃들, 향기롭게 밀려오는 신선한 저녁 공기, 눈부신 빛 속에서 귀부인들은 거의 한 사람도 예외 없이 모두 아름다웠고, 한낮의 즐거움이 가시지 않은 얼굴 표정과 빛나는 눈동자들, 종소리 같은 웃음과 주고받는 재치 있는 말씨로 인해 그녀들은 한층 더 매력적으로 보였다. 춤과 음악, 노래가 계속되었다. 날씨가 좋지 않을 때는 살아 있는 그림 놀이[1]를 하거나 글자 맞추기 놀이, 혹은 속담 놀이를 하였고 가정 연극도 상연되었다. 요설가들과 이야기꾼들, 재담가들도 등장하였다.

곧 몇몇 인물들이 관심의 대상으로 떠올랐다. 물론 말할 것도 없이 험담과 유언비어가 나돌았다. 왜냐하면 세상은 험담과 유언비어가 없이는 돌아갈 수 없는 것이었고, 만일 험담이나 유언비어가 없었더라면 수백만 명의 여인들은 지루해서 마치 파리처럼 죽어 버렸을 것이기 때문이다. 그러나 나는 열한 살이었기에 당시에는 이러한 여인들을 인식하지 못했고, 설령 인식했다 하더라도 별다른 수가 없었을 것이다. 다만 시간이 흐른 후에야 비로소 무엇인가를 회상하게 되었을 따름이다. 당시 나의 어린 눈에는 빛나는 오직 하나의 측면만이 다가왔다. 지금까지 내가 한 번도 보지도 듣지도 못한 열기와 광채, 소음 등 모든 것은 나를 놀라게 만들었고 나의 작은 머리를 빙빙 돌게 만들었다. 그러나 나는 단지 내가 열한 살이었을 때의 이야기를 하는 것이고 나는 그야말로 그냥 어린아이에 지나지 않았다. 그 아름다운 귀부인들 중 많은 이들이 나를 귀여워하였고 내 나이에 맞게 그때는 아직 나를 진지하게 다루려 하지 않았다. 그러나 이상한 일이다! 나 자신도 이해할 수 없는 어떤 이상한 감정이 나를 휘

---

[1] 배경을 적당히 꾸민 다음 그 배경 위로 사람이 그림 속의 인물처럼 자세를 취하는 놀이의 일종.

어잡았다. 지금까지 한 번도 느껴 보지 못한 속살거리는 감정이 심장을 전율케 했다. 때때로 내 심장은 마치 놀란 듯 들뜨고 심하게 고동쳤으며 내 얼굴은 갑작스러운 홍조를 띠었다. 때로는 내가 예전부터 가지고 있던 어린아이로서의 특권들이 부끄럽고, 심지어는 모욕적이기까지 했다. 한번은 놀라움이 나를 엄습해 와서 아무도 나를 볼 수 없는 곳으로 무작정 달아난 적이 있었다. 내 영혼을 멀리 가져가 무엇인가를 기억해 내기 위해서였는데, 나는 그 무엇이라는 것을 그때는 잘 알고 있었지만, 지금은 잊어버렸고 지금까지도 도무지 기억해 낼 수 없는 것으로 생각된다.

아무튼 나는 모든 사람들로부터 무엇인가를 감추고 있는 듯한 기분이 들었고 그것을 다른 사람에게 절대로 말하지 않았는데 그것은 내가, 작은 인간인 내가 부끄러움이란 감정을 느끼게 되었기 때문이다. 나는 곧 나를 둘러싼 질풍 속에서 일종의 외로움을 느끼게 되었다. 그곳에는 다른 아이들도 있었지만 그들은 나보다 훨씬 어리거나 혹은 훨씬 나이가 많았다. 그리고 무엇보다도 나는 그들에 대해 관심을 느끼지 못했다. 물론 내가 만일 이러한 특별한 입장에 있지 않았다고 하더라도 별다른 일이 일어나지는 않았을 것이다. 이 모든 아름다운 부인들의 눈에 나는 단지, 그들이 때때로 귀여워할 수도 있고 가지고 놀 수도 있는 작은 인형같이 두드러지지 않는 작은 존재일 뿐이었다. 특히 그 귀부인들 중 한 명은 나를 가만히 놔두지 않기로 작정한 듯싶었는데, 그녀는 내가 이제까지 본 일이 없고 앞으로도 볼 수 없을 듯한 보기 좋게 굽슬굽슬거리는 매혹적인 금발을 하고 있었다. 그녀가 쉴 새 없이 나에게 걸어 대는 무모하고 당돌한 장난 때문에 우리 주위에서는 웃음이 끊이질 않았고, 이 때문에 나는 괴로워했지만 그녀는 매우 즐거워했음에 틀림없다. 학교에서 친구들은 아마 그녀를 장난꾸러기 초등 학생이라는 별명으로 불렀을 것이다. 그녀는 믿을 수 없을 정도로 아름다웠는데, 그녀의 아름다움에는 무엇인가 다른 것이 있어서 보는 사람들을 첫눈에 매혹시켰다. 물론 그녀는 흰쥐나 솜털같이 창백하지만은 않았고 목사의 딸과도 같은 보드랍고 조그만 금발의 계집아이들과도 닮지 않았음은 물론이다. 그녀의 키는 크지 않았고 체격은 약간 통통했으나 얼굴은 가늘고 부드럽고 매혹적인 선들로 이루어져 있었다. 이 얼굴에는 무엇인가 번개같이 번뜩이는 것이 있었고 그녀의 몸 전체는 마치 횃불처럼 생동감 있고 빠르고 가벼웠다. 그녀의 크게 뜬 눈에선 마치 불꽃이 튀는 듯했다. 그녀의 눈동자는 다이아몬드처럼 반짝였는데, 나는 그토록 반짝이는 푸른 눈을 검은 눈과 바꾸지 않을 것이다. 비록 그 검은 눈이 홍주석보다 더 검더라도 말이다. 나의 금발의 귀부인은, 일찍이 어떤 유명하고도 뛰어난 시인이 그의 탁월한 시 속에서, 만일 그의 손가락 하나라도 그 미인의 망토에 닿는 날이면 자신의 뼈를 부러뜨리겠다고 전 카스틸리야[2]를 걸고 맹세하며 찬미했던 그 유명한 검은 머리의 미인에 견줄 만했다. 덧붙이자면, 〈나의〉 미인은 전세계의 미인들 중에서 가장 명랑했고 이미 5년 전에 결혼했음에도 불구하고 가장 유쾌한 웃음을 지닌, 아이와도 같이 천진스러운 미인이었다. 첫 햇살을 받아 이제 막 향기로운 봉오리를 연, 그러나 아직 차가운 이슬을 맛보지 않은 장미

2 에스파냐의 옛 왕국.

와도 같은 그녀의 입술에는 늘 웃음이 머물러 있었다.

내가 도착한 지 이틀째 되는 날 가정 연극이 무대에 올려졌던 것을 나는 기억한다. 연극이 공연되던 홀은 사람들로 가득 차서 빈자리가 하나도 없었다. 그런데 마침 나는 늦게 홀에 들어갔으므로 서서 연극을 감상할 수밖에 없었다. 그러나 흥미로운 연극은 나를 점점 더 앞으로 끌어당겨서 나는 나도 모르는 사이에 제일 앞 줄까지 가게 되었고, 그곳에서 어떤 부인이 앉아 있는 안락의자의 등받이에 팔꿈치를 괴고 서서 연극을 보게 되었다. 그 귀부인이 바로 나의 금발의 미인이었다. 그러나 우리는 아직 서로 아는 사이가 아니었다. 그런데 나는 나도 모르게, 사람을 매혹하는 듯한 둥그스름하고 통통하고 우유 거품처럼 하얀 그녀의 어깨를 열중해서 바라보게 되었다. 비록 나에게는, 그렇듯 매혹적인 여자의 어깨를 보건 아니면 맨 앞 줄에 앉은 존경받는 노부인의 백발을 덮고 있는 붉은 리본의 모자를 보건 다 마찬가지였는데도 말이다. 그 금발의 미인 옆에는 어떤 성숙한 처녀가 앉아 있었는데 그녀는 나중에 내가 알게 된 바에 의하면, 젊은이들이 주위에 몰려들어도 굳이 쫓아 버리지 않는 예쁜 여자들만을 골라 그 여자들 주위에 항상 붙어 다니는 그런 유형의 처녀였다. 그러나 그것이 중요한 것은 아니다. 그 처녀는 내가 열중해서 어깨를 바라보고 있음을 알아차리자마자 바로 고개를 옆으로 돌리더니 히히덕거리며 금발의 미인에게 뭐라고 속삭였다. 그러자 금발의 미인은 즉시 고개를 돌렸는데 어슴푸레한 어둠 속에서 그녀의 불꽃 같은 눈이 어찌나 번뜩였던지, 그녀의 시선을 받으리라고 예상하지 못했던 나는 마치 불에 타듯이 몸을 떨었음을 기억한다. 그녀는 웃었다.

「연극이 마음에 드나요?」 나의 눈을 비웃듯이 교활하게 바라보며 그녀가 물었다.

「네.」 여전히 그녀를 바라보며 나는 놀라서 대답했는데 나의 놀란 태도가 그녀의 마음에 드는 듯했다.

「왜 그렇게 서 있지요? 피곤해질 텐데. 자리가 없나요?」

「저, 있을 것 같은데…… 없네요.」 이번에는 그녀의 번쩍이는 눈에 신경 쓰기보다는 나의 불편함을 걱정해 주는 그녀의 마음에 진심으로 기뻐하며 나는 대답했다. 「찾아보았지만 전부 사람들이 앉아 있어요.」 빈자리가 없는 애석함을 그녀에게 호소하듯 나는 덧붙였다.

「그럼, 이리로 오렴.」 그녀는 마치 미치광이 같은 엉뚱한 생각을 머리에 떠올릴 때처럼 서두르며 이렇게 내뱉었다. 「이리 와서 내 무릎에 앉지 그러니.」

「무릎에요?」 나는 어리둥절해서 되물었다.

나는 이미, 내가 어린아이로서 가지고 있는 특권이 나에게 심각한 모욕감과 부끄러움을 가져다 주기 시작했음을 말한 바 있다. 그러한 특권들은 마치 나를 비웃기라도 하듯 유달리 내 곁에서 떠나지 않았다. 게다가 항상 겁 많고 수줍음을 잘 타는 성격을 지닌 나는, 여자들 앞에선 그 어느 때보다 더욱 겁이 났다. 따라서 지금 이러한 상황은 나를 지독한 혼란 속에 빠뜨렸다.

「그래, 바로 무릎에 앉으라고! 왜 내 무릎에 앉으려고 하지 않니?」 그녀는 점점 더 크게 웃으며 이와 같이 강요하다가 마침내는 크게 웃음을 터뜨렸는데, 그 이유는 하느님만이 아시겠지만 아마도 자기의 생각이 재미나서이거나 아니면 내가 당황하는 모습이 우스꽝스러워서였을 것이다. 그녀는 그렇게 웃어 댔다. 나는 놀란 나머지 얼굴이 빨개져서 나갈 곳을 찾기 위해 주위를 둘러보았다. 그녀는 자신이 예고했듯이 내 팔을 잡고 나서 내가 도망가지 못하도록 그녀 쪽으로 잡아당기더니 갑자기, 정말 놀랍게도 그녀의 장난스럽고도 따뜻한 손가락으로 내 손가락들을 부러뜨리듯 꽉 꺾었는데 어찌나 아팠던지 나는 비명을 지르는 대신 온 힘을 다해 참느라고 우스꽝스럽게 얼굴을 찡그릴 수밖에 없었다. 그 순간 나는 아픔을 느꼈다. 그러나 그 외에도, 이유도 없이 소년과 시시껄렁한 이야기를 나누며 소년을 그토록 아프게 하는 익살스럽고도 사악한 부인들이 존재한다는 사실을 알고 무서운 경악을 금치 못했다. 아마 나의 우스꽝스러운 얼굴에는 틀림없이 우둔한 표정이 어려 있었을 테고 그래서 그 장난꾸러기 부인은 내 눈을 바라보며 마치 미친 사람처럼 웃어 대더니 점점 더 아프게 내 불쌍한 손가락들을 꺾어 댔다. 그녀는 불쌍한 소년을 우롱하여 당황하게 만드는 게 즐거웠는지 제정신이 아니었다. 내 처지는 정말 비참해졌다. 무엇보다도 나는 부끄러워서 얼굴이 달아올랐는데, 그 이유는 우리 주위의 사람들이 무슨 일이 일어났는가 싶어 돌아보는가 하면 또 다른 사람들은 그 미인이 뭔가 장난을 치고 있다는 걸 알고 웃었기 때문이다. 또한 나는 비명을 지를 것 같은 고통을 느꼈는데, 그 이유는 그녀가 단지 내가 소리 지르지 않는다는 이유만으로 더 잔인하게 내 손가락을 꺾었기 때문이다. 그러나 나는 비명을 질러 소동 — 그 소동의 끝에는 무엇이 기다리고 있을지 모를 일이다 — 을 일으키고 싶지 않았기 때문에 스파르타 인들처럼 고통을 참기로 했다. 절망적인 심정으로 나는 마침내 온 힘을 다해 몸을 **빼내려고** 안간힘을 썼으나 나의 지배자는 나보다도 힘이 훨씬 더 세었다. 결국 나는 더 참지 못하고 비명을 내질렀는데 그것은 바로 그녀가 원하던 바였다. 순간 그녀는 나를 떼밀며 얼굴을 돌렸다. 마치 그녀는 아무런 관계도 없고 장난도 자신이 친 것이 아니라 다른 사람이 치기라도 한 듯한 태도였다. 이를테면 어떤 초등학생이 선생님 몰래 옆에 있는 허약한 소년을 꼬집고, 손가락으로 튕기고, 발길질하고, 팔꿈치로 찌르다가 재빨리 책으로 시선을 돌려 언제 그랬냐는 듯 수업에 열중함으로써 시끄러운 소동으로 매같이 화가 난 선생을 우롱하듯 말이다.

그러나 다행히도 그 순간 모든 사람들은 희극에서 주연을 맡았던 집주인의 훌륭한 연기에 정신을 팔고 있었다. 모두가 박수칠 때의 소란을 틈 타 나는 첫 줄에서 빠져나온 후 홀의 반대편 끝 모퉁이로 뛰어가 기둥 뒤에 숨어 그 간교한 미인이 앉아 있는 쪽을 놀라움 속에서 지켜보았다. 그녀는 손수건으로 입을 가린 채 계속 웃고 있었다. 그리고 그녀는 나를 찾으려고 계속해서 고개를 뒤로 돌려 구석구석을 살피고 있었다. 아마도 그녀는 자신의 미치광이 같은 장난이 너무도 빨리 끝나 버린 것을 아쉬워하며 또 무슨 장난을 칠까 궁리하는 것이 분명했다.

이렇게 우리는 서로 알게 되었고 이 만남 이후로 그녀는 나에게서 한 발짝도 떨어지지 않았다. 그녀는 수단과 염치를 가리지 않고 나를 쫓아다니는 나의 박해자이자 폭군이 되었다. 그녀가 나와 벌이는 모든 장난 가운데 가장 희극적인 것은 그녀가 내 귀에 대고 사랑한다고 말함으로써 모든 사람들 앞에서 나에게 창피를 주는 것이었다. 소심한 성격의 소유자인 나는, 당연히 이 모든 것이 눈물이 날 정도로 괴롭고 분했으므로 몇 번은 나의 사악한 숭배자와 싸울 마음까지 먹는 심각한 위기 상황에 놓이기도 했다. 나의 순진한 놀라움과 절망적인 우울은 나를 끝까지 괴롭히도록 그녀를 고무시켰을 것이다. 그녀는 연민의 감정을 몰랐고, 나는 어떻게 그녀로부터 몸을 숨겨야 하는지 몰랐다. 그녀가 유도해 냄으로써 우리의 주위에 울리는 웃음소리는 새로운 장난에 대한 그녀의 열망을 더욱 부채질할 뿐이었다. 그러나 결국 사람들은 그녀의 농담이 조금 지나치다고 생각하게 되었다. 사실 그녀는 나와 같은 어린아이에게 지나치게 제멋대로 행동했다. 모든 면에서 살펴볼 때 그녀는 천성적으로 어리광부리기를 좋아하는 응석받이라 할 수 있었다. 나중에 내가 듣기로는, 그녀의 응석을 가장 귀엽게 받아 주는 사람은 다름 아닌 그녀의 남편이었다. 그는 매우 뚱뚱한 체격에다 작은 키에 붉은 얼굴 빛을 띤 매우 부유하고 활달한 사람이었다. 그의 활달함은, 적어도 그가 잠시도 가만히 있지 못하고 분주하게 움직인다는 데서 단적으로 드러났다. 그는 같은 자리에 두 시간 이상 버티지 못하는 사람이었다. 그는 매일같이 ─그가 강조한 바에 의하면─ 업무상 모스끄바에 다녀왔는데 어떤 때는 하루에 두 번씩도 다녀왔다. 때문에 이 유쾌하고 착한 사람의 희극적이면서도 항상 단정한 모습을 보기란 힘든 일이었다. 그는 자신의 아내를 나약하다 할 만큼, 연민을 느끼게 할 만큼 끔찍히 사랑하였다. 그는 우상을 대하듯 그녀를 숭배했다.

그는 그녀를 결코 부끄러워하지 않았다. 그녀에겐 많은 남자 친구들과 여자 친구들이 있었다. 첫째로 그녀를 좋아하지 않는 사람이 거의 없었고 둘째로 말괄량이 부인은, 비록 그녀의 본성 근저에는 지금까지 내가 말한 것과는 다른 더 진지한 무엇인가가 있었지만, 친구를 고르는 데 지나치게 까다롭지 않았기 때문이다.

그러나 친구들 중에서도 특히 그녀는 당시 우리 사교계에 얼굴을 내민 먼 친척뻘 되는 한 젊은 귀부인을 두드러지게 좋아했다. 그녀들 사이에는 일종의 부드러우면서도 섬세한 관계가 형성되어 있었다. 그 관계는 일종의 상반되는 성격을 지닌 사람들 간에 맺어지는 그런 관계였는데, 한 사람이 더 내면이 깊고 강인하고 순수하다면, 다른 한 사람은 고결한 겸손과 고상한 자기 평가의 결과로 상대의 우월을 기꺼이 인정하며 상대에게 복종하는데, 이때 다행히도 그의 마음속에는 상대를 향한 우정이 각인되는 것이다. 이렇게 되면 이 부드럽고도 고결한 섬세함이 이들의 관계 속에 뿌리내리게 된다. 한 사람은 사랑과 겸양의 감정을 갖게 되고 다른 사람은 사랑과 존경의 감정을 갖게 되는데, 이 존경의 감정은 자신이 누군가를 그토록 소중히 여기는 데 대한 공포와 불안으로 확산되고 또한 인생을 살며 상대의 마음에 한발 한발 더 가까이 다가가려는 질투와 욕망의 감정으로 발전하게 되는 것이다. 두 사람은 동년배였으나 모든 면에서 그들 간에는 큰 차이가 있었다. 우선 그들의 미모만을 비교해 봐도 차이가 났다. M부인도 역시 상당히 아름다운 외모를 지니고 있었지만 그녀의 아름다움 속에는 매우 특별한 무엇인가가 있어서 그녀를 아름다운 다른 부인들로부터 두드러지게 만들었다. 그녀의 얼굴 속에는 그녀를 보는 사람으로 하여금 지울 수 없는 연민의 정을 느끼게끔 만드는, 정확히 말하자면 고결하고 고양된 연민의 감정을 유발해 내는 그 무엇인가가 있었다. 세상에는 그런 행운을 간직한 얼굴도 있는 것이다. 그녀 주위의 사물들은 어떤 방식으로든 더 낫고 더 자유롭고 더 친근하게 변모했으나, 불꽃과 열정으로 가득 찬 그녀의 커다란 슬픈 두 눈은 순간순간의 공포에 휩싸여 무엇인가 적대적이고 무서운 것을 소심하게 바라다보는 듯했다. 이 이상한 소심함은, 이탈리아 성모상의 밝은 얼굴을 연상시키는 그녀의 온유하고 조용한 매력을 우울하게 덮어 버려서 그녀를 바라보는 사람마저 정말 슬픈 일이라도 생긴 듯한 감정을 갖게끔 우울하게 만드는 것이었다. 이 창백하고 여윈 얼굴 위에서 정확하고 깨끗한 곡선이 빚어 내는 나무랄 데 없는 아름다움과, 애수로 가득 찬 공허한 우울의 냉담함 속에는 아직도 유년기의 선명한 특성들이 간간이 빛났다. 아직 확신을 갖지 못할 나이의 순진한 행복이 빚어 내는 형상, 조용하지만 안정되지 않은 미소 등 유년기의 특성들은 사람들로 하여금 무의식적으로 이 부인에게 관심을 쏟게 했고, 비록 남이지만 그녀를 가까운 사람으로 느끼게 했으며 그들의 가슴속에 그녀에 대한 달콤하고도 부드러운 심려를 끼쳤다.

그러나 이 아름다운 부인은 왠지 말수가 적고 비밀스러운 사람으로 보였다. 물론 연민의 정을 필요로 하는 누군가가 있다고 할 때 그녀보다 더 주의를 끄는 사랑스러운 존재는 없지만 말이다. 세상을 살다 보면 자비심의 화신과도 같은 여인들을 만나게 마련이다. 그런 사람들 앞에선 아무것도 감출 필요가 없다. 최소한 그들의 영혼 안에는 병들고 상처 입은 것들이란 없다. 고통받는 사람들은 희망을 가지고 용감하게 그들 앞으로 나아가 두려움 없이 무거운 짐을 나눈다. 그런 후 우리들 중 몇몇은, 얼마나 무한한 용서와 참을성 있는 사랑과 동정이 이들 여인들의 마음속에서 끊임없이 넘치는 가를 알게 된다. 동정과 위안과 희망이라는 모든 소중한 보물들이 이들의 깨끗하지만 상처받기 쉬운 마음속에 간직되어 있는 것이다. 많은 사랑을 베푸는 마음씨는 또한 많은 슬픔을 안다. 이러한 마음들이 받은 상처는 호기심 어린 외부의 시선을 받게 되면 재빨리 섬세하게 은폐된다. 그런 후 그들의 깊은 슬픔은 더 침묵하고 은닉되는 것이다. 상처의 깊이나 고름, 악취도 그들을 놀라게 하지 못한다. 상처의 고통이란 것은 그것을 향유하는 자에 따라 다른 의미를 띠는 것이다. 상처의 고통도 이들에게는 공훈이 된다. M부인은 큰 키에 유연하고 날씬한 몸매였으나 다소 여윈 편이었다. 그녀의 자태는 어쩐지 불안정하기도 했고, 느리기도 경쾌하기도 했고, 심지어는 신중해 보이기도 했다. 무엇인지 모를 소심한 겸손이 그녀의 행동을 감싸고 있었고 그런 그녀의 행동에는 어딘지 흔들리고 무방비 상태인 듯한, 그러나 남에게 도움이나 방어를 요청하지 않는 그런 면이 있었다.

나는 이미 간교한 금발 부인의 칭찬받지 못할 장난이 나를 미칠 정도로 부끄럽고 괴롭게 만들었음을 이야기한 바 있다. 그러나 나의 괴로움에는, 내가 숨겨 온 비밀스럽고 이상한 바보 같은 이유가 있었다. 그 이유로 인해 나는 노인처럼 부들부들 떨었고, 귀엽고 교활한 부인들의 심문하는 듯한 눈초리가 미치지 않는 어둡고 비밀스러운 구석에서 그 이유들을 하나하나 되씹어 보았는데 그럴 때면 놀라움과 부끄러움과 불안 때문에 숨도 쉬지 못할 지경이었다. 한마디로 말해 나는 사랑에 빠졌던 것이다. 이것은 말도 안 되는 소리라 하자. 또 그런 일은 있을 수 없다고 치자. 그러나 왜 나를 둘러싼 그

많은 얼굴들 중에서 오직 한 얼굴에만 나의 온 정신이 팔리는 걸까? 비록 내가 아직 귀부인들을 흘끔흘끔 바라다보며 그들과 교제할 나이가 절대 아니라 치더라도 왜 나의 시선은 그녀를 쫓아다니는 걸까? 이러한 기분은 저녁때 더 자주 나타났는데, 특히 날씨가 좋지 않아 사람들이 실내에 모여 앉아 있고 나는 혼자 응접실 구석 아무데나 틀어박혀 별 생각 없이 여기저기 쳐다보고 있어야 할 때 그랬다. 왜냐하면 나를 놀리는 귀부인들을 제외하고 나와 이야기를 나누는 사람들은 거의 없었고, 그런 날의 저녁때에 나는 견디기 힘들 만큼 지루했기 때문이다. 그럴 때 나는 내 주위 사람들의 얼굴을 찬찬히 살펴보곤 했고, 한마디도 이해하지 못하는 경우가 많은 대화들을 주의 깊게 듣곤 했다. 그런 순간에 M부인 특유의 조용한 시선과 짧은 미소와 아름다운 얼굴은 왜 그런지 나에게 마법을 건 듯 나의 주의를 끌었고 그럴 땐 알 수 없는 미묘한, 그러나 형용하기 힘들 정도로 달콤한 느낌이 나를 감쌌다. 나는 그녀로부터 한시도 눈을 떼지 못할 때가 많았다. 나는 그녀의 모든 제스처와 움직임들에 익숙해지게 되었고 맑지만 약간은 황량한 그녀의 낮은 목소리를 주의 깊게 들었다. 이상한 일이다! 나의 모든 관찰은 나에게 소심하고 달콤한 느낌과 함께 어떤 형언할 수 없는 호기심도 가져다 주었다. 내가 마치 어떤 비밀을 알아내기라도 한 듯한 느낌이었다.

나에게 가장 고통스러운 일은 M부인 앞에서 조롱당하는 일이었다. 조롱과 우스꽝스러운 장난은 내가 생각해도 나 자신을 지독히 비하시키는 것들이었다. 나를 대상으로 웃음이 터져 나올 때에 M부인도 종종 본의 아니게 동참할 때가 있었는데 그럴 때면 나는 슬퍼서 제정신이 아니었고, 응접실에 얼굴을 내밀 용기가 나지 않아 나를 괴롭히는 사람들로부터 빠져나와 위층으로 올라가 그날의 남은 시간을 보내야 했다. 그런데 한 가지 말해 두어야 할 것은, 나 스스로도 자신이 느끼는 부끄러움이나 흥분의 정체를 이해하지 못했다는 것이다. 이 모든 과정은 무의식적으로 일어났다. M부인과 나는 기껏해야 두 마디 이상의 대화를 나누지 못했고 그 이상의 대화를 나눌 용기도 내게는 없었다. 어느 날 나는 참을 수 없는 오후를 보낸 뒤 모두가 산책을 나가는 대열에서 빠져나와 매우 지친 몸을 이끌고 집으로 돌아오고 있었다. 인적 드문 오솔길 옆의 벤치 위에서 나는 M부인을 보았다. 그녀는 마치 일부러 그런 외진 장소를 택한 듯 홀로 쓸쓸하게 앉아서 고개를 가슴 위로 떨군 채 자신도 모르게 손수건을 만지작거리고 있었다. 그녀는 매우 깊은 생각에 빠져 있었으므로 내가 그녀 앞에 다가서는 소리를 듣지 못했다.

나를 알아본 그녀는 얼른 벤치에서 일어나 얼굴을 돌렸는데 나는 그녀가 눈가로 손수건을 가져가는 것을 보았다. 그녀는 울고 있었다. 눈물을 훔쳐 낸 후 그녀는 나를 보고 미소 지었고 나와 함께 집으로 돌아왔다. 그때 내가 그녀와 무슨 이야기를 주고받았는지는 기억이 나지 않는다. 그러나 그녀는 줄곧 나에게 꽃을 꺾어 달라거나 옆길에는 누가 지나가는지 보고 오라는 등의 심부름을 시켰다. 내가 그녀의 부탁을 들어주기 위해 그녀로부터 멀어지면 그녀는 곧 눈가로 손수건을 가져가 자신도 어찌할 수 없는 눈물을 훔쳐 냈지만 또다시 그녀의 마음엔 응어리가 져서 가엾은 두 눈에선 계속 눈물이 흐르는 것이었다. 나는 그녀가 쉴 새 없이 심부름을 시키는 것을 보고 나의 존재가 지금 그녀와 함께 있는 것이 그녀에겐 괴롭다는 것을 눈치 챘다. 그녀 또한 내가 모든 것을 눈치 챘음을 느꼈지만 단지 자신을 억누를 수 없었고 이 모든 것은 내 마음을 더욱 아프게 했다. 그 순간, 내가 왜 적절하지 못한 순간에 그녀와 함께 있을까라는 생각이 들어 나는 절망적으로 자신이 미워졌으나, 그녀에게 내가 모든 것을 눈치 챘음을 내색하지 않고 조용히 그녀로부터 물러날 수 있는 방법을 알지 못했기에 그냥 그녀 곁에서 나란히 걷게 되었다. 슬픈 놀라움, 심지어는 경악 속에서 나는 당황했고 궁핍해진 우리의 대화를 이어갈 단 한 마디의 말도 생각해 내지 못했다. 이 만남은 나를 매우 놀라게 했으므로 저녁 내내 나는 M부인 뒤에 앉아서 탐욕스러울 정도의 호기심으로 그녀를 계속 지켜보았다. 내가 그녀를 관찰하는 동안 나의 시선은 그녀와 두 번이나 마주쳐 놀랐는데 두 번째로 우리의 시선이 마주쳤을 때 그녀는 나에게 미소를 지어 보였다. 이 미소는 그날 저녁 그녀가 보인 유일한 미소였다. 매우 창백해진 그녀의 얼굴에선 슬픔의 그림자가 가시지 않았다. 저녁 내내 그녀는, 사악하고 싸움을 좋아하는 어떤 늙은 부인과 조용히 이야기를 나누었는데 이 늙은 부인으로 말할 것 같으면, 고자질과 허풍 때문에 아무도 좋아하는 이가 없었고 모두들 그녀를 두려워했으므로 사람들은 원하든 원하지 않든 그녀의 비위를 맞춰 줘야 했다. 열 시경에 M부인의 남편이 도착했다. 그때까지 나는 그녀의 슬픈 얼굴로부터 한 번도 눈을 돌리지 않고 온 신경을 집중해 그녀를 관찰하고 있었다. 그런데 지금, 갑작스럽게 그녀의 남편이 도착하자 그녀는 온몸을 떨었고 안색은 창백하다 못해 백지장보다도 더 하얇게 되었다. 이는 그 누구의 눈에도 쉽게 보일 만큼 두드러 졌다. 나는 구석에서 오가는 이야기들을 단편적으로 엿들었는데 이를 통해 가엾은 M부인의 가정 생활이 썩 행복하지 못하다는 사실을 알게 되었다. 그녀의 남편은 흑인처럼 질투가 심했는데 그것은 사랑이 아닌 자만심에서 나오는 질투라는 것이었다. 그녀의 남편은 면밀한 사고력과 전형적인 신사상을 가진 유럽 인이었다. 그는 검은 머리에 큰 키, 매우 건장한 체구를 가진 신사였는데 자긍심에 가득 찬 얼굴에는 유럽식 볼수염을 기르고 있었고 설탕처럼 하얀 치아가 빛나고 있었다. 그의 외모 전체에서는 나무랄 데 없는 신사적 위엄이 느껴졌다. 모두들 그를 〈현명한 사람〉이라고 불렀다. 항간에선 아무것도 하지 않고 또한 아무것도 하고 싶어하지 않는 지속적인 게으름 때문에 심장이 있어야 할 자리에 비계 덩어리가 있는, 어쩌다 남의 수고 덕택에 살이 찌게 된 종족을 그렇게 부르기도 한다. 그들은 항상 〈자신들의 천재성을 짜증나게 하는〉, 그래서 〈유감스러운 마음으로 대하게 되는〉 일련의 혼잡스럽고 달갑지 않은 상황들 때문에 자신들이 할 일은 아무것도 없다고 종종 말한다. 이러한 미사여구, 즉 그들의 입에 발린 구호에는, 배부른 뚱뚱보들이 어느 곳에서나 항상 남발하는 타르튀프[3]의 빈말처럼 벌써 오래전에 식상한 터이다. 그런데도 이 어릿광대 같은 자들 중 일부는 정말로 그들이 무엇을 해야 할지를 찾아내지 못한다. 더 정확히 말하자면 그들은 무엇인가 찾으려는 시도조차 하지 않는다. 그들은 사람들이 자신들에겐 심장 대신 비계가 있다고 생각하

---

3 몰리에르의 희극에 나오는 위선자.

는 대신에 반대로 무엇인가 〈아주 심오한 것〉이 있다고 믿어 주기를 바라지만, 그 기품 있는 것이 과연 무엇인가는 가장 훌륭한 외과 의사라도 알 수 없을 노릇이다.

물론 이것은 예의를 갖춰서 한 이야기이다. 이 작자들은 남을 우둔하다면서 멸시하고, 만사를 근시안으로 판단하며, 형언할 수 없는 자만심을 과시하는 일에 혼신의 힘을 다해 자신의 본능을 사용하려고 세상에 태어나는 것이다. 그들이 하는 일이라고는 남의 약점과 실수를 알아내는 것 외에는 없고, 선한 감정이라야 그들이 가진 선한 감정 이상으로는 갖지 못했기 때문에 그들은 이러한 자질을 활용해 세상을 용의주도하게 살아가는 것이다. 이런 면에서 그들의 재능은 탁월하다. 그들은 온 세상 사람들이 자기들에게 소작료를 내야 한다고 믿고 있다. 또한 그들은 자신들을 제외한 나머지 사람들은 다 바보들로서 필요할 때는 오렌지나 해면처럼 즙이 나오는 한 계속 짜낼 수 있는 그런 존재로 간주한다. 그들은 모든 것의 주인이고, 세상 만사의 칭찬받을 만한 질서는 다른 사람들이 아닌 그들의 현명하고 확고한 인품 때문에 이루어지는 것이라고 믿는 것이다. 이루 말할 수 없는 자존심 때문에 그들은 자신들에게 결점이 있다는 사실을 결코 용납하지 못한다. 그들은 늘 사기를 치며 살아왔으므로 결국에는 자신들의 사는 방식은 당연히 사기를 치는 것이라고 믿는 저 타르튀프나 폴스타프[4]와 조금도 다를 바가 없다. 그들은 사람들에게 자신들의 결백함을 누누이 강조한다. 그러다가 결국 그들 스스로가 자신들을 정말로 결백한 인간으로 믿는 지

---

4 셰익스피어의 희극에 등장하는 뚱뚱하고 쾌활한 허풍선이.

경에 이르면 자신들의 사기 행위조차 결백한 일로 간주하게 되는 것이다. 그들은 결코 양심적인 내적 판단이나 결백한 자기 판단을 하지 않는다. 남에게나 해당되는 그런 일들을 하기에 그들은 너무도 기름기 흐르는 뚱뚱보들인 것이다. 어떠한 경우에도 그들에겐 그들의 귀하신 몸이, 그들의 몰로흐[5]와 바알[6] 신이, 그들의 위대한 자아가 우선이다.

그들에게 있어선 전세계와 자연도 자신들을 제외한 나머지는 아무것도 비추지 않는, 작은 신과도 같은 자신들의 위상을 비추어 보고 자기애의 감정에 빠져 버릴 수 있는 하나의 거대한 거울과도 같다. 그들은 이러한 뒤죽박죽 방식으로 나름대로 세상을 바라보는 것이다. 그들에겐 항상 최신식 미사여구가 준비되어 있는데, 그들 입장에서 보면 이 말들은 그들의 교활함을 최대 한도로 드러내 주는 수단이다. 그들은 근거 없이 여기저기 떠다니는 유행이라도, 그 속에서 성공할 수 있는 조짐을 느끼면 적극적으로 그 유행에 가담한다. 바로 그런 작자들에게는 유행하는 말을 재빠르게 감지하는 감각 기관이 있어 다른 사람보다 먼저 유행을 습득해, 마치 유행이 그들로부터 퍼진 듯 만든다. 그들은 특히 사람에 대한 자신의 깊은 연민의 감정을 표시할 때와 올바르고 정당한 박애란 무엇인가를 이성적인 판단을 통해 규명할 때를 위해 그들의 유행어를 비축해 놓는다. 그러다가 결국엔 가차 없이 낭만주의를 비판하기 위해, 즉 아름답고 진실된 모든 것들과, 물러 빠진 자신들보다 더 고귀한 모든 것을 헐뜯기 위해 유행어를 비축해 놓는 것이다. 그러나 그들은 우둔하게도 완

---

5 페니키아 인들의 신. 사람의 희생을 요구하는 것의 상징.
6 고대 동방 제국 최고의 신. 히브리 말로 주인, 소유자라는 뜻.

성되지 않은 중간 단계에 있는 진실을 알아보지 못하고, 때문에 완성되지 않은 모든 것들을 배척한다. 통통한 이들은 평생을 모든 것이 다 갖추어진 상태에서 즐겁게만 살아왔기 때문에 스스로는 아무것도 하지 못하고 세상 모든 일이 얼마나 어렵게 이루어지는가를 알지 못한다. 그러므로 어떤 껄끄러운 일이 그들의 기름기 도는 감정을 건드린다면 바로 이것이 그들에게는 재난이 되는 것이다. 이런 일이 발생할 경우 그들은 결코 남에게 도움을 청하지 않고 혼자 잘 기억해 두었다가 기회가 오면 즐거운 마음으로 방해자에게 복수하는 것이다.

결론을 말하자면 내가 지금 묘사하는 자는 터지기 일보 직전인 거대한 자루처럼 비대했으며 온갖 세련된 말과 다양한 기교를 알고 있었다. 그러나 M씨는 별난 데가 있는 사람이었다. 그는 두드러지는 존재로서 풍자와 재담 등의 말솜씨에 능란했으므로 살롱에선 그의 주위에 언제나 사람들이 모여들었다. 특히 그날 저녁, 그는 사람들에게 깊은 인상을 심어 주는 데 성공했다. 그는 시종일관 대화를 주도해 나갔다. 그는 신이 나서 명랑한 태도로 모두의 시선을 집중시켰다. 그러나 M부인은 계속 아픈 사람 같은 안색을 하고 있었다. 그녀의 얼굴은 말할 수 없이 슬퍼 보였으므로 나는 순간적으로 아까 보았던 눈물이 그녀의 긴 속눈썹에서 다시 떨리는 것을 보는 듯했다. 이 모든 것은, 내가 예전에도 이야기했듯이 나를 매우 놀라게 했다. 이날 저녁 나는 이상한 호기심의 감정을 느끼며 잠자리에 들었다. 그 당시 나는 기이한 꿈을 꾸는 일이 거의 없었는데 그날은 밤새도록 M씨의 꿈을 꾸었다. 다음날 아침 나는 살아 있는 그림 놀이의 역할 연습을 위해 아래층으로 내려갔다. 닷새 후면 집주인의 어린 딸의 생일이 돌아오므로 그날 살아 있는 그림 놀이와 연극, 무도회가 함께 열리기로 예정되어 있었다. 거의 즉흥적으로 열리게 된 이 잔치에는 모스끄바와 주변 영지로부터 1백여 명 가량의 손님들이 몰려들었으므로 그 소란함과 혼잡, 번거로움은 이루 말할 수가 없었다. 살아 있는 그림의 예행 연습, 더 정확히 말하자면 의상 확인 작업은 원래 아침으로 예정되어 있지 않았으나 연습의 총감독인 R씨가 공연에 쓰일 잡다한 소도구들을 사고, 행사 준비를 마무리 짓기 위해 시내로 빨리 가봐야 했으므로 우리를 일찍 불러 모은 것이었다. 우리 주인의 친구로서 지금은 별장에 와 있는 R씨는 유명한 화가인데, 주인의 요청에 따라 행사의 총감독을 맡은 것이었다. 나는 M부인과 함께 어떤 그림 연출에 참여하고 있었다. 그 그림은 중세의 생활상 중 하나를 보여 주는 것이었는데 〈성(城)의 여주인과 시동(侍童)〉이란 제목의 그림이었다.

M부인과 함께 연습하면서 나는 알 수 없는 동요를 느꼈다. 내가 보기에는 그녀가 나의 눈에서 어제 이후로 싹트기 시작한 나의 모든 생각과 의심, 추측을 읽는 듯이 느껴졌다. 또한 내가 그녀의 눈물과 슬픔을 우연히 보았기 때문에, 그녀가 나를 유쾌하지 못한 목격자나 용서할 수 없는 비밀의 참관자를 보듯 보리라는 생각이 들었다. 그러나 다행히도 만사는 별다른 일 없이 진행되었다. 그녀는 나라는 존재를 인식하는 것 같지 않았다. 내가 보기에 그녀는 나나 연습에 신경 쓸 여유가 없는 듯했다. 그녀는 정신이 산만한 듯했고 어둡고 우울한 생각에 잠겨 있는 것 같았다. 어떤 커다란 걱정거리가 그녀를 괴롭히고 있음에 틀림없었다. 역할 연습이 끝

났을 때 나는 옷을 갈아입었고 10분쯤 후에는 정원 쪽으로 나 있는 테라스로 나갔다. 내가 테라스로 나감과 거의 동시에 다른 문에선 M부인이 나왔다. 그리고 때마침 우리 앞에는 자기 만족에 가득 찬 M부인의 남편이 나타났는데, 그는 막 한 무리의 귀부인들을 배웅하며 그들을 어떤 한가한 카발리에 세르방cavalier servant[7]에게 인계하고 정원에서 돌아오는 길이었다. 보아하니 남편과 부인의 만남은 갑작스럽게 일어난 일인 듯싶었다. 왜 그런지 알 수는 없으나 M부인은 갑자기 당황하였고 가벼운 노여움이 그녀의 초조한 동작 속에서 어렴풋이 드러났다. 태평하게 아리아 한 곡조를 휘파람으로 불며, 돌아오는 길 내내 자신의 볼수염을 가다듬던 그녀의 남편은 부인을 만나자 얼굴을 찌푸리며 심문관과도 같은 눈빛으로 그녀를 바라보았다.

「당신, 정원으로 가는 거요?」 그는 부인의 팔에 들린 양산과 책을 보더니 이렇게 물었다.

「아니오, 숲으로 가는 거예요.」 그녀가 얼굴을 살짝 붉히며 대답했다.

「당신 혼자서 가오?」

「이 아이랑 같이 가요……」 나를 가리키며 M부인이 말했다. 「아침마다 저는 홀로 산책해요.」 그녀는 인생에서 최초로 거짓말을 할 때 나오는 바로 그런 희미하고 떨리는 목소리로 이렇게 덧붙여 말했다.

「흠…… 나는 방금 그곳으로 일행을 바래다 주고 오는 참이오. 그들은 그곳 꽃밭의 정자에 모여 N을 배웅할 거요. 그

---

[7] 남을 친절하게 보살피는 기사를 말한다.

는 여기를 떠난다오. 당신도 알다시피 오데사에 무슨 나쁜 일이 일어난 모양이오. 당신의 친척(그는 금발의 부인을 지칭했다)은 웃기도 하다 또 울기도 한다오. 한마디로 어찌할 수 없는 여자요. 그건 그렇고, 당신이 N을 배웅하지 않는 것을 보니 당신이 그에게 뭔가 화난 일이 있다고 그녀가 그러던데. 물론 빈말이겠지?」

「그녀가 농담하는 거예요.」 테라스의 계단을 내려오며 M부인이 말했다.

「그래, 이 아이가 당신과 매일 함께 다니는 카발리에 세르방인가?」 그는 자신의 손잡이 달린 안경을 통해 나를 바라보곤 입을 비죽거리며 물었다.

「난 시동이에요!」 그의 비웃음과 손잡이 안경에 나는 그만 화가 나 이렇게 소리 질렀다. 그리곤 그의 얼굴을 똑바로 쳐다보며 크게 웃고 나서 테라스의 계단 세 칸을 단번에 뛰어내렸다…….

「잘 다녀오시오!」 M씨는 이렇게 말하곤 가던 길을 계속 갔다.

물론 나는 M부인이 그녀의 남편 앞에서 나를 가리킨 이후에 즉시 그녀 곁으로 다가갔고, 마치 그녀와 한 달도 넘게 아침마다 함께 산책했고 오늘만 해도 이미 한 시간 전에 그녀가 나에게 함께 산책하자고 부탁이나 한 듯이 그녀를 바라보았다. 그러나 나에겐 여전히 다음과 같은 것들이 이해되지 않았다. 그녀는 왜 그다지도 놀랐으며, 그녀가 작은 거짓말을 할 때 그녀의 머릿속에는 도대체 어떤 생각이 떠올랐을까? 그녀는 왜 혼자 산책한다고 말하지 않았을까? 이제 나는 그녀를 어떻게 바라보아야 할지를 몰랐다. 그러나 놀라움에 휩싸인 나는 순진하게 그녀를 흘긋흘긋 쳐다보기 시작했다. 그러나 역시 한 시간 전 연습에서와 같이 그녀는 나의 눈길을, 나의 소리 없는 질문들을 알아차리지 못했다. 여전히 고통스러운, 그러나 이전보다 더 격렬해지고 더 깊어진 걱정이 그녀의 얼굴과 불안한 발길에서 드러났다. 그녀는 점점 더 발걸음을 빨리 하며 어디론가 서둘렀는데, 줄곧 걱정스러운 눈길로 정원 쪽으로 난 모든 오솔길과 숲의 사잇길들을 바라보는 것이었다. 내게도 또한 마치 무엇인가가 일어날 듯한 예감이 들었다. 갑자기 우리들 뒤쪽에서 말발굽소리가 들려왔다. 소리의 주인공들은, 갑자기 우리 사교계를 떠나게 된 그 N을 배웅하는 승마복 차림의 귀부인들과 신사들 일행이었다. 부인들 중에는 M씨가 눈물을 흘린다고 이야기하던 나의 금발의 귀부인도 있었다. 그러나 그녀는 지금 원래의 성격대로 어린애처럼 호호 웃으며 말을 세차게 몰고 있었다. N은 우리와 나란히 가게 되었을 때 잠시 모자를 벗었으나 멈춰 서지도 않았고 M부인과 단 한 마디의 말도 나누지 않았다. 모든 일행은 곧 시야에서 사라졌다. M부인을 다시 바라다보았을 때 나는 놀라서 거의 소리를 지를 뻔했다. 그녀는 백지장처럼 창백해져서 굵은 눈물을 흘리고 있었다. 우연히 우리의 시선이 마주치자 M부인은 갑자기 얼굴을 붉힘과 동시에 고개를 옆으로 돌렸다. 걱정과 노여움이 그녀의 얼굴 위에서 일렁였다. 나는 어제보다 더한 방해꾼이 된 것이다. 이 사실은 불을 보듯 명백했지만 그렇다고 해서 내가 달리 어쩔 수 있단 말인가? M부인은 마치 내 마음을 읽기라도 한 듯 손에 든 책을 펼치더니 나를 보지 않으려고 노력하며 갑자기 생각난 듯 얼굴을 붉히곤 나에게 이렇게 말했다.

「아! 이건 제2권이네, 내가 실수로 책을 잘못 가져왔나 봐. 내게 제1권을 가져다 주지 않으련?」

모든 것이 너무 뻔하지 않은가! 내가 해야 할 역할은 끝났지만 그녀는 나를 보다 노골적인 방법으로는 쫓아 버릴 수가 없었던 것이다.

나는 그녀의 책을 집어 든 채 집으로 뛰어갔고 그리고 그녀에게 되돌아가지 않았다. 제1권은 그날 아침 탁자 위에 그냥 그대로 남게 되었다……. 그러나 나는 제정신이 아니었다. 나의 가슴은 무엇엔가에 몹시 놀란 듯 세차게 고동쳤다. 나는 모든 노력을 다해 M부인과 마주치지 않으려 했다. 그 대신 나는 저속한 호기심 때문에 자만심에 가득 차 있는 M씨를 관찰하기 시작했다. 마치 지금 그에게 무엇인가 특별한 것이 반드시 있기라도 한 듯 말이다. 나의 이러한 우스꽝스러운 호기심의 정체가 무엇인지 정말이지 알 길이 없었다. 내가 지금 기억할 수 있는 것은 오직, 이날 아침에 내가 본 모든 것에 대해 이상한 놀라움을 느꼈다는 것뿐이다. 그러나 그날 하루는 이제 막 시작되었을 뿐이었다. 그날은 여러 가지 사건들로 가득 찬 하루였다. 그날 우리는 일찍 아침 식사를 했다. 우리 모두는 시골 축제가 열리는 이웃 마을로 저녁이 되기 전에, 짧고 유쾌한 나들이를 다녀오기로 했기 때문에 나들이를 준비하기 위한 시간이 필요했기 때문이다. 나는 벌써 사흘 전부터 이 여행이 가져다 줄 무한한 즐거움을 기대하며 이날을 손꼽아 기다려 왔다. 모두들 커피는 테라스에서 들기로 했다. 나는 다른 사람들 뒤로 조심스레 지나가 세 번째 줄에 있는 안락의자에 자리를 잡았다. 나는 여전히 굉장한 호기심에 사로잡혀 있었지만 M부인의 눈에 띄고 싶지는 않았다. 따라서 우연히도 내 주위에 있던 금발의 부인 옆에 앉기는 잘한 일인 듯했다. 지금 그녀에겐 불가능한 기적 같은 일이 일어나고 있는 것이었다. 지금 그녀의 모습은 평소보다 두 배는 예뻐진 듯싶었다. 나는 이런 일이 어떻게 해서 일어나는 것인지 아직도 모르겠지만, 여자들에게 이런 기적은 드물지 않게 일어나기도 한다. 그때 우리 사교계에는 새로운 손님이 나타났는데 그는 키가 매우 크고 얼굴이 하얀 젊은이로 금발 부인의 소문난 흠모자였다. 그는 막 모스끄바에서 도착한 터였다. 그의 도착은 나의 금발 미인을 사랑한다는 풍문이 돌던 N씨의 빈자리를 메우기 위함과도 같았다. 이 새로운 손님은 이미 오래전부터, 셰익스피어의 「헛소동」에 나오는 베네딕트가 베아트리체와 갖는 관계를 그녀와 맺고 있었다. 간략하게 말해서 우리의 금발 미인은 이날 대단한 성공을 거두었다. 그녀의 농담과 수다도 그토록 우아할 수가 없었고, 신뢰를 느끼게 할 정도로 순수했다. 그녀의 조심성 없는 태도도 애교 있게 용서받을 한도를 넘어서지 않았다. 모두들 그녀의 우아한 자기 표출에 대단히 열광하였고 그녀에게 특별한 숭배를 바쳤다. 그녀 주위에는 그녀의 매력에 놀란 청중의 무리가 빽빽이 운집했다. 그녀가 그토록 매력적으로 보인 적은 이제까지 한 번도 없었다. 그녀의 한 마디 한 마디는 사람들을 유혹했고, 사람들로 하여금 그녀의 말을 모방하게 할 정도로 인기를 끌어 주위로 확산되었다. 사람들은 그녀의 농담이나 익살 한마디도 그냥 지나쳐 버리지 않았다. 지금까지는 사람들이 그녀에게서 그토록 풍부한 재기와 매력과 지혜를 기대하지 않은 듯했다. 그녀가 지금 보이는 모든 장점들은, 우스꽝스러운 단계에까지 이른 그녀의 고집스러운 유치함과 기상천외한 장난에 여태껏 가려져 있었던 것이다. 그 장점들을 일찍이 발견한 사람은 극히 드물었고 그것을 발견한 사람들도 그것을 장점이라 믿으려 하지 않았기 때문에, 지금 그들이 목격하는 그녀의 예사롭지 않은 성공은 대단한 놀라움으로 사람들에게 다가왔다.

그런데 이 성공에는 어떤 특별하고도 매우 미묘한 상황이 작용했는데, 이는 M부인의 남편이 맡은 역할을 볼 때 명확해졌다. 우리들의 익살스러운 금발 부인은 ― 덧붙여 말하자면 모든 사람들이 만족할 만큼, 아니 적어도 젊은이들이 만족할 만큼 ― 다방면에서 잔혹하게 M씨를 공격했는데 그녀가 그렇게 한 이유는 그녀에게 매우 중요한 것이었음에 틀림없다. 그녀는 그와 함께, 어느 면에서 보아도 가장 껄끄럽고 불쾌하고 간교한 불가침의 화제들을 놓고 신랄하고 빈정대는 듯한 야유조로 일대 공방전을 벌였다. 그들의 언쟁 내용은 정곡을 아프게 찌르는 것들로, 당하는 입장에서 보면 우스꽝스러운, 광란에 가까운 절망에 빠질 만한 희생을 감수해야 하는 불가항력적인 것이었다.

잘은 모르겠지만 이 적의 있는 언행은 즉흥적인 것이 아니라 아마도 계획된 것인 듯싶었다. 이 절망적인 공방전은 식사가 시작될 무렵부터 이루어졌다. 나는 〈절망적〉이라는 표현을 썼는데, 이는 M씨가 곧 자신의 무기를 내려놓게 되었기 때문이다. 그는 비참하게 패배하지 않기 위해, 결정적인 불명예를 뒤집어쓰지 않기 위해, 정신을 가다듬고 그에게는 선천적으로 부족한 예리한 지혜와 재치를 짜낼 필요를 느꼈던 것이다. 이 싸움은 당사자와 구경꾼 모두가 쉴 새 없이 웃어 대는 가운데 진행되었다. 그러나 적어도 M씨에게는 어제와 같은 재기가 보이지 않았다. M부인이 몇 번인가 자신의 조심스럽지 못한 친구를 저지하려고 싸움에 개입하는 것이 눈에 띄었다. 그러나 이 친구는 또 나름대로 질투심 많은 남편에게 가장 우스꽝스러운 옷을 입히려고 애를 썼는데 그 옷은 바로 〈블루 비어드〉의 옷이었다. 이 점은 내 기억에 남은 것들을 분석해 보고, 또 내가 이 싸움에서 맡았던 역할을 생각해 볼 때 명백한 것이었다. 전혀 기대하지도 않았던 그 일은 너무나도 갑작스럽게, 가장 우스운 방식으로 일어났고, 그때 나는 마치 고의로 다른 사람들의 시선을 무시하고, 그때까지 스스로 취해 왔던 조심스러운 태도를 잊은 듯 행동했다. 나는 갑자기 저주스러운 적으로, M씨의 진짜 연적으로 이야기의 도마 위에 올려졌는데, 심지어는 내가 M부인을 사랑하고 있다는 말까지 나오게 되었다. 나의 박해자인 금발 부인은 이 사실에 대한 확실한 증거를 댈 수 있다고 주장하며 한 예로, 오늘 아침 자신이 숲속에서 본 것인데…… 하고 말하는 것이었다.

그러나 그녀는 말을 끝내지 못했다. 나는, 나에게 가장 절망적이었던 그 순간에 그녀의 이야기를 차단해 버렸다. 이 순간은 그토록 무자비하게 미리 계산된, 그토록 배신적으로 최후의 순간까지 준비된, 장난의 극치까지 가도록 설정된, 뭐라 말할 수 없이 우스운 그런 순간이었다. 그렇기에 이 장난의 마지막 순간에 참을 수 없는 웃음이 모든 사람들로부터 터져 나왔다. 그때 나는 비록 나 스스로가 가장 역겨운 역할을 자청하지 않아도 된다는 것을 알고 있었지만, 너무도 놀라고 당황스러워 슬픔과 절망의 눈물에 가득 찬 부끄러움을 숨결로 느끼며 자리에서 일어나 두 줄의 의자를 헤치고 앞으로 나갔다. 그리고 나의 폭군인 금발 부인에게 격분한 목소리로 띄엄띄엄 외쳤다.

「그래, 부끄럽지도 않나요? 모든 부인들이 다 앉아 있는 데서…… 큰 소리로……그렇게 치사한…… 거짓말을 하는 게……? 어린애처럼 조그만 사람이…… 남자들이 다 있는 데서…… 사람들이 당신을 보고 도대체 뭐라고 하겠어요……? 어른이…… 더군다나 결혼까지 한 사람이……!」

그러나 나는 말을 끝맺지 못했다. 주위에서 귀를 멍멍하게 하는 박수소리가 들렸기 때문이다. 나의 언동이 대단한 반향을 불러일으켰다. 나의 순진한 제스처와 눈물, 그리고 무엇보다도 내가 M씨를 마치 방어하려는 듯했다는 점이 이루 말할 수 없는 웃음을 유발해 냈다. 지금 생각해 보면 나 스스로도 터져 나오려는 웃음을 참을 수가 없다……. 나는 망연하고도 두려워져서 거의 정신을 잃을 뻔했다. 얼굴이 화약처럼 달아올라 나는 두 손으로 얼굴을 가리고 그곳을 뛰쳐나가다 문턱에서 하인의 손에 들린 접시를 깨뜨려 버리곤 2층의 내 방으로 올라갔다. 나는 문 바깥쪽에 꽂혀 있던 열쇠를 뽑아 방 안쪽에서 문을 걸어 잠갔다. 그렇게 하기를 잘했다. 왜냐하면 사람들이 내 뒤를 쫓아왔기 때문이다. 곧 아름다운 귀부인들이 내 방문을 에워쌌다. 나는 그들의 높은 웃음소리와 흐르는 듯한 목소리와 와글거리는 소리를 들었다. 그들은 제비 떼처럼 동시에 떠들어 댔던 것이다. 그들은 모두 내게 잠시만이라도 문을 열어 보라고 부탁했다. 그들은 내가 문을 열더라도 절대로 나를 비웃지 않을 것이며 단지 내게 위로의 키스를 해주리라 말했다. 그러나 그보다 더한 위협이 어디에 있단 말인가? 나는 방 안에서 베개에 얼굴을 파묻고는 부끄러움 때문에 얼굴이 달아오르는 것을 느끼며 대답도 하지 않앉다. 그들은 오랫동안 방문을 두드리며 나에게 애걸했으나, 나는 귀머거리처럼 아무것도 듣지 못한 듯 열한 살 난 아이답게 가만히 있었다.

난 이제 어떻게 한단 말인가? 내가 그토록 애써 숨기고 소중하게 간직하던 것이 모조리 드러나고 말았다……. 내게는 영원한 부끄러움과 치욕의 굴레가 씌워진 것이다……! 사실 곰곰이 생각해 봐도 나 스스로도 내가 그토록 무서워하고 숨기려고 애쓴 것의 정체를 알 수가 없었다. 그러나 나는 무엇인가를 두려워했고 그 무엇인가가 탄로날까 봐 지금까지 종잇장처럼 바들바들 떨었던 것이다. 나는 그때 그 무엇이라는 것이 도대체 적절한 것인지 아닌지, 명예스러운 것인지 치욕스러운 것인지, 칭찬받을 만한 것인지 아닌지를 판단할 능력이 없었다. 지금에 와서 고통과 깊은 애수 속에서 생각해 보면 그것은 단지 〈우습고 부끄러운〉 것일 따름이다! 그 당시 나는 이러한 판단이 거짓되고 무모하고 어리석다는 것을 본능적으로 느꼈지만, 나의 체면은 이미 모욕당하고 산산조각이 나 있었다. 나의 사고 능력은 마치 활동을 중단한 듯했고 방향을 잃은 듯했다. 나는 나에게 가해진 이러한 판결에 대항할 수도 없었고 또 그것을 수용할 수도 없었다. 나는 그저 멍해졌을 뿐이다. 내가 느낀 것은 오직, 나의 마음이 부끄러움도 못 느낄 정도로 무자비하게 상처 입었으며 끊임없는 눈물에 하염없이 젖어 든다는 것뿐이었다. 나는 몸을 떨었다. 인생에서 처음으로 심각한 슬픔과 능욕을 맛보았기에, 그전까지 내가 알지 못했던 분노와 증오가 내 안에서 들끓었다. 이 모든 것은 전혀 과장 없이 그대로 그러하였다. 형체가 불분명한, 아직 내가 맛보지 못한 어떤 감정이 어린아이에 불과한 나에게 무참히 다가왔다. 그토록 이른 나이에 나는, 처녀와도 같이 향기로운 부끄러움에 처음으로 노출되었고, 심각한 유미적 감정에 우롱당한 것이었다. 물론 나를 조롱하는 자들은 나의 이러한 내면에 대해 많이 알지 못했고 나의 고통을 예감하지 못했다. 이러한 상황에 또 다른, 아직까지도 그 정체를 알 수 없어 나를 놀라게 하는 은밀한 상황이 다가왔다. 슬픔과 절망에 젖어서 나는 베개에 얼굴을 묻고 침대에 누워 있었다. 열기와 떨림이 끊임없이 나를 덮쳤다. 두 가지 질문이 나를 괴롭혔다. 우선, 나의 잔인한 금발 부인이 숲 속에서 나와 M부인의 어떤 광경을 보았느냐 하는 것이었다. 그녀는 도대체 어떠한 모습을 볼 수 있었단 말인가? 두 번째는, 나는 지금 M부인의 눈에 어떤 모습으로, 어떤 방식으로 비칠 것이며 또 어찌하여 나는 아까 그 자리에서 수치심과 절망으로 인해 죽지 않았는가 하는 것이었다.

정원에서 들려오는 예사롭지 않은 소음이 마침내 나를 기억 상실 상태에서 깨어나게 했다. 나는 일어나서 창문으로 다가갔다. 온 정원이 마차와 말들과 분주하게 쏘다니는 하인들로 가득 찼다. 보아하니 모두들 떠나는 것 같았다. 몇 명의 기수들은 벌써 말 위에 올라타 있었다. 다른 손님들도 제각기 마차에 올라타고 있었다. 나는 문득, 그날로 예정되어 있던 나들이를 떠올렸다. 걱정이 점점 더 내 마음속으로 스며들기 시작했다. 나는 긴장해서 정원에 있는 내 독일산 말을 찾아보려 했으나 말은 보이지 않았다. 아마 모두들 나에 대해선 잊고 있는 듯했다. 나는 더 이상 참지 못하고 지금까지의 불쾌한 일들과 모욕감을 잊은 채 아래층으로 뛰어 내려갔다. 비정한 소식이 나를 기다리고 있었다. 나에게는 승마용 말도, 마차의 자리도 할당되지 않았다. 다른 사람들이 이미 모든 자리를 차지하고 있어서 나는 그들에게 양보하는 수밖에 없었다.

또 다른 슬픔에 젖어 나는 현관 계단에 서서, 나를 위한 자리라고는 하나도 없는 사륜 마차, 1인용 마차, 반포장 마차의 행렬과, 재간을 부리며 달리고 싶어 안달하는 말들 위에 올라탄 성장한 여기수들을 우울하게 바라보았다.

남자 기수들 중 한 사람이 왠지 꾸물대며 나타나지 않았으므로 모두 떠나지 않고 그를 기다리고 있었다. 정원 입구에는 그의 말이 계속 몸을 떨며 놀란 듯 뒷발로 서기도 하고 흐르릉대며 재갈을 흔들고 말발굽으로 땅을 찍고 있었다. 마부 두 명이 그 날뛰는 말의 재갈을 조심스레 잡고 있었고 사람들은 안전 거리를 유지하듯 그 말로부터 떨어져 있었다. 뜻하지 않은 사정 때문에 나는 이미 이들과 함께 떠날 수 없던 터였다. 그 사정이란 새로운 손님들이 너무 많이 와서 마차와 말의 좌석을 모두 차지해 버렸기 때문이었고 또 두 필의 말이 아팠는데 그 중 한 마리가 바로 내 독일산 말이었던 것이다. 그러나 이런 상황 때문에 떠날 수 없게 된 사람은 나 하나만이 아니었다. 알고 보니 내가 이미 말했던 예의 얼굴이 하얀 그 젊은이도 나처럼 타고 갈 말이 없었다. 우리의 집주인은 이런 유쾌하지 못한 상황을 해결하기 위해 최후의 방법까지 동원해야 했다. 그는 광기 어린 난폭함 때문에 거의 타지 않고 있는 그의 수말을 젊은이에게 권유했던 것이다. 그러면서도 주인은 양심의 가책을 덜기라도 하듯, 그 말은 성질이 워낙 거칠기 때문에 그놈을 타고 달리기란 불가능하며 살 사람만 있었더라면 진작에 팔아 버렸을 거라는 말을 덧붙였다. 그러나 이러한 경고를 들었음에도 불구하고 젊은 손님은, 자신은 말을 썩 잘 타며 일행과 함께 떠나기 위해선 그 무엇이라도 타고 가겠노라고 대답했다. 이 말을 들은 주인은 침묵했지만, 내게는 그의 입가에 이중적인 교활한 미소가 번지는 것이 보였다. 자신의 승마 솜씨를 뽐내기 위해 젊은 기수가 복장을 갖추고 채비를 하는 동안, 주인은 아직 자신의 말에 앉지 않은 채 초조하게 손을 비비며 문 쪽을 바라보고 있었다. 그와 비슷한 감정을, 광폭한 수말을 잡고 있는 마부들도 느꼈다. 그 마부들은, 사람 하나쯤 그냥 손쉽게 떨어뜨려 죽일 수도 있는 그런 말을 모든 사람들이 보는 앞에서 자신들이 붙잡고 있다고 생각하니 자랑스러워 숨이 막힐 지경이었다. 좀 전에 용감을 자처했던 그 젊은이가 이제 나타나야 할 문 쪽을 바라다보고 있는 그들의 눈에선 어딘가 그들 주인의 교활한 비웃음과 닮은 것이 빛나고 있었다. 말도 마치 자신의 주인이나 마부들과 짠 듯이 행동했다. 호기심 어린 수많은 눈들이 자신을 지켜보고 있음을 깨달은 듯, 말은 모든 사람들 앞에서 자신의 악명 높음을 뽐내기 위해 오만불손하게 굴었다. 그 꼴은, 구제 불능의 난봉꾼이 자신의 버릇없는 태도를 자랑삼아 과시하는 듯한 바로 그런 태도였다. 말은, 자신의 방종을 침해한 그 젊은이에게 올 테면 와봐라 하고 도전장을 던지는 것 같았다.

드디어 그 용감한 젊은이가 나타났다. 일행에게 기다리게 해서 죄송하다고 사과를 한 뒤, 그는 성급히 장갑을 끼며 앞도 보지 않고 계단을 내려왔다. 그는 계단을 다 내려와 바로 손만 뻗치면 말갈기가 잡힐 그런 거리에 이르러서야 비로소 눈을 들어 말을 쳐다보았다. 그때 마침 말이 미친 듯이 펄쩍 뛰며 뒷발로 섰다. 지켜보던 모든 사람들은 놀라서 비명을 질렀다. 젊은이는 뒤로 물러나 망설임 속에서 그 거친 말을 바라보았다. 말은 내내 분함을 이기지 못하는 듯 콧김을 내뿜고 핏발 선 눈으로 주위를 둘러보며 앞발을 높이 치켜올렸는데, 마치 자신을 잡고 있는 마부 두 명을 그대로 매단 채 질주하려는 듯이 보였다. 젊은이는 매우 망설이며 서 있었다. 그러더니 곤혹감으로 인해 얼굴을 살짝 붉히며 눈길을 들어 주위의 놀란 귀부인들을 바라보았다.

「매우 훌륭한 말이군요!」 그는 혼잣말을 하듯 중얼거렸다. 「저 말을 타고 달린다는 것은 매우 유쾌한 일일 겁니다. 저…… 그러나 저는 타지 않겠습니다.」 그는 선량하고 지혜로운 얼굴에 순수한 함박웃음을 담고 주인을 바라보며 이렇게 말했다.

「그래도 저는 당신을 진심으로 훌륭한 기수라고 칭찬하고 싶습니다, 정말입니다.」 그 손댈 수조차 없는 말의 주인은 젊은이의 손을 뜨겁게, 심지어는 감사의 마음까지 표시하며 꼭 잡았다. 「왜냐하면, 당신은 첫눈에 당신 앞에 있는 저 짐승의 성격을 파악했기 때문입니다.」 만족스러운 태도로 그는 덧붙였다. 「생각해 보십시오. 23년간이나 기병대에 있던 저도 이 쓸모없는 식충이 같은 놈 위에 앉아 보려고 세 번이나 시도했지만 고맙게도 번번이 땅 위에 떨어지는 기쁨을 맛보아야 했습니다. 어이, 너 딴끄레드, 이 무위도식자 같은 놈아, 여기서 너를 탈 만한 사람은 없구나. 뭐 일리야 무로메츠[8] 정도는 되야 네놈을 탈 수 있겠지. 지금 까라차로프 마을에선 네놈

---

8 러시아 고대 설화에 등장하는 장수.

의 이빨이 빠지기만을 기다리고 있을 게다. 자, 이놈을 도로 끌고 가! 손님들을 놀라게 하는 건 이제 충분하다고! 공연히 끄집어냈군.」 그는 손을 비비며 만족스럽게 말을 맺었다.

여기서 한 가지 말해 둘 것은, 딴끄레드가 주인에게 아무런 이익도 가져다 주지 못했고 단지 음식만 쓸데없이 먹어치웠다는 것은 사실이라는 점이다. 그 외에도 기병대 출신의 늙은 주인은, 멋진 외모 하나만 빼면 아무짝에도 쓸모없는 식충이 같은 이 말을 위해 무수히 많은 돈을 지불했고 애정 어린 보살핌을 아끼지 않았다. 그럼에도 불구하고 주인은 지금 딴끄레드가 스스로의 장점을 실추시키지 않았고 또 다른 기수 하나를 굴복시켜 무의미한 월계관 하나를 새로 획득했음을 기뻐했다.

「당신, 정말로 안 가실 건가요? 그렇게 겁이 나세요?」 금발의 귀부인이 이렇게 소리쳤는데, 그녀로선 자신의 호위 기사가 자기 곁에 있어 주길 원했던 것이다.

「정말로 겁나는군요!」 젊은이가 대답했다.

「진정으로 말씀하시는 건가요?」

「당신은 제가 제 목뼈라도 부러뜨리면 좋겠습니까?」

「그렇게 겁나신다면 어서 제 말에 올라타세요. 제 말은 얌전하니까 겁내실 필요 없어요. 우리 더 이상 지체할 것 없이 말을 바꾸기로 해요. 제가 그 말을 타겠어요. 그 말이라고 해서 항상 사나우라는 법은 없으니까.」

이렇게 내뱉어진 말은 즉시 실행되었다. 장난꾸러기 부인은 안장에서 풀쩍 뛰어내리면서 마지막 말을 마쳤고, 이제는 벌써 우리들 앞에 서 있었다.

「당신은 딴끄레드를 잘 모르시는군요. 그놈이 당신의 어설픈 안장을 자기 등 위에 얹도록 그냥 내버려 둘 것 같소! 당신 목이 부러지도록 내가 그냥 보고 있지만은 않을 겁니다. 만일 목이라도 부러지면 정말 큰일 아니겠습니까!」 우리의 주인은 언제나처럼 만족스러운 태도로 자신의 충고가 지니는 가식적인 예리함, 심지어는 우둔함으로 허세를 부리며 이렇게 말했는데, 그는 마음씨 좋은 늙은 군인의 권유가 특히 귀부인들의 마음에 들기를 기대했다. 그러나 이것은 그의 꿈에 불과했다. 이러한 말투는 모두가 이미 잘 알고 있는 닳고 닳은 그의 주특기였던 것이다.

「얘, 너 울보야, 너 한번 타보지 않으련? 넌 굉장히 가고 싶어했잖아.」 용감한 여기수는 나를 발견하더니 고갯짓으로 딴그레드를 가리키며 조롱하듯 말했다. 그녀는 말타는 것은 포기하면서도 자신의 위세를 꺾지 않으려는 심산에서 이러는 것이었다. 때마침 내가 실수처럼 그녀의 눈에 띄었기에 그녀는 신랄한 말투로 나를 가만히 놔두지 않게 된 것이다. 「너는 분명히…… 누구처럼 그렇게 겁내지는 않을 거야. 너로 말하자면 유명한 영웅이니까, 겁내는 모습을 보이기가 창피하겠지. 특히 사람들이 지켜볼 때는 더 그렇겠지, 요 귀여운 시동아.」 그녀는 슬쩍 M부인을 쳐다보며 이렇게 덧붙였는데 부인이 타고 있던 마차는 바로 현관 앞에 있던 터였다.

이 아름다운 여장부가 딴끄레드를 타 보이기 위해 우리 앞으로 다가왔을 때 내 마음속에서는 복수와 증오의 감정이 끓어올랐다. 그러나 내가 그 순간 초등 학생과도 같은 이 부인의 갑작스러운 도전을 느꼈다고 할 수는 없다. 그녀의 시선이 M부인을 포착했을 때 나는 세상이 멍해지는 것 같았다. 불현듯 내 머릿속엔 어떤 상념이 떠올랐다. 그것은 너무도 짧은 순간이었다. 그 순간 마치 화약이 폭발할 때처럼 나는 인내의 한계를 벗어났다. 그러자 잃었던 기력이 다시 소생하는 것 같았고 나의 마음은 분노의 감정으로 소용돌이쳤다. 갑자기 나는 당장에 모든 사람들이 보는 앞에서 내가 어떤 사람인가 본때를 보여 줌으로써 내 적수들을 모조리 처치하고 싶었다. 전에는 한번도 겪어 보지 못한 지금 같은 상황에서 누군가가 나에게 악마적인 힘을 부여하는 듯했고, 빙빙 도는 내 머릿속에는 전차 경주, 용사, 영웅, 아름다운 귀부인들, 영광과 승리 등의 영상들이 스쳐 지나갔다. 전령의 나팔소리와 군화소리, 군중들의 함성과 박수소리가 들려왔고, 그 모든 함성 중에는 자랑스러운 승리나 영광보다 더 달콤하게 나의 영혼을 녹이는 어떤 놀란 이의 가녀린 외침이 들려오는 듯했다. 이 모든 부질없는 생각이 진짜로 내 머릿속에 떠올랐던 것인지 아니면 앞으로 일어날 불가피한 일에 대한 예감으로 어렴풋이 다가온 것이었는지는 알 수 없지만, 아무튼 내게 운명의 시간이 다가오고 있음은 명백했다. 나의 심장은 놀란 듯이 쿵쿵 뛰었고, 내가 어떻게 현관 계단으로부터 풀쩍 뛰어내려 딴끄레드 곁으로 다가갔는지는 기억이 나질 않는다.

「그래요, 내가 겁낼 줄 아세요?」 나는 열병과도 같은 흥분 때문에 눈앞이 캄캄하면서도 대담하고 당당한 태도로 이렇게 말했다. 나는 흥분 때문에 숨조차 쉬기가 어려웠고 뺨 위의 눈물이 불타오를 정도로 얼굴이 빨개졌다. 「자, 이제 보세요!」 나는 딴끄레드의 갈기를 잡고 다른 사람들이 나를 저지할 겨를도 없이 한쪽 등자에 발을 걸었다. 그 순간 딴끄레드는 머리를 세차게 흔들며 뒷발로 서더니 단 한 번의 뜀박질로 자신을 붙들고 서 있던 마부들을 떨쳐 버린 후 질풍처럼 달려나갔다. 사람들은 모두 놀라서 비명을 질렀다.

사나운 말이 미친 듯이 뛰는 동안 내가 어떻게 나머지 한쪽 발을 등자에 걸 수 있었는지는 하느님만이 아실 일이다. 그리고 내가 어떻게 그럴 기회를 놓치지 않고 포착했는지도 알 수 없다. 딴끄레드는 나를 태우고 격자무늬의 울타리 밖으로 쏜살같이 빠져나가더니 오른쪽으로 휙 돌아 울타리 바로 옆을 따라 갈팡질팡 위험하기 짝이 없이 달려나갔다. 이 순간에 이르러서야 나는 내 등 뒤에서 울리는 50여 명의 비명소리를 들을 수 있었는데, 이 비명들은 감각을 잃어 가는 내 마음에 만족과 자신감을 주었다. 나는 내 유년기의 이 미친 듯한 한순간을 결코 잊을 수가 없을 것이다. 온몸의 피가 위로 몰려들어 정신을 아찔하게 만들었고 나의 모든 공포를 짓눌렀다. 나는 제정신이 아니었다. 지금 생각해 보면 이 행동은 모든 면에서 기사도적 행동과 직결되는 점이 있는 듯하다.

그러나 나의 기사도적 행동은 짧은 순간에 끝나고 말았다. 다행스러운 일이었다. 만일 그렇게 끝나지 않았더라면 기사는 큰 곤욕을 치러야 했음이 분명했기 때문이다. 그 상황에서 나는 어떻게 해야 할지를 몰랐다. 나는 말타는 법을 배웠기 때문에 말을 탈 줄은 알았으나 내가 그때까지 타던 독일종 말은 승마용 말이라기보다는 오히려 온순한 양에 더 가까웠다. 따라서 만일 딴끄레드가 나를 떨어뜨릴 틈만 있었더라면 나는 분명히 말에서 떨어져 버렸을 것이다. 그러나 말은 한 50보쯤 뛰더니 길 위의 큰 돌을 보고는 놀라서 뒤로 움찔 물러섰다. 그리곤 다시 고개를 휙 돌려 달리기 시작했다. 이제 나는 어떻게 해야 안장에서 공처럼 가볍게 뛰어내려 몸이 산산조각 나지 않게 땅에 착륙할 수 있을까를 궁리해야 했으나 딴끄레드는 속력을 늦추지 않았다. 말은 격노한 듯 이쪽 저쪽으로 머리를 흔들며 취한 미치광이처럼 갈팡질팡한 걸음으로 울타리 쪽으로 되돌아가기 시작했다. 딴끄레드는 마치 공중을 날듯 네 발을 높이 띄웠으며 호랑이가 날카로운 이빨과 발톱으로 자신을 물어뜯기라도 하듯 풀쩍거림으로써 나를 떨쳐 내려고 애썼다. 이제 한순간만 지나면 난 떨어지고 말 것이다. 드디어 난 떨어지려는 찰나에 있었다. 그러나 벌써 몇 명의 기수들이 나를 구하러 달려왔다. 그들 중 두 명은 들판을 가로질러 나를 따라잡았고, 또 다른 두 사람은 아주 가까운 거리에서 말을 몰았으므로 그들이 양쪽에서 딴끄레드를 에워쌌을 때 내 발은 거의 짓이겨질 뻔했다. 그들은 양쪽에서 딴끄레드를 에워싸면서 재갈을 낚아챘다. 얼마 후에 우리는 현관 앞에 와 있었다.

사람들은 창백해져서 거의 숨도 못 쉬는 나를 말에서 끌어내렸다. 나는 바람에 흔들리는 풀잎처럼 계속 떨었는데 그러기는 딴끄레드도 마찬가지였다. 그놈은 몸을 뒤로 빼며 마치 말발굽을 땅에 박은 것처럼 움직이지 않고 서 있었는데 처벌받지 않은 어린아이의 불손함 때문에 증오와 모욕감을 느끼는 듯 꼼짝 않고 서서 붉게 상기된 콧구멍으로 뜨거운 콧김을 내뿜고 있었다. 내 주위에선 당황과 놀라움으로 인한 비명이 울리고 있었다.

그 순간 배회하던 나의 시선이 걱정으로 창백해진 M부인의 시선과 마주쳤다. 나는 결코 이 순간을 잊을 수가 없다. 그 순간 내 얼굴은 불꽃처럼 홍조로 뜨겁게 달아올랐다. 물론 나는 방금 내가 겪은 사건을 알고 있었지만 놀란 나의 마음은 다시 모든 사건을 더 한층 뼈저리게 인식했으므로 부끄러위서 나는 시선을 땅으로 떨구었다. 내가 보인 시선의 변화를 다른 사람들도 모두 알아챈 듯싶었다. 모두의 시선은 M부인에게로 쏠렸고 갑자기 모두의 시선을 받게 된 그녀는 모순된 나약한 감정으로 인해 아이처럼 얼굴을 붉혔다. 그녀는 자신의 홍조를 미소로 감추려 했지만 뜻대로 되질 않았다.

한 발자국 비켜난 곳에서 이 모든 것을 본다면 이는 매우 우스운 광경이었으리라. 그러나 이 순간 갑작스럽게도 순진한 소동이 일어 이 모든 일에 특별한 색채를 더하며 나를 웃음거리로부터 구해 내었다. 모든 사건의 책임자이며 지금까지 화해할 수 없었던 나의 적수인 폭군 같은 금발 부인이 갑자기 나에게로 달려와 나를 안고 입 맞추기 시작했다. 그녀가 M부인을 흘끗 바라보며 나에게 던진 장갑을 내가 집어들었을 때[9] 그녀는 자신의 눈을 믿지 못하겠다는 듯이 나를 쳐다보았다. 내가 딴끄레드를 타고 달릴 때 그녀는 공포와 양심의 가책으로 인해 거의 숨이 넘어갈 지경이었다. 그러나 모든 것이 끝난 지금, 특히 M부인을 보는 나의 시선과 당황한 태도와 갑작스러운 홍조를 그녀가 다른 사람들과 더불어 이해하게 된 지금, 게다가 그녀의 경박한 머리에서 나온 낭만주의적 발상이 사실로 증명되어져 버린 지금, 그녀는 나의 〈기사도 정신〉에 열광하지 않을 수가 없었다. 그녀는 나에게 감동을 받은 나머지 기쁘게 달려와 나를 가슴에 끌어안았다. 그리고 나서 그녀는 두 줄기의 수정 같은 눈물이 빛나는 자신의 순수하고 강인한 얼굴을 주위의 구경꾼들에게로 쳐들며 한번도 들어 본 일이 없는 그런 진지하고 엄숙한 목소리

---

[9] 결투 신청에 응했다는 뜻.

로 말했다.

「여러분, 이건 매우 진지한 일입니다. 웃지 마세요Mais c'est très sérieux, messieurs. Ne riez pas!」

그녀는 주위의 사람들이 자신의 빛나는 열광에 매료되어 현혹당한 듯 서 있다는 사실을 깨닫지 못했다. 그녀의 갑작스럽고 재빠른 이 모든 행동과 진지한 작은 얼굴, 순수한 나약함, 늘 웃기만 하던 눈에서 흐르는 기대할 수 없었던 열정적인 눈물은 정말 상상도 못했던 기이한 일이었으므로, 모든 사람들은 그녀의 눈빛과 민첩함과 정열적인 언행에 감전이라도 된 듯 서 있었다. 이 순간 모두들 영감에 가득 찬 그녀의 얼굴에서 눈을 돌릴 수 없는 것 같아 보였다. 심지어 우리의 집주인도 얼굴이 튤립처럼 빨개졌는데, 후에 사람들이 말하는 바에 따르면 그가 〈부끄럽게도〉 자신의 아름다운 손님에게 반하고 말았다는 것이다. 이 사건 이후에 내가 기사 내지 영웅이 되었음은 말할 나위도 없다.

「데를로쥐! 토겐부르그!」 주위에선 이렇게 외치는 소리가 들려왔다.

박수소리도 들려왔다.

「아, 미래의 용감한 세대군!」 주인도 칭찬을 아끼지 않았다.

「이 아이는 우리와 같이 떠나야 해요. 당연히 함께 데리고 가야 해요!」 아름다운 귀부인이 소리쳤다. 「우리가 이 아이에게 앉을 자리를 찾아 줍시다. 얘는 바로 내 곁에, 내 무릎에 앉을 겁니다……. 아, 아니에요, 아니지. 내가 실수를 했네요!」 그녀는 자신의 말을 번복하며 깔깔 웃었는데 아마 우리의 첫 만남을 상기하자 웃음을 참기가 힘들었나 보다. 그러나 그녀는 웃으면서도 내 손을 부드럽게 어루만지며 내 기분이 상하지 않도록 나를 위로해 주었다.

「당연히 함께 데리고 가야지요! 당연히 그렇게 해야 합니다!」 몇몇 목소리가 들려왔다. 「그 아이는 꼭 가야 합니다. 그 아이는 자신의 자리를 획득하기 위해 노력했으니까요.」

그리하여 일은 순식간에 해결되었다. 많은 젊은이들이, 나에게 금발 부인을 소개시켜 준 것이나 다름없는 예의 그 처녀에게 나를 위해 자리를 양보하라고 요청했던 것이다. 그녀는 만면에 웃음을 띠며 승낙하는 수밖에 없었지만 치밀어 오르는 울화 때문에 웃으면서도 은근히 씨근덕거렸다. 그녀가 늘 주위에서 얼쩡거리던 그녀의 보호자, 즉 예전에는 나의 원수였으나 지금은 친구가 되어 버린 금발의 귀부인은 이미 자신의 씩씩한 말을 타고 질주하며, 네가 부럽다는 둥, 곧 비가 올 것 같기 때문에 너와 함께 집이나 봐도 좋을 것 같다는 둥, 아이처럼 천진하게 웃으며 그녀에게 말하는 것이었다.

그녀의 예견은 정확히 들어맞았다. 한 시간쯤 후 폭우가 쏟아져 우리의 일정을 망쳐 놓았다. 그래서 우리는 숲속의 통나무 집에서 몇 시간 동안 비를 피한 뒤, 열 시경에는 비 갠 후의 흐린 길을 따라 집으로 돌아가야만 했다. 나는 가벼운 열이 났다. 우리가 다시 말을 타고 출발하려 했을 때 M부인이 내게 다가와 내가 외투 하나만을 달랑 입고 목에 아무것도 두르지 않은 것을 보곤 놀랐다. 나는 비옷을 챙겨 입고 나올 시간이 없었다고 말했다. 그녀는 핀으로 내 셔츠의 주름 잡힌 목 부분을 더 높게 채워 주었고, 자신의 진홍색 실크 스카프를 풀어 내가 목감기에 걸리지 않도록 목에 둘러 주었다. 그녀는 매우 서둘러 이 일을 끝내고 가버렸으므로 나는 그녀에게 미처 고맙다는 말조차 하지 못했다.

일행이 집에 도착했을 때 나는 그녀를 작은 응접실에서 발견했다. 그녀는 금발의 귀부인과 또 오늘 딴끄레드를 타지 않고 겁냄으로써 자신의 명예를 실추시킨 그 얼굴이 하얀 청년과 함께 있었다. 나는 감사의 표시를 하고 스카프를 그녀에게 돌려주기 위해 다가갔다. 그 순간, 일련의 사건들이 지나가 버린 그때에 나는 무엇인가 부끄러움을 느꼈다. 나는 얼른 위층 내 방으로 올라가 모든 일을 곰곰이 생각하고 판단해 보고 싶어졌다. 나는 어떤 감정으로 충만해 있었다. 그녀에게 목도리를 건네주며 나는 흔히 말하듯 귀까지 새빨개져 버렸다.

「내 생각에는 이 애가 물건을 돌려주고 싶어하는 것 같지 않은데요. 당신의 스카프와 헤어지는 것이 매우 안타까운가 봐요.」 젊은이가 웃으며 말했다.

「맞아요, 바로 그거예요!」 금발의 귀부인이 말을 되받았다.

「너도 참……!」 그녀는 한심하다는 듯이 고개를 설레설레 흔들며 말하다가 농담이 더 이상 진전되기를 바라지 않는 M부인의 시선과 마주치자 하던 말을 그만두었다.

나는 재빨리 자리를 떴다.

「아아, 너란 아이는 참!」 옆방을 지나갈 때 개구쟁이 부인이 나를 따라잡고선 내 두 손을 부드럽게 쥐며 말했다. 「만일 네가 그 스카프를 간직하고 싶었다면 돌려주지 않고 그냥 갖고 있어도 되잖니. 어딘가에 놔뒀다고 말하기만 하면 될 것을! 넌 참 순진한 아이구나. 바보같이 내가 말하는 대로도 못하고!」

그녀는 내가 양귀비꽃처럼 빨개지는 것을 보고 웃으며 손가락으로 내 턱을 가볍게 쓰다듬었다.

「이제 난 너의 친구가 된 거지, 그렇지? 우리 사이의 싸움은 이제 모두 끝난 거야, 그렇지?」

나는 아무 말없이 웃으며 그녀의 손가락을 지그시 쥐었다.

「아니 애야, 그런데 왜 그렇게 안색이 창백하니? 몸도 떨고 있네! 오한이 나는가 보구나?」

「네, 지금 몸이 좀 불편해요.」

「아이, 불쌍한 것 같으니! 너무 흥분한 탓이야! 어서 가서 자려무나. 저녁 식사 때도 일어나지 말고 그냥 계속 자도록 해봐. 밤새 다 나을 거야. 자, 가자.」

그녀는 나를 위층까지 바래다 주었는데 그녀의 간호는 거기서 끝날 것 같지가 않았다. 내가 옷을 갈아입도록 내버려 둔 뒤 그녀는 아래층으로 내려가 손수 차를 끓여 이미 누워 있는 내게로 가져왔다. 그녀는 따뜻한 담요도 가져왔다. 그녀의 간호는 나를 매우 놀라게 했고 또 감동시켰다. 아니면 여행과 열 때문에 내가 그렇게 느끼게 되었는지도 모르겠다. 그러나 그녀가 내 방에서 나갈 때 나는 그녀가 마치 나의 가장 소중하고 가까운 친구라도 되는 듯 그녀를 꼭 껴안았다. 누그러진 내 마음 위로 모든 감정들이 한꺼번에 흘러 나왔다. 나는 그녀의 가슴에 안겨서 거의 울 뻔했다. 그녀는 나의 감정이 북받치고 있음을 깨달았고 내가 보기에는 이 장난꾸러기 부인도 역시 감동받은 듯했다.

「넌 참 착한 아이야. 제발 나를 나쁘게 생각하지 말아 줘, 응? 안 그럴 테지?」 조용한 눈길로 나를 바라보며 그녀가 속삭였다.

한마디로 말해서 우리는 가장 친밀하고 가장 신의 있는 친구 사이가 된 것이다.

내가 눈을 떴을 때는 꽤 이른 아침이었으나 벌써 태양은 온 방 안을 눈부신 햇살로 가득 채워 놓고 있었다. 나는 마치 열병 따위는 어제 앓지도 않았다는 듯이 건강하고 활기차게 침대에서 뛰어내렸다. 어제의 열병 대신 지금은 말할 수 없는 기쁨이 전신을 엄습했다. 나는 어제의 일을 생각해 보았고, 만일 이 순간 어제처럼 나의 새로운 친구가 된 금발 부인과 포옹할 수 있다면 나의 모든 행복을 바칠 수도 있다고 생각했다. 그러나 아직은 이른 아침이었고 모두들 자고 있었다. 나는 재빨리 옷을 입고 정원으로 나가 그 길로 곧장 숲으로 달려갔다. 나는 녹음이 가장 짙푸르고 초목 향기가 풍부하며 명랑한 햇살이 비치는 그런 곳을 찾아 달려갔다. 안개 자욱한 무성한 숲을 이리저리 뚫고 지나가는 것이 무척 즐거웠다. 매우 아름다운 아침이었다.

나도 모르는 사이에 점점 더 깊은 숲으로 들어간 나는 이윽고 모스끄바 강이 흐르는 숲의 반대편 끝까지 오게 되었다. 산 아래로 흐르는 강은 바로 2백 보 앞에 있었다. 강의 반대편 기슭에선 풀베기 작업이 한창이었다. 나는 농부들의 손에 들린 날카로운 낫들이 정답게 반짝이며 휘둘리다가 빛나는 뱀처럼 휙 사라지는 것을 바라보았다. 뿌리에서 떨어져 나온 기름지고 무성한 풀들은 길고 곧은 밭고랑에 켜켜이 쌓여 갔다. 내가 이 광경을 얼마나 오랫동안 지켜봤는지는 모르겠다. 그러다 나는 문득 한 20보 떨어진 숲의 별장과 연결되는 오솔길로부터 사람의 발자국소리와 서두르는 말발굽소리, 말의 흐르릉대는 소리를 듣곤 정신을 차리게 되었다. 기사가 말을 몰고 와 멈춘 바로 그 순간 내가 그 소리를 들은 것인지, 아니면 이 소리가 벌써 오래전에 들려왔으나 헛되이 내 귀를 간지럽혔을 뿐 나를 망상에서 떼어 놓지 못한 것인지의 여부는 알 수 없지만 나는 그 즉시 호기심 때문에 숲으로 들어갔다. 몇 발자국 가다가 나는 성급하게, 그러나 조용히 속삭이는 목소리를 들을 수 있었다. 나는 더 가까이 다가갔다. 그리고 오솔길 양쪽으로 늘어선 관목의 맨 앞쪽 나뭇가지들 뒤로 조심스럽게 몸을 밀착시켰다. 그 순간 나는 너무나 놀라서 그만 뒤로 펄쩍 물러나고 말았다. 나의 눈엔 익숙한 그 하얀 옷이 비쳤고 나의 마음 위로는 조용한 여자의 목소리가 마치 음악과도 같이 은은히 울려 퍼졌다. 그것은 바로 M부인이었다. 그녀는, 말 위에 앉은 채 서둘러 이야기하고 있는 어떤 기사 곁에 서 있었는데 놀랍게도 그 기사는 바로 어제 별장을 떠난, 그리고 M씨가 그처럼 이죽대며 배려하던 바로 그 청년 N이었다. 그러나 그는 어제 아주 멀리 남러시아로 간다고 하지 않았던가. 그러기에 그를 여기서, 그것도 이토록 이른 시간에 M부인과 단둘이 있는 것을 보자 나는 놀라지 않을 수 없었다. M부인은 내가 예전에는 보지 못했던 그런 흥분으로 고무되어 있었다. 그녀의 뺨 위에선 눈물이 빛나고 있었다. 젊은이는 그녀의 손을 잡고 있었는데 안장에서 몸을 숙여 그 손에 키스했다. 나는 이별의 순간을 목격하고 있었던 것이다. 보아하니 그들은 서두르는 듯했다. 마지막으로 그는 주머니에서 밀봉된 봉투를 꺼내 M부인에게 주었고, 아까처럼 말 위에서 내리지 않은 채 한 팔로 그녀를 안은 뒤 오랫동안 열렬한 키스를 했다. 그런 후 그는 재빨리 박차를 가하며 쏜살같이 내 옆을 달려나갔다. M부인은 얼마 동안 눈으로 그를 전송하더니 깊은 생각에 잠겨 우울한 모습으로 집으로 돌아가려 했다. 그러나 길을 따라 몇 발자국 가더니 갑자기 정신을 차린 듯 서둘러 관목들을 헤치고 숲으로 들어갔다.

방금 본 광경에 놀라고 당황한 채로 나는 그녀의 뒤를 따라갔다. 나의 심장은 놀라서 쿵쿵 뛰었다. 나는 정신이 몽롱하고 감각을 잃은 듯했다. 나의 사고 능력은 산산조각이 나서 엉클어져 버렸다. 그러나 왠지 모르게 그때 무척 슬픈 느낌이 들었던 것이 기억난다. 간간이 녹음 사이로 그녀의 하얀 옷이 보였다. 나는 잠시도 그녀로부터 눈을 떼지 않은 채, 그러나 그녀가 나의 존재를 알아차리지 못하게 조심하면서 나도 모르게 그녀의 뒤를 밟았다. 마침내 그녀는 정원으로 향하는 길로 나오게 되었다. 나는 조금 기다린 후 나왔다. 그러나 놀랍게도 나는 길에 깔린 붉은색 모래 위에서 밀봉된 봉투를 발견하였고 첫눈에 그것이 무엇인지를 알아차렸다. 그것은 10분 전쯤 M부인이 받았던 바로 그 봉투였다. 나는 그것을 집어 들었다. 양면에 아무것도 씌어져 있지 않은 하얀 봉투였다. 봉투는 크지 않았지만 눈어림으로 보아 그 안에 편지지가 석 장 이상은 든 듯 꽤 단단하고 무거웠다. 이 봉투가 의미하는 바는 무엇일까? 두말할 나위도 없이 이 봉투는 모든 비밀을 밝혀 줄 것이다. 아마 이 봉투 속에는 서둘러야 하는 짧은 이별 때문에 N이 다 하지 못했던 말들이 씌어 있을지도 모른다. 그는 말에서 내리지도 못하지 않았던가……. 정말로 서둘렀기 때문에 그랬는지 아니면 이별의 순간을 연장하는 것이 두려워서 그랬는지는 아무도 모르리라…….

나는 길 밖으로 나가지 않고 멈춰 서서 그녀에게 가장 잘 보일 만한 곳에다가 봉투를 던져 놓고선 그것으로부터 눈을 떼지 않고 있었다. 나는 M부인이 봉투가 없어진 것을 눈치

채고 그것을 찾으러 돌아오기를 기대했다. 그러나 약 4분 정도를 기다린 후 나는 더 이상 참지 못하고 나의 노획물을 집어 주머니에 넣고는 다시 M부인을 따라 길에 나섰다. 나는 그녀를 정원의 큰길에서 따라잡았다. 그녀는 시선을 땅에 떨군 채 곧장 집으로 서둘러 갔다. 나는 어떻게 해야 할지를 몰랐다. 가서 전해 줄까? 그러나 그렇게 하는 것은 내가 모든 것을 보았고 모든 것을 안다는 것을 의미한다. 그렇게 되면 나는 첫 마디부터 거짓말을 하게 될 것이다. 그러고 나서 그녀를 어떻게 바라볼 수 있단 말인가? 또 그녀는 나를 어떻게 볼 것인가……? 나는 줄곧 그녀가 봉투가 없어졌음을 깨닫고 그것을 찾으러 오던 길로 되돌아 가기만을 간절히 바랐다. 그렇게만 된다면 나는 봉투를 길 위에 던져 놓을 것이고 그녀는 그것을 찾게 될 텐데. 그러나 일은 그렇게 되지 않았다! 우리는 벌써 집 가까이에 와 있었고 그녀는 사람들의 눈에 띄었던 것이다…….

이날 아침엔 마치 일부러라도 그런 듯 모두들 일찍 일어났는데 그 이유는 어제의 여행이 성사되지 않았기 때문에, 그 대안으로 오늘 다른 새로운 여행을 떠나기로 결정되었기 때문이었다. 모두들 떠날 준비를 하고 테라스에서 아침을 먹었다. 나는 사람들에게 M부인과 함께 있는 모습을 보이기가 싫어서, 10분쯤 기다린 후에 정원의 반대편으로 돌아가 그녀보다 훨씬 늦게 다른 문을 통해 집으로 들어갔다. 그녀는 테라스에서 팔짱을 낀 채 창백하고 흥분된 모습으로 왔다 갔다 하고 있었다. 그녀의 행동과 발걸음, 눈빛 속에는 고통스럽고 절망적인 슬픔이 역력히 드러났는데 그녀가 그것을 애써 감추려 하는 것이 모든 사람들의 눈에 띄었다. 그녀는 이따금 계단을 내려가 정원 쪽으로 나 있는 화단 사이를 왔다 갔다 했다. 그녀의 눈은 성급하고 격정적으로, 심지어는 조심스럽지 못할 정도로 정원의 모래길 위와 테라스 바닥 위에서 무엇인가를 찾아 헤매고 있었다. 의심할 필요도 없이 그녀는 봉투가 없어졌음을 알아챘고, 보아하니 그녀는 봉투를 집 근처 어디쯤에서 분실한 것으로 믿고 있는 듯했다. 그녀는 그렇게 믿고 있음에 틀림없었다!

이윽고 사람들이 차례차례 그녀의 안색이 창백하고 그녀가 몹시 흥분해 있음을 알아차렸다. 사람들은 그녀에게 건강을 염려하는 질문들과 성가신 우려를 보내 왔다. 그녀는 그 질문들에 웃으며 유머스럽게 대답해야 했고 즐거움을 가장해야만 했다. 간간이 그녀는 테라스 끝 쪽에서 두 명의 귀부인들과 이야기하고 있는 남편을 바라다보았다. 불쌍한 그녀의 얼굴에는, 그녀의 남편이 이곳에 처음 도착하던 날 그녀가 보였던 불안과 동요가 다시 나타났다. 주머니에 손을 집어넣은 채 봉투를 꼭 쥐고 있던 나는, M부인이 나를 보게 해달라고 운명에게 비는 수밖에 없었다. 나는 눈길로나마 그녀를 안정시키고 또 달래 주고 싶었던 것이다. 나는 그녀에게 작고 은밀하게 무엇인가를 이야기하고 싶었다. 그러나 그녀가 우연히 나를 바라보았을 때 나는 부들부들 떨며 시선을 떨구고 말았다.

나는 분명히 그녀의 고통을 보았고 그녀가 진정으로 고통스러워한다는 것을 확신할 수 있었다. 지금까지도 나는 이 비밀에 대해 당시 내가 이야기하고 있는 이상의 것은 알지 못한다. 그들의 관계는 아마도 지금 내가 그녀의 모습만으로 판단할 수 있는 그런 성질의 것이 아닐지도 모른다. 그리고 그 키스도 단지 헤어짐의 키스였을 수도 있고, 그녀가 자신의 평화와 양심을 희생시킨 것에 대한 빈약한 대가로서의 마지막 키스였을 수도 있다. 그리고 이 편지, 지금 내가 손에 쥐고 있는 이 편지의 정체가 무엇인지 그 누가 알겠는가? 이 편지의 정체를 그 누가 판단할 수 있으며 어떻게 판단할 수 있겠는가? 그러나 한 가지 분명한 사실은, 비밀이 갑작스럽게 폭로되는 일이 생긴다면 이는 그녀의 인생에 끔찍하고도 거대한 충격을 가하리라는 것이었다. 나는 이 순간 그녀의 얼굴 표정을 아직도 기억한다. 그 얼굴은 그 이상으로 더 고통스러울 수가 없는 그런 얼굴이었다. 잠시 후에, 15분쯤 후에는 모든 것이 밝혀진다는 것을 확실히 인식하고 그것을 느끼며 형벌처럼 기다려야 하는 상황이었다. 봉투는 누군가에 의해 곧 발견될 것이고, 겉에는 아무것도 씌어 있지 않으니 누군가가 열어 볼 테고⋯⋯ 그러면⋯⋯ 그러면 어떻게 된단 말인가? 세상의 그 어떤 형벌이 지금 그녀가 기다리는 형벌보다 더 가혹할 수가 있을까? 그녀는 지금 미래의 심판자들 사이에 존재하는 것이다. 그들의 부드럽게 웃는 얼굴이 잠시 후면 냉엄하고 가혹하게 변할 것이다. 그녀는 이 얼굴들 위에서 조소와 증오와 얼음같이 찬 경멸을 읽게 될 것이고, 그런 다음엔 끝이 없는, 여명이 오지 않는 어둠이 그녀의 인생에 닥쳐올 것이다⋯⋯. 그래, 그때 나는 이 모든 것을 지금 내가 이야기하는 바와 같이 확실하게 알지는 못했다. 나는 그저 느낌으로 예감할 뿐이었고, 또 내가 제대로 알지 못하는 그녀의 위험을 생각하곤 가슴이 아플 뿐이었다. 그러나 그녀의 비밀이 무엇이었든 간에, 내가 증인이 되었던 그 짧은 순간들은 내가 결코 잊지 못할, 만일 대가를 치러야 한다면 기꺼이 많은 대가를 치를 수도 있는 그런 순간들이었다. 이윽고 여행의 출발을 알리는 즐거운 소리가 들려왔다. 모두들 즐겁게 돌아다녔다. 사방에선 웃음과 높은 말소리들이 들려왔다. 2분 후에 테라스는 한산해졌다. M부인은 자신의 건강이 좋지 않다는 것을 인정하며 함께 떠나기를 사양했다. 다행스럽게도 모든 사람들은 분주하게 서두르며 떠나갔으므로 쓸데없는 유감이나 조언, 안부 등으로 그녀를 귀찮게 하지는 않았다. 집에 남은 사람은 몇 안 되었다. 남편은 그녀에게 몇 마디 말을 건넸고, 그녀는 그가 걱정하지 않도록 오늘 중 다 나을 것이며 집에 누워 있기보다는 혼자……아니 나와 함께…… 산책을 가겠노라고 말하며 나를 바라보았다. 나로서는 더 이상 좋은 일이 있을 수 없었다! 나는 기쁨으로 인해 얼굴이 붉게 달아올랐다. 얼마 후 우리는 길을 걷고 있었다.

그녀는 본능의 힘으로 바로 얼마 전 숲에서 돌아왔던 그 길을 다시 더듬으며 걷고 있었다. 그녀는 나의 존재를 잊은 듯 나에게 전혀 신경을 쓰지 않았고 눈을 땅에서 떼지 않은 채 앞만 바라보고 있었다.

그러나 아까 내가 편지를 주웠던 길이 끝나는 바로 그 지점에 다다랐을 때, M부인은 갑자기 멈춰 서선 슬픔 때문에 꺼져 가는 약한 목소리로 몸이 불편하니 집으로 가야겠다고 말했다. 그러나 정원의 울타리까지 돌아왔을 때 그녀는 다시 멈춰 서서 생각에 잠겼다. 절망의 미소가 그녀의 입술 위에서 살포시 맴돌았다. 모든 것을 체념하고 모든 것에 복종한 듯, 고통스러운 듯 힘이 쭉 빠진 그녀가 이번에는 나에게 한 마디 말도 없이 다시 오던 길로 되돌아가기 시작했다…….
나는 슬퍼서 가슴이 터질 것 같았고 무엇을 어떻게 해야 할지 알지 못했다. 우리는 함께 걸었다. 그러나 함께 걸었다기보다는 내가 그녀를 한 시간 전에 보았던, 말발굽소리와 그들의 대화소리를 엿들었던 그 장소로 안내했다고 하는 것이 더 정확할 것이다. 그곳에는 느릅나무가 있었는데 나무 곁에는 커다란 바위를 통째로 깎아 만든 벤치가 있었다. 벤치 주위엔 담쟁이가 자라고 있었고 들장미와 재스민도 만발해 있었다. (이 작은 숲은 온통 조그만 다리들과 정자와 동굴 등의 놀라운 것들로 가득 차 있었다.) M부인은 아무 생각 없이 벤치에 앉아 우리 앞에 펼쳐진 경이로운 광경을 바라보고 있었다. 잠시 후 그녀는 책을 펼쳐 들더니 아무런 생각 없이 책장을 넘기기 시작했다. 시선은 비록 책 위로 모아져 있었으나 그녀는 그것을 읽지 않았다. 벌써 아홉 시 반쯤 된 모양이었다. 태양은 우리 머리 위의 깊고 푸른 하늘 위로 높이 떠올라 자신의 광채 속에서 이리저리 춤추었다. 풀 베던 사람들은 이미 사라졌다. 우리 쪽 강기슭에선 그들의 모습이 거의 보이지 않았다. 그들 뒤론 베어진 풀들이 끝없는 담처럼 쌓여 있었다. 이따금 산들산들한 바람이 그 향기로운 냄새로 우리에게 다가왔다. 〈씨 뿌리지도 않고 거두어 들이지도 않는 자들〉[10]의 끊임없는 콘서트가 계속되고 있었는데, 그들은 바람처럼 발랄하고 자유롭게 날개를 퍼득이고 있었다. 살아 있는 모든 꽃 한 송이 한 송이, 풀 한 포기 한 포기는 자신의 향기를 제물로 바치며 그들의 창조자에게 이렇게 말하는 듯싶었다. 〈아버지 하느님! 저희는 축복받은 행복한 존재들입니다……!〉

10 새들을 지칭한다. 마태오의 복음서 6장 26절에 〈공중의 새들을 보아라. 그것들은 씨를 뿌리거나 거두거나 곳간에 모아 들이지 않아도 하늘에 계신 너희의 아버지께서 먹여 주신다〉라는 구절이 있다.

나는 삶의 즐거움으로 충만한 이곳에서 유일하게 죽은 자처럼 앉아 있는 이 창백한 부인을 바라보았다. 그녀의 속눈썹엔, 날카로운 마음의 상처로 인해 솟아오른 굵은 눈물 방울들이 흔들림 없이 맺혀 있었다. 이토록 창백하게 죽어 가는 마음을 기쁘게 되살려 놓는 일은 나의 재량 하에 있었으나 나는 어떻게 그 일에 착수해야 할지 몰랐다. 나는 괴로웠다. 백 번도 넘게 나는 그녀에게 다가가려 했으나 번번이 어떤 억제하지 못할 감정이 나를 제자리에 매어 두었고 그때마다 나의 얼굴은 불꽃처럼 달아올랐다.

갑자기 좋은 생각이 머릿속에 떠올랐다. 그녀에게 다가갈 수 있는 방법을 발견한 것이다. 나는 기쁨으로 인해 소생하였다.

「제가 꽃다발을 만들어 드리면 어떨까요?」 내가 어찌나 기쁜 음성으로 말했던지 M부인은 갑자기 고개를 들어 나를 응시했다.

「그러렴.」 그녀는 희미하게 웃으며 작은 목소리로 말하더니 이내 고개를 책으로 떨구었다.

「여기선 풀 베기 작업을 하기 때문에 꽃이 없네요!」 나는 꽃다발을 만들러 가면서 즐거운 목소리로 이렇게 외쳤다.

나는 곧 꽃다발을 만들었지만 그것은 작고 볼품이 없었다. 방에까지 들고 가 꽂아 두기엔 부끄러울 그런 꽃다발이었다. 그러나 그 꽃다발을 만들며 나의 심장은 얼마나 뛰었던가. 들장미와 재스민은 벤치 근처에서 뜯었다. 그리 멀지 않은 곳에 무성한 호밀밭이 있다는 사실을 나는 알고 있었으므로 수레국화를 꺾기 위해 나는 그리로 달려갔다. 나는 가장 누렇고 무성한 호밀 이삭을 골라 그것을 수레국화와 섞었다.

그리고 나는 다시 주위에서 물망초 무리를 발견하였으므로 나의 꽃다발은 풍성해지기 시작했다. 들에서 나는 또다시 푸른빛이 도는 은방울꽃과 패랭이를 꺾었고 강가 바로 옆에선 노란 수련을 꺾었다. 드디어 나는 숲속으로 되돌아와 현란한 색깔을 띤 새 발 모양의 단풍 잎사귀와 우연히 발견하게 된 오랑캐꽃을 꽃다발에 보태었다. 그리고 운이 좋게도 그리 멀지 않은 곳에서 향기로운 제비꽃 냄새가 풍겨 왔으므로 그리로 가보았다. 그곳엔 빛나는 이슬 방울을 가득 머금은 꽃 한 송이가 농염하고 무성한 풀숲에 피어 있었다. 꽃다발은 완성되었다. 나는 그물을 엮을 때 사용하는 강가에 자라는 가늘고 긴 풀로 꽃다발을 엮었다. 그리고 편지를(조금만 주의해서 보면 금방 눈에 띄도록) 꽃송이 사이에 끼워 넣었다.

나는 그것을 M부인에게로 가져갔다. 가는 길에 보니 편지가 너무 눈에 띄는 것 같았다. 그래서 나는 편지를 더 깊숙이 숨겼다. 거의 도착할 무렵 나는 그것을 다시 더 깊은 곳으로 밀어 넣었고, 마침내 M부인 주위에 이르렀을 때 편지는 겉에서 볼 때는 도저히 보이지 않을 만큼 꽃다발 깊숙한 곳에 숨겨지게 되었다. 내 볼에서는 홍조가 불꽃같이 타올랐다. 나는 손으로 얼굴을 가리고 도망가고 싶은 심정이었다. 그녀는 내가 그렇게 큰 꽃다발을 만든 것을 보고 놀라는 눈치였다. 그러나 그녀는 무의식적으로 꽃다발을 한 손으로 받아 거의 보지도 않고 벤치 옆에 내려놓고는 다시 아무 생각 없이 책으로 눈을 돌렸다. 마치 꽃다발은 내가 나중에 정식으로 건네주게끔 약속되어 있기라도 한 듯이. 나는 내가 거둔 실패로 인해 울고 싶은 심정이었다. 〈그러나 꽃다발이 그녀 곁에 있고 그녀가 그것을 잊지만 않는다면 그것으로도 충분하다!〉 나는 이렇게 생각했다. 나는 벤치 근처의 풀밭에 오른팔을 베고 누워 졸린 듯이 눈을 감았다. 그러나 나는 그녀로부터 눈을 떼지 않고 기다렸다…….

한 10분쯤 지났을 때 나의 눈에 비친 그녀는 점점 더 창백해져 갔다……. 갑자기 나를 도우려는 듯이 고마운 우연이 내게로 다가왔다.

나를 도우러 온 것은 다름 아닌 커다란 꿀벌이었는데 고마운 바람이 그것을 내게 보낸 것임에 틀림없었다. 꿀벌은 처음에는 내 근처에서 윙윙대더니 나중엔 M부인에게로 날아갔다. 그녀는 팔을 내저으며 쫓았지만 꿀벌은 마치 고의로 그러는 듯 그녀로부터 물러설 줄을 몰랐다. 드디어 M부인은 내가 건네준 꽃다발을 들고 벌을 쫓기 시작했다. 이 순간 꽃송이 사이에서 편지가 튀어 나와 펼쳐진 책 위로 떨어졌다. 나는 온몸을 떨었다. 얼마 동안 M부인은 놀라움으로 인해 아무 말없이 손에 들린 꽃다발과 편지를 번갈아 쳐다보았다. 그녀는 자신의 눈을 믿지 못하는 듯했다. 문득 그녀의 얼굴이 활활 타오르듯 빨개지더니 나를 돌아다보았다. 그러나 나는 그녀의 시선을 받기 전에 눈을 감고 잠든 척했다. 그 순간 무슨 일이 있더라도 나는 그녀의 얼굴을 똑바로 볼 수가 없었을 것이다. 나의 심장은, 곱슬머리 시골 소년의 손아귀에 잡힌 참새의 심장처럼 절망적으로 뛰기 시작했다. 내가 얼마나 오랫동안 그렇게 눈을 감고 누워 있었는지 모르겠다. 한 2분, 혹은 3분 정도였으리라. 드디어 나는 용기를 내어 눈을 떴다. M부인은 정신없이 편지를 읽고 있었는데 나는 홍조가 피어오른 그녀의 볼 위에서, 눈물로 인해 번쩍이는 그녀의 시선 속에서, 모든 신경이 기쁨의 환희로 떨고 있는 그 환한 얼굴에서, 이 편지 속에는 행복이 담겨져 있고 이제 그녀의 모든 슬픔은 연기처럼 훨훨 날아가리라는 것을 알 수 있었다. 고통스러울 만큼 달콤한 감정이 내 마음을 미어지게 했다. 나는 이를 감추기가 어려웠다.

나는 이 순간을 결코 잊지 못할 것이다!

갑자기 멀리서 그녀를 부르는 소리가 들려왔다.

「M부인! 나탈리! 나탈리!」

M부인은 대답하지 않고 얼른 벤치에서 일어나 내게로 다가와 몸을 굽혔다. 나는 그녀가 내 얼굴을 직시하고 있음을 느꼈다. 내 눈썹은 심하게 떨렸으나 나는 눈을 뜨지 않으려고 노력했다. 나는 편안하고 고르게 숨을 쉬려 했으나 나의 심장은 몹시도 쿵쿵거렸다. 그녀의 뜨거운 숨결이 내 뺨을 달아오르게 했다. 그녀는 내 얼굴을 찬찬히 바라보며 점점 더 가까이 내게 몸을 굽혔다. 드디어 내 손 위로, 가슴 위에 얹혀진 그 손 위로 눈물과 입맞춤이 동시에 떨어졌다. 그녀는 내 손에 그렇게 두 번 입맞춤하였다.

「나탈리! 나탈리! 어디에 있소?」 이렇게 외치는 목소리는 이제 우리 가까이에서 들려왔다.

「지금 가요!」 M부인은 자신의 풍부하고 울리는 듯한, 그러나 눈물로 인해 떨리는 음색으로 나에게만 겨우 들릴 듯이 이렇게 말했다.

그러나 이 순간, 나의 심장은 드디어 나를 배반하고 온몸의 피를 얼굴로 쏟아 부었다. 아주 짧은 찰나의 순간, 뜨겁고 짧은 입맞춤이 내 입술을 불태웠다. 나는 나직이 소리를 지르며 눈을 떴으나 그와 동시에 어제의 그 진홍빛 실크 스카프가 내 얼굴 위로 떨어졌다. 마치 태양으로부터 나를 보호하려는 듯이. 그녀는 이미 없었다. 나는 오직 서두르는 듯한 사각대는 발소리를 들었을 따름이다. 나는 혼자였다.

나는 내 얼굴을 덮고 있는 그 스카프를 집어 들곤 환희에 가득 차 나 자신도 잊은 채 그것에 입맞추었다. 얼마 동안 그렇게 정신없이 있었던가! 나는 겨우 정신을 가다듬고는 팔꿈치를 괴고서 풀밭 위에 누워 아무 의식도 움직임도 없이 부근의 산과 언덕, 알록달록한 밭들과 그들 사이를 흐르는 강들을 바라보았다. 시야가 겨우 닿는 저 멀리 보이는 언덕과 마을들은 마치 흐르는 점들처럼 빛으로 충만했고, 푸른 숲은 달궈진 하늘 위로 보일 듯 말 듯 마치 연기처럼 솟아 있었다. 이 웅장한 풍경이 자아내는 달콤한 평화가 흥분한 나의 마음을 점점 어루만지고 가라앉게 해주었다. 나는 비로소 더 자유롭고 편하게 숨을 쉴 수 있게 되었다……. 그러나 나의 온 영혼은 어떤 예감처럼, 어떤 것을 통찰한 듯 거칠고도 부드럽게 괴로워했다. 나의 놀란 가슴은 어떤 기대로 인해 가볍게 떨면서 무언가를 부끄럽고도 기쁘게 간파해 나갔다. 나의 가슴은 무엇인가에 관통당한 듯 갑자기 아프게 뛰기 시작했고, 눈물이, 그렇다, 달콤한 눈물이 나의 눈에서 쏟아졌다. 나는 손으로 얼굴을 가린 채 풀잎처럼 몸을 와들와들 떨며, 지금까지 내가 알지 못했던 그런 최초의 발견과 경험에 나의 마음을 아낌없이 헌납했다. 이 순간 나의 첫 유년 시대는 막을 내렸다.

두 시간 후에 내가 집으로 돌아왔을 때 나는 M부인을 찾을 수 없었다. 그녀는 무슨 급한 일 때문에 남편과 모스끄바로 떠난 뒤였다. 그 후로 나는 다시 그녀와 만나지 못했다.

역자 해설
몽상과 현실과 문학의 삼중주

　도스또예프스끼가 반정부 음모에 가담했다는 죄목으로 체포되어 형을 선고받기 전의 약 2년간, 즉 1847년에서 1848년까지는 문학 청년의 낭만적 이상과 자기만의 독자적인 스타일을 구축하기 위한 다양한 시도와 좌절, 그리고 사회 문제에 대한 관심으로 가득 찬 시기, 전기 작가의 관점에서 볼 때는 다소 창작의 열기가 부진했던 시기였다. 그러나 도스또예프스끼의 문학적 발전이라는 관점에서는 매우 흥미로운 일종의 과도기적 시기였다. 이 시기를 살펴보면서 우선 언급할 수 있는 것은 공상적 사회주의와의 접촉이다. 도스또예프스끼는 1847년 봄부터 카리스마적인 청년 사상가 M. B. 뻬뜨라셰프스끼의 집에서 열리는 소위 〈금요일 밤의 모임〉에 참여하기 시작했다. V. 마이꼬프 형제를 비롯하여 훗날 〈뻬뜨라셰프스끼 파〉라 불리게 될 참가자들은 차를 마시며 밤늦도록 농노 해방이라든가 언론의 자유 등 당대의 다양한 사회 문제를 토론하였다. 이 모임에 참여하면서 도스또예프스끼는 푸리에C. Fourier 류의 공상적 사회주의의 영향을 받아 모든 사람이 형제처럼 살 수 있는 새로운 세상과 잃어버린 〈황금 시대〉에 대한 반(半)기독교적 이상을 발전시키게 되었다. 그러나 다른 한편으로 그는 뻬뜨라셰프스끼 파의 무신론과 실증주의에는 공감할 수 없었으므로 정서적으로 그들과 일정한 거리를 유지하고 있었다. 유배지에서 돌아온 그는 〈위대한 소설들〉에서 사회주의를 비난하게 되지만 이 시기에 그를 사로잡았던 유토피아에 대한 이상은 작가로서, 한 인간으로서, 겸허한 기독교인으로서 그가 살아갈 수 있도록 해준 신비한 원동력 중의 하나였다.

뻬뜨라셰프스끼 서클 참여는 도스또예프스끼의 처녀작 『가난한 사람들』을 격찬했던 비평가 V. 벨린스끼와의 결별을 재촉했다. 이미 1846년 가을부터 N. 네끄라소프와의 언쟁으로 인해 벨린스끼 파와 소원해 있던 도스또예프스끼는 다음 해 봄 무렵에는 공상적 사회주의의 이상을 추구하는 과정에서 벨린스끼의 유물론과 실증주의에 완전히 등을 돌렸다. 이들의 결렬에는 물론 보다 현실적인 다른 이유가 있었다. 벨린스끼가 지지하던 급진적인 『동시대인』지와 라이벌 관계에 있던 보수적인 『조국 수기』에 도스또예프스끼가 일종의 〈전속〉 기고자가 됨으로써 그들의 적대 관계는 돌이킬 수 없이 되어 버렸던 것이다. 『조국 수기』의 비평가 마이꼬프는 〈감상주의적 자연주의〉를 표방하면서 당대 문학의 목적을 심리학주의와 인간 본성의 탐구로 규정 지었는데 그의 추종자들 가운데는 청년 도스또예프스끼와 시인 A. 쁠레쉬체예프, 〈생체학적 오체르끄〉로 문학사에 이름을 남긴 Ia. 부뜨꼬프 등이 있었다. 도스또예프스끼는 얼마 안 가서 마이꼬프의 영향력에서 벗어나게 되지만, 약간의 감상주의와 자연주의적 디테일은 언제나 등장 인물 혹은 서술 방식 등을 통해 그의 텍스트에 흔적을 남기고, 인간의 내면에 관한 통찰은 이후 더욱더 발전해 나가 그에게 〈영혼의 투시자〉란 별명을 붙여 주게 된다.

그러나 『조국 수기』와의 관계는 도스또예프스끼의 입장에서 볼 때 자발적인 것이 아니었고 유쾌한 것은 더욱더 아니었다. 거의 무에 가까운 경제 관념과 낭비벽을 겸비한 도스또예프스끼는 언제나 금전적으로 쪼들리는 생활을 할 수밖에 없었고 그러한 그에게 유일한 구원은 원고료의 선불이었다. 마침 『조국 수기』의 발행인 A. 끄라예프스끼는 청년 도스또예프스끼의 경제난을 알게 되자 빈틈없는 경영자의 기질을 발휘하여 엄청난 잠재력을 지니고 있는 이 청년을 자신의 잡지에 예속시키기 위한 방편으로 선불을 제시했다(도스또예프스끼의 과대망상적 진술을 그대로 인용하자면 〈끄라예프스끼는 5백 루블을 미리 받아 달라고 내게 매우 공손하게 부탁했다〉). 이 선불 제의를 발단으로 도스또예프스끼는 지속적으로 끄라예프스끼의 돈을 받아 썼고, 그것을 갚기 위해 몇 년 간, 그의 말을 빌리면, 〈재능과 청춘과 희망을 망쳐 가며〉 오로지 『조국 수기』를 위해서만 작품을 써야 했다.

빈곤은 또한 미래의 위대한 작가를 한동안 신문 칼럼니스트의 자리에 묶어 둔 요인이기도 했다. 도스또예프스끼는 1847년 4월 27일부터 보수적인 일간지 「상뜨 뻬쩨르부르그 통보」의 칼럼을 쓰기 시작했다. 〈뻬쩨르부르그 연대기 Peterburgskaia letonisi〉라는 제목의 이 칼럼에는 대도시의 일상적 삶과 풍경, 문화에 대한 화자 도스또예프스끼의 가벼운 단상, 즉 신간 서적, 음악회, 연극 등에 관한 평론, 일부 인물에 대한 묘사, 혹은 거리의 모습이나 풍속 스케치 등등이 실렸다. 이 작업은 경제적인 이유에서 시작된 것이지만, 다른 한편으로는 도스또예프스끼의 성장에 상당히 긍정적인 영향을 미친 것 또한 사실이다. 「뻬쩨르부르그 연대기」는 그에게 당대 사회에 대한 첨예한 관찰자적 시각과 경제적인 문체를 발전시킬 수 있는 기회를 마련해 주었고, 또한 이 시기에 씌어진 대부분의 작품에 소재를 제공해 주었다. 그것은 문학과 현실에 대한 도스또예프스끼 자신의 사색을 담고 있으며 그런 의미에서 훗날 그가 쓰게 될 『작가 일기』의 전신이라 할 수 있다.

이 책에 실린 도스또예프스끼의 중단편은 모두 위에서 언급한 전기적 사실들, 즉 공상적 사회주의의 수용과 인간 본성의 탐구, 신문 칼럼의 집필 등을 반영한다. 특히 「뻬쩨르부르그 연대기」의 화두인 〈비극적 몽상〉은 박애주의, 사해 동포주의 등과 더불어 대부분의 작품에 모티프로 등장한다. 모든 사람이 행복하기를 바라는 마음이 너무도 강렬하여 자기 혼자만의 행복을 감당하지 못하고 마침내 미쳐 버리는 「약한 마음」(『조국 수기』, 1848년, 2월호)의 바샤 숩꼬프, 이웃에 대한 사랑으로 가득 차 있는 「뽈준꼬프」(1848년 〈삽화 문집〉을 위해 씌어짐)의 〈희극적인 수난자〉 오시프 미하일로비치, 그리고 술주정뱅이에 도둑질까지 하는 에멜리얀 일리치를 한없이 너그러운 포용력으로 감싸 주는 「정직한 도둑」(『조국 수기』, 1848년, 2월호)의 퇴역 군인 아스따피 이바노비치는 모두 이 시기에 도스또예프스끼를 사로잡았던 몽상과 박애주의를 대변해 준다.

그러나 몽상의 테마가 가장 문학적으로 실현된 작품은 무엇보다도 「백야」(『조국 수기』, 1848년, 12월호)라고 할 수 있다. 도스또예프스끼의 소설 중에서 가장 아름답고 가장 서

정적이라는 평가를 받아 온 「백야」는 〈어느 몽상가의 회상〉이라는 부제가 말해 주듯이 몽상가를 자처하는 1인칭 화자의 이야기로 이루어져 있다. 가난한 뻬쩨르부르그의 지식인인 화자는 폐쇄된 환상의 세계 속에서 고독을 벗삼아 살아가던 중, 아름다운 뻬쩨르부르그의 백야에 우연히 만난 소녀 나스쩬까에게 몽상가의 고독한 실존에 대해 자신이 체험한 환상의 아름다움에 대해 장광설을 늘어놓는다.

몽상가, 좀 더 자세히 정의하자면 그는 인간이 아니라, 그러니까 이를테면 무슨 중성적인 존재라 할 수 있습니다. 그는 대체로 다른 사람이 근접할 수 없는 구석에 정착합니다. 마치 한낮의 햇빛까지도 피하려는 듯이 그 속으로 기어 드는 거죠. 그리고 일단 자신의 안식처에 숨어 들면 달팽이처럼 아예 자기 구멍에 찰싹 들러붙습니다. 적어도 이 점에서 그는 생물이자 동시에 집이기도 한 저 흥미로운 동물, 거북이라 불리는 것과 유사하죠.…… 그의 공상이 또다시 격해집니다. 그리고 갑자기 새로운 세계, 새로운 매혹적인 삶이 그의 앞, 빛나는 원경(遠境)에서 반짝입니다. 새로운 꿈, 새로운 행복이 말입니다! 새롭고 오묘한 환각제! 그에게 우리의 현실적인 삶이 대체 무슨 의미가 있을까요! …… 그의 눈앞에 그토록 매혹적으로, 그토록 변덕스럽게, 그토록 광대무변하게 펼쳐지는 마술 같은 환영들을 보십시오. 그 마술 같은 생생한 화폭에서 전경을 차지하는 중심 인물은 물론 그 자신, 우리의 몽상가, 그 자신의 고귀한 존재입니다. 보세요, 얼마나 다양한 사건들이 펼쳐지는지, 환희에 찬 몽상의 대열이 얼마나 끝없이 이어지는지.(pp. 247~255)

그러나 화자는 완벽한 몽상계에 안주한 행복한 인물이 아니다. 그는 자신의 몽상계가 얼마나 부질없는 것인지 잘 인식하고 있으며 자신이 진정한 현실로부터 격리되어 있다는 사실에 공포를 느낀다. 이 점에서 그는 낭만주의 문학 속에 등장하는 몽상가와는 본질적으로 다르다. 그는 자의식, 자기 분석 능력, 자신이 현실감을 상실한 채 공허한 허구의 세계 속에서 살고 있다는 것을 인정할 수 있을 만큼의, 자기가 〈문학적 타입〉이라는 사실을 인식할 수 있을 만큼의 지성을 갖추고 있으며 바로 그 점 때문에 그는 불행할 수밖에 없다.

그런 순간이면 이제 나는 정상적인 삶을 시작하기 어렵겠구나 하는 생각이 듭니다. 진정하고 현실적인 것에 대한 모든 감각과 모든 요령을 상실했다고 느끼기 때문입니다. 그리고 결국 나는 스스로를 저주합니다. 왜냐하면 환상의 밤은 지나고 내게 이미 무시무시한 각성의 시간이 닥쳐오고 있기 때문입니다. 그러는 사이에 주변에서 사람들이 삶의 회오리 바람을 타고 빙글빙글 돌아가며 북적대는 소리가 들립니다. 사람들이 사는 모습이, 현실에서 사는 모습이 보이고 들립니다. 분명히 보입니다. 그들의 삶은 주문된 삶, 꿈처럼 환영처럼 날아가 버리는 삶이 아니라는 것, 그들의 삶은 영원히 갱신되고 영원히 늙지 않는다는 것, 단 한 시간도 다른 한 시간과 비슷하지 않다는 것이. 반면에 그림자와 이상의 노예, 갑자기 태양을 덮고 현실적인 뻬쩨르부르그의 심장을 우수로 짓누르는 맨 처음 먹구름의 노예인 비겁한 환상은 얼마나 우울하고 또 범속할 정도로 단조로운지 모릅니다. 뻬쩨르부르그의 심장도 자신의 태양을 소중히 여깁니다. 하지만 우수 속에 무슨 환상이 있겠습니까! 환상도 마침내 지쳐 버린다는 게 느껴집니다. 이 〈지칠 줄 모르는〉 환상도 영원한 긴장 속에서 쇠약해집니다. 누구나 어른이 되고 자신이 과거에 품었던 이상으로부터 벗어나게 마련이니까요. 그 이상들은 산산조각 부서져 가루가 됩니다. 만일 다른 삶이 없다면 그 부스러기를 가지고 다시 삶을 꾸며야 합니다. 그런데 영혼은 뭔가 다른 것을 원하고 또 요구합니다! 그래서 몽상가는 부질없이 마치 재 속을 헤집듯 자신의 낡은 몽상을 뒤적거립니다.(pp. 261~262)

그는 몽상이란 것이 한편으론 아름답지만 다른 한편으로는 나태와 무위와 무능력에 지나지 않는다는 것을 누구보다도 잘 알고 있으며, 자기가 허비해 버린 몽상의 세월에 대해 양심의 가책을 느낀다.

스스로에게 묻습니다. 그래 너의 꿈은 지금 어디 있는가? 그런 다음 고개를 휘휘 저으며 이렇게 말합니다. 세월은 얼마나 빨리 흘러가는가! 그리고 또다시 묻습니다. 그래, 너는 이 세월 동안 무엇을 했는가? 너의 황금 같은 세월을 어디다 묻어 버렸는가? 살아 있었던 거냐 아니냐? 그런 다음 스스로에게 말합니다. 조심하라고, 세상은 점점 냉혹해지고 있어. 몇 년 더 지나면 또 우울한 고독이 뒤따를 거야, 목발을 짚고 부들부들 경련을 일으키는 노년이 찾아오겠지, 그리고 그 뒤에는 우수와 권태가 뒤따를 거야. 너의 환상 세계도 빛을 잃겠지, 그리고 꿈은 시들어 낙

엽처럼 떨어지고 마침내 사라져 버리겠지……. 오, 나스쩬까! 혼자, 전적으로 혼자 남는다는 것은 정말 슬픈 일이겠지요. 심지어 아쉬워할 것조차 아무것도, 아무것도 없다는 것은…… 잃어버린 모든 것도, 지금의 모든 것도, 사실 아무것도 아니었으니까요, 어리석고 동그란 원, 그저 한낱 꿈이었으니까요!(pp. 263~264)

이렇게 몽상과 각성의 경계선에 서 있는 주인공은 나스쩬까를 만나 그녀와의 사랑을 통해 현실로의 복귀를 꿈꾸게 되지만, 마지막 순간에 나스쩬까의 연인이 돌아옴으로 해서 다시 고독한 자기만의 세상에 홀로 남는다. 〈백야〉라고 하는 낮과 밤의 경계선적 상태, 저 황홀한 하얀 밤들은 지나가고 어두운 새벽이 쓸쓸히 그를 맞는 것이다. 그러나 여기서 도스또예프스끼가 그리고 있는 것은 몽상가의 비극적 종말이 아니다. 「백야」의 화자는 N. 고골의 인물이나 도스또예프스끼의 다른 단편에 등장하는 병적으로 고독한 몽상가처럼 광기와 타락으로 빠져 들지 않는다. 그는 자기가 꿈꾸는 세계 속의 기사처럼 고결한 양심과 헌신적인 사랑으로 상대방을 도와주며, 또한 사랑의 좌절을 위선 없이 선량하고 너그럽게 받아들이고 고통을 내적으로 승화시킨다. 여기에서 감상적이고 서정적인 청년 도스또예프스끼와 그가 창조한 인물간의 동질성은 절정에 이른다.

몽상에 대한 도스또예프스끼의 태도는 이중적이다. 그는 「백야」에서뿐만 아니라 「뻬쩨르부르그 연대기」에서도 몽상의 부정적인 측면을 신랄하게 지적한 바 있다.

그런데, 여러분은 몽상가가 뭔지 아는가? 그것은 뻬쩨르부르그의 악몽이요, 구체화된 죄악으로서, 모든 끔찍한 비극과 모든 참사, 대단원, 그리고 발단과 결말을 가진 말 없고 비밀스러우며, 음산하고, 야만적인 비극인데, 이것은 절대로 농담이 아니다.[1]

이렇게 비극적이고 죄스럽기까지 한 몽상은 그러나 다른 한편으로 천박하고 범속한 세상을 향한 항변이며 몽상가는 어찌 되었건 그 상상력 덕분에 예술가로 고양될 수 있다. 「백야」의 화자만 해도 그가 비록 〈책을 읽듯이〉 말을 하는 것은 사실이지만, 요령 있게 구어체로 말하는 나스쩬까보다는 훨씬 더 예술가에 가깝다. 현실적이고 현명하고 어떻게 보면 영악하기까지 한 나스쩬까가 연인의 사랑과 신의를 확인할 뿐 아니라 화자의 〈오빠 같은〉 사랑까지 덤으로 얻는 반면 화자는 사랑도 희망도 모두 상실한 채 우중충한 일상 속에 남겨진다. 그러나 정작 나스쩬까의 이야기를 재구성하고 독백과 고백을 대화로 변형시켜 아름답고 슬픈 한편의 로맨스로 기록하는 것은 화자이며 이 점에서 그는 예술가인 것이다.

행복했던 어린 시절의 회상을 토대로 하는 「꼬마 영웅」은 고결하고 헌신적인 사랑에 대한 찬가라는 맥락에서 한편으론 「백야」와 짝을 이루고, 다른 한편으로는 배우자의 불륜을 희극적으로 다룬 「남의 아내와 침대 밑 남편」(『조국 수기』 1848년 1월호에 실린 「남의 아내」와 12월호에 실린 「질투하는 남편」을 한데 묶어 1860년에 출간된 전집에 이 제목으로

---

[1] 『뻬쩨르부르그 연대기 외』, 이항재 옮김(열린책들, 2010), p. 128.

수록되었다), 지순한 사랑을 그린 「꼬마 영웅」(『조국 수기』, 1857년, 8월호)과 극명하게 대립된다. 열한 살짜리 〈나〉는 어리고 순진하긴 하지만 사람과 자연의 미를 인지할 수도 있고 타인을 이기심 없이 사랑할 수 있는 소년이다. 소년은 어느 사교 모임에서 M부인을 만나 난생 처음으로 연정을 느끼고는 그녀를 위한 〈충직한 하인〉을 자처한다. 그리고 M부인이 곤경에 처하자 소년은 그야말로 중세의 기사처럼 그녀를 구해 준다. 소년의 대가를 바라지 않는 지순한 사랑은 지나간 날에 대한 달콤한 향수, 섬세한 정경 묘사 등과 더불어 이 작품에 도스또예프스끼의 작품에선 드물게 찾아볼 수 있는 목가적인 아름다움을 더해 주는데, 이는 작품이 씌어진 배경을 고려해 볼 때 더욱더 독자의 흥미를 자극한다.

도스또예프스끼는 뻬뜨라셰프스끼 서클의 다른 가담자들과 함께 1849년 4월 22일에 체포되어 같은 해 12월에 유배지로 추방될 때까지 약 8개월 간 뻬뜨로빠블로프스끄 감옥에 수감되었다. 이 8개월 간은 매우 역설적이게도 도스또예프스끼에게 실러적인 삶의 환희와 인간에 대한 믿음과 창작 의욕을 더욱 강하게 불러일으켰다. 그해 7월 18일자로 형 미하일에게 보낸 편지에서 그는 자신이 얼마나 원기 왕성하게 살고 있는가를 밝힌 뒤 〈세 편의 중편과 두 편의 장편〉을 구상 중이라고 썼다. 그 중에서 단 한 편만이 실제로 씌어졌는데 그것의 제목은 〈어린 소년의 이야기〉였다. 이 중편소설은 8년 뒤인 1857년 『조국 수기』 8월호에 「꼬마 영웅」이란 제목으로 게재되었다. 그러니까 도스또예프스끼는 선고를 기다리는 수인의 몸으로, 최악의 경우 사형까지도 각오해야 하는 상황에서 이토록 순수하고 낭만적이고 삶에 대한 긍정으로 충만한 소설을 썼던 것이다. 한마디로 「꼬마 영웅」은 자유를 박탈당한 상황에서 비로소 존재의 신비와 생명의 은총을 체험할 수 있게 된 작가의 환희에 찬 고백록이라 할 수 있다. 소년의 심리를 묘사하는 소설의 마지막 대목에서 독자는 길고 험한 수난의 길을 바라보면서 작가가 느끼는 영혼의 자유와 평화를 읽게 될 것이다.

나는 겨우 정신을 가다듬고는 팔꿈치를 괴고서 풀밭 위에 누워 아무 의식도 움직임도 없이 부근의 산과 언덕, 알록달록한 밭들과 그들 사이를 흐르는 강들을 바라보았다. 시야가 겨우 닿는 저 멀리의 언덕과 마을들은 마치 흐르는 점들처럼 빛으로 충만했고, 푸른 숲은 달궈진 하늘 위로 보일 듯 말 듯 마치 연기처럼 솟아 있었다. 이 웅장한 풍경이 자아내는 달콤한 평화가 흥분한 나의 마음을 점점 어루만지고 가라앉게 해주었다. 나는 비로소 더 자유롭고 편하게 숨을 쉴 수 있게 되었다……(p. 368)

석영중

도스또예프스끼 연보

1790년 아버지 미하일 안드레예비치 도스또예프스끼. 우니아뜨교 사제의 아들이며 뽀돌리야의 귀족 가문의 자손으로 태어남. 모스끄바의 내외과(內外科) 아카데미에 들어가 1812년 조국 전쟁 때 부상자들을 돌봄. 1819년에 마리야 네차예프와 결혼.

1820년 첫아들 미하일 태어남. 아버지 미하일 도스또예프스끼는 군대에서 제대한 후 모스끄바에 있는 자선 병원의 주치의 자리를 얻음.

1821년 출생 10월 30일(현재의 그레고리우스력(曆)으로는 11월 11일) 부모가 살고 있던 모스끄바의 마린스끼 자선 병원의 부속 건물에서 둘째 아들 표도르 미하일로비치 도스또예프스끼 태어남. 11월 4일 마린스끼 병원 근처, 상뜨뻬쩨르부르그 뻬뜨로빠블로프스끼 성당에서 어린 표도르에게 세례를 줌. 표도르란 이름은 그의 대부이자 외조부인 표도르 네차예프(1769~1832)에게서 물려받은 것으로 보임.

1822년 1세 12월 5일 여동생 바르바라 태어남.

1825년 4세 3월 15일 남동생 안드레이 태어남.

1829년 8세 7월 22일 쌍둥이 여동생이 태어나나 그중 동생인 베라만 살아남음.

1831년 10세 여름 아버지 미하일 도스또예프스끼가 뚤라 지방의 다로보예 영지를 사들임. 8월 농부 마레이 사건 발생(『작가 일기』 1876년

2월 호에 이 사건을 소재로 한 단편 「농부 마레이」 발표). 12월 13일 남동생 니꼴라이 태어남.

1832년 11세 4월 어머니 마리야 표도로브나, 세 아들을 데리고 다로보예 영지로 감. 6월 도스또예프스끼 부부, 다로보예 옆에 있는 주민 1백여 명의 체레모쉬냐 마을을 사들임. 9월 도스또예프스끼, 어머니와 형제들과 모스끄바로 돌아옴.

1833년 12세 1월, 형 미하일과 드라슈소프가 운영하는 사설 학교에서 반(半)기숙사 생활. 4월 4일 부활절 주간에 소유지가 화재로 잿더미가 됨. 도스또예프스끼 부부, 여름 내내 피해 복구.

1834년 13세 여름 다로보예에서 지내면서 월터 스콧의 작품 탐독. 10월 도스또예프스끼와 형 미하일, 체르마끄가 경영하는 중등 과정의 기숙 학교에 들어감.

1835년 14세 7월 25일 여동생 알렉산드라 태어남.

1837년 16세 1월 29일 단테스 남작과의 결투로 뿌쉬낀 사망. 이 소식에 온 러시아가 충격에 휩싸임. 2월 27일 도스또예프스끼의 어머니 마리야 사망. 봄 도스또예프스끼, 갑작스러운 후두염과 목소리 상실로 고생함. 이 병은 그를 평생 따라다님. 5월 아버지와 형 미하일 그리고 표도르 도스또예프스끼, 수도 뻬쩨르부르그로 일주일간 마차 여행(모스끄바와 뻬쩨르부르그 두 도시 간의 철도는 1851년에 개통됨). 두 형제는 뻬쩨르부르그로 가서 중앙 공병 학교의 입학을 목표로 K. F. 꼬스또마로프가 경영하던 기숙 학교에 들어감. 아버지와 두 형제들 작별 이후 더 이상 만나지 못함. 7월 1일 도스또예프스끼의 아버지, 건강상의 이유로 퇴역한 후 아직 어린 두 딸과 시골로 들어감. 9월 두 형제가 공병 학교에 응시하나 표도르 혼자 합격(형 미하일은 신체검사 결과 불합격).

1838년 17세 1월 16일 공병 학교에 입학. 6월 뻬쩨르부르그 근처에서 야영 생활. 돈이 떨어져서 아버지에게 서신으로 줄기차게 돈을 요구함.

1839년 18세 6월 6일 도스또예프스끼의 아버지, 다로보예 농노들에게 살해당함.

1840년 19세 11월 29일 하사관으로 임명됨. 군생활을 지겨워함. 호프만, 실러, 빅토르 위고, 셰익스피어, 라신, 괴테의 책을 읽음.

1841년 20세 8월 소위보로 진급됨. 미완성으로 남아 있는 두 편의 희곡, 「마리 스튜어트Marie Stuart」와 「보리스 고두노프Boris Godunov」를 씀. 알렉산드리야 극장을 자주 드나들며 발레와 음악회를 감상함.

1842년 21세 8월 육군 소위가 됨.

1843년 22세 8월 공병 학교를 졸업하고 공병국 제도실에서 근무. 9월 친구 리젠깜프 박사가 살고 있는 아파트에 자리 잡음. 박사의 환자들과 알게 됨. 돈이 떨어져 P. 까레뻰에게 돈을 요구. 12월 발자크의 소설 『외제니 그랑데*Eugénie Grandet*』(1834년판) 번역. 형 미하일에게 공병 학교 친구들과 더불어 번역 작업을 할 것을 제의.

1844년 23세 2월 재정 상태가 극도로 안 좋아짐. 유산 관리인으로부터 일시금을 받고, 토지와 농노에 대한 상속권을 방기함. 8월 제대 신청. 10월 19일 제대함. 『가난한 사람들*Bednye liudi*』 집필 시작.

1845년 24세 1월 『가난한 사람들』 처음부터 다시 쓰기 시작. 3월 소설 『가난한 사람들』 끝냄. 4월 세 번째로 전체 수정. 5월 원고를 친구 그리고로비치Grigorovich에게 읽어 줌. 그리고로비치가 이 글을 가지고 네끄라소프Nekrasov에게 뛰어감. 네끄라소프, 열광하여 그다음 날로 유명 평론가 벨린스끼에게 보임. 작품이 성공을 거둠. 여름 레벨에 있는 형의 집에서 기거하며 두 번째 중편소설 『분신*Dvoinik*』에 착수함. 11월 하룻밤 만에 「아홉 통의 편지로 된 소설Roman v deviati pis'makh」을 씀. 벨린스끼와 뚜르게네프가 도스또예프스끼의 절도 없는 생활을 비난함. 12월 벨린스끼의 집에서 열린 문학 모임에서 『분신』을 낭독함.

1846년 25세 1월 24일 『뻬쩨르부르그 선집*Peterburgskii sbornik*』에

『가난한 사람들』을 발표. 2월 두 번째 작품인 『분신』을 『조국 수기 Otechestvennye zapiski』에 발표. 봄 뻬뜨라셰프스끼를 알게 됨. 여름 레벨에 있는 형 집에서 「쁘로하르친 씨Gospodin Prokharchin」 집필. 10월 5일 게르쩬을 알게 됨. 『여주인Khoziaika』과 『네또츠까 네즈바노바Netochka Nezvanova』 쓰기 시작. 가벼운 간질 증세. 10월 「쁘로하르친 씨」를 잡지 『조국 수기』에 발표.

1847년 26세 1월 소설 「아홉 통의 편지로 된 소설」을 잡지 『동시대인 Sovremennik』에 발표. 1~3월 벨린스끼와 절연. 6월 「뻬쩨르부르그 연대기Peterburgskaia letonisi」를 신문 「상뜨뻬쩨르부르그 통보 Sankt-Peterburgskie vedomosti」에 발표함. 7월 7일 센나야 광장에서 갑작스러운 첫 번째 간질 발작. 7월 15일 뻬쩨르부르그 근교에서 도스또예프스끼의 절친한 친구이자 시인인 B. 마이꼬프가 뇌졸중으로 인해 익사함. 가을 『가난한 사람들』이 단행본으로 나옴. 10~12월 『여주인』을 『조국 수기』지에 발표함.

1848년 27세 5월 28일 비사리온 벨린스끼 사망. 가을 뻬뜨라셰프스끼와 스뻬쉬네프와 화해하고 그들의 사회주의 이론에 흥미를 느낌. 12월 뻬뜨라셰프스끼의 집에서 푸리에주의와 공산주의에 관한 강연을 들음.
• 『조국 수기』에 발표한 작품들 : 「남의 아내Chuzhaia zhena」(1월) 「약한 마음Slavoe serdtse」(2월), 「뿔준꼬프」, 『닳고 닳은 사람 이야기』(1장 「퇴역 군인」, 2장 「정직한 도둑」, 후에 1장은 완전히 삭제하고 제목도 「정직한 도둑Chestnyi vor」으로 바꿈), 「크리스마스트리와 결혼식Iolka i svad'ba」, 「백야Belye nochi」(12월), 「질투하는 남편」(「질투하는 남편」을 12월 『조국 수기』에 발표하였으나, 1월에 발표한 「남의 아내」와 합쳐 「남의 아내와 침대 밑 남편」으로 개작함).

1849년 28세 연초에 뻬뜨라셰프스끼 친구들 집에서 금요일마다 열리는 문학 모임에 참석. 1~2월 『조국 수기』에 『네또츠까 네즈바노바』 일부 발표(4월 체포로 인해 작업이 중단됨). 4월 7일 푸리에의 탄생일 기념으로 〈뻬뜨라셰프스끼 모임〉에서 점심 식사. 4월 15일 뻬뜨라셰프스끼 집에서 열린 한 모임에서 도스또예프스끼는, 〈절대 왕정의 입장을 신봉했다는 이유로 고골을 비난하는 내용을 담은〉벨린스끼의 편지를 두 번째로 읽음. 4월 23일 고발에 의해 새벽 5시에 체포당함. 9월 30일 재판 시작. 11월 13일 벨린스끼의 〈사악한〉 편지를 퍼뜨린 죄목으로 사형을 선고받음. 12월 22일 세묘노프스끼 광장에서 사형수들의 형을 집행하기 직전, 황제의 특사로 형 집행이 중단되고 강제 노동형으로 감형됨.

1850년 29세 1월 11일 또볼스끄에 도착하여 이곳에서 여러 명의 12월 당원(제까브리스뜨) 아내들의 방문을 받음. 그중 폰비진의 아내는 그에게 10루블짜리 지폐가 표지에 숨겨진 복음서를 몰래 건네줌. 1월 23일 옴스끄에 도착하여 4년을 지냄. 이 기간 동안 가족에게 편지 쓰기를 금지당한 채 혹독하고 비참한 수용소 생활을 견뎌 냄.

1854년 33세 2월 중순 출옥. 2월 22일 감옥 생활을 묘사한 편지를 형에게 보냄. 3월 2일 시베리아 전선 세미팔라친스끄에 주둔 중인 제7대대에 배치됨. 봄에 세무관 이사예프와 알게 됨. 이사예프 부인에게 반함. 이 기간에 뚜르게네프, 똘스또이, 곤차로프, 칸트, 헤겔 등의 서적을 탐독함. 11월 21일 세미팔라친스끄에 검찰관으로 임명된 브란겔 남작과 가까운 친구가 됨.

1855년 34세 2월 18일 니꼴라이 1세 사망. 8월 4일 세무관 이사예프 사망. 12월 브란겔, 세미팔라친스끄를 떠남.
• 이해에『죽음의 집의 기록 *Zapiski iz miortvogo doma*』을 쓰기 시작.

1856년 35세 브란겔, 상뜨 뻬쩨르부르그에서 도스또예프스끼의 사면을 위해 활동을 함. 11월 26일 마리야 드미뜨리예브나 이사예프가 오랜 망설임 끝에 도스또예프스끼의 청혼을 승낙함.

1857년 36세 2월 6일 마리야 드미뜨리예브나 이사예프와 결혼. 4월 17일 이전의 권리(세습 귀족 신분)를 되찾음. 8월 감옥에서 구상하고 집필에 들어갔던 「꼬마 영웅 *Malenkii geroi*」이『조국 수기』에 M이라는 익명으로 실림. 12월 간질 증세로 인해 군 복무를 계속할 수 없다는 진단을 받음.

1858년 37세 봄 까뜨꼬프에게 편지를 보내 『러시아 통보*Russkii vestnik*』지에 중편소설 게재를 요청함. 까뜨꼬프 받아들임. 6월 19일 형 미하일이 정치와 문학 잡지 『시대*Vremia*』지의 출판 허가를 요청함. 9월 30일 미하일, 잡지 출판 허가받음. 10월 31일 돈 떨어짐. 두 편의 중편과 장편 한 편을 씀.

1859년 38세 3월 18일 하사관으로 제대함. 3월 『아저씨의 꿈 *Diadiushkin son*』이 『러시아 말*Russkoe slovo*』지에 실림. 4월 11일 소설 『스쩨빤치꼬보 마을 사람들*Selo stepantikovo*』을 까뜨꼬프에게 보냄. 7월 2일 세미팔라친스끄를 떠나 뜨베리로 감. 8월 19일 뜨베리 도착. 8월 28일 형 미하일이 도착하여 며칠간 동생과 함께 지냄. 도스또예프스끼, 상뜨뻬쩨르부르그에서 거주할 허가를 얻기 위해 교섭. 뜨베리에 싫증을 냄. 10월 6일 네끄라소프, 『동시대인』지에서 『스쩨빤치꼬보 마을 사람들』 출판에 동의함. 도스또예프스끼는 『죽음의 집의 기록』 집필 구상. 11월 상뜨뻬쩨르부르그 거주를 허가받음. 그러나 평생 비밀경찰의 감시를 받게 됨. 12월 상뜨뻬쩨르부르그에 도착(10년 만의 귀환). 며칠 후 스뜨라호프Strakhov와 알게 되고 친구가 됨. 후에 그는 도스또예프스끼의 공식 전기를 쓰게 됨. 11~12월 『스쩨빤치꼬보 마을 사람들』이 『조국 수기』지에 실림.

1860년 39세 봄 여배우 A. I. 쉬베르뜨의 집에 드나들게 되고 그녀의 남동생 내외와도 알게 됨. 3~4월 〈문학 기금〉을 위한 두 편의 연극에 참여(고골의 「검찰관Revizor」과 「코nos」). 9월 『러시아 세계*Russkii mir*』지(67호)에 『죽음의 집의 기록』 연재 시작. 11월 검열 당국은 『죽음의 집의 기록』의 불온한 표현들을 삭제한다는 조건으로 이 책의 출판을 허가함. 가을, 형과 함께 문학 서클 〈편집자들의 모임〉 결성. 당대의 유명 인사들이 대거 참여.

• 도스또예프스끼의 작품들이 두 권의 책으로 나옴.
1권 : 『가난한 사람들』, 『네또츠까 네즈바노바』, 「백야」, 「정직한 도둑」, 「크리스마스 트리와 결혼식」, 「남의 아내와 침대 밑 남편」, 「꼬마 영웅」. 2권 : 『아저씨의 꿈』, 『스쩨빤치꼬보 마을 사람들』.

1861년 ⁴⁰세 3월 3일(구력 2월 19일)의 농노 해방령이 시행됨. 7월 『상처받은 사람들 Unizhennye i oskorblionnye』 마지막 손질. 『시대』지에 기고. 9월 『상처받은 사람들』 출판 허가. 이해에 많은 작가들과 관계를 맺음. 그중에는 곤차로프, 오스뜨로프스끼, 살띠꼬프 쉬체드린도 있음.
• 『상처받은 사람들』이 두 권의 단행본으로 출간됨.

1862년 ⁴¹세 1월 『죽음의 집의 기록』의 두 번째 부분이 『시대』지에 실림. 1월 16일 『죽음의 집의 기록』의 단행본을 내기 위해 바주노프와 계약. 5월 온천에 가기 위해 통행증 신청. 5월 16일 상뜨뻬쩨르부르그에서 화재 발생, 15일간 계속되어 1천여 개의 상점이 잿더미가 됨. 도스또예프스끼, 크게 놀람. 6월 7일 처음으로 외국 여행. 6월 8~26일 베를린, 드레스덴, 프랑크푸르트, 쾰른, 파리 등을 여행. 7월 초 런던에 가서 게르쩬 만남. 〈도스또예프스끼가 어제 나를 만나러 왔습니다. 그는 순수하고, 그다지 명석하지는 않지만 매력 있는 사람입니다. 그는 러시아 민족을 열광적으로 믿고 있습니다.〉(1862년 7월 17일 게르쩬이 오가레프 Ogarev에게 보낸 편지) 7월 7일 체르니셰프스끼 Chernyshevskii가 체포되어 뻬뜨로빠블로프스끄 감옥에 감금됨. 7월 8일 도스또예프스끼, 파리로 돌아가기 전 게르쩬에게 자신의 서명이 든 사진을 선물함. 7월 15일 쾰른으로 갔다가 라인 강을 거쳐 스위스로, 그 후엔 이탈리아로 감. 12월 『시대』지에 『악몽 같은 이야기 Skvernyi anekdot』 발표.

1863년 ⁴²세 2월 『시대』지에 「여름 인상에 대한 겨울 메모 Zimnie zametki o letnikh vpechatleniiakh」 연재됨. 4월 『시대』지, 스뜨라호프가 1월에 발생한 폴란드인의 무장봉기 실패에 관해서 폴란드인에게 유리한 기사를 실었다는 이유로 4호로 발행 정지됨. 5월 『시대』지 출판 금지 당함. 8월 외국으로 떠남. 8월 14일 파리에 도착하여 다음 날 먼저 와 있던 수슬로바와 만남. 둘의 관계가 악화되고 그는 노름판에서 돈을 잃음. 9월 수슬로바와 이탈리아로 출발. 바덴바덴에서 머물다가 뚜르게네프를 만남. 노름판에서 3천 프랑을 잃음. 바덴바덴을 떠나 토리노로 감. 그다음 제네바로 가서 도스또예프스끼는 시계를, 수슬로바는 반지를 저당잡힘. 그 후 제네바, 로마, 리보르노로 여행. 9월 17일

로마의 성 베드로 성당 방문. 9월 18일 포럼 산책. 스뜨라호프에게 편지를 보내 『노름꾼 Igrok』에 대한 이야기와 돈이 궁한 사정을 호소함. 스뜨라호프는 도스또예프스끼가 토리노로 가기 전, 그에게서 〈독서를 위한 총서〉의 편집자가 되겠다는 약속을 받아 냄. 10월 수슬로바와 나폴리 체류. 그곳에서 게르쩬 가족을 만남. 그 후 토리노로 돌아옴. 10월 8일 수슬로바와 헤어짐. 수슬로바는 파리로 떠남. 도스또예프스끼는 함부르크로 가서 도박을 하고 돈을 잃음. 수슬로바에게 편지를 보내 350프랑을 받음. 이 시기에 『노름꾼』과 『지하로부터의 수기 Zapiski iz podpol'ia』 쓰기 시작. 10월의 마지막 10일 동안 러시아로 돌아감. 11월 형 미하일, 내무부 장관 발루예프에게 『시대』지를 다른 이름으로 낼 수 있게 해달라고 요청.

1864년 43세 1월 발루예프, 형 미하일에게 『세기 Epokha』지 출판 허가 내줌. 3월 21일 『세기』지 첫 호 나옴. 3~4월 『지하로부터의 수기』를 『세기』지에 발표. 4월 4일 〈오전 문학 모임〉에서 『죽음의 집의 기록』의 일부를 낭독함. 4월 14~15일 아내 마리야 드미뜨리예브나의 건강 상태 악화. 새벽 4시에 병자 성사. 낮 동안 각혈 계속됨. 저녁 7시에 숨을 거둠. 4월 16일 죽은 아내의 머리맡에서 수첩에 자신의 반성을 적음. 〈아내 마샤는 탁자 위에서 쉬고 있다. 마샤를 다시 볼 수 있을까?〉 4월 말 뻬쩨르부르그로 돌아감. 7월 10일 아침 7시, 빠블로프스끄에서 형 미하일 사망. 그의 아내가 『세기』지 발간을 계속해 나갈 것을 허가받음. 9월 25일 친구 아뽈론 그리고리예프 죽음.
• 『죽음의 집의 기록』이 두 권의 독일어 판으로 라이프치히 출판사에서 나옴.

1865년 44세 3월 31일 친구 브란겔에게 아내의 죽음을 알리는 편지를 씀. 〈그녀는 나를 무척이나 사랑했지. 그리고 나도 그녀를 한없이 사랑했네. 그런데 우린 이제 함께 행복을 나눌 수 없게 되었어⋯⋯. 내 삶은 갑자기 둘로 나뉘어 버렸어.〉 이 시기에 꼬르빈 끄루꼬프스까야 부인, 후에 유명한 수학자가 된 소피야 꼬발레프스까야와의 우정이 시작됨. 4~5월 꼬르빈 끄루꼬프스까야 부인에게 청혼하나 거절당함. 5월 10일 외국 여행을 위해 여권 신청. 6월 『세기』지 2호에 「악어」 연재

(「기이한 사건 혹은 아케이드에서의 돌발적 사건」이라는 제목으로 연재 시작).『세기』지, 재정난으로 발행 중단(통권 13호). 여름에 출판업자 스쩰로프스끼와 계약을 맺고 자기의 모든 작품을 양도하고 1866년 11월 1일까지 일정 페이지의 새 소설을 탈고하겠다고 약속함. 계약을 이행하지 못할 경우 스쩰로프스끼는 보조금 지급 없이 이후의 모든 작품에 대한 저작권을 가지기로 함. 도스또예프스끼, 3천 루블을 받고 모든 작품의 저작권을 팔아 버림. 7월 말 비스바덴에 도착. 8월 3일 뚜르게네프에게 편지를 보내 노름판에서 거액을 잃은 사실을 알리고 1백 탈러를 보내 달라고 부탁함. 수슬로바, 도스또예프스끼를 만나러 비스바덴으로 감. 8월 8일 50탈러를 부쳐 주어서 고맙다는 편지를 뚜르게네프에게 씀. 9월 밀류꼬프에게 편지를 보내 어디든 상관없으니 중편소설을 팔아 당장 8백 루블을 보내 달라고 부탁하지만 허탕. 〈나는 호텔에 묵고 있습니다. 빚이 불어나서 위협을 받고 있습니다. 그리고 한 푼도 없는 실정입니다.〉 밀류꼬프는 〈독서를 위한 총서〉,『동시대인』,『조국 수기』지에 요청하지만 모두 그가 요구하는 선불금을 거절함. 까뜨꼬프에게『죄와 벌 Prestuplenie i nakazanie』의 구상을 알리는 편지의 초안 작성. 편지에 소설의 줄거리 묘사. 10월 코펜하겐에 도착하여 친구 브란겔의 집에서 10일을 보냄. 15일 상뜨뻬쩨르부르그로 돌아옴. 11월 2일 수슬로바를 만나 다시 청혼함. 11월 8일 브란겔에게 보낸 편지에서 돌아온 첫 주에 세 차례의 간질 발작이 있었음을 알림. 까뜨꼬프가 그에게 선불금 지급. 11월 말『죄와 벌』 초고를 태워 버림. 〈새 형식, 새 플롯이 내 마음을 사로잡아 나는 모두 다시 시작했다.〉 (1866년 2월 18일 브란겔에게 보낸 편지)『죄와 벌』을 쓰는 동안 센나야 광장 근처로 자주 산책 나감. 어느 날 술 취한 군인이 다가와 목에 걸고 있던 십자가를 팔겠다고 해 그 십자가를 사서 목에 걸고 다님. 1867년 외국으로 떠날 때 상뜨뻬쩨르부르그에 놓고 갔으며 이후 없어짐.

• 도스또예프스끼의 전집이 작가의 검토와 보충을 거쳐 스쩰로프스끼 출판사에서 나옴.
1권 :「여주인」,「쁘로하르친 씨」,「약한 마음」,『죽음의 집의 기록』,『가난한 사람들』,「백야」,「정직한 도둑」. 2권 :『상처받은 사람들』,『지하로부터의 수기』,「악몽 같은 이야기」,「여름 인상에 대한 겨울 메모」 등. 도스또예프스끼의 여러 단편들과 중편들이 같은 출판사에서 단행본으로 나옴.『가난한 사람들』,「백야」,「약한 마음」,「여주인」,「쁘로하르친 씨」 등.『죽음의 집의 기록』의 세 번째 판이 검토를 거치고 새 장들이 추가되어 나옴.

1866년 ⁴⁵세 1월『죄와 벌』,『러시아 통보』지에 연재 시작(12월호로 완결). 1월 14일 고리대금업자 뽀뽀프와 그의 하녀 노르만이 대학생 다닐로프에게 살해되고 금품을 강탈당함. 도스또예프스끼는『백치 *Idiot*』를 쓰며 이 사건을 숙고함. 3~4월『동시대인』지에『죄와 벌』에 대한 비호의적인 평이 실림. 4월 4일 러시아 황제 알렉산드르 2세에 대한 까라꼬조프의 암살 계획. 도스또예프스끼는 이 사건에 깜짝 놀람. 6월 여름을 여동생의 가족이 사는 곳에서 가까운 모스끄바의 교외 지역인 류블리노에서 보냄.『노름꾼』의 줄거리와『죄와 벌』5부 작업.『러시아 통보』의 편집자 까뜨꼬프에게 부도덕한 장면이라고 지적당한 2부의 6장을 수정해야 했음(라스꼴리니꼬프와 소냐가 복음서를 읽는 장면). 9월 까라꼬조프에 대한 재판과 판결. 도스또예프스끼는 작가 노트와『악령』의 도입부에서 이 재판에 대해 언급함. 10월 스쩰로프스끼에게 약속한 소설을 제때에 끝내기 위해 속기사를 고용하기로 결심함. 10월 3일 저녁때 안나 그리고리예브나 스니뜨끼나 Anna Grigorievna Snitkina가 찾아와 속기사로 일하겠다고 함. 그다음 날『노름꾼』구술 시작. 29일에 끝냄. 30~31일 원고 정서함. 11월『노름꾼』원고를 스쩰로프스끼에게 가져감. 스쩰로프스끼는 자리에 없고 그의 서기가 원고를 거절함. 도스또예프스끼는 출판사 부근의 경찰서에 소설을 맡김. 11월 3일 어머니 집에 있는 안나 그리고리예브나를 방문함. 그리고『죄와 벌』마지막 부분을 속기해 달라고 부탁함. 11월 8일 안나 그리고리예브나에게 청혼. 그녀의 수락. 이달 말, 도스또예프스끼는 하나뿐인 외투를 저당잡혀 쪼들리는 친척들을 도움.

• 도스또예프스끼 전집 제3권 나옴(스쩰로프스끼 출판사).

수록 작품 :『노름꾼』,『분신』,「크리스마스트리와 결혼식」,「남의 아내와 침대 밑 남편」,「꼬마 영웅」,「네또츠까 네즈바노바」,『아저씨의

꿈』,『스쩨빤치꼬보 마을 사람들』. 스쩰로프스끼 출판사에서 단편, 중단편들이 단행본으로 나옴.『분신』,『지하로부터의 수기』,『노름꾼』,「크리스마스트리와 결혼식」,「악어 Krokodil」,「악몽 같은 이야기」 등.『상처받은 사람들』세 번째 개정판과『스쩨빤치꼬보 마을 사람들』의 세 번째 판이 같은 출판사에서 나옴.

1867년 **46세** 2월 15일 저녁 7시, 삼위일체 대성당에서 도스또예프스끼와 안나 그리고리예브나의 결혼식. 3월 30일 도스또예프스끼와 그의 아내, 모스끄바에 도착. 듀소 호텔로 감. 모스끄바에서 보석상 까밀꼬프가 양갓집 아들 마주린에게 살해당하는 사건이 발생. 도스또예프스끼는 이 범죄 사건을『백치』의 마지막에 이용함. 4월 도스또예프스끼 부부, 외국으로 갈 계획 세움. 4월 12일 안나 그리고리예브나, 돈을 빌리기 위해 개인 물품을 저당잡힘. 빌린 돈의 일부를 도스또예프스끼 가족에게 줌. 4월 14일 도스또예프스끼 부부, 외국으로 떠나 4년 넘게 체류. 안나 그리고리예브나 일기 쓰기 시작. 4월 17~18일 베를린 체류. 4월 19일 드레스덴에 도착, 미술관에서 라파엘의 마돈나 감상. 책 사들임. 5월 4일 도스또예프스끼, 룰렛 게임을 하러 함부르크로 출발. 5월 5일 도박을 하여 처음엔 땄으나 그 후에 거액을 잃고 아내에게 여러 차례 돈을 요구하지만 이 돈마저 잃음. 5월 15일 드레스덴으로 돌아옴. 5월 25일 알렉산드르 2세에 대한 폴란드 이민자 베레조프스끼의 암살 음모. 파리 체류. 6월 디킨스, 위고를 읽음. 베토벤, 바그너의 음악회 감상. 이달 여러 번의 간질 발작을 일으킴. 6월 21일 도스또예프스끼 부부, 바덴바덴으로 떠남. 이후 룰렛 게임을 계속함. 6월 28일 뚜르게네프를 만나러 감. 러시아와 서양의 관계에 대한 생각 차이로 말다툼. 7월 10일 도박으로 마지막 남은 돈을 잃음. 물건을 저당잡힘. 7월 16일 도벨린스끼에 대한 기사 쓰기 시작. 8월 11일 도스또예프스끼 부부, 제네바로 떠남. 바젤에 들러 미술관 방문. 8월 13일 제네바 도착. 8월 28일 가리발디와 바꾸닌의 협력으로 제네바에서 평화와 자유 연맹의 첫 번째 회의 열림. 도스또예프스끼, 여러 회의에 참석. 9월 도박으로 또 손해를 봄. 제네바에 싫증을 냄. 경제 사정 매우 악화. 10월『백치』집필. 도박으로 돈을 잃음. 물건을 저당잡힘. 12월 6일『백치』의 최

종 원고 작업 돌입. 〈내 소설의 주요 생각은 지극히 완전한 사람을 그리는 데 있다.〉

• 『죄와 벌』 수정판이 두 권으로 바주노프 출판사에서 나옴.

1868년 47세 2월 22일 딸 소피야 태어남. 3월 10일 한 가족(6명)이 땀보프에서 살해되는 사건 발생. 16세의 고등학생이 용의자로 지목됨. 도스또예프스끼는 이 사건을 『백치』 2부에 이용함. 도박 계속. 5월 12일 어린 딸 소피야 죽음. 9월 밀라노 도착. 성당에 감. 11월 피렌체로 출발. 그곳에서 겨울을 남.

• 『러시아 통보』지에 『백치』 게재.

1869년 48세 봄 러시아의 친구들과 활발한 서신 교환. 무신론에 관한 소설을 구상. 7월 프라하에서 사흘을 보낸 다음 베네치아, 볼로냐를 거쳐 드레스덴으로 돌아감. 9월 14일 딸 류보프 출생. 11월 21일 모스끄바에서 혁명 운동가 네차예프를 지도자로 하는 〈민중의 복수〉라는 혁명 단체가 불복종을 이유로 농학과 학생 이바노프를 암살함(소위 네차예프 사건). 도스또예프스끼는 이 사건을 주의 깊게 연구하여 후에 『악령 besy』에 이용함.

1870년 49세 봄 니힐리즘에 대한 〈악의적인 것〉 작업(『악령』). 6~8월 프랑스-프로이센 전쟁. 도스또예프스끼, 자기 일기와 서신에 유럽의 사건들에 대해 언급.

• 『오로라 L'Aurore』에 『영원한 남편 Vechnyi muzh』 실림. 『죄와 벌』, 전집 제4권으로 나옴(스쩰로프스끼 출판사).

1871년 50세 1월 『러시아 통보』지에 『악령』 연재 시작. 3~5월 파리 코뮌. 도스또예프스끼의 편지와 『미성년 Podrostok』의 작가 노트에서 이 사건을 반영했음을 밝힘. 4월 비스바덴에 가서 룰렛 게임. 돈을 잃고 아내에게 편지를 써서 다시는 도박을 하지 않겠다고 약속함. 러시아가 그리워져서 다시 돌아갈 생각을 함. 7월 1일 네차예프의 재판. 재판의 내용이 『악령』 2부와 3부에서 이용됨. 7월 5일 드레스덴을 떠나 뻬쩨르부르그 도착. 7월 16일 뻬쩨르부르그에서 아들 표도르 태어남.

• 바주노프 출판사에서 〈동시대 작가 총서〉의 하나로 『영원한 남편』이

단행본으로 나옴.

1872년 51세 4~5월 딸 류보프의 팔이 부러짐. 도스또예프스끼, 뜨레쨔꼬프에게 주문받은 초상화를 그리기 위해 뻬로프의 모델이 됨. 5월 15일 여름을 지내기 위해 스따라야 루사로 떠남. 며칠 후 딸의 잘 낫지 않는 팔을 수술하기 위해 뻬쩨르부르그로 다시 돌아옴. 10월 30일『시민 *Grazhdanin*』지에서 도스또예프스끼와 공동 작업할 것임을 알림. 11~12월 안나 그리고리예브나, 『악령』을 직접 출판하기 위해 교섭. 도스또예프스끼, 『시민』지의 편집 일을 맡음. 12월 말 도스또예프스끼, 『시민』지 1호에『작가 일기』제1장 원고 조판 작업. 독감과 폐기종으로 고생하기 시작.

1873년 52세 1월 1일『시민』지 제1호가 나옴. 편집장을 맡음. 1월 7일 끼르끼즈 대표단이 겨울 궁전으로 알렉산드르 2세를 접견하러 감. 검열 당국의 사전 허가를 받지 않은 점을 변명하기 위해 도스또예프스끼도 따라감. 뽀베도노스쩨프(성무권의 담당 검사관)가 왕위 계승자 알렉산드르 알렉산드로비치에게 편지와『악령』견본 보냄. 2월 26일 안나 그리고리예브나가 출판한『악령』판매 시작. 2월 27일 슬라브 자선 단체의 회원으로 뽑힘. 6월 11일 검열법 위반으로 25루블의 벌금형과 48시간의 구류(끼르끼즈 대표단 사건) 처분받음. 6월 15일 시인 쮸체프 사망. 그에 대한 글을『시민』지에 기고함.
  •『악령』이 세 권의 단행본으로 나옴. 정치적, 연대기적, 문학적 기사와 중편소설, 일상 생활을 묘사한『작가 일기』가『시민』지에 연재됨.『작가 일기』(『시민』지 제6호)에 단편「보보끄」가 실림.

1874년 53세 1월『백치』, 두 권의 단행본으로 나옴. 3월 11일『시민』지 10호에 기고한 글〈러시아에 사는 독일인들에 대한 비스마르크 왕자의 생각과 관련된 두 단어〉로 잡지는 첫 번째 경고를 받음. 3월 21일과 22일 센나야 광장의 보초에게 체포당함. 이때『레 미제라블』을 다시 읽음. 4월 22일 건강상의 이유로『시민』지의 편집장직 사퇴. 그러나 기고는 중단하지 않음. 6월 4일 스따라야 루사를 떠나 엠스에 온천 요법을 받으러 감. 6월 12일 엠스에 도착. 독감에 걸림. 엠스에 싫증을 냄. 뿌쉬낀을 다시 읽고『미성년』작업. 〈엠스가 너무 싫은 나머지 감옥이 더 나을 것 같다.〉 7~8월 제네바에 가서 딸 소냐의 무덤에 감. 8월 10일 스따라야 루사로 돌아옴. 이곳에서 겨울을 나기로 결심함. 10월 12일 네끄라소프에게 보낸 편지에서『조국 수기』지에 소설『미성년』이 실릴 것이라고 알림.

1875년 54세   4월 9일 안나 그리고리예브나, 꾸르스끄 지방에 있는 남동생 아내의 땅을 소작하기로 남동생과 합의. 5월 26일 도스또예프스끼, 엠스로 떠남. 처음 왔을 때와 같은 참기 힘든 인상을 받음. 욥기를 읽음. 7월 7일 스따라야 루사로 돌아옴. 8월 10일 아들 알렉세이 태어남. 12월 길에서 일곱 살의 어린 거지와 자주 만나며 그의 생활에 관심을 가지고 질문을 함. 현대의 부모와 아이들에 관한 소설 구상. 12월 27일 비행 청소년을 위한 감화원 방문. 12월 31일 개인 잡지『작가 일기』의 발행 허가가 내려짐.

• 『죽음의 집의 기록』제4판이 두 권의 책으로 나옴.『미성년』이『조국 수기』(1~12월호)에 실림.

1876년 55세   1월 월간『작가 일기』제1호 발행. 단편「예수의 크리스마스 트리에 초대된 아이」발표. 2월『작가 일기』2월 호에 단편「농부 마레이」발표. 3월 영적 경험.『작가 일기』3월 호에 단편「백 살의 노파」실림. 5월 18일 안나 그리고리예브나, 남동생에게 스따라야 루사에 집을 한 채 사놓으라고 시킴. 7월 도스또예프스끼, 엠스로 떠남. 그곳에서 의사는 〈죽으려면 아직도 멀었다〉고 안심시킴. 10월 도스또예프스끼가『작가 일기』에서 말한 계모 꼬르닐로바의 재판이 열림. 그는 죄수를 두 번 방문함.『작가 일기』는 점점 더 풍부한 통신란이나 다름없게 됨. 11월 도스또예프스끼는 뽀베도노스쩨프의 충고에 대해『작가 일기』의 별책들을 유명해지게 할 것을 제안.『온순한 여자 *Krotkaia*』집필,『작가 일기』11월 호에 발표. 12월 6일 까잔 광장에서 대학생들의 시위와 난투극.『작가 일기』에서 이 사건을 상세히 다룸.

• 『미성년』이 3권의 단행본으로 나옴.『작가 일기』계속 발간.

1877년 56세   봄 스따라야 루사에 안나 그리고리예브나의 동생 명의로 집을 사들임. 4월 러시아 황제의 성명. 러시아 군대가 터키 영토에 진입. 도스또예프스끼는 성명을 읽고 까잔 성당에 감. 4월 22일 꼬르닐로바의 두 번째 재판에 참석함. 피고는 무죄 석방됨. 검사는 처음 선고는 『작가 일기』의 기사에 따라 취소되었다고 말함. 『작가 일기』 4월 호에 단편 「우스운 사람의 꿈」 발표. 도스또예프스끼 가족, 여름을 안나 그리고리예브나의 남동생 소유지에서 보냄. 7월 『안나 까레니나』 8부가 단행본으로 나옴. 전쟁에 대한 똘스또이의 반체제적 견해 때문에 거부되었던 책으로 『러시아 통보』지의 편집부에서 펴냄. 도스또예프스끼, 그 책을 구입. 7월 19일 꾸르스끄 지방으로 떠남. 어린 시절을 보낸 다로보예로 감. 12월 27일 시인 네끄라소프 사망. 충격에 싸인 도스또예프스끼는 밤을 새워 죽은 시인의 시를 낭독함. 12월 29일 연말 공식 회의에서 도스또예프스끼가 과학 아카데미 러시아 문헌 분과의 객원 회원으로 뽑혔음을 알려 옴. 12월 30일 네끄라소프 장례식에서 간단한 연설을 함.
• 『작가 일기』 계속 발간. 『죄와 벌』 4판이 두 권으로 나옴. 『우스운 사람의 꿈』이 『시인』에서 나옴. 『온순한 여자』가 「상뜨뻬쩨르부르그 신문」에 프랑스어로 번역됨. 단행본으로도 나옴.

1878년 57세   연초 도스또예프스끼, 매달 문학인 협회가 주관하는 저녁 모임 참가. 3월 베라 자술리치의 재판. 베라는 정치범을 하찮은 이유로 채찍질한 뜨레뽀프 경찰국장을 저격. 도스또예프스끼, 재판 방청. 5월 16일 세 살의 어린 아들 알렉세이 도스또예프스끼, 갑작스러운 간질 발작으로 죽음. 아들이 죽은 후 그는 자주 블라지미르 솔로비요프를 만남. 6월 23일 솔로비요프와 함께 러시아 영성의 중심지 중 하나인 옵찌나 수도원에 감. 암브로시 장로와 두 번의 대화. 그로부터 『까라마조프 씨네 형제들 Brat'ia Karamazovy』의 영감을 얻음. 12월 계획을 세우고 『까라마조프 씨네 형제들』의 첫 부분 씀. 12월 14일 『상처받은 사람들』의 넬리 이야기를 자선 문학의 밤 모임에서 낭독. 〈문학 기금〉의 저녁 모임에서 뿌쉬낀의 『예언자』를 읽음. 이 겨울 동안 문단에 자주 나옴.
• 『작가 일기』 1877년 12월호가 1878년 1월에 나옴.

1879년 58세   3월 9일 〈문학 기금〉을 위한 연회에서 도스또예프스끼는 『까라마조프 씨네 형제들』의 일부분을 낭독함. 3월 13일 뚜르게네프 기념 오찬 모임에서 뚜르게네프와 도스또예프스끼 사이의 별로 좋지 않은 이야기들이 회자됨. 3월 20일 어린 딸을 괴롭힌 혐의로 고발당한 외국인 브룬스트의 재판. 도스또예프스끼는 이 사건에 매우 깊은 인상을 받아 『까라마조프 씨네 형제들』에 이용함. 도스또예프스끼는 술 취한 남자 때문에 길에 넘어져 얼굴에 상처를 입음. 그의 항의에도 불구하고 가해자는 16루블의 벌금형을 받음. 빅토르 위고의 주재로 열리는 런던 문학 회의에 참여해 달라는 요청을 건강상의 이유로 거절함. 7월 22일 엠스로 떠남. 베를린에서 이틀 머무름. 수족관, 박물관, 티어가르텐 구경. 7월 24일 엠스 도착. 그가 이곳에 머무는 동안 그의 아내는 아이들을 데리고 그녀의 친척인 꾸마닌 부인의 토지 분할 문제를 처리하기 위해 랴잔 지방에 감. 꾸마닌 부인은 2백 제곱미터의 산림과 1백 제곱미터의 경작지를 보유. 8월 6일 형수 죽음. 9월 러시아로 돌아옴. 『까라마조프 씨네 형제들』 작업. 10월 알렉세이 똘스또이의 미망인, 똘스또이 백작 부인이 도스또예프스끼에게 드레스덴 박물관에 있는 라파엘의 「시스티나의 마돈나」 사진을 보여 줌.

• 『까라마조프 씨네 형제들』(소설 3부의 제4권까지) 『러시아 통보』에서 나옴. 1876년에 쓰인 『작가 일기』 단행본 제2판. 『상처받은 사람들』 제5판.

1880년 59세 1월 도스또예프스끼의 아내가 출판한 작품 판매. 1월 17일 도스또예프스끼와 프랑스 외교관이자 작가인 보귀에 사이에 논쟁〔보귀에는 후에 유명한 책, 『러시아 소설』(1886)을 씀〕. 도스또예프스끼는 다음과 같이 말함. 〈우리는 모든 민족들이 가진 특징을 가지고 있습니다. 그 위에 모든 러시아의 특징도. 그 이유는 우리는 당신들을 이해할 수 있기 때문입니다. 그러나 당신들은 우리에 미치지 못합니다.〉 자선 문학의 밤 행사에 여러 번 참여, 자기 작품의 몇몇 부분을 읽음. 4월 6일 뻬쩨르부르그 대학에서 열린 블라지미르 솔로비요프의 박사 논문 통과 심사에 참석. 5월 11일 모스끄바에서 열리는 뿌쉬낀 동상 제막식에서 슬라브 자선 단체의 대표로 임명됨. 5월 23일 모스끄바 도착. 5월 24일 도스또예프스끼를 축하하는 오찬. 여러 작가들 참석. 6월

6일 뿌쉬낀 동상 제막식. 6월 7일 첫 번째 공개 회의, 뚜르게네프 연설. 6월 8일 두 번째 공개 회의. 도스또예프스끼, 대중의 열광을 불러일으킨 뿌쉬낀에 대한 연설을 함. 월계관을 받음. 저녁에 『예언자』 낭독. 밤에 그는 뿌쉬낀 동상에 가서 자기가 받은 월계관을 바침. 6월 10일 모스끄바를 떠나 스따라야 루사로 감. 『까라마조프 씨네 형제들』쓰기 시작. 9월 26일 똘스또이가 스뜨라호프에게 편지를 보내 『죽음의 집의 기록』은 뿌쉬낀의 작품을 포함하여 새로운 모든 문학 작품들 중 가장 아름다운 책이라고 말함. 11월 8일 도스또예프스끼, 『러시아 통보』지에 『까라마조프 씨네 형제들』의 마지막 장들을 보냄. 〈내 소설은 끝났습니다. 이 소설에 바친 3년과 출판한 2년, 나에게는 의미 있는 순간입니다. 작별 인사를 하지 않은 것을 용서하시기 바랍니다. 나는 20년은 더 살면서 글을 쓸 작정입니다.〉 11월 29일 한 편지에서 나쁜 건강 상태에 대해 불평(폐기종으로 고생). 12월 10일 젊은 메레쥐꼬프스끼Merezhkovskii의 방문을 허락. 15세의 젊은 시인은 도스또예프스끼에게 자신의 시를 읽어 줌. 〈제대로 쓰기 위해서는 고통을 감내해야 한다.〉

• 〈뿌쉬낀에 대한 연설〉이 『모스끄바 통보』지에 실림. 『까라마조프 씨네 형제들』, 『러시아 통보』지에 연재(11월 완결). 『작가 일기』 8월 호가 간행됨. 『까라마조프 씨네 형제들』 단행본 며칠 만에 동이 남.

1881년 60세 1월 『작가 일기』 작업. 1월 19일 알렉세이 똘스또이의 미망인 집에서 열린 연극 『폭군 이반의 죽음Smert' Ioanna Groznogo』에서 수도승 역을 맡음. 1월 26일 상속 문제로 여동생이 찾아와 다투고 간 후 도스또예프스끼 각혈, 5시 반에 의사 폰 브레첼 도착, 진찰 도중 다시 각혈, 의식을 잃음. 6시경 병자 성사를 받음. 7시경 아내와 아이들에게 작별 인사. 1월 27일 각혈 멈춤. 1월 28일 아침 7시 도스또예프스끼는 아내에게 오늘 틀림없이 죽을 것 같다고 말함. 그는 복음서를 아무 데나 펼쳐 「마태오의 복음서」 3장, 14~15절을 읽음. 죽음의 전조가 보임. 아침 11시 또 각혈. 저녁 7시 자식들을 불러 아들에게 자신의 성서를 건네줌. 저녁 8시 38분 도스또예프스끼 사망. 1월 31일 알렉산드르 네프스끼 수도원 묘지에 묻힘, 많은 사람들이 긴 행렬을 이루며 그의 죽음을 애도함.

- 『죽음의 집의 기록』 제5판 나옴. 『상처받은 사람들』의 프랑스어 번역이 「상뜨뻬쩨르부르그 신문」에 실림. 『죽음의 집의 기록』 영어로 번역됨. 『상처받은 사람들』 스웨덴어로 번역됨.

열린책들 세계문학 126 백야 외

옮긴이 석영중 현재 고려대학교 노어노문학과 교수이다. 역서로는 『알렉산드르 뿌쉬낀 문학작품집』(1999) 등이 있다.
조유선 고려대 노어노문학과를 졸업한 뒤 동 대학원에서 석사 과정을 마치고 박사 과정을 수료하였다. 모스끄바 국립대학교에서 박사 학위를 받았다.
김숙영 고려대 노어노문학과를 졸업하고 동 대학원에서 석사 과정을 마쳤다. 미국 일리노이 대학교 슬라브어학부에서 박사 과정을 이수 중이다.
홍지인, 이명현, 허효영 고려대학교 노어노문학과를 졸업하고 동 대학원에서 석사 과정을 마치고 박사 과정을 수료하였다.

지은이 표도르 도스또예프스끼 **옮긴이** 석영중 외 **발행인** 홍예빈·홍유진
발행처 주식회사 열린책들 **주소** 경기도 파주시 문발로 253 파주출판도시
전화 031-955-4000 **팩스** 031-955-4004 **홈페이지** www.openbooks.co.kr
Copyright (C) 주식회사 열린책들, 2000, 2010, *Printed in Korea*.
ISBN 978-89-329-1126-7 04890 **ISBN** 978-89-329-1499-2 (세트)
발행일 2000년 6월 15일 초판 1쇄 2002년 3월 15일 신판 1쇄 2004년 8월 1일 신판 5쇄 2007년 2월 5일 3판 1쇄 2009년 9월 10일 3판 4쇄 2010년 6월 10일 세계문학판 1쇄 2022년 7월 20일 세계문학판 10쇄

이 도서의 국립중앙도서관 출판예정도서목록(CIP)은 서지정보유통지원시스템 홈페이지(http://seoji.nl.go.kr)와 국가자료공동목록시스템(http://www.nl.go.kr/kolisnet)에서 이용하실 수 있습니다.(CIP제어번호:CIP2010001869)

열린책들 세계문학
Open Books World Literature

001 **죄와 벌** 표도르 도스또예프스끼 장편소설 | 홍대화 옮김 | 전2권 | 각 408, 512면

003 **최초의 인간** 알베르 카뮈 장편소설 | 김화영 옮김 | 392면

004 **소설** 제임스 미치너 장편소설 | 윤희기 옮김 | 전2권 | 각 280, 368면

006 **개를 데리고 다니는 부인** 안똔 체호프 소설선집 | 오종우 옮김 | 368면

007 **우주 만화** 이탈로 칼비노 단편집 | 김운찬 옮김 | 416면

008 **댈러웨이 부인** 버지니아 울프 장편소설 | 최애리 옮김 | 296면

009 **어머니** 막심 고리끼 장편소설 | 최윤락 옮김 | 544면

010 **변신** 프란츠 카프카 중단편집 | 홍성광 옮김 | 464면

011 **전도서에 바치는 장미** 로저 젤라즈니 중단편집 | 김상훈 옮김 | 432면

012 **대위의 딸** 알렉산드르 뿌쉬낀 장편소설 | 석영중 옮김 | 240면

013 **바다의 침묵** 베르코르 소설선집 | 이상해 옮김 | 256면

014 **원수들, 사랑 이야기** 아이작 싱어 장편소설 | 김진준 옮김 | 320면

015 **백치** 표도르 도스또예프스끼 장편소설 | 김근식 옮김 | 전2권 | 각 504, 528면

017 **1984년** 조지 오웰 장편소설 | 박경서 옮김 | 392면

019 **이상한 나라의 앨리스** 루이스 캐럴 환상동화 | 머빈 피크 그림 | 최용준 옮김 | 336면

020 **베네치아에서의 죽음** 토마스 만 중단편집 | 홍성광 옮김 | 432면

021 **그리스인 조르바** 니코스 카잔차키스 장편소설 | 이윤기 옮김 | 488면

022 **벚꽃 동산** 안똔 체호프 희곡선집 | 오종우 옮김 | 336면

023 **연애 소설 읽는 노인** 루이스 세풀베다 장편소설 | 정창 옮김 | 192면

024 **젊은 사자들** 어윈 쇼 장편소설 | 정영문 옮김 | 전2권 | 각 416, 408면

026 **젊은 베르테르의 슬픔** 요한 볼프강 폰 괴테 장편소설 | 김인순 옮김 | 240면

027 **시라노** 에드몽 로스탕 희곡 | 이상해 옮김 | 256면

028 **전망 좋은 방** E. M. 포스터 장편소설 | 고정아 옮김 | 352면

029 **까라마조프 씨네 형제들** 표도르 도스또예프스끼 장편소설 | 이대우 옮김 | 전3권 | 각 496, 496, 460면

032 **프랑스 중위의 여자** 존 파울즈 장편소설 | 김석희 옮김 | 전2권 | 각 344면

034 **소립자** 미셀 우엘벡 장편소설 | 이세욱 옮김 | 448면

035 **영혼의 자서전** 니코스 카잔차키스 자서전 | 안정효 옮김 | 전2권 | 각 352, 408면

037 **우리들** 예브게니 자먀찐 장편소설 | 석영중 옮김 | 320면

038 **뉴욕 3부작** 폴 오스터 장편소설 | 황보석 옮김 | 480면

039 **닥터 지바고** 보리스 파스테르나크 장편소설 | 홍대화 옮김 | 전2권 | 각 480, 592면

041 **고리오 영감** 오노레 드 발자크 장편소설 | 임희근 옮김 | 456면

042 **뿌리** 알렉스 헤일리 장편소설 | 안정효 옮김 | 전2권 | 각 400, 448면

044 **백년보다 긴 하루** 친기즈 아이뜨마또프 장편소설 | 황보석 옮김 | 560면

045 **최후의 세계** 크리스토프 란스마이어 장편소설 | 장희권 옮김 | 264면

046 **추운 나라에서 돌아온 스파이** 존 르카레 장편소설 | 김석희 옮김 | 368면

047 **산도칸 – 몸프라쳄의 호랑이** 에밀리오 살가리 장편소설 | 유향란 옮김 | 428면

048 **기적의 시대** 보리슬라프 페키치 장편소설 | 이윤기 옮김 | 560면

049 **그리고 죽음** 짐 크레이스 장편소설 | 김석희 옮김 | 224면

050 **세설** 다니자키 준이치로 장편소설 | 송태욱 옮김 | 전2권 | 각 480면

052 **세상이 끝날 때까지 아직 10억 년** 스뜨루가츠끼 형제 장편소설 | 석영중 옮김 | 224면

053 **동물 농장** 조지 오웰 장편소설 | 박경서 옮김 | 208면

054 **캉디드 혹은 낙관주의** 볼테르 장편소설 | 이봉지 옮김 | 232면

055 **도적 떼** 프리드리히 폰 실러 희곡 | 김인순 옮김 | 264면

056 **플로베르의 앵무새** 줄리언 반스 장편소설 | 신재실 옮김 | 320면

057 **악령** 표도르 도스또예프스끼 장편소설 | 박혜경 옮김 | 전3권 | 각 328, 408, 528면

060 **의심스러운 싸움** 존 스타인벡 장편소설 | 윤희기 옮김 | 340면

061 **몽유병자들** 헤르만 브로흐 장편소설 | 김경연 옮김 | 전2권 | 각 568, 544면

063 **몰타의 매** 대실 해밋 장편소설 | 고정아 옮김 | 304면

064 **마야꼬프스끼 선집** 블라지미르 마야꼬프스끼 선집 | 석영중 옮김 | 384면

065 **드라큘라** 브램 스토커 장편소설 | 이세욱 옮김 | 전2권 | 각 340, 344면

067 **서부 전선 이상 없다** 에리히 마리아 레마르크 장편소설 | 홍성광 옮김 | 336면

068 **적과 흑** 스탕달 장편소설 | 임미경 옮김 | 전2권 | 각 432, 368면

070 **지상에서 영원으로** 제임스 존스 장편소설 | 이종인 옮김 | 전3권 | 각 396, 380, 496면

073 **파우스트** 요한 볼프강 폰 괴테 희곡 | 김인순 옮김 | 568면

074 **쾌걸 조로** 존스턴 매컬리 장편소설 | 김훈 옮김 | 316면

075 **거장과 마르가리따** 미하일 불가꼬프 장편소설 | 홍대화 옮김 | 전2권 | 각 364, 328면

077 **순수의 시대** 이디스 워튼 장편소설 | 고정아 옮김 | 448면

078 **검의 대가** 아르투로 페레스 레베르테 장편소설 | 김수진 옮김 | 384면

079 **예브게니 오네긴** 알렉산드르 뿌쉬낀 운문소설 | 석영중 옮김 | 328면

080 **장미의 이름** 움베르토 에코 장편소설 | 이윤기 옮김 | 전2권 | 각 440, 448면

082 **향수** 파트리크 쥐스킨트 장편소설 | 강명순 옮김 | 384면

083 **여자를 안다는 것** 아모스 오즈 장편소설 | 최창모 옮김 | 280면

084 **나는 고양이로소이다** 나쓰메 소세키 장편소설 | 김난주 옮김 | 544면

085 **웃는 남자** 빅토르 위고 장편소설 | 이형식 옮김 | 전2권 | 각 472, 496면

087 **아웃 오브 아프리카** 카렌 블릭센 장편소설 | 민승남 옮김 | 480면

088 **무엇을 할 것인가** 니꼴라이 체르니셰프스끼 장편소설 | 서정록 옮김 | 전2권 | 각 360, 404면

090 **도나 플로르와 그녀의 두 남편** 조르지 아마두 장편소설 | 오숙은 옮김 | 전2권 | 각 408, 308면

092 **미사고의 숲** 로버트 홀드스톡 장편소설 | 김상훈 옮김 | 424면

093 **신곡** 단테 알리기에리 장편서사시 | 김운찬 옮김 | 전3권 | 각 292, 296, 328면

096 **교수** 샬럿 브론테 장편소설 | 배미영 옮김 | 368면

097 **노름꾼** 표도르 도스또예프스끼 장편소설 | 이재필 옮김 | 320면

098 **하워즈 엔드** E. M. 포스터 장편소설 | 고정아 옮김 | 512면

099 **최후의 유혹** 니코스 카잔차키스 장편소설 | 안정효 옮김 | 전2권 | 각 408면

101 **키리냐가** 마이크 레스닉 장편소설 | 최용준 옮김 | 464면

102 **바스커빌가의 개** 아서 코넌 도일 장편소설 | 조영학 옮김 | 264면

103 **버마 시절** 조지 오웰 장편소설 | 박경서 옮김 | 408면

104 **10 1/2장으로 쓴 세계 역사** 줄리언 반스 장편소설 | 신재실 옮김 | 464면

105 **죽음의 집의 기록** 표도르 도스또예프스끼 장편소설 | 이덕형 옮김 | 528면

106 **소유** 앤토니어 수전 바이어트 장편소설 | 윤희기 옮김 | 전2권 | 각 440, 488면

108 **미성년** 표도르 도스또예프스끼 장편소설 | 이상룡 옮김 | 전2권 | 각 512, 544면

110 **성 앙투안느의 유혹** 귀스타브 플로베르 희곡소설 | 김용은 옮김 | 584면

111 **밤으로의 긴 여로** 유진 오닐 희곡 | 강유나 옮김 | 240면

112 **마법사** 존 파울즈 장편소설 | 정영문 옮김 | 전2권 | 각 512, 552면

114 **스쩨빤치꼬보 마을 사람들** 표도르 도스또예프스끼 장편소설 | 변현태 옮김 | 416면

115 **플랑드르 거장의 그림** 아르투로 페레스 레베르테 장편소설 | 정창 옮김 | 512면

116 **분신** 표도르 도스또예프스끼 장편소설 | 석영중 옮김 | 288면

117 **가난한 사람들** 표도르 도스또예프스끼 장편소설 | 석영중 옮김 | 256면

118 **인형의 집** 헨리크 입센 희곡 | 김창화 옮김 | 272면

119 **영원한 남편** 표도르 도스또예프스끼 장편소설 | 정명자 외 옮김 | 448면

120 **알코올** 기욤 아폴리네르 시집 | 황현산 옮김 | 352면

121 **지하로부터의 수기** 표도르 도스또예프스끼 장편소설 | 계동준 옮김 | 256면

122 **어느 작가의 오후** 페터 한트케 중편소설 | 홍성광 옮김 | 160면

123 **아저씨의 꿈** 표도르 도스또예프스끼 장편소설 | 박종소 옮김 | 312면

124 **네또츠까 네즈바노바** 표도르 도스또예프스끼 장편소설 | 박재만 옮김 | 316면

125 **곤두박질** 마이클 프레인 장편소설 | 최용준 옮김 | 528면

126 **백야 외** 표도르 도스또예프스끼 소설선집 | 석영중 외 옮김 | 408면

127 **살라미나의 병사들** 하비에르 세르카스 장편소설 | 김창민 옮김 | 304면

128 **뻬쩨르부르그 연대기 외** 표도르 도스또예프스끼 소설선집 | 이항재 옮김 | 296면

129 **상처받은 사람들** 표도르 도스또예프스끼 장편소설 | 윤우섭 옮김 | 전2권 | 각 296, 392면

131 **악어 외** 표도르 도스또예프스끼 소설선집 | 박혜경 외 옮김 | 312면

132 **허클베리 핀의 모험** 마크 트웨인 장편소설 | 윤교찬 옮김 | 416면

133 **부활** 레프 똘스또이 장편소설 | 이대우 옮김 | 전2권 | 각 308, 416면

135 **보물섬** 로버트 루이스 스티븐슨 장편소설 | 머빈 피크 그림 | 최용준 옮김 | 360면

136 **천일야화** 앙투안 갈랑 엮음 | 임호경 옮김 | 전6권 | 각 336, 328, 372, 392, 344, 320면

142 **아버지와 아들** 이반 뚜르게네프 장편소설 | 이상원 옮김 | 328면

143 **오만과 편견** 제인 오스틴 장편소설 | 원유경 옮김 | 480면

144 **천로 역정** 존 버니언 우화소설 | 이동일 옮김 | 432면

145 **대주교에게 죽음이 오다** 윌라 캐더 장편소설 | 윤명옥 옮김 | 352면

146 **권력과 영광** 그레이엄 그린 장편소설 | 김연수 옮김 | 384면

147 **80일간의 세계 일주** 쥘 베른 장편소설 | 고정아 옮김 | 352면

148 **바람과 함께 사라지다** 마거릿 미첼 장편소설 | 안정효 옮김 | 전3권 | 각 616, 640, 640면

151 **기탄잘리** 라빈드라나트 타고르 시집 | 장경렬 옮김 | 224면

152 **도리언 그레이의 초상** 오스카 와일드 장편소설 | 윤희기 옮김 | 384면

153 **레우코와의 대화** 체사레 파베세 희곡소설 | 김운찬 옮김 | 280면

154 **햄릿** 윌리엄 셰익스피어 희곡 | 박우수 옮김 | 256면

155 **맥베스** 윌리엄 셰익스피어 희곡 | 권오숙 옮김 | 176면

156 **아들과 연인** 데이비드 허버트 로런스 장편소설 | 최희섭 옮김 | 전2권 | 464, 432면

158 **그리고 아무 말도 하지 않았다** 하인리히 뵐 장편소설 | 홍성광 옮김 | 272면

159 **미덕의 불운** 싸드 장편소설 | 이형식 옮김 | 248면

160 **프랑켄슈타인** 메리 W. 셸리 장편소설 | 오숙은 옮김 | 320면

161 **위대한 개츠비** 프랜시스 스콧 피츠제럴드 장편소설 | 한애경 옮김 | 280면

162 **아Q정전** 루쉰 중단편집 | 김태성 옮김 | 320면

163 **로빈슨 크루소** 대니얼 디포 장편소설 | 류경희 옮김 | 456면

164 **타임머신** 허버트 조지 웰스 소설선집 | 김석희 옮김 | 304면

165 **제인 에어** 샬럿 브론테 장편소설 | 이미선 옮김 | 전2권 | 각 392, 384면

167 **풀잎** 월트 휘트먼 시집 | 허현숙 옮김 | 280면

168 **표류자들의 집** 기예르모 로살레스 장편소설 | 최유정 옮김 | 216면

169 **배빗** 싱클레어 루이스 장편소설 | 이종인 옮김 | 520면

170 **이토록 긴 편지** 마리아마 바 장편소설 | 백선희 옮김 | 192면

171 **느릅나무 아래 욕망** 유진 오닐 희곡 | 손동호 옮김 | 168면

172 **이방인** 알베르 카뮈 장편소설 | 김예령 옮김 | 208면

173 **미라마르** 나기브 마푸즈 장편소설 | 허진 옮김 | 288면

174 **지킬 박사와 하이드 씨** 로버트 루이스 스티븐슨 소설선집 | 조영학 옮김 | 320면

175 **루진** 이반 뚜르게네프 장편소설 | 이항재 옮김 | 264면

176 **피그말리온** 조지 버나드 쇼 희곡 | 김소임 옮김 | 256면

177 **목로주점** 에밀 졸라 장편소설 | 유기환 옮김 | 전2권 | 각 336면

179 **엠마** 제인 오스틴 장편소설 | 이미애 옮김 | 전2권 | 각 336, 360면

181 **비숍 살인 사건** S. S. 밴 다인 장편소설 | 최인자 옮김 | 464면

182 **우신예찬** 에라스무스 풍자문 | 김남우 옮김 | 296면

183 **하자르 사전** 밀로라드 파비치 장편소설 | 신현철 옮김 | 488면

184 **테스** 토머스 하디 장편소설 | 김문숙 옮김 | 전2권 | 각 392, 336면

186 **투명 인간** 허버트 조지 웰스 장편소설 | 김석희 옮김 | 288면

187 **93년** 빅토르 위고 장편소설 | 이형식 옮김 | 전2권 | 각 288, 360면

189 **젊은 예술가의 초상** 제임스 조이스 장편소설 | 성은애 옮김 | 384면

190 **소네트집** 윌리엄 셰익스피어 연작시집 | 박우수 옮김 | 200면

191 **메뚜기의 날** 너새니얼 웨스트 장편소설 | 김진준 옮김 | 280면

192 **나사의 회전** 헨리 제임스 중편소설 | 이승은 옮김 | 256면

193 **오셀로** 윌리엄 셰익스피어 희곡 | 권오숙 옮김 | 216면

194 **소송** 프란츠 카프카 장편소설 | 김재혁 옮김 | 376면

195 **나의 안토니아** 윌라 캐더 장편소설 | 전경자 옮김 | 368면

196 **자성록** 마르쿠스 아우렐리우스 명상록 | 박민수 옮김 | 240면

197 **오레스테이아** 아이스킬로스 비극 | 두행숙 옮김 | 336면

198 **노인과 바다** 어니스트 헤밍웨이 소설선집 | 이종인 옮김 | 320면

199 **무기여 잘 있거라** 어니스트 헤밍웨이 장편소설 | 이종인 옮김 | 464면

200 **서푼짜리 오페라** 베르톨트 브레히트 희곡선집 | 이은희 옮김 | 320면

201 **리어 왕** 윌리엄 셰익스피어 희곡 | 박우수 옮김 | 224면

202 **주홍 글자** 너새니얼 호손 장편소설 | 곽영미 옮김 | 360면

203 **모히칸족의 최후** 제임스 페니모어 쿠퍼 장편소설 | 이나경 옮김 | 512면

204 **곤충 극장** 카렐 차페크 희곡선집 | 김선형 옮김 | 360면

205 **누구를 위하여 종은 울리나** 어니스트 헤밍웨이 장편소설 | 이종인 옮김 | 전2권 | 각 416, 400면

207 **타르튀프** 몰리에르 희곡선집 | 신은영 옮김 | 416면

208 **유토피아** 토머스 모어 소설 | 전경자 옮김 | 288면

209 **인간과 초인** 조지 버나드 쇼 희곡 | 이후지 옮김 | 320면

210 **페드르와 이폴리트** 장 라신 희곡 | 신정아 옮김 | 200면

211 **말테의 수기** 라이너 마리아 릴케 장편소설 | 안문영 옮김 | 320면

212 **등대로** 버지니아 울프 장편소설 | 최애리 옮김 | 328면

213 **개의 심장** 미하일 불가꼬프 중편소설집 | 정연호 옮김 | 352면

214 **모비 딕** 허먼 멜빌 장편소설 | 강수정 옮김 | 전2권 | 각 464, 488면

216 **더블린 사람들** 제임스 조이스 단편소설집 | 이강훈 옮김 | 336면

217 **마의 산** 토마스 만 장편소설 | 윤순식 옮김 | 전3권 | 각 496, 488, 512면

220 **비극의 탄생** 프리드리히 니체 | 김남우 옮김 | 320면

221 **위대한 유산** 찰스 디킨스 장편소설 | 류경희 옮김 | 전2권 | 각 432, 448면

223 **사람은 무엇으로 사는가** 레프 똘스또이 소설선집 | 윤새라 옮김 | 464면

224 **자살 클럽** 로버트 루이스 스티븐슨 소설선집 | 임종기 옮김 | 272면

225 **채털리 부인의 연인** 데이비드 허버트 로런스 장편소설 | 이미선 옮김 | 전2권 | 각 336, 328면

227 **데미안** 헤르만 헤세 장편소설 | 김인순 옮김 | 264면

228 **두이노의 비가** 라이너 마리아 릴케 시 선집 | 손재준 옮김 | 504면

229 **페스트** 알베르 카뮈 장편소설 | 최윤주 옮김 | 432면

230 **여인의 초상** 헨리 제임스 장편소설 | 정상준 옮김 | 전2권 | 각 520, 544면

232 **성** 프란츠 카프카 장편소설 | 이재황 옮김 | 560면

233 **차라투스트라는 이렇게 말했다** 프리드리히 니체 산문시 | 김인순 옮김 | 464면

234 **노래의 책** 하인리히 하이네 시집 | 이재영 옮김 | 384면

235 **변신 이야기** 오비디우스 서사시 | 이종인 옮김 | 632면

236 **안나 까레니나** 레프 똘스또이 장편소설 | 이명현 옮김 | 전2권 | 각 800, 736면

238 **이반 일리치의 죽음·광인의 수기** 레프 똘스또이 중단편집 | 석영중·정지원 옮김 | 232면

239 **수레바퀴 아래서** 헤르만 헤세 장편소설 | 강명순 옮김 | 272면

240 **피터 팬** J. M. 배리 장편소설 | 최용준 옮김 | 272면

241 **정글 북** 러디어드 키플링 중단편집 | 오숙은 옮김 | 272면

242 **한여름 밤의 꿈** 윌리엄 셰익스피어 희곡 | 박우수 옮김 | 160면

243 **좁은 문** 앙드레 지드 장편소설 | 김화영 옮김 | 264면

244 **모리스** E. M. 포스터 장편소설 | 고정아 옮김 | 408면

245 **브라운 신부의 순진** 길버트 키스 체스터턴 단편집 | 이상원 옮김 | 336면

246 **각성** 케이트 쇼팽 장편소설 | 한애경 옮김 | 272면

247 **뷔히너 전집** 게오르크 뷔히너 지음 | 박종대 옮김 | 400면

248 **디미트리오스의 가면** 에릭 앰블러 장편소설 | 최용준 옮김 | 424면

249 **베르가모의 페스트 외** 옌스 페테르 야콥센 중단편 전집 | 박종대 옮김 | 208면

250 **폭풍우** 윌리엄 셰익스피어 희곡 | 박우수 옮김 | 176면

251 **어셴든, 영국 정보부 요원** 서머싯 몸 연작 소설집 | 이민아 옮김 | 416면

252 **기나긴 이별** 레이먼드 챈들러 장편소설 | 김진준 옮김 | 600면

253 **인도로 가는 길** E. M. 포스터 장편소설 | 민승남 옮김 | 552면

254 **올랜도** 버지니아 울프 장편소설 | 이미애 옮김 | 376면

255 **시지프 신화** 알베르 카뮈 지음 | 박언주 옮김 | 264면

256 **조지 오웰 산문선** 조지 오웰 지음 | 허진 옮김 | 424면

257 **로미오와 줄리엣** 윌리엄 셰익스피어 희곡 | 도해자 옮김 | 200면

258 **수용소군도** 알렉산드르 솔제니찐 기록문학 | 김학수 옮김 | 전6권 | 각 460면 내외

264 **스웨덴 기사** 레오 페루츠 장편소설 | 강명순 옮김 | 336면

265 **유리 열쇠** 대실 해밋 장편소설 | 홍성영 옮김 | 328면

266 **로드 짐** 조지프 콘래드 장편소설 | 최용준 옮김 | 608면

267 **푸코의 진자** 움베르토 에코 장편소설 | 이윤기 옮김 | 전3권 | 각 392, 384, 416면

270 **공포로의 여행** 에릭 앰블러 장편소설 | 최용준 옮김 | 376면

271 **심판의 날의 거장** 레오 페루츠 장편소설 | 신동화 옮김 | 264면

272 **에드거 앨런 포 단편선** 에드거 앨런 포 지음 | 김석희 옮김 | 392면

273 **수전노 외** 몰리에르 희곡선집 | 신정아 옮김 | 424면

274 **모파상 단편선** 기 드 모파상 지음 | 임미경 옮김 | 400면
275 **평범한 인생** 카렐 차페크 장편소설 | 송순섭 옮김 | 280면
276 **마음** 나쓰메 소세키 장편소설 | 양윤옥 옮김 | 344면
277 **인간 실격·사양** 다자이 오사무 소설집 | 김난주 옮김 | 336면
278 **작은 아씨들** 루이자 메이 올컷 장편소설 | 허진 옮김 | 전2권 | 각 408, 464면

각 권 8,800~19,800원